DIE ENGEL DER BOURBON STREET

JADE CALHOUN SERIE, BUCH 4

DEANNA CHASE

Übersetzt von
ANNA DRAGO

BAYOU MOON PRESS, LLC

ÜBER DIESES BUCH

Die New York Times-Bestsellerautorin Deanna Chase bringt Ihnen das dritte Buch der Jade Calhoun-Reihe.

Obwohl sie die Hälfte ihrer Seele verloren hat, ist Jade Calhoun, die Anführerin des Zirkels von New Orleans, entschlossen, ein normales Leben zu führen, und das bedeutet, ihre Hochzeit zu planen. Nur fünf Wochen vor dem großen Tag werden die Pläne durchkreuzt, als Jade das Opfer von Besessenheit wird. Leider scheint der einzige Weg, den Geist in Schach zu halten, darin zu liegen, 24 Stunden am Tag mit dem letzten Menschen zu verbringen, mit dem Jade ein Haus teilen will, – dem Engel, der die andere Hälfte ihrer Seele hat.

Die Situation wird noch schlimmer, als der Geist Jades Freunde und ihren Verlobten Kane ins Visier nimmt. Der weibliche Geist benutzt Sexmagie, um Jades Kraft zu stehlen, und sie schreckt vor nichts zurück, um zu bekommen, was sie will. Auch wenn das bedeutet, Jade in die Arme eines anderen Mannes zu zwingen. Um den Geist zu vertreiben, ihre Seele zu reparieren und eine Chance auf ihr Happy End zu bekommen, muss Jade ihren Vater finden und das jahrzehntealte Geheimnis aufdecken, das ihre Mutter unbedingt geheim halten will.

KAPITEL EINS

*M*an könnte meinen, nachdem man sich mit einem verrückten Geist angelegt hat, sich in die Hölle eingeschlichen und überlebt hat, nachdem die eigene Seele in zwei Hälften gerissen wurde, wäre die Planung einer Hochzeit ein Kinderspiel. Richtig?

Falsch.

„Das tut mir so leid", sagte ich zu Ms. Bella, der Schneiderin, die ich gefunden hatte, um die Kleider der Hochzeitsgesellschaft zu ändern. „Ich bin sicher, sie werden bald hier sein."

Ms. Bella blickte auf ihre zarte Armbanduhr und spitzte ihre dünnen Lippen. Die Fältchen um ihre Augen wurden tiefer. „Ich muss in zwanzig Minuten zu einem anderen Termin."

Eine kleine Dosis Panik trieb mich zum Handeln. Meine Brautjungfern Lailah und Kat waren noch nicht da. Sie sollten uns hier im Summer House treffen – dem Haus meines Verlobten Kane in Cypress Settlement, dreißig Meilen südlich von New Orleans. Wir hatten den ganzen Tag Termine mit

Hochzeitsprofis. Ihre Kleider brauchten die meiste Arbeit. Beide waren mindestens zwei Nummern zu groß. Sie waren ungesehen von der Stange gekauft worden und jeweils von einer anderen Filiale einer Boutique vor Ort geliefert. Da nur noch fünf Wochen bis zu meiner Hochzeit blieben, hatten wir keine Zeit, etwas anderes zu finden.

„Ich verstehe." Ich warf einen Blick auf den Kleiderständer, den Ms. Bella hereingerollt hatte. Das wichtigste Kleid – meines – fehlte verdächtig. Es war noch nicht angekommen. Anstatt meine Freundinnen in meinem perlenbesetzten silbernen Kleid zu begeistern, trug ich einen Baumwollrock und ein langärmeliges grünes T-Shirt, das zu meinen Augen passte. Ich fühlte mich wie ein hässliches Entlein.

„Vielleicht können Sie zuerst Pypers Outfit abstecken?" Ich winkte Kanes Trauzeugin zu. Sie trug einen schlechtsitzenden Damen-Smoking und hatte ihr Handy ans Ohr gepresst. „Pyper", flüsterte ich und versuchte, ihr Telefonat mit Charlie, der Managerin des *Wicked*, Kanes Club auf der Bourbon Street, höflich zu unterbrechen.

Sie winkte ungeduldig ab und kritzelte in ihren Kalender. „Welcher Tag?"

Ich beugte mich über ihre Schulter. In den zweiten Sonntag im Februar hatte sie Bodypainting geschrieben. Pyper gehörte *The Grind*, das Café neben Kanes Club. Vor kurzem hatte ich erfahren, dass sie auch eine talentierte Bodypaintingkünstlerin war, die auf Festivals sehr gefragt war.

Nachdem sie einen Namen und eine Nummer aufgeschrieben hatte, strich sie ihr glänzendes schwarzes Haar zurück und legte auf. „Tut mir leid. Charlie kümmert sich um meine Termine für die Mardi Gras-Woche, und ich habe gerade einen Auftritt für eine riesige exklusive Promi-Party gebucht."

Ich zog meine Augenbrauen hoch. „Promis lassen sich die Körper bemalen?"

„Mh-hm." Ihre Stimme war leise und heiser. „Es ist vertraulich, aber sagen wir einfach, jemand hat die Namen ‚Hugh' und ‚Gerald' als Teilnehmer erwähnt." Ihr Gesicht wurde rot, und sie fächelte sich Luft zu.

„Hugh? Wie in Wolverine?"

Pyper nickte begeistert.

Die Näherin grinste, und ihre Augen funkelten. „Oh, Hugh. Na, das ist eine Schrittlänge, die ich auch gerne in die Finger kriegen würde."

Pyper ließ ihren Blick über die rüstige Siebzigjährige schweifen und kicherte. „Ts-ts. Ms. Bella, wie unartig."

Die ältere Frau lachte. „Es ist nicht so, als hätte ich nicht gelebt, Darling." Sie legte Pyper eine Hand auf den Arm und zog sie auf das kleine Podest im Salon. „Kommen Sie und lassen Sie mich diese Hose abstecken."

Pyper gehorchte, das Handy immer noch in der Hand.

„An welchem Tag ist die Party?", fragte ich.

„Fat Tuesday", sagte Pyper und zog ihren bereits flachen Bauch ein.

Ich spürte, wie sich meine Lippen zu einem kleinen Schmollmund verzogen. Das war der letzte Tag des Mardi Gras. „Und ich werde es verpassen."

Sie verdrehte die Augen. „Du *heiratest*. Du wirst nicht einmal hier sein." Ihr Lächeln wurde verschmitzt. „Ich bin sicher, Kane fällt das eine oder andere ein, um seine neue Frau zu beschäftigen."

Meine Wangen wurden heiß, als ich mir vorstellte, wie mein zukünftiger Ehemann mich mit seinen beachtlichen Talenten ablenken würde. Dann stieg Panik in meiner Brust auf, und ich tippte nervös mit dem Fuß. „Wenn wir das jemals schaffen. In fünf Wochen werden wir auf keinen Fall fertig sein."

„Wir schaffen das schon. Mach dir keine Sorgen. Wir werden alles erledigt haben, bevor Hurricane Shelia aus der Karibik kommt." Ihr spöttisches Lächeln konnte meine Nerven nicht beruhigen.

Ich verzog das Gesicht. Kane hatte mir im November einen Heiratsantrag gemacht, und ich hatte mir eine Hochzeit im Spätherbst vorgestellt. Doch als wir Kanes Eltern über unsere Pläne informierten, hatten sie erklärt, dass sie für die zweite Jahreshälfte bereits Verpflichtungen in Europa hatten. Seine Mutter Shelia hatte gesagt: „Darling, du weißt, wie beschäftigt wir sind. Kannst du die Hochzeit nicht für nächsten Herbst planen?"

So lange wollte jedoch keiner von uns warten. Kane hatte höflich abgelehnt und seinen Eltern alles Gute gewünscht.

Dann hatte sie uns schockiert, indem sie angekündigt hatte, dass sie zum Mardi Gras in der Stadt sein würden. Ich hatte dummerweise impulsiv darauf bestanden, dass wir die Hochzeit dann veranstalten, damit alle dabei sein können. Kane hatte protestiert und gesagt, es sei egal. Die Einzige, die er vermissen würde, war seine Großmutter, die leider vor einigen Jahren gestorben war.

Doch sie waren seine Eltern. Sie würden hier sein. Wir hatten den Veranstaltungsort. Wir hatten uns bereits entschieden, auf der Plantage seiner Familie zu heiraten. Sie war wunderschön. Alles, was wir brauchten, waren ein Caterer, Einladungen, das Hochzeitskleid und die Brautjungfernkleider (und deren Änderungen), ein Kuchen, Dekoration, Tische, Stühle, eine Band,, Tischwäsche, Blumen, Geschirr, ein Pastor und ungefähr eine Million andere Dinge, die unmöglich während des Mardi Gras zu finden waren. Was zum Teufel hatte ich mir nur dabei gedacht?

„Wo sind alle?", fragte Pyper, reckte den Hals zur Treppe und strich das Revers ihres schwarzen Jacketts glatt. Bevor ich antworten konnte, klingelte ihr Handy. „Warte einen Moment", sagte sie und drückte das Handy an ihr Ohr.

„Das ist eine gute Frage", schnaubte ich. Meine Trauzeugin Kat war noch nicht aufgetaucht. Sie war eine Stunde zu spät – und das ohne Anruf. Lailah hatte sich zumindest gemeldet. Sie hatte einen Engelnotfall, an dem ich ausnahmsweise nicht beteiligt war. Sie war ein Schutzengel, und zusätzlich zu Bea, meiner Mentorin, und Dan, meinem Ex, hatte sie anscheinend eine neue Aufgabe zu bewältigen. Darum war sie sich nicht sicher, ob sie es heute schaffen würde.

Jede Belustigung war aus Pypers Gesicht verschwunden. Gerade, als Ms. Bella die Rückseite ihrer Jacke absteckte, sprang Pyper vom Podest, nahm ihren Terminkalender und ging durch den Raum. „Entschuldigung", rief sie über ihre Schulter in Richtung einer irritierten Bella und warf mir einen seltsamen Blick zu, den ich nicht deuten konnte.

Ich biss die Zähne aufeinander, um nicht zu schreien. Was an *fünf Wochen* hatten sie nicht verstanden? „Lass dir Zeit", sagte ich mit einer Prise Sarkasmus. Nur dass Pyper schon zu weit weg war, um mich zu hören.

Teufel nochmal! Ich schnappte mir mein Handy und rief Kat an. Voicemail. Ich holte tief Luft. „Kat, ich weiß nicht, wo du bist, aber du hast versprochen, dass du zur Mittagszeit hier sein würdest. Es ist jetzt ein Uhr. Wenn du nicht in fünf Minuten anrufst oder auftauchst, werde ich dir einen Findezauber auf den Arsch hetzen." Ich warf mein Handy in wütender Befriedigung auf ein Sofa. Eine Sekunde später klingelte es. „Kat?"

„Jade! Ich fahre. Lass den Findezauber stecken."

„Wo bist du?", fragte ich. „Die Näherin muss in fünfzehn Minuten weg."

5

„Jetzt fünf", korrigierte Ms. Bella.

Scheiße! „Mach fünf draus", sagte ich.

„Tut mir leid. Ich werde es nicht rechtzeitig schaffen. Der Verkehr auf der 90 ist schrecklich. Sattelschlepper umgekippt, und es staut sich bis weiß-Gott-wohin. Hoffentlich schaffe ich es in einer halben Stunde, dann können wir an ein paar anderen Details arbeiten. Warte mal, okay?" Im Hintergrund dröhnte eine Hupe. „Oh, halt die Klappe, alter Kauz!"

„Ähm ..."

„Sorry. So ein alter Sack war der Meinung, ich wäre nicht schnell genug. Ich schaffe es nicht zur Anprobe, aber ich werde so schnell wie möglich für die restlichen Termine da sein."

„Okay. Fahr vorsichtig. Und lass den Mittelfinger unten."

Sie lachte. „Ich werde versuchen, mich zu beherrschen."

Ich ließ das Handy auf den Tisch fallen, warf Pyper einen finsteren Blick zu und schenkte Ms. Bella ein entschuldigendes Lächeln. „Tut mir leid. Kann ich Sie heute Nachmittag anrufen, um einen neuen Termin zu vereinbaren?"

Ms. Bella steckte ihre Nadeln und Kreide in ihre Tasche und nickte. „Wir müssen bis Ende dieser Woche alles abgesteckt haben, wenn ich vor dem großen Tag noch Zeit für eine Anprobe haben soll."

Ich schenkte ihr ein dankbares Lächeln. „Ich werde dafür sorgen. Nochmal vielen Dank fürs Kommen. Ich weiß es sehr zu schätzen."

Sie ergriff meine Hand und lächelte. „Alles für Eloises Enkel."

Ich zwang mich zu einem weiteren Lächeln. Diese Frau war die beste Freundin von Kanes Großmutter gewesen. Es war mir schrecklich unangenehm, dass wir ihre Zeit verschwendet hatten.

Ich half Ms. Bella, ihre Sachen zu ihrem Auto zu bringen. Auf dem Rückweg schlurfte ich vor wochenlanger Müdigkeit.

Seit ich vor einem Monat von meinem Ausflug ins Engelsreich zurückgekommen war, fühlte ich mich nicht ganz wie ich selbst. Ich war erschöpft, und nicht einmal Beas Kräuterpillen halfen dagegen. Ich ging in die Küche. „Gwen?"

Meine Tante richtete sich vor dem Ofen auf, Zucker und Mehl auf ihrem roten T-Shirt und ihrer Latzhose. „Die Kekse sind im Ofen. Riechen sie nicht wunderbar?"

Das Aroma brachte mich sofort fünfzehn Jahre zurück in Gwens Küche in Idaho. Trotz meiner schlechten Stimmung lächelte ich. „Riecht wie zu Hause."

Sie drückte mir einen warmen Snickerdoodle in die Hand. Ich nahm ihn und seufzte, als ich in den köstlichen Keks biss. Meine Tante streichelte mir mit der Hand über den Arm. „Entspann dich, Sweetie. Alles wird gut. Nach ein oder zwei Keksen wirst du dich besser fühlen."

„Ich bezweifle, dass Gebäck irgendwas reparieren wird."

Eine Spur von Schmerz blitzte in ihren Augen auf.

Mist. Ich drückte ihre Hand, die immer noch auf meinem Arm ruhte. „Tut mir leid. Es ist nur so, dass Kanes Mutter hier aufgewachsen ist." Ich zog sie aus der Küche und machte eine ausladende Handbewegung auf das wunderschöne Haus. „Ich wollte, dass alles perfekt ist. Wenn sich alles weiter so langsam entwickelt, essen wir Gegrilltes von Papptellern."

„Jade, Darling. Kane ist vom Leben seiner Eltern nicht beeindruckt. Er erwartet nicht, dass du mit ihnen konkurrierst."

Ich schluckte die in meiner Brust aufsteigenden Selbstzweifel herunter und schüttelte den Kopf. „Ich bin nur nervös. Ich will nicht, dass sie mich als Landei aus Idaho betrachten."

Sie legte einen Arm um mich und führte mich zum Tisch. „Das werden sie nicht. Und selbst wenn, ist es ihr Verlust. Kane liebt dich, und das ist alles, was zählt."

Aus der Küche ertönte ein Summer, und Gwen verschwand und ließ mich allein. Pyper lachte aus dem anderen Zimmer. Ich runzelte die Stirn und nahm mir wieder mein Handy. Verpasster Anruf von Kane. Ein Teil der Unruhe in meiner Brust ließ nach. Lächelnd tippte ich seine Nummer.

„Hey, hübsche Hexe", sagte er mit leiser und verführerischer Stimme. „Ich habe über diesen Traumspaziergang nachgedacht, den wir letzte Nacht gemacht haben. Wie wäre es, wenn wir das versuchen, wenn ich nach Hause komme?"

„Auch hey." Ich benetzte meine Lippen, stellte ihn mir vor, wie er nackt mit mir im Wasser Liebe machte. Kane war ein Traumwandler und konnte in meine Träume kommen, wann immer er wollte, was fast jede Nacht geschah. „Wir haben keinen Pool."

„Ich rufe eine Baufirma an, sobald wir aufgelegt haben."

Ich lachte. „Alles klar. Klingt perfekt. Wolltest du mir was sagen oder einfach nur mit mir flirten?"

„Ich habe gehört, dass du vielleicht ein paar gute Nachrichten gebrauchen könntest."

„So?" Ich warf einen Blick auf Pyper hinter mir. Sie war wieder damit beschäftigt, in ihr Notizbuch zu schreiben. Ich hoffte, dass, was auch immer sie buchte, verdammt wichtig war. Wenn nicht, würde ich sie erwürgen. Es war nicht so, als ob ich jeden Tag heiratete. „Hat Kat dich angerufen?", fragte ich Kane.

Er lachte leise. „Vielleicht."

Kopfschüttelnd lächelte ich vor mich hin. Meine beste Freundin wusste immer, was ich brauchte. „Okay, was ist die gute Nachricht?"

„Abgesehen von der Tatsache, dass ich Pläne habe, die in genau sieben Stunden anfangen, Duschen beinhalten und dich ausziehen, um –"

„Entschuldigung", rief eine sanfte weibliche Stimme im Hintergrund. „Mr. Rouquette?"

„Verdammt", murmelte er. „Warte einen Moment, Jade."

Einen Moment rauschte es in der Leitung, bevor Kane wieder sprach. „Hey, Baby, ich muss noch ein bisschen Papierkram erledigen, auf den der Kurier wartet. Kann ich dich nachher nochmal anrufen?" So viel zu meinen guten Nachrichten. „Sicher. Hör dich bald wieder."

„Hab dich lieb." Dann war die Leitung tot.

Durch den Klang von Kanes Stimme ein wenig besänftigt rollte ich meine Schultern, versuchte, mich zu entspannen, und machte mich auf die Suche nach meiner Mutter. Das Haus war groß, aber nicht *so* groß. Was konnte sie fünfundvierzig Minuten lang tun? Ich warf Pyper einen frustrierten Blick zu, als ich die Treppe hinaufging. Sie schenkte mir ein entschuldigendes Lächeln, den gleichen Blick, den sie mir zugeworfen hatte, als sie ans Handy gegangen war. Der, der mich zu sehr wütend gemacht hatte, um ihn zu deuten. Zumindest hatte sie ein schlechtes Gewissen.

Hatte ich das wirklich gerade gedacht?

Oh, Himmel. Ich war ungefähr fünf Sekunden davon entfernt, offiziell zur Brautzilla zu mutieren. Ich atmete tief durch, und der Rest meiner Anspannung verschwand augenblicklich. Alle gaben sich Mühe, auch wenn nichts wie geplant lief.

Früher wusste ich immer genau, was meine Freunde fühlten, doch da ich meine Empathengabe jetzt nicht mehr hatte, fiel es mir schwer, mich anzupassen. Wenn man sein ganzes Leben mit den Emotionen seiner Lieben verbracht hatte, war es ziemlich beunruhigend, wenn die Gabe plötzlich verschwand.

Letzten Monat hatte es der Engel Meri geschafft, Zugang

zu meiner Seele zu bekommen, und am Ende teilten wir sie –
ein Schicksal, das normalerweise einen von uns getötet hätte.
Der Engelsrat hat sich eingemischt und beschlossen, dem
Engel meine Seele zuzusprechen. Bei der Übertragung hatte
sich meine Seele jedoch gespalten, und jeder von uns hatte eine
Hälfte bekommen. Die halbe Seele, die Meri bekam,
beinhaltete auch meine Empathengabe.

Zuerst war ich erleichtert. Ich empfand zum ersten Mal in
meinem Leben Frieden und Ruhe. Keine andere Energie
beeinflusste meine Stimmungen. Es war Glückseligkeit. Bis
mir klar wurde, wie sehr ich mich auf dieses Gefühl verlassen
hatte, um mit den Menschen um mich herum umzugehen. Ich
war wie eine Gehörlose, die ohne jegliches Training versucht,
von den Lippen zu lesen.

Oben an der Treppe blieb ich stehen und lauschte. Wo war
Mom? Stille. Hmm. Ich ging direkt zu dem Raum, den wir in
ein Büro für mich umgewandelt hatten. Die Tür war nur
angelehnt. Drinnen glänzte der Schreibtisch aus dunklem
Nussbaumholz, mein Laptop stand immer noch geschlossen in
der Mitte. Kein Stift war fehl am Platz. Die Gästezimmer
dahinter waren leer. Ich wurde langsamer, als ich mich dem
fliederfarbenen Zimmer näherte. Von drinnen hörte ich Papier
rascheln. Oh nein.

Ich stieß die Tür auf. Mom stand vor der antiken
Kommode, die Arme ausgestreckt, fünf Kerzen angezündet.
Mit geschlossenen Augen rezitierte sie: „Verloren. Gefunden.
Verloren. Gefunden. Öffne meinen Blick. Lass das Verlorene
gefunden sein." Es war der Findezauber, den sie mir vor so
langer Zeit beigebracht hatte.

„Mom!", rief ich und rannte auf sie zu. „Nein." Als ich das
letzte Mal diese Kerzen angezündet hatte, war Camille, der
Geist der Plantage, aufgetaucht. Sie hatte auf der Weihnachts-
/Verlobungsfeier, die Kane und ich vor ein paar Wochen

veranstaltet hatten, allerhand Chaos angerichtet. Bea sagte, mit den Kerzen sei eine Art Beschwörungszauber verbunden, doch wir hatten noch keine Gelegenheit gehabt, sie zu neutralisieren.

„Zeig dich!", befahl Mom.

Scheiße, scheiße, scheiße.

Die Kerzen flackerten, und einen Moment später erloschen die Flammen. Die restlichen fünf Rauchschwaden schossen aus der Tür. Mom rannte an mir vorbei in den Flur. Ich folgte ihr und dem Rauch die Treppe hinunter in die Küche. Der Rauch kräuselte sich in der Nähe der Speisekammer und verschwand durch den Türschlitz.

Sie riss die Tür auf, und genau dort lag zwischen den Konserven mein Hochzeitsplanungsbuch. „Endlich. Der Göttin sei Dank. Ich habe den ganzen Morgen danach gesucht."

Gerade, als ihre Hände sich um den Ledereinband legten, kroch ein Gefühl von Kälte über meinen Körper. Meine Gliedmaßen wurden taub, und ich rang nach Luft, unfähig, meine Lungen mit der eisigen Luft zu füllen.

Mom wirbelte herum und hielt mir das Buch entgegen. Ihr triumphierendes Lächeln verschwand, und sie wich einen Schritt zurück.

„Hope?" Von weit her hörte ich die Stimme meiner Tante. „Was ist los?"

Rauschen klirrte in meinen Ohren. Die Kälte kroch meine Wirbelsäule hinauf, meine Beine hinunter, prickelte über jeden Zentimeter meiner Haut und lähmte mich. Dann verkrampften sich meine Muskeln mit einer plötzlichen Kraft, als das Eis durch meine Adern direkt in mein Herz raste. Panik schrie aus den Tiefen meines Gehirns, doch ich konnte mich nicht bewegen. Konnte nicht sprechen. Konnte nicht einmal denken.

Das Einzige, was ich tun konnte, war zu fühlen. Fremde

Freude und Triumph strömten in mein Herz und widersprachen schrecklich meiner eigenen verwirrten Angst. Ein schwindelerregendes Hochgefühl erfasste mich, und meine tauben Glieder bewegten sich wie von selbst.

Frustrierte Tränen sammelten sich in meinen Augen, die einzige Form von Protest, die ich aufbringen konnte, als etwas, *jemand* meinen Körper unbeholfen an Gwen vorbei zu den warmen Snickerdoodles trug, die immer noch auf dem Kuchengitter abkühlten.

Meine zitternde Hand griff nach einem Keks. Ohne mein Zutun stopfte meine Hand den ganzen Keks in meinen geöffneten Mund. Ein schrilles Stöhnen der Ekstase entkam den Tiefen meiner Kehle, als der Zimtzucker auf meiner Zunge schmolz. Ohne es zu wollen schluckte ich und leckte die überschüssigen Krümel von meinen Lippen. Ein weiteres zufriedenes Stöhnen. Und dann fielen mit hoher, schwindelerregender Stimme Worte aus meinem Mund. „Es ist hundert Jahre her, dass ich sowas Köstliches probiert habe." Ich kicherte und fügte hinzu: „Oder überhaupt irgendwas."

Nein, nein, nein, schrie ich, doch die Worte gingen nirgendwohin. Sie blieben in meinem Kopf eingesperrt.

„Jade?", fragte Gwen mit weit entfernter Stimme, die vor Sorge zitterte.

Meine Mutter kniff die Augen zusammen, und plötzliche Angst ersetzte die Freude, die mich erfüllte. Mein Herz schlug schneller, als meine Mutter wieder die Arme hob. Grüne Energie knisterte an ihren Fingerspitzen, ihre Erdmagie umfloss in einem spinnenartigen Netz ihre Hände. Die Magie schoss gleichzeitig hervor, als sie rief: „Lass sie frei!"

Das Eis schmolz für den Bruchteil einer Sekunde, bevor mich die Magie direkt in meinen Magen traf. Feuer explodierte durch mich und schleuderte mich mit solcher Wucht zurück, dass ich in hohem Bogen durch den Raum flog und gegen die Wand krachte. Einen Moment lang schien ich dort zu hängen, dann sackte ich keuchend zu Boden.

„Oh nein, Jade!" Die Stimme meiner Mutter war jetzt klar, kein Rauschen mehr, nur ein Klingeln davon, nachdem ich einen Schlag von einer sehr mächtigen Erdhexe kassiert hatte. „Es tut mir so leid, Schatz", sagte sie und kniete sich neben mich, um mich zu untersuchen.

Ich bewegte meine Arme, dann meine Beine und rollte meinen Hals. Alles gehorchte mir wieder. „Mir geht's gut, Mom", sagte ich, schob sie aus dem Weg und starrte dem Geist, der es gerade geschafft hatte, von mir Besitz zu ergreifen, direkt ins Gesicht. „Camille", sagte ich in einem leisen, gefährlichen Ton.

„Hallo, Jade", sagte sie mit ihrer hohen, wohlklingenden Stimme. „Ich freue mich so, dich wiederzusehen."

KAPITEL ZWEI

*D*ie große, dunkelhaarige Frau schwebte neben mir, ihr perlenbesetztes Ballkleid aus Satin floss anmutig zu ihren Füßen. Ich trat ein paar Schritte zurück und versuchte, der Kälte in meinen Knochen zu entkommen. Gwen legte schützend eine warme Hand auf meinen Arm.

Camille, der Hausgeist von Summer House, schwebte näher und lächelte gelassen.

„Bleib wo du bist!", forderte ich.

Der Geist streckte seine Hand aus, und ihre eisigen Finger schlossen sich um mein Handgelenk. Wie sollte ich sie draußen halten? Ich konnte schon ihre Aufregung meinen Unterarm hinauffahren spüren.

Meine Magie funkelte in meiner Brust. Aus den Tiefen meines Inneren raste eine Hitzewelle auf ihre eisige Sonde zu. Die Empfindungen verbanden sich für ein paar Augenblicke zu einer Art mystischem Patt. Ich sah in Camilles blassgraue Augen. Unsere Blicke begegneten sich, und ich kämpfte gegen ihren Halt. Meine Kraft ließ nach, als meine Macht meinem geistigen Griff entglitt. Ich stieß ein frustriertes Knurren aus, und meine Magie floh und verschwand, als ihre Energie wieder in mich eindrang.

Verschwommen sah ich Gwen und Mom, die in der Luft schwebten, und die Hände meiner Mutter funkelten vor Magie. Ich schüttelte panisch den Kopf, weil ich Angst hatte, dass sie mich noch einmal durch den Raum schleudern würde. Ich war mir nicht sicher, was schlimmer war – der Geist oder eine Gehirnerschütterung.

Ungreifbare Gedanken formten sich in meinem Kopf. Rache. Tod. Eine Frau, die ein lebloses Kind hält, Tränen, die auf das Engelsgesicht des kleinen Mädchens fallen. Abgrundtiefer Schrecken packte mein Herz, als mir klar wurde, dass keiner dieser Gedanken von mir stammte. Sie waren Camilles. Sie drang nicht nur in meinen Körper, sondern auch in meinen Geist ein.

Hass kroch wie Ranken durch mein Unterbewusstsein und verfing sich in meinem Herzen, meinem Körper und meiner Seele. Ich vibrierte davon. Irgendwo tief im Inneren schreckte ich vor dem Horror zurück, der mich durchflutete. „Lizzie", sagte ich, meine Stimme war hoch und definitiv nicht meine eigene, als ich mich auf die Erinnerung an das geliebte Mädchen konzentrierte.

„*Eximo!*" Die kraftvolle Stimme durchdrang den grauen Nebel meiner Gegenwart. Ein qualvoller Schrei entrang sich meiner Kehle, und ich sackte zu Boden, als meine Glieder von gefroren zu taub zu glühend heiß wurden. Das Grau verblasste. Vor mir erstreckten sich cremefarbene Fliesen. Drei aufgeregte Stimmen erfüllten die Küche, ihre Worte strömten in Schnipseln in mein Bewusstsein. *Besessen. Geist. Schwarze Magie. Bea.*

Starke Hände ergriffen meine Schultern und ließen mich zusammenzucken. Meine Muskeln schrien vor Protest, und meine Nervenenden fühlten sich lebendig an wie ein heißer

Draht. Ich rollte mich in eine Embryonalhaltung ein, wiegte mich hin und her und versuchte, das schreckliche Gefühl abzuschütteln.

„Tritt zurück."

„Mom?", flüsterte ich. War sie das?

Etwas Samtweiches strich über meine Haut und beruhigte das Feuer, das unter der Oberfläche brannte. Ich öffnete meine Augen und blinzelte, um durch die frühe Nachmittagssonne zu sehen, die durch ein nahegelegenes Fenster hereinströmte. Einen Augenblick später wurden ihre grünen Augen scharf.

„Mom?", sagte ich noch einmal.

„Jetzt ist alles in Ordnung, Jade. Du bist okay. Alles wird gut." Sie saß neben mir, eine Hand auf meiner Schulter, die andere strich mir über die Haare.

„Was ist passiert?" Meine Gedanken waren unkonzentriert. Ein Kind war verletzt. Jemand brauchte Hilfe. Ich rappelte mich auf.

„Immer langsam, Shortcake", beruhigte Mom mich. „Es ist jetzt alles vorbei."

„Aber ..." *Lizzie.* Sie brauchte mich. Ich musste zu ihr.

Ein lautes Krachen, als würde eine Tür gegen eine Wand knallen, ertönte von der anderen Seite des Raumes. Jemand anderes beugte sich über mich. Blonde Haarsträhnen fielen in mein Blickfeld.

„Jade", sagte die Frau. „Was war das? Was ist passiert?" Ich erkannte ihre Stimme. Lailah. Eisblaue Augen verengten sich, als ihr intensiver Blick versuchte, meine Konzentration zu beherrschen.

„Lizzie", wiederholte ich. „Sie ist verletzt."

„Wer ist Lizzie?", fragte Mom leise.

„Jade." Lailah nahm sanft einen Arm und zog mich auf die Beine. „Wer hat dir das angetan?"

Ich starrte sie aus glasigen Augen an.

„Sie war besessen", sagte meine Mutter, und ihre Stimme hallte in der Ferne wider. „Ein Geist."

Lailah stieß einen zittrigen Atemzug aus. „Okay, lass sie uns an einen bequemen Ort bringen."

Die beiden halfen mir auf. Mein Kopf drehte sich, und meine Augen waren unfokussiert. Vage erkannte ich den Geruch von Leder, als sie mich auf ein Sofa legten. Pyper und Gwen tuschelten hinter uns, doch mein Verstand konnte sich nicht konzentrieren. Ich sah nur die großen, flehenden blauen Augen des hilflosen Kindes.

Ich vergrub meinen Kopf in einem der kühlen Kissen, als die Trauer aus den Tiefen meiner zerfetzten Seele aufstieg und ich ein Schluchzen unterdrücken musste, unfähig, die fremden Gefühle zu kontrollieren.

„Beeilt euch!", befahl Lailah. Schritte schlurften um mich herum. Dann legte sich eine Wärme tief in meine Knochen, und es war, als würde sich ein Schleier lichten. Der Raum rückte in den Fokus, hell von natürlichem Licht.

Ich setzte mich auf und sah mich in die besorgten Gesichter von Mom, Gwen, Pyper, Lailah und Kat um. Wann war Kat gekommen? „Was ist passiert?", fragte ich und wischte Tränen weg, von denen ich nicht gewusst hatte, dass ich sie vergossen hatte.

Stirnrunzelnd setzte sich Lailah neben mich. „Ein Geist hat dich besessen."

Ich schloss meine Augen und fröstelte. Wie hatte sie das geschafft? Ich zuckte zusammen und stand auf wackeligen Beinen auf, verzweifelt auf der Suche nach dem Geist. „So viel weiß ich. Ist sie noch hier? Wo ist sie?"

„Nein, Liebes." Gwen schob mich zurück auf das Sofa. „Lailah hat sie verbannt."

Kat stellte sich neben mich und legte mir sanft eine Hand auf die Schulter. Nach all den Jahren als beste Freunde reagierte mein Körper auf ihre Absichten, ohne dass ich auch nur nach meiner Magie greifen musste. Ich blickte dankbar zu ihr auf, als ihre prickelnde Energie in mich floss und mich stärkte.

Bevor ich gewusst hatte, dass ich eine Hexe war, hatte ich diese ungewöhnliche Gabe der Energieübertragung immer als Teil meiner empathischen Fähigkeit betrachtet, wahrscheinlich weil sie mit einer starken Dosis Emotionen der anderen Person einherging. Diesmal bekam ich nichts von Kats Ruhe mit, nur einen vagen stärkenden Strom, der das Zittern sofort beendete. Jetzt wusste ich, wie sich andere Menschen fühlten, wenn ich ihnen Energie gab, nur dass ich Kats stetige emotionale Energie vermisste. Die hätte ich auch gebrauchen können.

„Das ist nicht alles." Lailah ging auf und ab, ihre Schritte wurden von dem Teppich mit Lilienmuster gedämpft. Sie blieb stehen und stemmte die Hände in die Hüften. „Ich habe gespürt, als es passiert ist."

Ich lehnte mich gegen das Sofa zurück und musterte sie ein wenig überrascht. Lailah war ein Engel. Sie rettete Seelen, konnte Auren sehen und Zauber wirken. Sie war keine Hellseherin oder Empathin. Sie hätte nicht spüren dürfen, was mit mir los war.

„Whoa", sagte Pyper gedämpft. „Ist es die Engelsverbindung?"

Lailah nickte, und eine Locke ihres honigblonden Haares fiel aus ihrem eilig gebundenen Knoten. Sie strich sie zurück und setzte sich mir gegenüber auf einen Sessel. Mit besorgten Augen beugte sie sich vor. „Die Bindung sollte inzwischen verblasst sein."

Vor zwei Monaten hatte Lailah darum gebeten, einzuschreiten und mir als mein Schutzengel zugewiesen zu werden. Der Bitte war stattgegeben worden, doch nur unter der Bedingung, dass ihr Schicksal an meines gebunden war. Als der Engelsrat meine Seele dem Ex-Dämon Meri zugesprochen hatte, hatte Lailah gespürt, wie meine Seele in zwei Teile gerissen war, als wäre es ihre eigene.

„Ich dachte, das war vorübergehend", sagte ich. „Ich meine, du hast nichts anderes gespürt, oder?"

Hitze stieg meinen Nacken empor, und ich wusste, dass ich glühend rot sein musste. *Bitte, Göttin, lass sie nichts von meinem Privatleben mit Kane wissen.* Die Intensität unseres Liebeslebens reichte aus, um sich spontan zu entzünden. Wenn es immer noch eine Verbindung zwischen Lailah und mir gab ... Ich schüttelte den Kopf und verdrängte den Gedanken. Das wollte ich mir nicht einmal vorstellen.

Lailahs Lippen zuckten, als sie ein Lächeln unterdrückte. „Nein. Habe ich nicht. Euer Liebesleben ist vor mir sicher."

Ich atmete erleichtert auf.

Alle Belustigung war aus ihrem Gesicht verschwunden. „Doch ich habe gespürt, dass Camille dich besessen hat. Das bedeutet, dass sie sehr gefährlich und unglaublich mächtig ist." Sie zog ihr Handy heraus, tippte ein paarmal darauf herum und hielt es an ihr Ohr. „Wir müssen mit Bea reden."

Wieder? Jedes Mal, wenn etwas schiefging, riefen wir zuallererst meine Mentorin an, die ehemalige Anführerin des Hexenzirkels von New Orleans. Man könnte meinen, wir könnten das Thema zumindest zuerst besprechen.

Lailah runzelte die Stirn und legte auf. „Sie geht nicht ran."

„Sie ist in ihrem Laden", sagte ich. Bea gehörte *The Herbal Connection*, ein auf Hexerei spezialisiertes Zubehörgeschäft.

„Ich weiß." Lailah warf mir einen irritierten Blick zu. „Ich komme gerade von da."

Meine Mutter setzte sich neben mich und legte eine Hand auf mein Knie, um mich auf subtile Weise zum Schweigen zu bringen. Sie richtete ihren Blick auf Lailah. „Erzähl uns, was du erlebt hast."

Lailah senkte ihren Blick auf ihre Hände und überlegte offensichtlich, was sie sagen wollte.

„Spuck's aus." Irritation schwang in meiner Stimme mit.

„Jade", warnte Mom.

„Nein, Jade hat Recht", stimmte Pyper hinter mir zu. „Lailah weiß mehr, als sie zugibt." Sie ging an Lailahs Seite und schenkte ihr ein wenig freundliches Lächeln. „Vielleicht willst du uns einweihen, bevor es hässlich wird."

Ein Lachen stieg in meiner Kehle auf. Pyper hielt nie mit ihrer Meinung hinterm Berg. Es war eines der Dinge, die ich an ihr am meisten liebte. Doch ich schluckte das Lachen herunter. Es hatte keinen Sinn, Lailah zu verärgern, wenn sie Informationen hatte, die wir brauchten. Ganz zu schweigen davon, dass wir nach einem holprigen Start endlich Freundinnen geworden waren. Sie würde es mir irgendwann sagen.

Lailah würdigte Pypers Aufforderung keiner Beachtung. Stattdessen stand sie auf und steckte die Hände in die Taschen ihres Bauernrockes. „Was ist passiert, kurz bevor der Geist aufgetaucht ist?"

Moms Hand flog an ihren Hals. „Oh je. Ich fürchte, ich muss sie aus Versehen gerufen haben."

„Camille?", fragte Lailah.

Ich nickte.

„Ist das das erste Mal seit der Party, dass sie jemand gesehen hat?"

„Ja."

Lailah streckte mir die Hand entgegen.

Ich starrte sie fragend an und zog dann eine Augenbraue hoch.

Sie nickte kurz mit dem Kopf. Ich unterdrückte einen

Seufzer und nahm ihre Hand. Sie zerrte mich auf die Beine und zur Tür. „Wir müssen dich hier rausbringen."

Sie hatte mich auf halbem Weg zur Haustür gezogen, bevor es mir gelang, mich am Treppengeländer festzuhalten und meine Hand aus ihrer zu reißen. „Ich kann jetzt nicht gehen. Die Caterer sind unterwegs. Es gibt Essen zu probieren und Entscheidungen zu treffen."

„Jade." Lailah stemmte ihre geballten Fäuste in die Hüften. „Es ist zu gefährlich. Der Geist ist verbannt, aber nicht in eine andere Dimension. Sie ist stark. Sie könnte jederzeit wiederkommen."

„Weißt du, was gefährlich ist?" Ich erhob meine Stimme, schrie fast. „Wenn noch irgendjemand versucht, meine Hochzeitsplanung zu durchkreuzen." Ich kniff meine Augen zusammen und starrte sie an. „Hast du eine Ahnung, wie schwer es war, Dienstleister zu finden, die bereit waren, uns so kurzfristig und während des Mardi Gras einzuschieben? Und sie helfen uns nur, weil ihre Großeltern Freunde von Kanes Familie waren. Ich kann nicht weg. Ich gehe nicht."

Lailah verspannte sich und ihre Nasenflügel bebten. Ich brauchte meine Empathie nicht, um zu erkennen, wie wütend sie war. Sie holte tief Luft und öffnete den Mund, zweifellos bereit, mich zurechtzuweisen. Doch dann wanderte ihr Blick zum Treppenhaus, und ihr Gesicht wurde weiß. All die Wut, die ihr in die Wangen gestiegen war, war in diesem Augenblick verschwunden.

„Was ist?", flüsterte ich und hatte fast Angst, ihrem Blick zu folgen. Ich drehte meinen Kopf, wurde aber von hinten gestoßen, als Mom schrie: „Beweg dich!"

Ich stolperte nach vorn und stieß mit Lailah zusammen, die mich dankenswerterweise kommen sah und mich mit ausgestreckten Händen auffing.

Hinter mir sang Mom einen lateinischen Zauberspruch,

und ihre Kraft pulsierte mit genug Magie, um meine eigene zu entzünden. Ich versuchte, mich wieder zu ihr umzudrehen, doch diesmal packte Kat meinen anderen Arm, und sie und Lailah zerrten mich aus dem wunderschönen Haus.

„Halt! Lasst los." Ich schlug um mich und versuchte, mich zu drehen und zu wenden, doch keine gab einen Zentimeter nach. Als wir draußen waren, erwartete ich, dass sie mich loslassen würden. Sie taten es nicht. Stattdessen führten sie mich zu Kanes Auto und stießen mich auf den Beifahrersitz.

„Hey. Passt auf", sagte ich, als mein Kopf den Türrahmen streifte.

„Sorry", sagte Kat. „Das ist nur zu deinem Besten."

Ich wäre aufgestanden, doch beide hielten mich im Auto fest. Ich brauchte all meine Willenskraft, um keiner von ihnen vors Schienbein zu treten. „Was zur Hölle war das?"

„Der Geist, Jade", sagte Kat mit ungläubig geweiteten Augen. „Sie ist die Treppe runtergekommen und wurde mit jeder Stufe solider. Es ist, als würdest du sie mit Energie speisen."

„Genau das passiert", sagte Lailah und fing wieder an, auf und ab zu gehen.

Dann kam Pyper aus dem Haus gerannt. „Lailah, Hope braucht dich!"

Lailah sah mir in die Augen. „Bleib!" Sie nickte Kat zu. „Setz dich auf sie, wenn es sein muss."

„Wird gemacht." Kat stellte sich direkt vor mich und bewegte sich erst, als Pyper auftauchte.

„Oh mein Gott. Das war verrückt." Pyper setzte sich vor meinen Füßen ins Gras und zog ihr Handy hervor.

Ich riss es ihr aus der Hand. „Niemand ruft irgendjemanden an, bevor ich Antworten bekomme. Was ist da drin los?"

Kat hob ihre Hände. „Ich weiß nicht. Mein Job ist nur, dich von diesem Geist fernzuhalten."

Pyper griff nach ihrem Handy und runzelte die Stirn, als ich es nicht zurückgeben wollte. „Ich weiß es auch nicht. Es hat sich angehört, als ob Hope versucht hat, sie zu fesseln oder zu verbannen. Ich bin mir nicht sicher. Aber verdammt, war es nicht seltsam, dass sie fast lebendig ausgesehen hat? Außer ihren Augen." Pyper schauderte und sah mich an. „Das Leben mit dir ist nie langweilig."

Ihr Handy summte, doch anstatt abzunehmen, schaltete ich es aus.

„Hey!"

„Wer auch immer es ist, du kannst zurückrufen."

„Was, wenn es Kane ist?" Pyper streckte ihre Hand aus, als ob ihre Frage keinen Zweifel zuließ.

„Dann kannst du ihn zurückrufen."

Sie presste die Lippen aufeinander und schüttelte den Kopf. Ich versuchte herauszufinden, ob sie wütend oder amüsiert war. Ich konnte es nicht sagen.

„Er wird sauer sein, das weißt du schon, oder." Diesmal lächelte sie. Ein echtes Lächeln. „Wenn er herausfindet, dass du wieder mit Geistern spielst."

„Ich spiele mit niemandem." Ich runzelte die Stirn und wünschte, ich könnte den Schlüssel ins Zündschloss stecken und losfahren und meine nervigen Freundinnen zurücklassen. Doch die Caterer waren auf dem Weg. Ich durfte sie nicht versetzen. „Beweg dich, ich glaube, sie brauchen meine Hilfe."

„Ich glaube nicht." Kat trat beiseite und enthüllte Lailah, Gwen und meine Mutter, die auf uns zukamen.

Ich stieg aus dem Auto und wich Pyper aus. „Was ist passiert? Ist sie weg?"

Mom und Gwen nickten, doch Lailah schüttelte den Kopf.

„Oh, Lailah, nein", sagte Mom. „Wirklich?"

„Ich fürchte schon." Lailah drehte sich zu mir um. „Tut mir leid. Der Geist ist irgendwie mit dem Haus verbunden. Wir haben versucht, sie vom Anwesen zu verbannen, doch obwohl ich gespürt habe, wie der Zauber wirkte, ist er am Ende gescheitert."

„Okay." Ich atmete tief durch, um mich zu beruhigen. „Ich habe schon einmal mit einem Geist gelebt. So schlimm kann es nicht sein." Ein Schauer durchfuhr mich, als ich mich an das leblose kleine Mädchen in meinen Armen erinnerte. „Abgesehen vom Besessensein, meine ich. Gibt es eine Möglichkeit, sich davor zu schützen?"

„Natürlich", sagte Mom. „Es gibt Zaubersprüche und Schutzzauber. Wir können was zusammenmischen."

Lailah schüttelte wieder den Kopf. „Diesmal nicht, Hope. Ich sage es ungern, doch ich fürchte, Jade und Kane werden einen neuen Veranstaltungsort für ihre Hochzeit finden müssen."

Ein neuer Veranstaltungsort? Auf keinen Fall. Das war das Haus von Kanes Familie. Wir mussten dort heiraten. „Lailah." Ich packte ihren Arm und schüttelte sie. „Was erzählst du mir nicht?"

Wir alle verstummten und warteten auf die Antwort.

„Scheiße", murmelte Lailah. „Ich wollte zuerst mit Bea reden, aber das ist zu ernst, um zu warten."

Ich starrte sie an, meine Arme vor meiner Brust verschränkt.

„Es ist deine Seele", sagte sie schwach. „Der Geist kann von dir Besitz ergreifen, weil Meri die andere Hälfte hat. Du bist ein leichtes Ziel."

Mein Magen sackte mir in die Kniekehlen. Ich wusste, dass mir diese Seelenspalterei auf die Füße fallen würde. Ich hatte nur nicht geahnt, dass es so sein würde. „Du sagst also, wann immer ein Geist in der Nähe ist, kann er von mir Besitz ergreifen?" Wie nett. Was, wenn ich wieder einem bösen Bastard wie Roy über den Weg laufe? Himmel. Das Leben wurde immer besser und besser.

„Ich weiß nicht, ob *jeder* Geist das kann. Doch dieser hier schon. Und es ist volle Inbesitznahme. Das habe ich auf dem Weg hierher im Auto gespürt."

Ich runzelte die Stirn. „Was denkst du, warum das so ist?" Lailah ließ die Schultern sinken. „Es ist die Engelssache. Ich bin immer noch mit deiner Seele verbunden. Weil der Geist versucht, deine zu benutzen, spüre ich es."

Meine Brust schnürte sich zusammen, und ich kämpfte darum, Luft zu holen. „Willst du damit sagen, dass der Geist meine Seele stehlen könnte?"

Ihre traurigen Augen begegneten meinem Blick. „Es ist möglich."

Warum musste immer mir dieser Mist passieren?

Ich schlug mit der Hand auf das Dach des Autos und bemerkte kaum den Schmerz, der durch meinen Unterarm raste. „Verdammter Mist! Kann eine Hexe keine Auszeit bekommen?"

„Fuck", flüsterte Pyper.

„Deshalb kannst du also nicht für die Caterer bleiben. Oder überhaupt hier sein. Wir brauchen Bea. Sie ist unsere beste Chance, den Geist zu exorzieren", sagte Lailah vernünftig.

„Aber –"

„Pyper und ich bleiben", sagte Kat. „Wir werden sie wissen lassen, dass du einen Notfall hattest. Wir kosten alles aus und bringen dir das Beste zur Auswahl mit. Wäre das okay für dich?"

„Was, wenn der Geist versucht, von jemand anderem Besitz zu ergreifen? Ich meine, im Moment bin ich das leichte Ziel, doch wenn ich weg bin, könnte sie es mit einem von euch versuchen."

Lailah schüttelte den Kopf. „Sie sind alle zu stark. Sie kommt nicht rein. Ihre Seelen werden es nicht zulassen."

„Oh." Ich runzelte die Stirn. „Was ist mit Meri? Ist sie auch in Gefahr?"

Sie zuckte mit den Schultern. „Um ehrlich zu sein, ich weiß es nicht. Sie ist ein Engel, also könnte es für sie anders sein."

„Wir müssen sie anrufen."

„Ich werde es tun", sagte Mom.

Pyper stand neben Kat und grinste. „Auch wenn du weißt, wie sehr ich Geister *liebe*, würde ich Kat gerne dabei helfen, sich um die Caterer zu kümmern. Sollen wir dich in ein paar Stunden wieder in der Stadt treffen?"

Ich seufzte und wünschte mir, keiner von uns müsste da sein. Pyper war vor einigen Monaten in einer anderen Realität von Roy, dem bösen Geist, gefoltert worden. Sie verarbeitete es, indem sie ihrem Freund Ian half, Geister zu jagen. Das musste für sie so ähnlich sein, wie wieder aufs Pferd zu steigen. Doch das war viel furchterregender als alles, womit Ian zu tun hatte.

„Was bringt das schon?" Ich warf meine Hände geschlagen in die Höhe. „Wenn wir hier nicht heiraten können, können wir genauso gut von vorne anfangen. Und so spät wird kein anderer Veranstaltungsort frei sein." Ich schloss meine Augen und versuchte, nicht zu weinen. Kanes Großeltern hatten hier geheiratet. Er hatte sich immer gewünscht, hier die Trauung zu haben. Und ich wollte es auch. Ich betrachtete das schöne Haus, Kummer füllte mein Herz.

Lailah legte einen Arm um meine Schultern. „Ich glaube nicht, dass es einen Grund gibt, die Hoffnung zu verlieren. Ich bin zuversichtlich, dass es eine Möglichkeit gibt, euren Hausgast vor der Hochzeit loszuwerden. Lass Pyper und Kat die Vorauswahl treffen, und du kannst den Rest der Planung von Kanes Haus aus erledigen. Fünf Wochen sind eine lange Zeit, um einen lästigen Geist loszuwerden."

„Wenn du meinst." Ich ließ sie mich in ihr Auto schieben und gab Kanes Schlüssel Pyper. „Seid vorsichtig. Wenn irgendwas Seltsames passiert, verschwindet einfach. Okay?"

„Mach dir keine Sorgen, Shortcake", sagte Mom mit einem sanften Lächeln. „Gwen und ich werden hier sein. Wir passen auf deine Freundinnen auf."

Mom war eine mächtige Hexe. Wenn sie stark genug war, um es mit einem Dämon aufzunehmen und zu überleben, war sie stark genug, um es mit einem Geist aufzunehmen. „Danke, Mom."

Die vier standen unter dem moosüberwucherten Baum und sahen zu, wie Lailah und ich die Auffahrt hinunter verschwanden.

Ich drehte mich zu ihr um. „Wenn du mir jemals wieder solche Informationen vorenthältst, verfluche ich dich ins nächste Jahr."

Sie lachte. „Ich würde dich gerne sehen, wie du das versuchst."

KAPITEL DREI

*L*ailah fuhr durch das Tor von Beas Haus im Garden District und bog dorthin ab, wo ihr Kutschenhaus zwischen Reihen blühender Azaleen stand.

Ich spähte aus dem Fenster und runzelte die Stirn. „Ihre Vorhänge sind zugezogen."

Lailah zuckte die Achseln. „Vielleicht hat sie nackt staubgesaugt."

Ich warf ihr einen Blick zu. „Sehr komisch."

„Dachte ich auch." Lailah lächelte, stellte das Auto auf den Parkplatz und öffnete ihre Tür.

Langsam folgte ich. Abgesehen von meiner Halbseele und der Gefahr, besessen zu werden, stimmte etwas ganz und gar nicht. In den letzten sieben Monaten hatte ich Beas Haus nie mit zugezogenen Vorhängen gesehen. Sie liebte Fröhlichkeit und Sonnenschein. Die Wände innen waren sogar gelb gestrichen und praktisch jede weiche Oberfläche mit Sonnenblumenstoff bezogen.

„Ich glaube nicht, dass sie zu Hause ist", sagte ich und schlurfte über den Zement.

„Ihr Auto ist hier." Lailah deutete auf den grauen Prius und klopfte dann an die Tür.

Ich stand vor der Veranda. Aus irgendeinem Grund konnte ich mich nicht dazu bringen, näher heranzugehen. Das ganze Haus schien von bösem Juju zu vibrieren. Mein Geist prickelte, als könnte ich die Energie spüren, doch nicht ganz. Ich kniff die Augen zusammen und versuchte, das Gefühl einzuordnen. Als niemand die Tür öffnete, trat Lailah zur Seite und versuchte, durch die Fenster zu spähen. Was? Dachte sie, sie hätte einen Röntgenblick? Oder hatte sie eine seltsame Engelsgabe, von der ich nichts wusste?

Eine Vorahnung wuchs in meinem Bauch, und mein Magen drehte sich. Es war, als ob eine dunkle Macht in meine Seele gekrochen wäre und sich in einem Frühwarnsystem manifestiert hätte. „Lailah", sagte ich mit leiser, aber eindringlicher Stimme. „Geh von der Tür weg."

„Ich weiß, dass sie hier ist, Jade. Gib mir einen Moment."

Ich presste meine Handfläche auf meinen Bauch, als die Angst in meinem Innern wuchs. Ich kniff die Augen zusammen und konzentrierte mich. Das war nicht die Angst eines anderen. Sie gehörte allein mir. Jeder Instinkt war in höchster Alarmbereitschaft. Und genau in diesem Moment wusste ich, tief in den Fasern meines Seins, dass die Gefahr in den Schatten lauerte, nur wenige Augenblicke davon entfernt, zuzuschlagen.

„Lailah!" Mit zwei Schritten sprang ich die Treppe hinauf, schlang meine Arme um ihre Mitte und zerrte sie nach hinten.

„Uff!", keuchte sie und stolperte in mich hinein.

Mein Fuß rutschte von der obersten Stufe, und mit erschrockenem Jaulen stürzten wir beide von der Veranda.

Scheiße, das tat weh! Schmerzenspfeile schossen durch meinen Ellbogen und meine Hüfte, als ich versuchte, Lailah von mir herunterzurollen. „Beweg dich!" Ich schob sie weg und rappelte mich auf, ignorierte das Stechen in meinem Knöchel.

„Jade! Was zum …?" Sie rappelte sich auf die Knie auf und schien nicht im mindesten verletzt zu sein. Natürlich nicht, sie war auf mir gelandet.

„Schau." Ich deutete auf das Fenster.

Sie hatte fast die Füße unter sich, als sie aufblickte. Dann erstarrte sie. „Was in aller …"

Dort auf der Veranda, vor dem Fenster, stand ein ätherisches Paar. Er war groß und dünn, hatte einen schmalen Schnurrbart und trug einen dreiteiligen Anzug. Sie war einen Kopf kleiner und trug ein ärmelloses Etuikleid und lange Perlen. Ich konnte durch sie hindurchsehen.

„Steig ins Auto!", befahl Lailah und wich zurück.

Ich riss schon die Beifahrertür auf. Guter Gott. Würde ich jetzt überall, wo ich hinging, Geister sehen? Das Paar schwebte Zentimeter über dem Boden, ihre Augen waren auf mich gerichtet. Ich konnte meinen Blick nicht von ihnen lösen. Angst packte meinen Magen und brachte mich dazu, nach Atem zu ringen. „Bring mich hier weg", flüsterte ich Lailah zu, als wir beide im Auto saßen.

Mit quietschenden Reifen riss sie ihr winziges Auto herum und raste die Auffahrt hinunter.

„Geht's dir gut?", fragte sie, als wir ein paar Minuten später an einer roten Ampel anhielten.

Ich atmete tief durch und versuchte, das Unbehagen in meinem Magen zu beruhigen. „Bring mich einfach nach Hause. Zu Kane, meine ich." Kane und ich lebten zusammen in seinem Schrotflinten-Doppelhaus im French Quarter. Nun, wenn wir nicht im Plantagenhaus waren. Vorher hatte ich in der Wohnung über Kanes Club auf der Bourbon Street gewohnt. Technisch gesehen gehörte sie immer noch mir. Meine Möbel waren noch da. Mein Geisterhund, Duke, auch.

Duke.

War er okay? Würden diese neuen Geister irgendeine Wirkung auf ihn haben? Vielleicht könnte er mich beschützen. Oh Gott. Würde er von mir Besitz ergreifen können? Ich wollte nicht sabbernd durchs Leben gehen wie ein Golden Retriever. Ich sank gegen das Fenster. „Seit wann hat Bea Hausgeister?"

Lailah schüttelte den Kopf. „Ich habe sie noch nie gesehen. Das heißt aber nicht, dass sie nicht schon immer da waren."

„Sie sind neu." Ich schloss meine Augen und versuchte, die gruseligen Gestalten, die sich in meinem Kopf eingebrannt hatten, auszublenden. „Hätte ich sie nicht bemerkt, als ich bei ihr übernachtet habe?"

Nachdem meine Seele gespalten worden war, hatte ich mich eine Woche lang in Beas Haus erholt, während sie auf mich aufgepasst hatte. Während meines Aufenthalts war absolut nichts Außergewöhnliches passiert. Es war die friedlichste Woche meines Lebens gewesen.

„Vielleicht", murmelte Lailah und bog scharf rechts auf die Saint Charles ab. „Aber Camille war schon immer im Plantagenhaus, und das ist das erste Mal, dass sie hinter dir her ist. Habt du und Kane nicht seit Weihnachten viel Zeit dort verbracht?"

Ich kaute auf meiner Lippe. „Ja."

„Dann ist etwas anders." Lailah packte das Lenkrad. „Etwas hat sich geändert."

Ich stieß ein hohles Lachen aus. „Ja. Ein Geist hat versucht, meinen Körper einzunehmen." Ein Schauer durchlief mich, und ich rollte mich nach innen zusammen und wünschte, ich wäre mit der Decke über meinem Kopf im Bett. „Wir müssen Bea finden und uns vergewissern, dass es ihr gut geht. Was, wenn die Geister sie auch terrorisieren?"

Lailah raste über eine gelbe Ampel. In letzter Sekunde bog sie nach links ab.

Ich sah sie an. „Wo fährst du hin?" Wir hätten noch ein Dutzend Blocks lang nicht abbiegen sollen.

„Antworten suchen." Wenige Augenblicke später bog sie den Wagen in eine schmale Einfahrt und parkte zwischen zwei Backsteingebäuden.

„*The Herbal Connection?* Ich dachte, du hättest gesagt, Bea sei nicht da." Ich stieß die Tür auf und stieg aus.

„Sie könnte hinten sein und an Zaubersprüchen arbeiten. Wenn nicht, könnte in ihrem Kalender stehen, wo sie ist." Lailah drückte auf die Fernbedienung ihres Schlüssels, und das Auto piepste, um zu signalisieren, dass es verriegelt war. „Lass uns gehen. Ich will dich nicht länger als nötig auf der Straße haben. Hier draußen könnte weiß Gott was herumhängen."

Ich sah mich um. „Was zum Beispiel? Touristen?" Das French Quarter war immer voller Leute und definitiv seltsamer Leute, doch es war selten, einer anderen Hexe oder einem anderen Engel zu begegnen. Es gab einfach nicht viele von uns.

Sie schnaubte ungeduldig und packte meinen Arm. „Geister, Jade. Geister. Du weißt, dass es im Quarter spukt."

Himmel. Natürlich gab es Geister. Mein Herz pochte. Wäre ich irgendwo in der Stadt sicher? Was war mit Kanes Haus? Oder meiner Wohnung? Dort hatte es schon einmal gespukt. Der Geist war weg, doch was, wenn noch andere da herumlungerten? Ich ließ mich von Lailah zu Beas Laden ziehen und wartete, bis sie die Tür aufschloss. Lailah war nicht nur Beas Schutzengel, sondern auch ihre Verkäuferin.

Wir gingen in den dunklen Laden. Der Geruch von frischem Regen und Meersalz lag in der Luft, und für einen kurzen Moment entspannten sich meine Schultern tatsächlich. Es war der einladende Zauber, den Lailah entwickelt hatte, der jeden Besucher seinen persönlichen Lieblingsduft riechen ließ. Meiner war zufällig Strand und Kanes Rasierwasser. Die Ruhe war jedenfalls nur von kurzer Dauer. Ich verspannte mich. Was, wenn der Laden von Geistern heimgesucht wurde?

„Hier lang." Lailah zerrte an meinem Arm und zog mich durch die ordentlich organisierten Reihen zu einer Tür mit der Aufschrift Hexensanktuarium.

Zumindest dachte ich, dass es eine Tür war. Doch es gab keinen Knauf. Lailah legte ihre Hand flach an die Oberfläche und flüsterte ihren Namen. Der Bereich um ihre Hand herum leuchtete blau und wurde dann weiß, als er mit ihrer Aura verschmolz.

Ich blinzelte und kämpfte gegen das Verlangen an, meine Augen zu schützen. Heilige Scheiße, ihr inneres Leuchten war hell.

Mit einem leisen Klicken schwang die Tür auf.

Illustra", sagte Lailah. Hunderte von Kerzen an den Wänden erwachten zum Leben.

„Wow. Ich denke, das ist eine Art, die Stromrechnung niedrig zu halten."

Lailah verdrehte die Augen und ging zu dem Schreibtisch, der am weitesten vom Eingang entfernt war. Während sie herumwühlte, stand ich mitten im Raum und sah, dass diese Seite der Tür eine Klinke hatte, und nahm dann die beiden Edelstahlarbeitsplätze in Augenschein. Der rechte war tadellos, kein Becher oder Krug fehl am Platz. Der linke hatte halbgefüllte Gläser mit bunten Flüssigkeiten, die einen Haufen verstreuter Notizen beschwerten. Ich trat näher heran und betrachtete die Zubereitungen. Jede hatte ein Etikett, auf dem der Inhalt stand, und bei sorgfältiger Prüfung stellte ich fest, dass die Notizen darunter detaillierte Protokolle der Experimente waren.

„Woran arbeitet Bea?", fragte ich und schnupperte an dem Becher mit der elektrischblauen Flüssigkeit.

Lailah drehte sich um und zog eine Augenbraue hoch.

„Anscheinend nichts." Sie nickte mit dem Kopf in Richtung des leeren Arbeitsplatzes.

Ah, ich hätte es wissen müssen. Lailah hatte einmal erwähnt, dass sie eine geschickte Erfinderin war. Ich stellte die Flüssigkeit ab und vergrub meine Hände in meinen Rocktaschen. „Irgendwas?"

Sie warf den Tagesplaner auf den Schreibtisch und schüttelte den Kopf. „Nein."

Ich lehnte mich an den Tisch. „Was jetzt?"

Sie runzelte die Stirn, zog ihr Handy hervor und rief Bea an. Seufzend hinterließ sie eine kurze Nachricht. „Ging direkt auf Voicemail."

Verdammt, wo war sie?

Lailah starrte auf ihr Handy, schloss dann die Augen und rieb sich mit einer Hand die Stirn, als würde sie um Kraft beten.

„Lailah?"

Ihre ruhige Haltung hatte das Gebäude verlassen. Sie schüttelte den Kopf. „Tut mir leid. Ich habe nur seit der Anhörung nicht mit ihm gesprochen."

„Mit wem?", fragte ich mit nicht geringem Misstrauen. „Du redest von Philip, nicht wahr?"

Der Schmerz in ihren Augen sagte mir alles, was ich wissen musste. Mit drei langen Schritten war ich bei ihr und zog ihr das Handy aus der Hand. „Nein. Du musst ihn nicht anrufen. Wir warten hier auf Bea. Oder Lucien, er könnte es wissen. Oder verdammt, sogar Ian. Er ist ein Geisterjäger. Er weiß ein paar Dinge darüber, wie man sie fernhält."

Sie legte mir sanft eine Hand auf den Arm und führte mich

zurück zu ihrem Arbeitsplatz. „Siehst du das?" Sie zeigte auf die blaue Flüssigkeit, nach der ich gefragt hatte.

„Ja."

„Der Duft lässt einen denken, dass alles in Ordnung ist. Es ist ein beruhigender Trank. Und das hier?" Sie hob den scharlachroten Trank auf. „Dieser Duft ist ein Aphrodisiakum. Verringert garantiert die Hemmungen deines Geliebten."

Ich betrachtete ihn, und ein Bild von Kane, der nass und heiß aus der Dusche trat und nach frischem Regen duftete, schoss mir durch den Kopf. Hmm. Was genau würde passieren, wenn ich –

„Jade." Lailah wedelte mit der Hand vor meinem Gesicht. „Jetzt ist nicht die Zeit."

Ich schluckte. „Tut mir leid." Hitze überflutete meine Wangen, und ich lächelte verlegen.

„Bei allem, was ... egal. Der Punkt ist, meine Fähigkeiten liegen in der Illusion. Ich kann den Verstand dazu bringen, so ziemlich alles zu denken. Es ist tatsächlich sehr nützlich zur Heilung von Beschwerden. Wenn der Verstand denkt, dass es einem gut geht, dann versorgt er den Körper normalerweise mit dem, was er braucht, um gesund zu werden. Doch ich kann keine Geister von dir fernhalten oder deine Seele dazu bringen, mehr zu sein, als sie ist. Selbst wenn dein Verstand glaubt, hat deine Seele ihre eigene Kraft. Sie wird nicht von deinem Verstand regiert."

„Und? Was hat das damit zu tun, Philip anzurufen?" Er war ein Engel, der Seelen bewachte. Eigentlich sollte er meine bewachen, doch er war nicht sehr motiviert gewesen. Lailah hatte übernommen. Und das war gut so. Wenn ich ihn sehen würde, würde ich ihn wahrscheinlich in eine andere Dimension verfluchen. Diesen Verräter.

„Er ist seit siebenundzwanzig Jahren der Hüter deiner Seele. Kein Engel ist besser gerüstet, dir zu helfen, als er."

„Du schon", sagte ich entschlossen. Auf keinen Fall wollte ich wieder etwas mit Philip zu tun haben. Er hatte versucht, Meri meine Seele zu geben, dem Engel, der sich in einen Dämon verwandelt und dann wieder zum Engel geworden war. Und Philip dachte immer noch, dass er die richtige Entscheidung getroffen hatte.

Lailah streckte die Hand aus, zögerte und ergriff dann meine Hand.

Ich starrte die Verbindung mehr als überrascht an. Lailah und ich waren seit unserer Zeit beim Engelsrat Freunde geworden, doch wir standen uns nicht nahe. Jedenfalls nicht nahe genug, um übermäßig gefühlsbetont zu sein.

Sie drückte meine Finger. „Ich kann dich nicht vor Besessenheit schützen. Erinnerst du dich, was letztes Mal mit Pyper passiert ist?"

Vor sechs Monaten hatte Lailah versucht, ein Ritual durchzuführen, um Pyper von ihrem bösen Geist zu befreien. Nur war es schrecklich schiefgelaufen, und Pyper war in einer anderen Realität gelandet. „Das war anders. Roy war böse. Du konntest nicht wissen, was los war."

„Und das kann ich jetzt auch nicht! Hör zu, so sehr ich es auch hasse, das zuzugeben, Philip weiß über Geister Bescheid. Er wird wahrscheinlich eine gute Vorstellung davon haben, was zu tun ist."

Ich schnaubte. „Ach, wirklich? Wo war er dann, als ich von Roy heimgesucht worden bin? Hm? Ihm zufolge ist er seit meiner Geburt mein Hüter. Doch da war er verdammt nochmal nicht da."

Sie zuckte mit den Schultern. „Die Sache ist die, du wurdest nicht von Roy heimgesucht. Das war Pyper. Du wurdest von Bobby heimgesucht, der dich beschützt hat. Soweit Philip sehen konnte, hätte Bobby dich weiterhin beschützt, wenn ich ihn nicht mit diesem Zauber gefangen hätte. Es gab nichts, was Philip tun musste."

Scheiße. Sie hatte Recht. Während Pyper unter Roy gelitten hatte, hatte mich Beas Bruder heimgesucht. Und es war nicht unangenehm gewesen. Nicht im Geringsten. Außer wenn Kane in der Nähe war. Da war der Geist ein bisschen eifersüchtig gewesen. Doch er war weitergezogen, als er erkannte, dass ich nicht die war, für die er mich gehalten hatte.

Ich knirschte mit den Zähnen, hasste es, dass ich mich auf das nichtsnutzige Stück Engelsscheiße verlassen musste. „Können wir zuerst nach Hause gehen? Ich wäre wirklich gern in meinem eigenen Territorium, wenn wir den Bastard ertragen müssen."

Lailah sah sich im Arbeitsbereich um. „Hier scheint es sicher zu sein."

„Ich weiß, aber ich möchte Kane sehen." Gott, ich fing an, wie eine dieser Kletten-Ehefrauen zu klingen. Was war los mit mir?

Die Frustration auf ihrem Gesicht ließ mich einen Schritt zurücktreten und sie betrachten. Das eine an Lailah war, dass ich, obwohl ich meine Empathengabe nicht mehr hatte, so ziemlich immer wusste, was sie für mich empfand. Sie war fast immer entweder verärgert oder wütend auf mich. Unsere Beziehung war sehr speziell. Nur dass sie jetzt ein wenig Angst zu haben sein. „Lailah?"

„Was?", schnaubte sie.

„Wovor hast du Angst? Dass ein Geist von mir Besitz ergreifen könnte oder Philip zu sehen?"

Ihre Nasenflügel bebten, und ich hatte sofort meine Antwort.

„Philip", nickte ich. „Und du würdest ihn lieber auf deinem Gebiet sehen, oder?"

Sie zuckte schnell mit der Schulter.

„Okay. Wir können ihn hierherkommen lassen. Aber lass mich Kane anrufen … und Ian", fügte ich widerstrebend hinzu. Lailah warf mir einen skeptischen Blick zu. „Wenn du meinst."

Ich runzelte die Stirn. Von allen Leuten, die ich kannte, sollte Lailah jemand sein, der an die Fähigkeit glaubte, einen Geist zu verbannen. Verdammt, wir hatten es zusammen geschafft, als wir Roy in die Hölle getreten hatten. „Brauchst du was zu essen? Ist dein Blutzucker niedrig?"

Sie richtete sich auf. „Nein. Wieso? Willst du damit sagen, dass ich launisch bin?"

„Wenn du dich angesprochen fühlst …"

KAPITEL VIER

*V*erdammt, Kane." Ich drückte die *Anruf-beenden-*Taste auf meinem Handy und runzelte die Stirn.

„Keine Antwort?" Lailah blätterte in einem von Beas Zauberbüchern.

Ich schüttelte den Kopf. Wo war mein Verlobter? Ich hatte bereits in seinem Büro angerufen, doch die Empfangsdame sagte, er sei gegangen. Jetzt ging er nicht mehr an sein Handy. Seufzend tippte ich Ians Nummer und setzte mich auf einen Hocker hinter der Ladentheke.

„Jade?" Kanes verzweifelte Stimme übertrug die Verbindung.

„Kane?" Ich zog das Handy von meinem Ohr und blinzelte auf das Display. Ians Nummer starrte mich an.

„Wo bist du?", fragte er. Gedämpfte Stimmen waren im Hintergrund zu hören.

„Beas Laden. Warum hast du Ians Handy? Und warum gehst du nicht an deins ran?"

„Ich habe es im Büro gelassen. Ich bin sofort da." Das Hintergrundgeräusch verschwanden.

„Kane? Bist du da?" Ich warf einen Blick auf das Display. *Anruf beendet.* Meine Hände begannen zu zittern. Warum machte er sich solche Sorgen? Was ging hier vor sich, wovon ich nichts wusste?

Lailah klappte das Buch zu. „Hier drin steht nichts über die Abwehr von Besessenheit durch Geister."

„Es ist ein Zauberbuch. Was hast du erwartet?" Ich wählte noch einmal Ians Nummer und wurde direkt auf seine Voicemail weitergeleitet. Mein Herz zog sich zusammen. Kane war nie unerreichbar. Und wo zum Teufel war Ian? „Verdammte ... ugh."

„Hexen waren schon früher dafür bekannt, sich mit Geistern zu befassen", sagte Lailah beiläufig.

Ich drehte mich um, um sie anzustarren. „Was ist los?"

Sie zuckte mit den Schultern. „Woher soll ich das wissen? Du bist diejenige, die all ihre Freunde anruft."

„Ian ist nicht mein *Freund*. Wir hatten *ein* Date. Ein schreckliches, schreckliches Date. Er ist jetzt mit Pyper zusammen."

„Ja. Wie auch immer." Sie fuhr herum und ging einen Gang entlang zum hinteren Teil des Ladens.

„Lailah." Ich legte mein Handy auf den Tresen und folgte ihr, irritiert über die Bemerkung. Sie stand vor einer Auslage mit ätherischen Ölen und tat so, als würde sie die Etiketten inspizieren. „Was ist los? Vor zehn Minuten haben wir einen Plan geschmiedet. Jetzt tust du so, als ob das der letzte Ort wäre, an dem du sein willst. Hast du ein Problem mit mir oder Ian?"

„Nein."

„Kane?"

„Natürlich nicht." Sie zog den Verschluss von einer der Flaschen. Der süße Duft von Lavendel kitzelte meine Nase.

Ich kam näher und fragte mich, wie ich diese Beziehung

ohne meine Empathengabe überstehen sollte. „Bereust du es,
die Hüterin meiner Seele zu sein?" Eigentlich war Philip
immer noch der mir zugewiesene Engel, doch Lailah hatte um
Erlaubnis gebeten, auf mich aufzupassen. Ich hatte gedacht, es
sei vorübergehend, doch sie hatte mir gesagt, dass wir
verbunden seien, es sei denn, sie bat den Rat um Ablösung.
Und keine von uns hatte es eilig, den Rat so bald
wiederzusehen.

„Nein. Gar nicht. Es ist nur ..." Sie stellte das Lavendelöl
zurück ins Regal und sah mich an.

Ich zog eine Augenbraue hoch.

„Ich habe Philip angerufen." Ihre Augen glänzten. Sie waren
von einem tiefen Schmerz erfüllt, den sie selten jemandem
zeigte.

„Oh", hauchte ich. Ich nahm ihre Hand und führte sie
zurück zur Theke. Philip und Lailah hatten eine On/Off-
Beziehung gepflegt, nachdem seine Gefährtin Meri zum
Dämon geworden war. Das Problem war, dass sich ein Engel,
sobald er einen Gefährten nahm, nicht mehr auf einen anderen
festlegen konnte. Und doch war Lailah in ihn verliebt. Sie
liebte einen Mann, der sie nie wirklich lieben konnte. Und ich
dachte, dass ich diejenige mit den ungesunden Beziehungen
war, bevor ich Kane getroffen hatte. „Du musst nicht bleiben,
wenn er hier ist."

Sie versteifte sich. „Doch, ich will."

„Lailah –"

„Nein, Jade. Er hat dich verraten. Es ist mir egal, was sein
Motiv war. Ich lasse dich nicht aus den Augen, wenn er in der
Nähe ist." Ihre Unterlippe zuckte leicht, und sie biss darauf
und schüttelte kurz den Kopf. „Es ist einfach schwer. Das ist
alles."

„Okay. Ich verstehe." Ich überflog die Regale, und als ich
fand, wonach ich suchte, führte ich sie zu einem

verschlossenen Kasten, der mit kleinen Fläschchen mit Zaubertränken gefüllt war. „Dann musst du eines dieser Widerstandselixiere trinken."

Sie schnaubte. „Ernsthaft? Du, diejenige, die nie magische Mittelchen nehmen will, schlägst vor, mich mit einem Anti-Liebestrank zu bewaffnen?"

„Ja", sagte ich empört. „Du machst das Zeug, nicht ich. Wenn sich jemand wohl dabei fühlen sollte, dann du. Es spielt keine Rolle, was ich davon halte, es einzunehmen."

Sie kicherte. „Wohl wahr." Dann zuckte sie die Achseln. „Du hast vielleicht Recht." Nachdem sie einen kleinen Schlüssel unter der Theke hervorgeholt hatte, öffnete Lailah den Kasten und holte eine kleine Phiole mit einem roten Trank heraus. Ohne zu zögern, öffnete sie den Verschluss und trank sie in einem Zug aus.

„Besser?", fragte ich, nachdem sie den Kasten wieder verschlossen hatte.

„Oy, das Zeug ist stark." Sie schüttelte den Kopf, ihre Augen tränten ein wenig. „Ich werde es erst wissen, wenn er auftaucht."

„Dann ist er unterwegs?" Ich hatte nicht gewusst, dass er noch in der Nähe war. Obwohl das sinnvoll war, da Dan, sein Sohn, auf der anderen Seite der Stadt lebte und sich ein Haus mit Meri teilte. Wo sollte er sonst auch hingehen?

„Ja", sagte sie leise und ging dann in die kleine Toilette im hinteren Teil des Ladens.

Im Kerzenlicht blätterte ich in einem der Zauberbücher, die Lailah auf der Theke liegengelassen hatte, und hielt inne, als ich zu einem mit dem Titel *Geisteranrufung* kam. Ich überflog die Beschwörung und erkannte, dass es eine Modifikation der Beschwörung war, die Lailah an dem Tag ausgeführt hatte, als sie versucht hatte, Pyper von Roy zu befreien. Ich nahm ein Lesezeichen und legte es zwischen die

Seiten. Falls Camille oder sonst jemand von mir Besitz ergriff, könnte dieser Zauber helfen. Er rief Selene, die Mondgöttin, an. Sie war die Herrscherin derer, die im Schatten wandelten. Könnte sie mir helfen? Vielleicht sollten wir sie sicherheitshalber jetzt schon anrufen. Der Gedanke schoss mir direkt in den Magen. In jener Nacht hatte die Göttin tatsächlich von Lailah Besitz ergriffen. Wenn das mal nicht beunruhigend war.

Reiß dich zusammen, Jade.

Ein kurzes Erscheinen einer Göttin war kaum ein Grund zur Aufregung. Ich meine, ich hatte gegen einen Dämon gekämpft, wäre fast an schwarzer Magie gestorben und hatte meine halbe Seele verloren. Wie sollte es noch schlimmer kommen?

Die Tür klapperte, gefolgt von einem beharrlichen Klopfen. „Jade! Mach auf!"

Kane. Dem Himmel sei Dank! Ich rannte zur Tür, kämpfte mit dem Schloss und riss sie schließlich auf.

Er stürmte herein und umarmte mich. „Es tut mir so leid, Darling", flüsterte er mir ins Haar.

Ich klammerte mich an seine breiten Schultern und verschmolz mit seiner sicheren Umarmung, atmete die Spuren seines frischen Eau de Cologne ein, vermischt mit seinem Männerduft. „Was meinst du?", flüsterte ich zurück.

Er zog sich gerade weit genug zurück, um mir einen zärtlichen Kuss auf die Lippen zu drücken. „Dafür, dass ich dich irgendeinem verrückten Geist ausgesetzt habe. Pyper hat mir erzählt, was passiert ist. Bist du okay?" Er betrachtete mich von Kopf bis Fuß und inspizierte jeden Quadratzentimeter an mir. „Das ist jetzt schon zweimal, dass ein Geist versucht hat, dir zu schaden." Er drückte mich an sich und stieß ein frustriertes Stöhnen aus. „Vielleicht müssen wir in einem brandneuen Haus wohnen, in dem es garantiert nicht spukt."

Ich löste mich sanft aus seiner Umarmung und schloss die Tür. „Es ist nicht deine Schuld. Ich bin diejenige, die ..." Ich hielt mitten im Satz inne. „Sie taucht nur auf, wenn diese Kerzen angezündet werden. Vielleicht reagieren wir über."

„Wahrscheinlich nicht", sagte eine tiefe Stimme hinter Kane.

Ich zuckte zusammen, und Kane drehte sich um und schob sich vor mich. Ich spähte über seine Schulter und unterdrückte ein Stirnrunzeln. Philip stand in der offenen Tür, die Spätnachmittagssonne reflektiert von seinem hellbraunen Haar. Seine smaragdgrünen Augen waren auf Kane gerichtet, von dem zweifellos Wut ausging. Er vibrierte praktisch davon. Ich legte Kane vorsichtig eine Hand auf die Schulter, eine stille Bitte, den Mann, der vor uns stand, nicht zu töten. Seine Muskeln spannten sich unter meinen Fingern an.

Philip nickte Kane zu und begegnete dann meinem Blick. „Jade, schön, dich wiederzusehen."

Ein leises Grollen drang aus Kanes Brust.

„Philip", sagte Lailah mit einladendem Ton, „komm rein."

Ich musterte sie und bemerkte das plötzliche Funkeln in ihren Augen. Hatte der Trank gewirkt? Sie sah viel zu glücklich aus, ihn zu sehen.

Kane warf ihr einen Blick zu, seine Arme bewegten sich angestrengt kontrolliert.

„Kane, mach Platz und lass Philip rein. Jade, schließ die Tür ab, ja?" Ohne ein weiteres Wort wedelte Lailah mit einer Hand durch den Raum. Kerzenlicht erwachte in den Wandlampen zum Leben.

Philip ging an uns vorbei zu Lailah und legte eine Hand um ihre Taille, als er sie zur Begrüßung auf die Wange küsste. Sie neigte den Kopf und lächelte ihn an. Angesichts seiner Dreistigkeit biss ich die Zähne zusammen und verriegelte die Tür.

Kanes Hand hielt mich auf. „Pyper und Ian werden jeden Moment hier sein."

„Oh ja. Warum hast du sein Handy?" Ich warf Lailah einen Blick zu, die sich jetzt an Philip lehnte, und runzelte die Stirn. Der Zauber hatte mit Sicherheit nicht funktioniert.

Kane folgte meinem Blick und schüttelte den Kopf. „Pyper und Ian sind gerade aus ihrem Auto gestiegen, als ich nach Hause gekommen bin. Ich habe ihnen geholfen, die Sachen vom Caterer hereinzubringen, und Pyper hat mich gerade über die Ereignisse in Summer House informiert. Dann hat Ians Handy geklingelt. Es lag auf dem Tresen, und als ich deinen Namen gesehen habe, bin ich rangegangen."

„Ah." Ich schüttelte den Kopf. „Verstehe, aber du hast mich nicht mit Ian reden lassen. Und als ich nochmal angerufen habe, ist der Anruf direkt auf Voicemail gegangen."

Er kniff die Augen zusammen. „Weswegen wolltest du Ian?"

„Wegen seiner Geistererfahrung. Er sagt, er kann jetzt einen Geist austreiben."

Kane schüttelte den Kopf. „Klar. Weil er letztes Mal so einen tollen Job gemacht hat."

Ich trat einen Schritt zurück und musterte ihn. Kat hatte Ian empfohlen, als mir klar wurde, dass es in meiner Wohnung gespukt hatte. Alles, was ich wollte, war Ruhe und Frieden, und alles, was Ian wollte, war, den Geist zu studieren. Leider war er nie dazu gekommen, den Geist zu vertreiben. Das hatten Bea und Lailah letztendlich getan. „Du weißt, dass er in letzter Zeit einige Erfolge hatte. Erst letzte Woche ist es ihm gelungen, ein Juweliergeschäft auf der Saint Peters zu reinigen."

„Sagt er", murmelte Kane.

Die Glöckchen über der Tür klingelten, und Pyper stürmte herein, gefolgt von Ian, der mit Ausrüstung beladen war. Ich verzichtete darauf, mit den Augen zu rollen. Ich hatte schließlich gewollt, dass er kommt. Doch der Geist war nicht hier. Sie war in Summer House.

Kane verriegelte das Schloss an der Tür und begleitete mich dorthin zurück, wo Lailah und Philip lachend standen. „Was ist so lustig?", fragte ich und starrte sie an.

Lailah lachte erneut auf und legte dann eine Hand an Philips Brust. „Oh, Jade", keuchte sie, „du wirst sterben, wenn du das hörst."

Ihre Reaktion löste bei Philip ein tiefes Lachen aus, und beide schienen sich köstlich zu amüsieren.

Ich verschränkte meine Arme vor meiner Brust und funkelte sie an. „Lailah."

„Einen Moment." Sie holte tief Luft, versuchte zu sprechen, fiel gegen Philip und hielt sich fest, während sie sich bemühte, sich zu beruhigen.

„Meine Güte. Ist sie betrunken?", fragte Pyper mit ungläubig aufgerissenen Augen.

„Nein, es sei denn, sie hat im Bad Alkohol getrunken." Ich wandte meine Aufmerksamkeit Philip zu.

Als er meinen Blick bemerkte, ernüchterte er und packte Lailahs Schultern, um sie zu stützen. „Tut mir leid. Jetzt ist nicht die Zeit."

„Aber –", begann Lailah.

„Später." Er lächelte auf sie hinab und gab ihr einen zärtlichen Kuss auf die Nase.

Ihre Augen leuchteten auf, und sie sah ihn mit verliebtem Staunen an. Was. Zum. Teufel? Was war mit diesem Trank passiert? Sie schien eher Ecstasy genommen zu haben als irgendeine Resistenzdroge. Gute Göttin.

„Ähm, ich hasse es, euch zu unterbrechen", versicherte Ian.

„Bitte." Ich wedelte mit einem Arm und hoffte, er würde mich von dem beunruhigenden Paar ablenken.

„Danke." Er schenkte mir ein verlegenes Lächeln. „Macht es

euch was aus, wenn ich meine Ausrüstung aufbaue? Ich möchte so schnell wie möglich eine Lesung machen."

„Der Geist ist nicht hier", sagte ich. „Sie ist in Summer House."

„Verstehe." Ian warf Pyper einen Blick zu. Sie nickte ermutigend. Er räusperte sich. „Ihr wisst, dass ich in den letzten sechs Monaten viele Daten gesammelt habe."

„Ja." Das Wort kam knapp, fast feindselig heraus.

Kanes Hand schloss sich um meine. Er zog mich an sich und gab mir einen beruhigenden Kuss auf die Schläfe. „Du hast ihn gerufen, Liebes", flüsterte er mir ins Ohr.

„Richtig." Ich begegnete Ians frustriertem Blick. „Tut mir leid. Ich bin ein bisschen gestresst. Red weiter."

Er räusperte sich. „Also, vor der Seelenspaltung wussten wir schon, dass du anfällig für Geister bist. Sie haben eine stärkere Wirkung auf dich als auf den Durchschnittsmenschen."

„Ja", sagte ich noch einmal, nur dieses Mal dehnte ich das Wort zögernd. „Lailah auch – wegen unserer Gaben."

Ian nickte begeistert. „Ja. Aber seitdem hatte ich keine Gelegenheit mehr, eine Messung mit dir zu machen. Ich denke, es ist am besten, wenn wir das tun, bevor ein anderer Geist auftaucht, damit ich eine Baseline habe. Macht es dir was aus? Je früher, desto besser."

Ich warf Lailah einen Blick zu. Sie war an Philip geschmiegt und rieb mit der Hand über seine Brust. Mir drehte sich der Magen um. „Okay. Fein. Hier hinten ist ein Labor." Ich ging zur Tür und versuchte verzweifelt, Lailahs peinlichem Schauspiel zu entkommen. Hatte sie aus Versehen einen Hurentrank genommen? Ich hatte sie noch nie zuvor sich so seltsam benehmen gesehen. Ich warf Ian einen Blick zu. „Das ist besser, oder?"

„Perfekt. Sonst müssten wir alle rausschmeißen."

Das Zucken von Kanes rechtem Auge sagte mir, dass er nirgendwo hingehen würde. Ich lächelte ihn an. „Wir sind gleich zurück."

„Das habe ich schon mal gehört", murmelte Kane.

Pyper stellte sich neben ihn. „Entspann dich, Captain Cranky Pants. Alles, was Ian tun wird, ist, ein paar Geräte anzuschalten und Messungen vorzunehmen. Es dauert weniger als zehn Minuten, und wir sind ja hier."

Er runzelte die Stirn und senkte den Kopf, sodass seine dunklen Locken ein Auge bedeckten. „Captain Cranky Pants?"

Sie grinste.

Ich schüttelte den Kopf über die lächerliche Stimmung im Laden und ging ins Labor.

Ian folgte und jonglierte seine Kameras und EMF-Lesegeräte. Als er drinnen war, trat er die Tür zu und ging zu dem sauberen Arbeitsplatz. „Was zum Teufel ist mit Philip und Lailah los?"

„Ihr Widerstandtrank spielt verrückt."

Seine Augenbrauen schossen in die Höhe. „Wem oder was wollte sie widerstehen?"

„Philip."

Er lachte. „Sieht aus, als hätte jemand das Label vertauscht. Ihr Verhalten sieht eher aus, als hätte sie den Hemmblocker genommen, an dem Tante Bea gearbeitet hat."

Na wunderbar. „Ich bin gleich wieder da." Ich ging zur Tür und zog sie gerade so weit auf, dass ich meinen Kopf hinausstrecken konnte. „Pyper?"

Sie ging an Kane vorbei und kam zu mir. „Was brauchst du?"

„Tu, was du kannst, um Lailah von Philip fernzuhalten. Sie hat aus Versehen einen Trank genommen, der sie enthemmt. Wenn sie davon runterkommt, wird ihr ihr Verhalten furchtbar peinlich sein."

Ein verschmitztes Lächeln huschte über Pypers Lippen. „Sicher. Betrachte es als erledigt."

„Danke." Ich winkte Kane kurz zu und verschwand wieder im Labor.

„Bereit?", fragte Ian.

Ich sah mich um und bemerkte die drei Videokameras, ein altmodisches Tonbandgerät, seine 35-mm-Kamera und ein Notebook. „Wow, sieht aus, als hättest du das perfektioniert."

„Es waren sechs arbeitsreiche Monate."

„Wohl wahr." Ich ging lautlos über den Teppichboden, als ich an seine Seite trat. „Soll ich irgendwas Besonderes machen?"

„Nein. Bleib einfach bei hier. Vielleicht werde ich dich bitten, ein paar Dinge zu sagen, aber abgesehen davon ist das wirklich nur eine Baselinemessung. Ich erwarte nicht, hier was einzufangen."

„Verstanden. Ich bin so weit."

Ian legte sein Notizbuch beiseite, nahm meine Hand in seine und sprach das Schutzgebet, das er in meiner Wohnung benutzt hatte, als ich das letzte Mal von einem Geist heimgesucht worden war. Ich kniff die Augen zusammen und versuchte, unerwartete Erinnerungen an Roy und die Glaskiste auszublenden, in der ich gefangen gewesen war, als er versuchte, mich zu foltern. Jeder Muskel spannte sich an, als ich gegen die aufsteigende Panik ankämpfte.

„Entspann dich, Jade", beruhigte Ian. „Es ist nur ein Gebet."

Ich atmete tief aus. „Ich weiß."

Mit seiner Hand an meinem Rücken führte mich Ian durch den Raum und blieb für einen Moment vor jeder der Kameras und dem Rekorder stehen. Als wir den Kreis beendeten, trat er zurück und nahm sich sein Notizbuch. „Sprich mir nach."

Ich nickte.

„Besucher des Jenseits, wir bitten dich, dich zu zeigen. Wenn du heute hier bei uns bist, zeig dich bitte."

Ich zögerte. Geister einzuladen, etwas anderes zu tun, als zu gehen, bereitete mir Unbehagen, besonders nach dem, was in Summer House passiert war.

„Jade?", fragte Ian.

„Muss ich? Ich will wirklich keinen Ärger heraufbeschwören."

Er presste die Lippen aufeinander. „Verständlich. Ich wollte nur eine saubere Baseline. Du musst nichts tun."

Ich atmete erleichtert auf. „Gut. Ich glaube nicht, dass ich noch eine Besessenheit ertragen könnte, nicht nach dem, was Camille ..." Eine eiskalte Präsenz stach mir direkt ins Herz und breitete sich mit einer Wut in meinem Innern aus. Ich stöhnte und packte die Kante des Arbeitstisches.

„Jade?" Ians besorgte Stimme schien weit weg zu sein.

„Camille", keuchte ich. „Sie ist hier." Der Nebel hüllte mich ein und verwischte meine Sinne. Ians Gestalt wurde durchscheinend, während alles andere zu Schwarz und Weiß verblasste.

Ein leises „Was?" erreichte meine Ohren. Ich versuchte zu antworten, doch mein Mund gehorchte mir nicht. Mir war so kalt, dass meine Zähne hätten klappern sollen. Stattdessen stand ich aufrecht und still da, eingefroren und von einem Geist in meinem eigenen Kopf gefangen.

Camille!, schrie ich, obwohl ich keine Worte sprechen konnte. *Verschwinde verdammt nochmal aus meinem Körper.*

KAPITEL FÜNF

*E*in leises *Nein* beantwortete meine Forderung. Von Camille kontrolliert bewegte sich mein Körper vorwärts und blieb nur Zentimeter von Ian stehen. Es war, als wäre ich eine Marionette, völlig hilflos.

Verdammt, Camille! Verschwinde aus meinem Körper!

Sie sah Ian aufmerksam an und streckte dann zögernd eine Hand aus und streichelte sanft seine Wange.

Er sprang zurück. „Jade, was machst du?"

Das bin nicht ich, du Idiot! Bist du ein verdammter Geisterjäger oder nicht? Himmel. War meine Berührung nicht kalt? Hatte keines seiner Geräte etwas registriert?

Fremde Sehnsucht und Traurigkeit erfüllten mich und drückten auf mein Herz. Ein großer, schlaksiger blonder Mann, der Ian ein wenig ähnelte, tauchte in meinem Kopf auf. Er hielt die Hand des kleinen Mädchens, das ich in Camilles früherer Vision gesehen hatte, nur dass das Mädchen dieses Mal sehr lebendig war und den Mann bewundernd ansah. Er trug einen braunen Tweedanzug, und das Mädchen war in ein schlichtes, langärmeliges Baumwollkleid gekleidet. Kirche. Sie kamen gerade aus der Kirche. Dessen war ich mir sicher.

Ein leises hohes Wimmern entfleuchte meinen Lippen, und Camille drückte sich näher an Ian.

Er erstarrte und sah an mir vorbei. Seine Ränder begannen zu verschwimmen. Ich konnte nur seine grobe Gestalt erkennen, als er versuchte, mir auszuweichen.

„Halt!" Camilles hohe Stimme war verschwunden und wurde durch eine tiefere ersetzt, doch es war immer noch nicht meine eigene Stimme. Sie hob meine Hände und legte sie an Ians Wangen. „Ich habe so lange gewartet. Verleugne mich jetzt nicht."

Nein, nein, nein, schrie ich wieder.

Sie beugte sich vor, berührte vorsichtig seine Lippen mit meinen, drückte meinen Körper an ihn und schlang meine Arme wie eine Geliebte um ihn.

In einem seltsamen, distanzierten Universum spürte ich, wie meine Zunge in Ians Mund schoss und meine Hände durch sein weiches Haar fuhren. Camilles Freude wallte durch mich, während ich innerlich zurückschreckte. Das war Ian, Pypers Freund, und irgendein verrückter Geist benutzte mich, um ihn zu knutschen. Warum ließ er sich von mir küssen? Ich nahm mir vor, ihm später dafür in den Allerwertesten zu treten.

Ihr Kuss wurde leidenschaftlicher, heißer, und sie stöhnte. Das Geräusch schien etwas in Ian auszulösen, und seine Hände schossen hervor und stießen meinen Körper von sich.

„Hey", schimpfte Camille sanft.

Ian nahm sich seinen Rucksack und holte ein Räucherbündel heraus. „Bleib zurück! Ich weiß nicht, wer du bist, aber du bist nicht Jade."

Endlich. Er hat lange genug gebraucht, das zu begreifen.

Er ging auf mich zu und zwang Camille tiefer ins Labor, dann wich er zurück und hielt sich am Türknauf fest.

„Nein!", rief Camille, ihre jetzt hohe Stimme voller Panik. „Nicht! Ich wollte nur ein bisschen Zeit mit dir. Bitte!"

Ian kniff die Augen zusammen, während er mich musterte. Einen Augenblick später nickte er und ließ die Türklinke los. „Gut. Lass uns hinsetzen." Er nickte in Richtung des Hockers vor Lailahs Arbeitsplatz.

„Oh, Branson. Danke."

„Wer ist Branson?", fragte Ian.

Sie antwortete nicht. Als sie zum Hocker ging, fühlte ich mich, als würde ich in einer Blase schweben. Mental wehrte ich mich gegen Camilles Geist und bemühte mich, wenigstens ein kleines bisschen Kontrolle wiederzuerlangen. Nichts. Meine Anstrengung prallte von einer Backsteinmauer ab und traf mich, wovon mir schwindelig wurde und ich nur mehr Schwarz-Weiß sah.

Mein Kopf begann zu hämmern, und mir wurde klar, dass ich nur mit mir selbst gekämpft hatte. Sie hatte mich vollständig abgeschnitten, während sie die vollständige Kontrolle über meinen Körper behielt.

Ich wollte schreien. Weinen. Jemanden mit meinen Fäusten schlagen. Doch ich konnte nichts anderes tun, als die Szene mit Ian und dem verrückten Geist mitzuerleben, der dachte, er sei jemand namens Branson.

Ian ließ seine Hand in seine Tasche gleiten und zog einen winzigen Rekorder heraus. Er drückte einen Knopf und legte ihn auf den Tresen. „Wer bist du?"

„Du kennst mich nicht?", schmollte sie. „Aber wir haben so viel Zeit zusammen im Summer House verbracht."

„Camille." Ian nickte.

Ein Prickeln des Glücks durchströmte mich. Mir wurde

übel. *Camille, er ist nicht Branson. Er ist Ian. Ein Freund von mir.
Raus aus meinem Körper!*

Der Geist schenkte mir keine Beachtung und richtete sich
auf, den Kopf hoch erhoben. „Branson", gurrte sie.

„Wie lang ist es her?", fragte Ian. „Seit wir uns gesehen
haben, meine ich?"

Camille brachte uns näher an Ian heran.

Er streckte die Hand aus. „Lass uns erst einmal reden. Es ist
schon eine Weile her, nicht wahr?"

Dunkelheit trübte meine bereits beeinträchtigte Sicht, und
ich spürte, wie sie sich anspannte. „Du warst zu lange weg."

Ian nickte. „Dachte ich auch. Weißt du, wann ich gegangen
bin?"

Was in aller Welt tat er? Sollte er nicht versuchen, sie aus
meinem Körper zu vertreiben, anstatt ein verdammtes
Gespräch zu führen?

„Ich ..." Sie starrte auf den Teppichboden, Verwirrung und
Wut wirbelten in meinem Körper. Hitze brannte auf meiner
Haut, und mein Kopf schnellte hoch. „Du hast uns verlassen.
Sie ist gestorben. Du warst weg, und sie ist gestorben!" Camille
sprang auf Ian zu, die Hände wie Krallen einer wilden
Todesfee ausgestreckt. „Es ist deine Schuld, du nichtsnutziger
Bastard. Lizzie ist weg, und es ist deine Schuld!"

Ian war schneller auf den Beinen, als Camille meinen
Körper manövrieren konnte. Er sprang nach links, schnappte
sich das Räucherbündel und zündete es an einer der Kerzen in
einer der Wandleuchten an. „Das reicht! Geist aus der anderen
Welt, du gehörst nicht hierher. Lass Jade frei und kehre an
deinen Ruheort zurück."

Camille wurde langsamer und blieb vor Ian stehen. Sie
inhalierte den Salbei, der keinerlei Wirkung zu haben schien.

Scheiße! Was jetzt?

Ein hohes Kichern strömte von meinen Lippen. „Du verstehst nicht."

Ian hielt das Räucherbündel hoch und schwenkte es erneut. „Bei der Macht der Mondgöttin befehle ich dir, Jade freizulassen. Du bist hier nicht mehr willkommen."

Heiße Wut glitt aus den Tiefen des Geistes und kroch über meine Haut, was mich tiefer in meinen mentalen Kokon zurückweichen ließ. Camille wirbelte mit einer Woge von Boshaftigkeit herum, packte ein mit Flüssigkeit gefülltes Glas von Lailahs Arbeitsplatz und schleuderte es durch den Raum. „Niemals! Ihr Körper gehört mir."

Ian warf sich zu Boden, als das Glas seinen Schädel nur um Zentimeter verfehlte und an einem Metallschrank zerschellte.

Dann brach die Hölle los. Flüssigkeit tropfte vom Schrank und sammelte sich in einer kleinen Pfütze. Aus dem Trank stieg ein Dampf auf und bildete dunkle Schatten. Sie wanden und krümmten sich, als sie sich in sechs verschiedene Formen teilten, von denen jede mit jedem verstreichenden Moment fester wurde.

„Fuck!", fluchte Ian und rappelte sich auf. Er hatte gerade meinen unkooperativen Körper erreicht, als die Tür aufschlug.

Mom, Philip und Lailah stürzten herein.

Mom. Bitte lass ihr nichts zustoßen. Sie war seit knapp drei Monaten aus dem Fegefeuer zu Hause, doch nachdem ich im Reich der Engel gefangen gehalten worden war, hatten wir immer noch keine große Gelegenheit gehabt, unsere Beziehung zu beleben. Und hier war sie und kämpfte gegen weiß die Göttin was.

Philip blieb neben mir stehen, während Mom und Lailah herbeieilten, um einzufangen, was Camille entfesselt hatte. Phillip legte mir eine Hand auf die Schulter, und Camille wirbelte herum. „Branson?"

Oh, Heiliger Bimbam. Glaubte sie, dass jeder Mann dieser Branson war?

„Ja, Sweetheart", sagte er beruhigend. „Ich bin hier."

Hätte ich ein Mitspracherecht bei den Funktionen meines Körpers gehabt, hätte ich ihn mit offenem Mund angestarrt. Ein Lächeln umspielte meine Lippen, und Camille ließ mich in seine Arme gleiten.

Philip zog mich an sich und strich mir mit einer Hand sanft durchs Haar. „Jetzt ist alles gut, Darling. Ich bin da. Was auch immer es ist, ich werde es reparieren."

Camilles Tränen füllten meine Augen, und ich schniefte. Auf der anderen Seite des Raumes hörte ich Stimmen gesungen, und ich spürte, wie irgendwo in der Nähe eine starke magische Strömung summte.

„Du wirst sie jetzt finden?", fragte Camille Philip.

„Ja, Darling." Seine Stimme war leise und flüsterte ihr ins Ohr, wie es ein Liebhaber tun würde. „Schh, sei nicht traurig. Sie wird bald nach Hause kommen, das verspreche ich."

„Nach Hause", seufzte sie. „Können wir da jetzt hin? Ich will das Haus fertigmachen, für wenn du sie findest."

„Sicher. Gleich." Er zog sich aus der Umarmung zurück und starrte über meine Schulter.

Magie materialisierte sich, wie aus dem Nichts, und traf mich wie ein elektrischer Schlag. Sie schoss in meinen Verstand. Verzweifelt griff ich danach, doch sie glitt so schnell wieder weg, wie sie hereingestürzt war. Es blieb nur ein Rinnsal des Zauberfadens. Ich konzentrierte mich darauf und hielt den Funken irgendwie mit meinem Verstand verbunden. Das winzige bisschen Macht schien mir ein wenig Kraft zu geben. Ich hielt mich fest und betete, dass ich die Gelegenheit bekommen würde, sie zu nutzen.

„Branson", jammerte Camille. „Ich bin müde. Nimm mich —"

„Pello pepulli pulsum!" Philips Stimme erhob sich über den Tumult und hallte in meinen Ohren.

Schwere Magie drang von allen Seiten auf mich ein, bohrte und drängte, zwängte sich unter meine Haut. Sengende Hitze durchströmte mein Blut und verbrannte mich von innen heraus. Meine stummen Schreie hallten in den Tiefen meines Verstandes wider. Plötzlich hatte ich die Vision eines gefesselten und unter Drogen gesetzten Geisteskranken. Das war, was ich geworden war, eine Gefangene in meinen eigenen Gedanken.

Camille trug uns rückwärts und schrie alles, was ich wollte, aber nicht konnte. „Nein! Was hast du getan? Es tut weh. Mach, dass es aufhört. Branson, mach, dass es aufhört."

Verzweifelt rannte sie im Raum umher, direkt zu einer Ansammlung schwarzer Schatten, die Mom und Lailah in Schach hielten.

Ich war verloren. Doch die Ranke der Magie war immer noch in meinem Kopf. Wenn ich die Chance bekäme, könnte ich vielleicht einen von ihnen zappen. Ich blinzelte durch den Nebel und sah Mom. Sie stand aufrecht und stark da und beobachtete mich. Lailah auch. Warum taten sie nichts?

Dann kamen Philip und Ian zu ihnen und bildeten einen Kreis um mich, Camille und die Schatten. Zusammen hoben sie die Arme und riefen: *„Pello Pepulli Pulsum!"*

Die dunklen Schatten klammerten sich an mich, ihre eindringenden Finger reichten tief, durchdrangen mich, suchten, während Camille sich wand. „Nein", wimmerte sie und sank auf meine Knie. Die dunklen Schatten erstarrten, und dann glitten die sechs zusammen mit weißglühenden Hitzestößen in mich hinein. Meine Muskeln verkrampften sich und schrien angesichts der Qualen, die meinen Körper versengten.

Ich rollte mich innerlich zu einer Kugel zusammen und

wünschte, ich könnte den Schmerz wegschaukeln. Die Magie entzündete sich in meinem Kopf, und als mich ein herzzerreißender Krampf beutelte, ließ ich ihn los, in der Hoffnung, ein bisschen Erleichterung zu finden. Doch sobald die Magie zündete, verschwanden die Schatten, und mein Körper krampfte, als er versuchte, sich am Boden des Labors zu zerreißen. Die Welt wurde wieder so hell, dass meine Augen tränten. Oder war das von den Schmerzen? Ich war nicht sicher. Ich wusste nur, dass Camille weg war und mein Brustbein brannte, genau dort, wo ich normalerweise meine Seele finden konnte.

Kanes Gesicht tauchte über meinem auf, kurz bevor die Welt weiß aufblitzte, und plötzlich war alles gnädig taub.

～

„JADE?" Der schwache Klang der Stimme meiner Mutter drang in mein Bewusstsein ein. „Honey, wach auf."

Der Schmerz stach im Takt meines Herzschlags direkt unter meinem Brustbein. Ich zuckte zusammen, öffnete aber nicht die Augen. Etwas sagte mir, dass selbst das Öffnen meiner Augenlider wehtun würde.

„Jade?", sagte Mom noch einmal.

Ich versuchte, eine Antwort zu stöhnen, schien jedoch nicht einmal das schaffen zu können. Im Hintergrund murmelten gedämpfte Stimmen.

„Ich dachte, du hättest gesagt, dein Plan sei harmlos?", blaffte Mom. „Schau sie an. Sie ist grün und blau."

„Da kann ich helfen." Der Südstaatenakzent meiner Mentorin klang in meinen Ohren.

„Bea", krächzte ich durch kaum bewegliche Lippen.

„Jade!", rief Mom.

Ich öffnete meine Augenlider weit genug, um zu sehen, dass Mom über mich gebeugt war.

Sie lächelte und legte sanft eine Hand auf meinen Kopf. Ich zuckte zusammen. „Tut mir leid", sagte sie und sah jemanden hinter mir finster an. Ich machte mir nicht die Mühe, herauszufinden, wen.

„Bea", sagte ich noch einmal.

„Ja, Liebes. Ich bin da." Sie nahm Moms Platz ein und blickte auf mich herab, ihre Augen funkelten vor Sorge.

„Kräutermedizin?"

Ein Lächeln hellte ihren besorgten Gesichtsausdruck auf. „Du wirst dieses Mal nicht protestieren?"

„Nicht heute." Ich hatte die Angewohnheit, Beas Heilkräuter abzulehnen, bis ich mit einer halben Seele aus dem Reich der Engel zurückgekommen war. Sie hatte mir danach keine große Wahl gelassen, und ich hatte mich irgendwie daran gewöhnt. Jetzt konnte sie nicht anders, als mich damit aufzuziehen, nach all den Monaten, in denen ich sie gemieden hatte.

„Ich habe eine hier." Sie drehte sich um und streckte ihre Hand aus. Jemand reichte ihr ein Glas Wasser und eine kleine grüne Pille. „Hier."

„Nur die Pille", sagte ich und öffnete meinen Mund. Mich hochzuziehen, um aus einer Tasse zu trinken war keine Option.

Bea betrachtete mich und runzelte die Stirn.

„Es ist schlimm. Die Pille?", bat ich.

Bea nickte und legte die Pille auf meine Zunge. Das Wundermittel begann sofort zu wirken und dämpfte die Schmerzen auf ein fast erträgliches Maß.

„Hey, wo warst du?", fragte ich sie. „Wir hatten befürchtet, dass die Geister dich erwischt haben."

Sie zog skeptisch eine Augenbraue hoch. „Welche Geister?"

„Die bei dir zu Hause."

Sie runzelte die Stirn. „Bei mir zu Hause gibt es keine Geister."

„Wir haben heute welche gesehen", sagte ich, „Lailah und ich. Vor deinem Haus. Wir haben befürchtet, dass du in Gefahr warst."

„Nein, Liebes. Ich war zu Besuch bei einer Freundin. Ich bin absolut sicher." Ihr Ton war unbeschwert, doch Sorgenfalten zogen sich um ihre Augen. Sie legte eine ruhige Hand auf meinen Arm. „Bist du in Ordnung?"

Ich nickte aus einem seltsam nachsichtigen Gefühl. Mir ging es eindeutig nicht gut.

„Jade?", sagte Kane und streichelte sanft meine Hand.

Ich drehte meinen Kopf und begegnete dem Blick seiner beruhigenden schokoladenbraunen Augen. „Bringst du mich nach Hause?", bat ich leise. Mein Verstand war zu müde, um noch irgendetwas zu verarbeiten. Ich verdrängte den Rest meiner Fragen und streckte die Hand nach Kane aus. „Ich will nicht mehr hier sein."

„Dein Wunsch ist mir Befehl." Ohne zu zögern, hob er mich hoch und wiegte mich in seinen starken Armen. Ich drückte mein Gesicht an seine Brust und atmete. Der schwache Duft frischen Regens erfüllte meine Sinne, und allein sein Geruch half, die wütende Dunkelheit zu vertreiben, die noch immer an meinem Herzen haftete.

Kane hatte mich aus dem Labor und auf halbem Weg durch den Laden getragen, als Philip sich ihm in den Weg stellte. „Ihr könnt nicht gehen."

„Sieh einfach zu", sagte Kane in einem leisen, gefährlichen Ton.

„Es ist nicht sicher."

„Pearson, ich werde das nur einmal sagen." Ein Muskel in Kanes Kiefer zuckte. „Halt dich verdammt nochmal von meiner Verlobten fern, bevor du herausfindest, wie es ist, wenn deine Seele mit meiner Faust entfernt wird."

Oh Gott. Kane machte keine Witze. Es war Philips Schuld, dass ich meine halbe Seele verloren hatte. Und er hatte letzten Monat bei der Engelsanhörung gegen mich ausgesagt. Er hatte Meri, seiner ehemaligen Gefährtin, meine Seele geben wollen. Ja. Kane würde das nicht auf sich beruhen lassen.

Philip blieb stehen. „Ich weiß, wie du dich fühlst, Mann, wirklich. An deiner Stelle hätte ich dasselbe oder noch Schlimmeres getan. Aber Jade ist sehr verwundbar. Wenn du sie jetzt mit nach Hause nimmst und sie mit einem Geist in Kontakt kommt, irgendeinem Geist, fürchte ich, dass sie wieder besessen wird. Sie ist nicht stark genug, einen abzuwehren."

Mom stellte sich neben Kane. „Ich werde bei ihr sein. Ich kann einen Geist abwehren."

Philip musterte sie. „Für wie lange? Und wenn es mehr als einen gibt? Sie hat schon gesagt, dass sie welche bei Beas Haus gesehen hat. Es klingt, als würden sie ihr folgen. Du kannst nicht rund um die Uhr Wache halten. Und schlimmer, wenn Camille wieder auftaucht ... Du hast gesehen, was da drin passiert ist. Drei von uns waren nötig, um ihren Griff um Jade zu lösen."

Mom verschränkte die Arme vor der Brust und biss stur die Zähne aufeinander. „Ich werde Bea und Lucien bitten, mir beim Einrichten von Schutzzaubern zu helfen. Lucien ist Jades Stellvertreter im Zirkel. Sicher können er und Bea damit umgehen."

„Und wenn es in Kanes Haus schon spukt? Was dann?"

Lailah, die viel entspannter und wieder ganz normal wirkte, legte Kane vorsichtig eine Hand auf den Arm. „Ich weiß, dass du jetzt nichts von Philip hören willst, aber er hat Recht. Jade ist nicht sicher."

Kane hielt mich fester. Er starrte auf die Ladentür, sein Körper vibrierte in verhaltener Bewegung, und für eine Sekunde dachte ich, er würde sie beide ignorieren. Doch dann begegnete er Lailahs Blick. „Was schlägst du dann vor?"

Philip und Lailah tauschten einen Blick aus. Lailah nickte und drehte sich zu mir um. „Wir brauchen Meri."

„Nein", sagte ich automatisch. Obwohl Meri den Rat gebeten hatte, mir meine Seele zurückzugeben, Tatsache war, dass sie im Mittelpunkt von fast allem stand, angefangen damit, wie meine Mutter entführt und in die Hölle gebracht worden war. Ich verstand, dass sie gestürzt war, und die Person, die sie heute war, nicht für alles verantwortlich war, was passiert war. Trotzdem fiel es mir schwer, in ihrer Nähe zu sein, ohne dass der Schmerz der vergangenen Jahre mich überwältigte.

„Aber Jade ...", begann Lailah.

Ich zog mich von Kanes Brust zurück und drehte mich um, um ihrem besorgten Blick zu begegnen. „Ich habe nein gesagt. Sie hat meine Mutter, Kane, dich, Dan, Bea und meine halbe Seele genommen. Was auch immer sie zu bieten hat, ich will nichts davon."

„Du hast keine Wahl", sagte Philip ruhig.

Kanes ganzer Körper spannte sich an, und seine linke Hand drückte meinen Arm so fest, dass ich zusammenzuckte. „Tut mir leid", flüsterte er und lockerte seinen Griff, obwohl sein mörderischer Blick auf Philip gerichtet blieb. „Sag ihr nie, was sie tun soll."

Lailah holte tief Luft. „Tut er nicht." Dann wandte sie sich Philip zu. „Geh rüber in den anderen Raum. Deine Anwesenheit hilft nicht."

Philip zögerte, doch nach einem eindringlichen Blick von Lailah nickte er und zog sich ins Labor zurück, wo Ian immer noch Messungen vornahm.

„Schaut", sagte sie zu uns. „Das Problem ist Jades Seele."

„Sie ist okay", sagte ich hartnäckig.

„Sie ist nicht okay. Sie sollte es sein, ist es aber nicht. Der Grund, warum Camille von dir Besitz ergreifen kann, ist, dass sie in deine Seele eindringen kann. Philip denkt, und ich stimme ihm zu, dass deine Seele stärker wird, wenn du und Meri zusammen seid, und du wirst in der Lage sein, alle Geister selbst abzuwehren."

„Es muss eine bessere Lösung geben", sagte Kane. „Was sollen sie tun, jede wache Stunde zusammen verbringen?"

Lailah ließ die Schultern hängen. „Ich weiß nicht, aber es ist die beste Antwort, die ich derzeit habe. Zumindest, bis uns was Besseres einfällt."

Mom trat aus dem Schatten und streichelte mein Haar. „Ich denke, du musst das tun, Schatz. Wir drei sind Camille vorerst losgeworden, doch sie ist sehr stark. Wir werden einen weiteren Kampf nicht gewinnen."

Die Sorge in ihren Augen brachte mich dazu, meine eigenen zu schließen und mich gegen Kane zu schmiegen. Er war erhitzt und konnte seine Frustration kaum zurückhalten. Ich sah zu ihm auf, eine stumme Frage auf meinen Lippen.

Er drückte mir einen Kuss auf die Stirn. „Wir können es versuchen. Wenigstens kann ich dich nach Hause und ins Bett bringen."

Bett. Das war alles, was ich in diesem Moment wirklich wollte. Ich nickte. „Gut."

„Gut", hauchte Lailah. Sie drückte auf einen Knopf ihres Handys, und keine dreißig Sekunden später öffnete sich die Tür, und Dan – mein Ex – kam herein, und direkt hinter ihm war Meri, ihr glattes Mahagonihaar fiel ihr offen über den Rücken.

„Sie waren die ganze Zeit draußen?", keifte ich Lailah an.

„Lass sie runter, Kane", sagte Meri in einem sanften, befehlenden Tonfall.

Er starrte sie mit einer hochgezogenen Augenbraue an.

„Vertrau mir", sagte sie, und ich musste ein Schnauben unterdrücken. „Um sie sicher nach Hause zu bringen, müssen wir beide unsere Kräfte vereinen. Ich kann das nicht machen, wenn deine Energie um sie herum ist."

Der Sturm, der in Kanes Augen tobte, sagte mir, dass er so gut wie alles lieber tun würde, als auf Meri zu hören. Ich seufzte und nickte Kane zu. Je früher wir das hinter uns brachten, desto eher konnte ich in unserem Bett liegen, von seinen starken Armen beschützt. Er runzelte die Stirn, stellte mich aber behutsam auf meine Füße.

Meine Knie knickten sofort ein.

Kane fing mich auf und zog mich zu sich. „Das wird nicht funktionieren."

„Vertrau mir", sagte Meri noch einmal und streckte mir die Hand entgegen.

Ich starrte sie an, als wären ihre Fingerspitzen Fangzähne.

„Jade, bitte", sagte Dan. „Meri versucht nur zu helfen."

Ja", schnaubte ich. „Jedes Mal, wenn jemand versucht zu helfen, bricht die Hölle los."

„Du willst nach Hause, oder?" Meri lächelte mich an, ihre tiefgrauen Augen wirkten fast freundlich.

Verdammt, ich wünschte, ich könnte sie lesen, um sicherzugehen, dass ich ihren aktuellen emotionalen Zustand verstand. Sie könnte alles vortäuschen. Doch es hieß entweder, sie bei der Hand zu nehmen oder die ganze Nacht im Laden zu bleiben. Und ich hatte Speisen vom Cateringservice zu verkosten.

Ich streckte meine rechte Hand aus und ergriff ihre. Die Wirkung kam sofort. Mein Herz flatterte, und die Lücke unter meinem Brustbein schien sich zu füllen. All der verdeckte

Schmerz verschwand, und zum ersten Mal seit einem Monat fühlte ich mich normal, hundertprozentig ich selbst, bereit, mich allem zu stellen. So, wie ich gewesen war, bevor ich die Hälfte meiner Seele verloren hatte.

„Fühlst du dich besser?", fragte Meri, und ihre Augen weiteten sich überrascht.

„Ja."

„Ich auch. Lasst uns herausfinden, wie wir das dauerhaft hinbekommen können."

Ich war so lebendig. So glücklich. So ich selbst. Ich drehte mich mit einem erstaunten Blick zu Lailah um, bereit zu fragen, warum sie mir nicht gesagt hatte, dass das passieren würde, doch ihr überraschter Gesichtsausdruck hielt mich davon ab. „Lailah? Was ist?"

Sie blinzelte. „Du bist … heilige Scheiße."

„Whoa", sagte Philip leise.

„Was?", fragte ich und wurde von Sekunde zu Sekunde irritierter.

„Es ist deine Aura", sagte Lailah. „Sie hat sich gerade von violett zu reinweiß verschoben."

„Ja, und?" Violett war die Aura eines intuitiven Menschen. Ich war etwas überrascht, dass sich die Farbe nicht geändert hatte, als Meri meine Empathengabe übernommen hatte. „Sie mit einem Engel zu vermischen könnte das Violett sicher verdecken oder ganz auslöschen."

„Nein, Jade. Meris ist immer noch violett gefärbt. Deine ist zu reinem Schneeweiß geworden. Etwas hat sich verändert. Das ist das Zeichen der Seele eines vollwertigen Engels."

KAPITEL SECHS

*A*lle außer Bea beschlossen, uns in Kanes Haus zu treffen. Besorgt über unsere Geistersichtung entschied sie sich, nach Hause zu gehen und die Schutzzauber um ihr Haus herum zu stärken und mehr über Besessenheit zu recherchieren. Mit drei Engeln und meiner Mutter, die über mich wachte, hatte ich mehr als genug Hüter.

„Ein vollwertiger Engel?", flüsterte ich zum dritten Mal von Kanes Sofa aus und warf Meri, die mir gegenüber auf dem Sessel saß, einen Blick zu.

Sie reckte den Hals, um nach Dan zu sehen, der allein im Esszimmer war. Normalerweise würde ich meinen Ex nicht in das Haus einladen, das ich mit Kane teilte, doch sie hatte mir keine Wahl gelassen. Sie hatte darauf bestanden, dass er mit ihr kam. Sie schien meinen Blick zu spüren und starrte zurück, musterte mich.

„Glaubst du, sie haben Recht? Ist es möglich, dass ich eine Art Engelsgen habe?", fragte ich sie. Schließlich war sie ein Engel und ein ehemaliger Dämon. Sie sollte etwas Wissen haben.

Kane rutschte neben mich und drückte mein Bein.

Langsam schüttelte Meri den Kopf. „Nein. Ich habe noch nie von einer Hexe gehört, die zum Engel wird. Außerdem ist die Seele, die du und ich teilen, genau das, was ich von einer mächtigen Hexe erwarte, nicht die von einem Engel."

Engel existierten, um Seelen zu beschützen. Es ergab einen Sinn, dass sie wusste, wie sich meine anfühlen sollte. „Was ist mit dem, was du im Laden mit mir getan hast? Wir haben eine Art Energie geteilt. Du könntest einen Teil von dir übertragen haben."

„So geht das nicht. Ich habe unsere Seelen sich nur verbinden lassen, damit sie sich selbst erholen konnten. Nicht mehr."

Gut. Ich wollte kein Engel sein. Nach meiner Erfahrung mit dem Engelsrat wollte ich so wenig wie möglich mit ihnen zu tun haben. Anwesende ausgenommen.

Die Tür klapperte und schwang auf und prallte krachend von einem steinernen Schirmständer ab. Pyper kam hereingeeilt, Ian dicht auf den Fersen. Er hatte seine Tasche über der Schulter, eine Kamera in einer Hand und seinen EMF-Detektor in der anderen. Ohne stehenzubleiben, ging er in die Mitte des Raumes, ließ seine Tasche fallen und sank auf ein Knie. Sekunden später hatte er den Rest seiner Ausrüstung um sich herum ausgebreitet.

Ich versteifte mich. „Was machst du?"

Sein Kopf zuckte angesichts meines harten Tonfalls hoch. Stirnrunzelnd legte er seine Ausrüstung ab und stand auf. „Ich werde einige Messungen vornehmen, um mich zu vergewissern, dass das Haus sicher ist."

„Nein." Ich stand auf und starrte ihn an. „Nicht nach dem, was in Beas Laden passiert ist."

Kane erhob sich und positionierte sich rechts hinter mir. Als Anerkennung für die Geste schickte ich ihm ein leichtes

Lächeln. Er war da, wenn ich ihn brauchte, doch er überließ mir die Führung.

„Aber –"

„Nein. Du hast hier schon einmal Messungen vorgenommen. Da hast du nichts gefunden, und ich werde sicher nicht zulassen, dass du irgendetwas anderes in Kanes Haus einlädst."

„Unser Haus", warf Kane ein.

„Jade." Pyper berührte meinen Arm. „Er versucht nur zu helfen."

Ich drehte mich zu ihr um. „Wie er versucht hat, mir zu helfen, indem er mich geküsst hat, nachdem der Geist von mir Besitz ergriffen hatte und ich nichts dagegen tun konnte?" Ich schlug mir die Hand vor den Mund. Hatte ich das wirklich gerade gesagt? *Scheiße.*

Kanes Hand verkrampfte sich auf meiner Schulter, als meine Worte in der Luft hingen. Pyper starrte mich an, und dann trübten sich ihre strahlend blauen Augen. Sie drehte sich abrupt um und funkelte Ian böse an. Sein Gesicht wurde leuchtend rot.

Oh, *Doppelscheiße.* Ich hatte vorgehabt, es Kane zu erzählen, doch ich hatte Pyper nicht wehtun wollen. Bevor Kane und ich zusammengekommen waren, hatte Ian kein Hehl aus seinem Interesse an mir gemacht. Doch er war in den letzten Monaten mit Pyper zusammen gewesen. Ich hatte wirklich geglaubt, er sei über seine Faszination für mich hinweg.

„Was hast du getan?", fragte Pyper mit zusammengebissenen Zähnen.

Ian wich zurück, sein Gesichtsausdruck wie der eines Kaninchens vor einer Schlange.

Kane beugte sich dicht an mein Ohr. „Eine kleine Vorwarnung wäre nett gewesen."

Ich drehte mich zu ihm um, schlang meine Arme um seine

Taille und vergrub meinen Kopf an seiner Brust. Er richtete sich auf, sein Körper wurde starr. Als er meine Umarmung nicht erwiderte, zerbrach ein kleines Stück meines Herzens. Ich holte zittrig Luft. „Ich wollte es dir sagen, nachdem alle gegangen waren. Ich wollte es nicht so ausplaudern. Er hat mich nur so wütend gemacht ..." Ich neigte meinen Kopf und betete, dass er die Wahrheit in meinen Augen sah. „Ich hatte wirklich keine Kontrolle über die Situation. Du weißt, dass ich keine Gefühle für Ian habe. Hatte ich nie." Und in diesem Moment hatte ich eine ziemlich ausgeprägte Abneigung gegen den Geisterjäger. „Du glaubst nicht wirklich, dass ich dir oder Pyper so wehtun würde, oder?"

Kane seufzte und legte einen Arm um mich. Mit seiner anderen Hand strich er mir eine vereinzelte Haarsträhne hinter mein Ohr. „Natürlich nicht. Ich will nichts mehr, als dem Arschloch eine einzuschenken, doch es sieht so aus, als könnte Pyper mir da zuvorkommen."

Sie hatte Ian mit dem Rücken gegen die Haustür gedrängt und sein T-Shirt mit der Faust gepackt. Sichtlich zitternd versetzte sie ihm mit gedämpfter Stimme eine verbale Ohrfeige, doch es war unmöglich zu verstehen, was sie sagte. Sein Gesichtsausdruck zeigte jedoch deutlich, dass das, was sie gesagt hatte, nicht angenehm war. Er versuchte nicht einmal, sich zu verteidigen. Er stand einfach nur da und ließ ihren Zorn über sich ergehen.

Ein kluger Schachzug, wenn man bedachte, wie wütend sie war.

„Bastard", spie Pyper und stieß ihn gegen die Tür. „Raus hier."

Er streckte vorsichtig eine Hand nach ihr aus, doch sie schlug sie weg. Die Hände zu festen Fäusten geballt ließ sie die Arme sinken und trat einen Schritt zurück.

Ians Augen ließen ihre nicht los, als er hinter sich griff, um die Tür zu öffnen. Er trat einen Schritt vor und hielt inne. „Ich habe eine Erklärung, wenn ihr bereit seid, sie zu hören." Er warf mir und Kane einen Blick zu.

Kane strahlte Hitze aus, zweifellos die Wut, die er zu kontrollieren versuchte.

Ian schloss niedergeschlagen die Augen, und als er sie öffnete, nahm er seine Ausrüstungstasche, nickte und ging.

Pyper schlug die Tür hinter ihm zu. „Scheiße!", fluchte sie und ging zurück in die Küche.

„Das war ... unangenehm", sagte Meri.

„Aber sowas von", sagte Dan und warf ihr einen mitfühlenden Blick zu. Er lehnte mit einem Bein über dem anderen an der Wand. Meri lächelte ihn an und folgte ihm zurück in das angrenzende Esszimmer.

Zwanzig Minuten später lag ich ausgestreckt auf dem Sofa, zu erschöpft, um mich zu bewegen, als Lailah, Philip, Mom und Gwen auftauchten. Sie waren in Beas Laden geblieben, um ihn zu säubern und sicherzustellen, dass Camille und alle anderen potenziellen Geister verschwunden waren. Alle waren zu beschäftigt damit zu diskutieren, um mir überhaupt Aufmerksamkeit zu schenken.

„Sie ist kein Engel", beharrte Mom und fiel Philip ins Wort, als sie weiter in das Haus kamen. Sie versammelten sich im Esszimmer, wo noch mehr Stühle standen. „Es ist unmöglich."

„Aber ihre Aura sagt etwas anderes", antwortete er geduldig. „Ob sie vorher einer war oder nicht, es ist klar, dass sie jetzt Anzeichen dafür zeigt, einer zu sein. Ich würde gerne herausfinden, warum."

Bei Philips Worten verzog ich das Gesicht. Ich war *kein* verdammter Engel. Weiße Hexen konnten weiße Auren haben. Meine war aufgrund meiner Empathengabe zufällig violett. Aber ich war kein Empath mehr. Kein Wunder, dass sich meine Aura verändert hatte.

Kane kam aus der Küche. „Heiße Schokolade?", fragte er und hielt mir eine übergroße rote Tasse hin.

Ich stützte mich auf die Kissen und lächelte ihn an. Bei all dem Chaos und der Ungewissheit war er da und bot mir mein Lieblingsgetränk mit frischer Schlagsahne an. Ich schob meine Füße unter mich und deutete auf das Sofa. „Setz dich zu mir."

Kane setzte sich neben mich, und sein starker Arm zog mich nah an seinen Körper. Er küsste meinen Scheitel. „Sieht so aus, als ob unsere kurze Atempause zu Ende ist."

„Wo ist Kat?", fragte ich ihn.

Er zuckte mit den Schultern. „Vielleicht ist sie nach Hause gegangen?"

Ich zog meine Augenbrauen hoch und warf ihm einen Seitenblick zu.

Er lachte. „Okay, wahrscheinlich nicht. Wenn sich alle beruhigt haben, kannst du jemanden fragen."

„Ja." Ich starrte in seine wunderschönen, toffeegesprenkelten Schokoladenaugen, erinnerte mich an den Glanz, der heute Morgen da gewesen war, und schüttelte traurig den Kopf. „Wir werden diese Hochzeit nie fertig geplant bekommen. Und jetzt kann ich nicht zurück nach Summer House, wenn wir keinen Weg finden, Camille zu verbannen.

Sein Arm legte sich fester um mich. „Denk nicht eine Minute, dass ich meinen Engel von meiner Seite lasse. Die Hochzeit wird wie geplant stattfinden." Seine Lippen verzogen sich zu einem halben Grinsen. „Selbst wenn ich mir einen Friedensrichter schnappen und dich auf der Straße heiraten muss."

Ich ignorierte die Bemerkung. „Aber Summer House ..." Ich verstummte, da ich die Worte nicht aussprechen wollte. Dort hatte er mir den Heiratsantrag gemacht, und seine Großeltern hatten dort geheiratet. Es war Teil seiner

Geschichte. Er verdiente eine große, elegante Hochzeit, keine halbherzige Touristennummer auf der Bourbon Street. Was, wenn Camille am Tag der Hochzeit von mir Besitz ergriff? Würde Kane mit ihr verheiratet sein? Ich schüttelte den Kopf und verdrängte den Gedanken.

Kanes Hand strich über meine, warm und beruhigend. Er beugte sich vor, sein Atem kitzelte mein Ohr. „Summer House ist nur ein Haus. Ich habe es dir schon einmal gesagt. Es ist mir egal, wo wir leben, und jetzt sage ich dir, es ist mir egal, wo wir heiraten. Ich will nur dich." Seine Lippen strichen sanft über meine Schläfe. „Egal, was passiert."

Aus dem anderen Zimmer drang die Stimme meiner Mutter herüber. „Ich habe dir schon gesagt, Jade ist kein Engel. Es ist unmöglich. Finde eine andere Erklärung!" Ihre Schritte hallten durch das Haus, als sie in Richtung Küche ging. Eine Sekunde später wurde die Hintertür zugeschlagen.

„Hope!", rief Gwen und folgte ihr.

Ich seufzte und richtete meinen Blick auf Lailah. Sie stand mit den Händen in den Taschen ihrer Cargohosen da und beobachtete, wie Philip seine ehemalige Gefährtin beobachtete. Meri war zurück ins Wohnzimmer gekommen und hatte sich so weit wie möglich von allen weg niedergelassen. Ihre Augen waren geschlossen, und der schmerzerfüllte Ausdruck auf ihrem Gesicht erschreckte mich. Doch als Mom zurück ins Haus stürmte und Gwen wegen meines angeblichen Engelsstatus beschimpfte, verzog sich Meris Gesicht noch mehr, und ich bemerkte, dass sie Mühe hatte, die Emotionen zu verarbeiten, die durch den Raum strömten.

Es war klar gewesen, dass das passieren musste. Sie war nicht damit aufgewachsen, den Emotionen aller ausgesetzt zu sein. Ich hatte Wege entwickelt, mich abzuschirmen. Wie es aussah, brauchte sie Hilfe.

„Mom", sagte ich ruhig.

„Das geht niemanden etwas an außer mich und Jade", fuhr sie fort.

„Hope", sagte Philip, „ich versuche nur herauszufinden, warum sich ihre Aura plötzlich verändert hat. Das ist alles. Es könnte ein Hinweis sein, eine neue Besessenheit zu verhindern."

„Vielleicht liegt es daran, dass sie nur eine halbe Seele hat", blaffte Mom. „Dank dir!"

„Mom!", rief ich lauter.

Sie wirbelte herum und eilte an meine Seite, wobei sie zögernd eine Hand auf meine Schulter legte. „Was ist, Honey?"

Ich setzte mich auf. Kanes Griff lockerte sich, doch er ließ nicht los. Es hatte einmal eine Zeit gegeben, da hätte mich das genervt. Jetzt war es beruhigend, als ob ich bei allem, was ich tat, Unterstützung hätte. „Du musst dich beruhigen." Ich nickte Meri zu. „Es fällt ihr schwer, meine Gabe zu kontrollieren."

Mom lenkte ihre Aufmerksamkeit auf Meri. Sie beobachtete ihre Freundin und ließ sich dann langsam auf die Armlehne des Sofas nieder. Sie rollte mit den Schultern, griff mit einer Hand in ihren Nacken und knetete ihre Muskeln. „Entschuldigung", sagte sie zu Meri.

Die Anspannung in Meris Gesicht ließ ein wenig nach. Sie nickte Mom zu.

„Wenn du eine Atempause brauchst, kannst du für ein paar Minuten nach draußen gehen", bot ich an. Manchmal war das Einzige, das funktionierte, Einsamkeit. Die Emotionen aller anderen zu erleben war körperlich genauso anstrengend wie emotional. Wenn man andere nicht aussperren konnte, bekam der Ausdruck emotionaler Vampir eine ganz neue Bedeutung.

Meri schüttelte den Kopf und starrte mich an. „Ich kann nicht."

Frustration stieg mir in die Brust. „Ernsthaft? Du wirst

ungefähr zehn Meter von mir entfernt sein." Dann setzte sich ein überaus unangenehmes Gefühl in meinem Magen fest. „Willst du damit sagen, dass wir im selben Raum bleiben müssen, bis das geklärt ist?"

„Nein, nur im selben Gebäude. Die Wände absorbieren Energie und geben euch mehr Luft zum Atmen. Aber wenn einer von euch nach draußen geht, muss der andere in der Nähe bleiben. Es ist ein größeres Risiko", sagte Philip.

Das war zumindest etwas.

Meri stand auf und winkte Dan, der an ihre Seite eilte. Woher war er gekommen?

„Dan", sagte Mom und klang genauso überrascht wie ich, „du bist immer noch hier."

Er nickte und zog die Schultern hoch. „Ich wollte sichergehen, dass es Meri gut geht." Er warf ihr einen Blick zu, und ich fragte mich nicht zum ersten Mal, welche Art von Beziehung sie hatten. Ich weigerte mich, mir eine romantische vorzustellen. Meri war die Gefährtin seines Vaters gewesen. Ich schauderte bei dem Gedanken. Zu widerlich.

„Mir geht es vollkommen gut, Dan", sagte Meri mit einer Grimasse. „Wirklich, hör auf, dir Sorgen zu machen."

Dan blieb, und Meri drehte sich zu ihm um, ihre grauen Augen blitzten gereizt. Als er den Hinweis nicht verstand, schob sie ihn mit beiden Händen von sich.

„Hey!", protestierte er und rieb sich den Arm. „Pass auf, ja? Es war unnötig, Engelskraft hinter den Stoß zu legen. Himmel. Jetzt ist mein Arm taub."

Sie grinste, etwas, das ich bei ihr noch nie gesehen hatte. Ein Gefühl der Anerkennung überkam mich. Zum ersten Mal, seit Meri in mein Leben getreten war, benahm sie sich wie ein lebender, atmender Mensch, nicht wie ein Dämon oder ein Engel.

Als ich sie beobachtete, wurde mir klar, dass ich sie oder

Dan noch nie in einer innigen Berührung oder liebevolle Blicke austauschen gesehen hatte. Nein, sie interagierten viel mehr miteinander, wie es Pyper und Kane normalerweise taten. Erbittert und gnadenlos loyal. Wie Bruder und Schwester. Eine Vision von Dan, der Meri half, ihre Stärke zu finden, damit sie die Hölle verlassen konnten, kehrte zurück. Ich hatte ihren Kampf durch einen Traum miterlebt, während ich meine Seele mit Meri geteilt hatte. Ah, ihre Beziehung wurde klar. Sie hatten eine Bindung aufgebaut, während sie ums Überleben kämpften.

Meri warf einen Blick ins Esszimmer, wo Lailah und Philip jetzt saßen und sich leise unterhielten. Philip hob den Kopf, um ihr in die Augen zu sehen. Meri wandte den Blick ab, ohne ihn zur Kenntnis zu nehmen.

Lailahs Lippen bildeten eine dünne Linie, als ihr Blick zwischen Philip und Meri hin und her huschte.

Abrupt schob er seinen Stuhl zurück und stand auf. „Heute Abend gibt es nichts anderes zu tun."

Lailah stand auf und sah ihn immer noch an. „Du gehst?"

„Ich muss recherchieren. Jade sollte sicher sein, solange Meri hier ist." Er nickte Lailah zum Abschied zu und ging dorthin, wo ich mit Kane und Mom saß. „Ich komme morgen, um euch wissen zu lassen, was ich gefunden habe."

Ich unterdrückte einen finsteren Blick. Ich wollte ihn nicht hier haben oder dass er an dieser neuen Entwicklung arbeitete. Zu dumm, dass er immer noch mein Schutzengel war. Wenn es nach mir ginge, hätte ich Kane ein oder zwei seiner Gliedmaßen ausreißen lassen, doch das hätte nur dazu geführt, dass Kane im Engelsreich eingesperrt wurde und ich vor dem Engelsrat erscheinen müsste, um ihn da rauszuboxen. Philip war das nicht wert. Dieser verräterische Haufen Engelsscheiße.

Es war viel einfacher, mit ihm umzugehen, wenn ich so tat,

als ob er nicht existierte. Widerstrebend nickte ich ihm kurz zu und signalisierte damit mein Einverständnis. Ohne ein weiteres Wort zu sagen, ging er. Alle im Raum gaben einen kollektiven Seufzer der Erleichterung von sich, sobald die Tür ins Schloss fiel.

„Wo ist Kat?", fragte ich Lailah.

Sie sah sich um. „Sie ist nicht hier?"

Dan stand auf. „Sie hat gesagt, sie ist ein paar Minuten hinter uns, aber" – er warf einen Blick auf die Wanduhr – „das war vor einer Stunde."

Mein Herz hämmerte vor Angst. Ich nahm mein Handy, doch bevor ich die Wähltaste drücken konnte, sprach Dan bereits mit ihrer Voicemail.

„Verdammt", sagte er und steckte sein Handy in die Tasche. „Geht nicht ran."

Ich sprang auf und griff nach meiner Handtasche. „Meri, lass uns gehen."

Sie erschrak. „Wohin?"

„Wir gehen zurück zum Laden, und wenn wir sie nicht finden, gehen wir zu ihrer Wohnung. Irgendwas stimmt nicht. Nichts würde Kat in einer Nacht wie dieser davon abhalten, bei mir zu sein. Nicht einmal, wenn ich sie anflehen würde zu gehen." Ich ging zur Tür und drehte mich um, um ihr einen ungeduldigen Blick zuzuwerfen, als sie sich nicht bewegte. „Würdest du dich bitte beeilen."

Kane stellte sich vor mich. „Vielleicht ist es besser, wenn Lailah und deine Mutter gehen."

Die Magie in meiner Brust prickelte, und elektrische Funken sprangen in meine Fingerspitzen. Schockiert starrte ich auf das blaustichige Leuchten, überwältigt von dem Wunsch, ihn aus dem Weg zu schieben.

Heilige Scheiße, Jade. Reiß dich zusammen.

Entsetzt wich ich vor allen zurück. Ich hätte Kane fast gezappt.

Mom legte ihre Hände auf meine. Ihre beruhigende Erdmagie unterdrückte das elektrische Verlangen. „Du bist zu schwach nach dem, was passiert ist, Sweetie. Es ist nicht deine Schuld. Magie kann ein Eigenleben entwickeln, wenn dein Körper so viel durchgemacht hat."

Kane streckte eine Hand aus, um mich zu führen, doch ich zuckte vor seinem Griff zurück. Ich war zu gefährlich, um in seiner Nähe zu sein.

„Jade?", fragte er.

„Tut mir leid." Die Worte kamen erstickt heraus. „Geh und such Kat. Ich weiß, dass etwas nicht stimmt. Bitte", flehte ich ihn an. „Ich werde etwas essen und versuchen, mich auszuruhen."

„Versprochen?", fragte er, und seine besorgten Augen bohrten sich in meine. „Dan geht." Er gestikulierte in Richtung meines Ex', der bereits durch die Tür ging. „Lailah auch."

Sie wartete ein paar Schritte entfernt, den Autoschlüssel schon in der Hand.

„Ja. Geh einfach. Je mehr, desto besser. Meri und ich sind sicher hier. Ruft mich an, sobald ihr irgendwas wisst."

Kane strich mit einer Hand über meinen Arm, und ich bemühte mich, nicht zusammenzuzucken, dankbar, als meine Magie ihn nicht elektrisierte. Dann folgte er Dan, Mom und Lailah zur Tür hinaus. Damit blieben ich, Gwen, Meri und Pyper übrig, doch Pyper hatte sich immer noch in der Küche verschanzt. Gwen setzte sich neben mich und nahm meine Hand in ihre.

„Mach dir keine Sorgen", beruhigte sie mich. „Ich habe das Gefühl, dass es ihr gut gehen wird."

„Wird?" Meine Stimme erhob sich. Gwen war eine Seherin. Normalerweise sprach sie nicht über ihre Visionen, doch dass es jemandem gut gehen werde, war etwas ganz anderes, als dass es jemandem gut *ging*.

Gwen streichelte meine Hand mit ihrer sonnenverwitterten. „Die Botschaft ist vage, aber stark. Dass es ihr gut gehen wird, ist gut genug für den Moment."

Diese Antwort gefiel mir überhaupt nicht, doch was konnte ich tun? Ich nahm mein Handy und rief Kat erneut an. Wieder ging der Anruf direkt auf ihre Voicemail. „Verdammt", sagte ich wie Dan zuvor.

Wir drei saßen schweigend da, Meri hatte sich in einem großen Sessel zusammengerollt, ihre Augen geschlossen, und Gwen und ich kauerten uns zusammen und warteten. Ich war nicht gut im Warten.

Nach fünf weiteren Versuchen, Kat zu erreichen, stand ich auf. „Ich gehe nach Pyper sehen."

„Das ist ein guter Plan", sagte Gwen. „Ich bin mir sicher, sie könnte jetzt jemanden zum Reden gebrauchen."

Ich nickte und ging zur Küche im hinteren Teil des Hauses, wo ich in der Tür stehenblieb. Pyper stand mit gelben Gummihandschuhen an der Spüle und schrubbte das Geschirr, das Kane vom Frühstück zurückgelassen haben musste.

„Hey", sagte ich leise. „Bist du okay?"

Sie wirbelte herum, einen Teller in ihren Händen. Ihre zu glänzenden Augen fanden meine und verengten sich dann, als sie ihre Lippen aufeinanderpresste. Ohne Vorwarnung warf sie den Spülschwamm auf mich. Er landete mitten in meinem Gesicht.

Ich prustete und spuckte Seifenschaum aus. „Pyper! Was zum ...?"

Ihr blieb überrascht der Mund offenstehen, dann begann sie zu kichern, gefolgt von schallendem Gelächter. Tränen liefen über ihr Gesicht. „Oh Gott", keuchte sie. „Tut mir leid.

Ich war einfach ... so wütend." Wieder sprudelte Gelächter über ihre Lippen.

„Auf mich?", fragte ich, mehr als nur ein bisschen verärgert. „Was habe ich bitte getan?"

„Nichts", keuchte sie, als sie versuchte, sich zu beherrschen. „Überhaupt nichts, und das ist das Problem."

KAPITEL SIEBEN

*J*ch behielt Pyper vorsichtig im Auge, während ich die Hand ausstreckte und eine Schublade voller Geschirrtücher aufzog. Ich wischte mir das Wasser vom Gesicht und fragte: „Wovon redest du?"

„Du." Ihre Belustigung verblasste, und sie schnaubte empört. „Du tust nichts, aber alles dreht sich um dich. Alle lassen alles stehen und liegen, um die Krise der Woche zu bewältigen. Kein Wunder, dass alle so fasziniert von dir sind."

Ihre Worte waren ein Schlag in meinen Magen. Krise der Woche? Alle lassen alles für mich stehen und liegen? Als ob ich darum gebeten hätte, dass mir diese Dinge passierten? Verdammt, ich hatte ihr sogar einmal den Arsch gerettet. Was zum ... Ich kniff die Augen zusammen. „Mit allen meinst du Ian?"

„Offensichtlich." Sie bückte sich und hob den nassen Schwamm vom Boden auf. Ihre Finger schlossen sich fest darum, und zu ihren Füßen bildete sich eine Pfütze. „Und Kane. Und Kat. Und Lailah. Und dein Zirkel. Himmel, sogar dein Ex-Freund taucht auf."

Mir blieb der Mund offenstehen, während sie das sagte, und meine Sicht verschwamm in einem unscharfen Rotton. „Machst du Witze?" Nach allem, was ich getan hatte, um ihr zu helfen, konnte ich nicht fassen, was ich da hörte. „Willst du damit sagen, dass du lieber mit Roy in einer alternativen Realität festsitzen würdest? Oder dass ich Meri hätte erlauben sollen, Kane und Kat in der Hölle zu behalten? Oder dass ich meine Seele einem Dämon hätte überlassen sollen? Denn all diese Optionen wären mit Sicherheit viel einfacher gewesen. Tatsächlich wäre keiner von uns jetzt hier, um darüber zu streiten."

„Oh, fick dich, Jade!"

Der Schwamm flog wieder, aber diesmal duckte ich mich.

Hinter mir hörte ich ein erschrockenes Keuchen. Ich wirbelte herum und sah Gwen in der Tür stehen, ihre rote Bluse von Schwammwasser durchnässt. Sie hielt den Schwamm in beiden Händen. „Ladys, gibt es hier ein Problem?"

„Nein", sagten wir wie aus einem Mund.

Ich richtete einen wütenden Blick auf Pyper. Sie hatte meine Tante gerade mit einem Schwamm beworfen, und sich nicht einmal dafür entschuldigt. „Was ist los mit dir?", fragte ich und warf Pyper einen finsteren Blick zu.

„Du!" Sie warf einen Holzlöffel in die Spüle und ging in Kanes Schlafzimmer. Jetzt mein Schlafzimmer. Die Tür knallte zu, und die Gläser in den Schränken klirrten.

Ich warf das Geschirrtuch weg und atmete aus. Nichts davon war meine Schuld, doch ich konnte trotzdem nicht umhin, mich schuldig zu fühlen. Ich hatte Ian geküsst. Was machte es schon, wenn ich dabei besessen gewesen war? Es war immer noch schrecklich. Mein ganzer Körper begann, unter einem verspäteten Adrenalinschub zu zittern. Ich klammerte mich an die Arbeitsplatte und ließ den Kopf hängen. „Göttin, Gwen. Denkt sie wirklich so über mich? Dass ich dankbar bin für diesen Mist, damit ich im Mittelpunkt stehen kann?"

Gwens starke, ruhige Hand legte sich um meinen Arm. Sie zog sanft und führte mich zum Tisch. „Setz dich."

Ich gehorchte und vergrub meinen Kopf in meinen Händen. Erst war ich besessen gewesen – zweimal –, dann war Kat verschwunden, und jetzt schien Pyper bereit, meine Nummer aus ihrer Kurzwahlliste zu löschen. Was für ein Scheißtag.

„Willst du darüber reden?", fragte Gwen.

„Nein", murmelte ich, ohne mein Gesicht aus meinen Händen zu heben. „Ich hätte wirklich gerne einen Moment für mich, wenn es dir nichts ausmacht."

Ich spürte, wie Gwen an meiner Seite blieb, denn sie wollte mich eindeutig nicht allein lassen, doch dann nickte sie und drückte meine Schulter. „Ich bin im Wohnzimmer, wenn du deine Meinung änderst."

Als ihre Schritte im anderen Zimmer verklangen, ließ ich meine Hände sinken und lehnte mich im Stuhl zurück. Verdammte Pyper. Warum musste sie in mein Zimmer stürmen?

„Jade?", sagte eine weibliche Stimme leise.

Ich zuckte zusammen und sah Meri in der Küchentür stehen. Ihr Kopf war zur Seite geneigt, als sie mich musterte. „Ja?"

„Macht es dir was aus, wenn ich mich zu dir setze?" Ihr Ton war ruhig, vorsichtig.

Was denn nun schon wieder? Stirnrunzelnd gestikulierte ich mit der Hand zum Stuhl neben mir.

Sie kicherte. Der Stuhl rutschte über die Fliese, als sie ihn herauszog und sich setzte. „Ich bin nicht der Feind, ich hoffe, du weißt das?"

„Das habe ich nie behauptet."

„Musstest du nicht." Sie beugte sich vor, und ihre Augen hefteten sich an meine. „Ich bin nicht der Dämon, der all den Menschen, die du liebst, all diese schrecklichen Dinge angetan hat."

Nein. Das war sie nicht. Aber sie war es einmal gewesen.

„Ich weiß."

Sie schüttelte den Kopf. „Ich glaube nicht, dass du das tust. Nicht, wo es zählt."

Göttin, bewahre mich davor, sie zu schlagen. Das brauchte ich jetzt wirklich nicht. „Wovon redest du?"

Sie lehnte sich zurück, ihre Augen funkelten wissend. „Du bist so damit beschäftigt, hinter dich zu blicken, dass du nicht siehst, was vor dir liegt."

Meine Verzweiflung explodierte in einem übertriebenen Schnauben. „Meri, tut mir leid, aber ich kann das jetzt nicht. Ich glaube sowieso nicht, dass wir unsere Probleme in einer Nacht lösen können." Ich schob meinen Stuhl zurück und stand auf.

Sie zuckte mit den Schultern. „Wie du willst. Es geht hier ohnehin nicht um dich und mich. Aber denk vielleicht über das nach, was ich gesagt habe."

Ich warf ihr einen ungläubigen Blick zu, als ich aus der Küche stapfte und dann mitten im Esszimmer stehen blieb. Pyper war in dem Zimmer, das ich mit Kane teilte. Gwen war im Wohnzimmer. Meri in der Küche. Damit blieb mir das Gästezimmer, wenn ich Einsamkeit wollte. Was ich wirklich wollte, waren meine kleine Wohnung auf der Bourbon Street und mein Geisterhund Duke. Doch Kane würde mich umbringen, wenn ich ging. Und ich müsste Meri mitnehmen, wenn ich nicht wieder besessen werden wollte.

Scheiße.

Ich wirbelte herum und ging zurück zu meinem Schlafzimmer. Ich könnte mich verkriechen und auf einen Anruf warten, oder ich könnte dem Problem mit Pyper auf den Grund gehen.

Schlurfend zwang ich mich den Flur entlang und blieb vor dem Schlafzimmer stehen. *Bring es einfach hinter dich.* Was war das Schlimmste, das passieren könnte? Dass sie wieder irgendwas nach mir werfen würde? Es war nicht so, als könnte sie mir etwas anhaben. Schließlich war ich immer noch eine Hexe.

Nicht, dass ich wirklich Magie gegen sie anwenden würde. Ich schüttelte den Kopf, da ich wusste, dass es kein körperlicher Ausbruch war, über den ich mir Sorgen machte. Zeit, meine Frau zu stehen. Ich klopfte leise an die Tür. „Pyper?"

Stille.

Ich klopfte lauter und presste mein Ohr an die Tür. „Pyper, ich komme rein."

Meine Worte wurden von dem Geräusch von fließendem Wasser beantwortet. Sie war im Bad. Okay. Ich würde warten, bis sie herauskam. Langsam öffnete ich die Tür, um sicherzugehen, dass ich das Geräusch nicht falsch interpretiert hatte. Die Badezimmertür war geschlossen, und Licht fiel durch den Spalt unter der Tür. Ich warf einen Blick auf das leere Bett und ging dann zu dem Sessel in der Ecke.

Dort zog ich meine Füße unter mich und wartete.

Ich starrte auf die Nachttischuhr und zählte die Minuten. Eine. Drei. Fünf. Was machte sie da drin? Gerade, als ich aufstehen und nach ihr sehen wollte, öffnete sich die Tür ein Stück. Pyper kam heraus, ein Taschentuch in der Hand, während sie frische Tränen von ihrer Wange wischte.

„Oh, Pyper, nein", hauchte ich und eilte zu ihr. Ich hatte

Pyper nur einmal weinen sehen. Und das, nachdem sie von einem bösen Geist als Boxsack benutzt worden war. Sie versteifte sich, als ich meine Arme um sie schloss, und trotz meines Instinkts, mich zurückzuziehen, zog ich sie an mich. Sie wehrte sich nur einen Moment lang, dann ließ sie sich schniefend an mich sinken.

Ich legte meine Hand an ihren Rücken und streichelte sie sanft. „Was ist?" Das konnte nicht meinetwegen sein. Da war etwas viel Ernsteres im Gange.

Sie holte zitternd Luft und schob mich sanft von sich. „Tut mir leid."

„Schon gut." Ich zog an ihrer Hand und führte sie zum Bett. Ich setzte mich und klopfte auf die Stelle neben mir.

„Nein, ist es nicht. Ich habe einen Schwamm nach Gwen geworfen."

Ich lachte. „Du hast ihn nach mir geworfen."

Sie schnaubte und runzelte dann die Stirn; ihre Augenbrauen zogen sich zusammen, während sie sich bemühte, die Tränen in Schach zu halten.

Ich legte einen Arm um ihre Schultern und zog sie wieder an mich. „Mach dir keine Sorgen. Was auch immer es ist, ich bin sicher, alles wird gut."

„Nein." Sie riss sich zurück und tupfte sich die Augen, während sie weiter weinte. „Alles wird nicht gut. Ian hat dich geküsst, dieser Arsch. Nach all der Zeit und der Verlobung zwischen dir und Kane, hat er dich verdammt nochmal geküsst!"

Ich drehte mich um und starrte sie an. „Darum geht es? Ich bin mir nicht einmal ganz sicher, was passiert ist. Ich meine, ich war besessen. Es war verschwommen. Gerade habe ich versucht, die Kontrolle über meinen Körper zurückzubekommen, und im nächsten Moment dockt der Geist an Ians Gesicht an."

„Welchen Unterschied macht das schon?" Sie grub ihre Finger in die Bettdecke. „Zwischen seiner Verknalltheit in dich und diese Reportertussi weiß ich nicht, was zum Teufel ich mit ihm mache."

Ich zog eine Augenbraue hoch. „Reportertussi?"

Sie lachte. Ein hohler, sardonischer Laut. „Du weißt nicht einmal von ihr. Typisch."

„Hey, warte einen Moment", sagte ich sanft und versuchte, einfühlsam zu sein. Tränen glitzerten immer noch in ihren Augen, doch ich hätte meinen letzten Dollar gewettet, dass sie sie zurückhalten würde. „Ich war einen Monat weg. Wie kann ich etwas wissen, das in dieser Zeit passiert ist, wenn du es mir nicht erzählst?"

Ihre normalerweise strahlend blauen Augen wurden stürmisch. „Du fragst nie. Und Kane ist zu sehr damit beschäftigt, auf dich aufzupassen, um etwas mitzubekommen."

Mitten in meiner Brust blühte Schmerz auf. Sie meinte es wirklich so, als sie gesagt hatte, dass sich alles um mich dreht. Kane war ihr bester Freund und der einzige Mensch, der immer für sie dagewesen war. Seit ich in sein Leben getreten war, fühlte sie sich in den Hintergrund gedrängt. Was für eine tolle Freundin ich doch war. Ich war so mit Kane und der Hochzeit beschäftigt, dass ich nicht einmal bemerkt hatte, dass etwas nicht stimmte. Ich schloss meine Augen und atmete tief durch. „Es tut mir so leid, Pyper." Ich streckte meine Hand aus und legte meine Finger um ihre. „Du musst mich dafür hassen."

Ich erwartete voll und ganz ein weiteres humorloses Lachen, doch als sich ihre Mundwinkel hoben, wurden ihre Augen weich. „Ich hasse dich nicht. Wie könnte ich? Du machst Kane glücklicher, als ich ihn je gesehen habe. Es ist nur ..."

„Du fühlst dich ausgeschlossen?" Meine Worte kamen so leise heraus, dass ich sie selbst kaum hören konnte.

Sie biss sich auf die Lippe und nickte. „Ich … es ist niemand da, wenn ich jemanden brauche …"

„Ich bin hier", sagte ich. „Und Kane ist hier. Ich –"

„Wo? Wann?" Sie sah sich um. „Wann ist jemals Zeit für eine normale Krise? Wann jagen wir nicht einer vermissten Person hinterher oder einem bösen Geist oder Dämon? Verdammt, sogar meine besten Dates mit Ian drehen sich um die verdammte Geisterjagd."

„Ich bin hier", sagte ich fest. „Und Kane auch." Bevor sie widersprechen konnte, nahm ich ihre Hand und drückte sie. „Ich weiß, dass ich beschäftigt war. Aber das heißt nicht, dass es mir egal ist. Pyper bitte, alles, was du tun musst, ist den Mund aufzumachen und etwas zu sagen. Du weißt, dass Kane und ich sofort kommen."

„Das ist der Punkt, nicht wahr?" Sie erwiderte den Druck um ihre Hand nicht, doch sie zog sich auch nicht zurück. Sie drehte sich um und starrte auf eine leere Stelle an der Wand. „Bevor das alles angefangen hat, hat Kane immer gewusst, wann ich ihn brauchte. Jetzt …" Sie zuckte mit den Schultern. „Ich habe eine Schwester gewonnen." Ihr Blick begegnete meinem. „Doch ich habe das Gefühl, meinen Bruder verloren zu haben. Und jetzt auch meinen Freund." Sie holte tief Luft. „Er hat Zeit mit einer Reporterin verbracht, mit dem er auf der Highschool zusammen war, und er hat offensichtlich immer noch ein Faible für dich, obwohl jeder weiß, dass du ihn nicht willst."

Verdammter Ian. Er wusste, dass Pyper in ihn verliebt war. Dieser Bastard. Sie hatte es ihm letzten Monat auf der Weihnachtsfeier erzählt. Ich konnte nicht glauben, dass er sich so verhielt. Sicher, er war mal an mir interessiert gewesen, doch ich hatte geglaubt, das wäre alles vorbei, nachdem er mit Pyper ausgegangen war. Was zum Teufel hatte dieser Kuss bedeutet? „Erzähl mir von dieser Reporterin. Wie heißt sie?"

„Sybil Tanner", sagte sie, und Elend lag in ihrer Stimme.

Ich kannte den Namen, und das Gesicht der Frau blitzte in meinen Gedanken auf. Sie hatte vor nicht allzu langer Zeit eine Geschichte über die Immoralität von Hexen gebracht und unseren Zirkel geoutet. „Das ist die, die über Goodwins Kundgebung im letzten Herbst berichtet hat?"

„Ja, die. Sybil."

Ich runzelte die Stirn. Ian war mit ihr auf die Highschool gegangen? Warum hatte er nichts gesagt? Es war nicht so, als wären Ian und ich beste Freunde. Trotzdem hatte Sybil über den Zirkel berichtet. Man könnte meinen, er hätte uns warnen können, dass er sie kannte. „Warum denkst du, dass er sich mit ihr trifft?"

Pyper ballte die Hände zu Fäusten und kniff die Augen zusammen. „Nun, er sagt, er trifft sich nicht mit ihr. Aber ich weiß, dass sie mindestens zweimal zusammen zu Abend gegessen haben. Charlie hat ihn letzte Woche mit „einer Blonden in einem rosa Anzug" im Gumbo Shop gesehen. Und einmal, bei einer anderen Gelegenheit, habe ich versehentlich sein iPhone genommen, weil ich dachte, es wäre meines, und habe eine Nachricht von ihr gesehen, mit der sie eine Verabredung zu Drinks bestätigt hat."

„Hast du ihn damit konfrontiert?" Meine Gedanken drehten sich in acht verschiedene Richtungen gleichzeitig, und ich überlegte, wie ich diesen Mistkerl quälen könnte. Die Idee, die mir vorläufig am besten gefiel, hatte mit Feuerameisen und Ahornsirup zu tun.

„Nein." Sie stand auf und ging vor mir auf und ab. „Ich hatte gehofft, er würde es mir sagen, und als er es nicht getan hat, hatte ich meine Antwort."

Ich sprang vom Bett auf. „Und du bist immer noch mit ihm zusammen? Wieso?" Ich verzog das Gesicht, als ich den Vorwurf in meiner Stimme hörte. Teufel nochmal. Das Letzte, was sie brauchte, war, dass ich ihr Vorwürfe machte. „Tut mir leid. Ich wollte nicht –"

„Keine Sorge. Ich fragte mich gerade nur dasselbe." Sie ging zur Tür.

„Warte." Ich ging zur Tür, um ihr den Weg zu versperren. „Kannst du mir eines sagen?"

Sie neigte den Kopf und wartete.

„Warum Ian? Ich meine, ich habe ihn immer für einen netten Kerl gehalten, aber jetzt weiß ich es nicht mehr. Was ist es, das dich an ihm angezogen hat?"

Sie lachte, diesmal schimmerte echtes Amüsement durch. „Er ist spleenig. Ein Freigeist. Jemand, der sich nicht an die Norm hält. Genau wie ich. Ich dachte, das wäre offensichtlich." Sie griff um mich herum nach dem Türknauf und schlüpfte leise aus dem Zimmer.

Ich stand da, starrte auf den menschenleeren Flur und ließ ihre Worte auf mich wirken. Ian hatte mir auf ähnliche Art und Weise gesagt, dass er mich mochte, weil ich meinen Lebensunterhalt als Glaskünstlerin verdiente oder es zumindest versuchte. Es gefiel ihm, dass ich seinen Wunsch verstand, ein unangepasstes Leben zu führen, und ihn nicht dafür verurteilte, dass er seinen Lebensunterhalt mit der Geisterjagd bestreiten wollte – etwas, das die meisten Frauen bestenfalls für labil und schlimmstenfalls für verrückt hielten.

Pyper passte perfekt in dieses Bild. Sie hatte ein paar Jahre als Stripperin gearbeitet, bevor sie ihr Café eröffnet hatte. Sie war Bodypainting-Künstlerin. Sie half Ian sogar bei seinen Geisterjagd-Jobs. Es würde ihm schwerfallen, jemanden zu finden, der seine unkonventionellen Ziele besser unterstützte. Und sie war verdammt sexy. Was zum Teufel war los mit ihm? Wut brannte in meiner Brust, und das Feuer prickelte wieder in meinen Fingerspitzen.

Ich starrte voller Entsetzen und Faszination auf die

Flammen, die aus meinen Fingern flackerten, und trat einen Schritt von der Tür zurück. Atme, Jade, atme. Als die Luft meine Lungen füllte, zwang ich mich, mich zu entspannen. Ich rollte meine Schultern, atmete aus und stellte mir vor, wie die Anspannung aus meinen Muskeln floss. Meine Finger prickelten vor Kälte, und als ich den Blick senkte, war das Feuer weg.

Was geschah mit mir? Mein Herz donnerte in meiner Brust. Was, wenn ich meine Magie nicht mehr kontrollieren könnte? Was, wenn ich jemanden verletzte? Ich stolperte zurück und landete auf dem Bett, zu verängstigt, um mich zu bewegen. Zitternd griff ich in meine Tasche und holte mein Handy heraus. Ich starrte es an und wollte schreien wegen des Mangels an Nachrichten. Wo war Kat? Warum hatten sie sie noch nicht gefunden?

Gerade als mein Finger die Taste berührte, um Kane anzurufen, begann mein Handy zu vibrieren. Luciens Nummer erschien auf dem Display.

„Hast du Kat gesehen?", fragte ich.

„Ja. Sie ist bei mir –"

Ich stieß einen lauten Seufzer der Erleichterung aus und verstand seine nächsten Worte nicht. „Hm? Was war das?"

„Verdammt, Jade. Wir sind bei Bea. Komm einfach her. Ich weiß nicht, wie lange sie noch durchhalten kann."

„Was?" Ich sprang auf und rannte in den Flur.

Stille am anderen Ende.

„Lucien?"

Das Handy piepste zweimal, um zu bestätigen, dass der Anruf abgebrochen war. Kat? Nein! Er musste sich irren. Nicht sie. Sie war nicht einmal ein Teil dieser verrückten paranormalen Welt.

„Gottverdammt!" Ich rannte durch das Haus, stürmte ins Wohnzimmer und sah Meri auf dem Sofa liegen, eine Decke über ihren Beinen. „Steh auf. Wir müssen los." Ich warf Gwen einen Blick zu. „Es ist Kat. Sie ist in Schwierigkeiten."

Ohne abzuwarten, ob jemand folgte, stürmte ich hinaus. Ein Flüstern von Eis kroch über mich, und ich erstarrte. Statisches Rauschen dröhnte in meinen Ohren.

Geist.

KAPITEL ACHT

*N*icht schon wieder.

„Meri!", rief ich, unfähig mich zu bewegen. Meine Gliedmaßen wurden schon wieder taub. Mein Atem ging schneller, und Panik breitete sich aus. Das durfte nicht passieren. Kat brauchte mich. *Kat.* Ein Schluchzen stieg in meiner Kehle auf. Pyper hatte Recht gehabt. Mein Leben war so ein Clusterfuck. Ich war für niemanden da, der mich brauchte.

„Jade, was hast du dir dabei gedacht?" Eine schwache Stimme drang durch das Rauschen in meinen Ohren. Mein Kopf wollte sich nicht bewegen. Ich versuchte, mich umzudrehen, konnte es aber nicht. Ich war in meiner persönlichen Hölle gefangen. „Ich dachte, du hättest es eilig?" Die Stimme war diesmal etwas lauter, irritiert.

Eis kroch durch mich hindurch, und die Angst, die in mir wuchs, trug nichts dazu bei, meine gefrorenen Gliedmaßen aufzutauen. Ich zwang meinen Mund auf, entschlossen, einen Feuerzauber zu sprechen, in der Hoffnung, dass die Flammen an meinen Fingerspitzen erwachen würden.

„Das ist lächerlich", sagte Meri, ihre Stimme war jetzt klar. „Ich gehe wieder rein."

„Waaa", zwang ich heraus, bevor sich mein Mund schloss. Oder ich sollte vielleicht besser sagen, dass Camille ihn für mich geschlossen hatte. Mein einziger Trost war, dass sie sich anscheinend auch nicht bewegen konnte. Wir waren in einer Pattsituation gefangen.

„Jade?" sagte Meri noch einmal, und ich glaubte, sie näherkommen zu hören. Ich wollte sie warnen oder wegziehen, sie vor dem Geist beschützen, der von mir Besitz ergriffen hatte, doch ich konnte nicht. Ich konnte nichts tun. „Bist du okay?"

Meine Schulter prickelte, und das Eis schmolz. Das Gefühl strömte zurück in meine Arme, mein Innerstes und meine Beine, als der Rest des Rauschens verschwand.

Ich bewegte mich, um sie zu anzusehen, und spürte schließlich ihre Hand auf meinem Arm, wo das Kribbeln begonnen hatte. „Wie hast du das gemacht?", krächzte ich, mein Hals rau von der erzwungenen Kommunikation. Es war, als hätte ich stundenlang bei einem Rockkonzert geschrien.

„Was meinst du?"

Ich schüttelte den Kopf und versuchte, die Spinnweben zu beseitigen. „Du hast Camille vertrieben. Wie hast du das gemacht?" Welchen Zauber sie auch immer benutzt hatte, ich musste ihn lernen. Vielleicht konnte ich das nächste Mal etwas dagegen tun, bevor Camille meinen Körper übernahm.

Sie runzelte die Stirn, ihre Verwirrung deutlich. „Ich habe nichts getan."

„Doch", sagte ich und ignorierte den Schmerz in meiner Kehle. „Ich war besessen, und als du mich dann angefasst hast –" Heilige Scheiße. Was war an Meri, das den Geist fernhielt? Und konnte ich es reproduzieren? Ich schluckte und senkte meine Stimme. „Es war deine Berührung. Sobald du deine

Hand auf meinen Arm gelegt hast, hast du den Bann gebrochen, und Camille ist geflohen. Hast du ein spezielles Geister-Kryptonit oder so?"

Sie starrte mich mit zusammengekniffenen Augen an. „Nicht, dass ich wüsste."

Ich packte ihren Arm und drückte ihn an mich. „Was immer es war, es hat funktioniert. Du hast mich vor der nächsten Besessenheit gerettet." Ich seufzte und schickte Philip einen stillen Dank. So sehr ich den Bastard auch hasste, er hatte Recht damit, dass ich und Meri zusammenbleiben mussten. „Lass uns gehen. Kat steckt in Schwierigkeiten."

ICH PARKTE Pypers VW Käfer hinter Beas Prius und sah mich um. Keine gruseligen Geister. Das war schonmal was. Dann musste ich mich zwingen, auf Meri zu warten, bevor ich zum Haus sprintete. Ich könnte nicht helfen, wenn Camille auftauchen und wieder die Kontrolle übernehmen würde. Beeil dich, wollte ich schreien, als ihr Pullover an der Tür hängenblieb und sie sich bemühte, ihn zu befreien. Ich biss die Zähne zusammen und kochte leise vor mich hin, meine Hände glühten wieder vor Magie. Ich rieb sie aneinander und löschte damit das Feuer. Ich war mir sicher, dass sie nicht absichtlich versuchte, mich zu verärgern.

„Bereit?", presste ich heraus, nachdem die Beifahrertür zugefallen war.

„Weißt du, das ist kein Spaß für mich. Ich könnte nach Hause gehen." Sie funkelte mich an.

Ich drehte mich um und rannte die Stufen der Veranda hinauf. Über meine Schulter rief ich: „Aber das wirst du nicht, weil du ein Engel bist!" Ganz zu schweigen davon, dass, wenn der Rat herausfände, dass sie die andere Hälfte der Seele riskiert hatte, die sie ihr vor ein paar Wochen zu geben versucht hatten, die Hölle losbrechen würde.

Sie schnaubte hörbar, folgte mir jedoch. Ich machte mir nicht die Mühe anzuklopfen, riss Beas Tür auf und rannte ins Haus. „Kat?", rief ich und hielt inne, um mich in dem hell erleuchteten Raum umzusehen. Leer. Ich rannte los und sprintete zwei Stufen auf einmal nehmend die Treppe hinauf.

„Hier", rief Lucien aus dem Gästezimmer, das ich vor nicht allzu langer Zeit bewohnt hatte. Die Tür war angelehnt, und ich zögerte nur einen Moment, bevor ich sie langsam aufstieß, aus Angst vor dem, was ich auf der anderen Seite finden würde.

„Jade! Gott sei Dank. Komm rein." Lucien sprang auf und zog mich zum Bett.

Ich starrte auf Kat hinab. Sie zitterte und war so blass, dass sie fast durchscheinend aussah. „Was ist passiert?" Meine Stimme bebte, als ich die Worte herauszwang.

Lucien ließ sich auf einen Sessel neben dem Bett fallen und rieb sich mit einer Hand sein hageres Gesicht. Sein zerzaustes blondes Haar fiel über seine blassgrünen Augen. „Ich bin mir nicht ganz sicher."

Ich sank auf das Bett und nahm vorsichtig ihre Hand in meine. „Lucien?"

Sein gequälter Blick begegnete meinem.

„Fang ganz am Anfang an."

Er holte tief Luft, sichtlich erschüttert. „Ich war bei einem Freund, als sie angerufen hat. Sie wollte darüber reden, was mit dir passiert ist. Sie bestand darauf, dass es nicht warten konnte, also ist sie zu mir gekommen."

„Dein Freund? Auch ein Hexenmeister?"

Lucien war mein Stellvertreter im Zirkel von New Orleans. Kat war in Ordnung gewesen, als ich sie in Beas Laden gesehen hatte. Was auch immer mit ihr war, musste mit Magie zu tun haben.

Er schüttelte den Kopf. „Nein. Ein befreundeter Künstler. Er hatte einen Tag der offenen Tür für seine Arbeit, und ich wollte einige seiner Werke für die Galerie haben. Zu gehen hätte bedeutet, dass mir etwas entgeht. Deshalb habe ich Kat dorthin kommen lassen, anstatt zu dir nach Hause zu fahren."

Ich streichelte Kats Hand und sah Lucien erwartungsvoll an. „Was ist passiert, nachdem Kat zum Haus deines Freundes gekommen ist?"

Er atmete aus. „Sie war aufgewühlt, redete darüber, dass du besessen warst, und nichts, was sie sagte, ergab einen Sinn. Sie war so durch den Wind, dass ich sie mit nach draußen genommen habe, und ich weiß wirklich nicht, was passiert ist. Gerade hat sie noch geredet wie ein Wasserfall, und im nächsten Moment war sie starr, wie in Trance. Plötzlich hat sie anders gesprochen. Ihre Stimme wurde hoch, und dann hat sie geschrien. Ich konnte sie nicht dazu bringen, sich zu beruhigen, also habe ich sie mit einem Beruhigungszauber belegt."

„Was?" Ich klammerte mich an die Bettkante. Ein Beruhigungszauber hätte wie ein leichtes Beruhigungsmittel wirken sollen. Stattdessen schien sie komatös zu sein.

Er ließ den Kopf hängen und starrte auf seine Füße. „Er hat nicht funktioniert. Oder zumindest nicht so, wie er sollte." Schmerz trübte seine Augen, als er den Kopf hob, um mich anzusehen. „Sie hat das Bewusstsein verloren und ist seitdem nicht wieder aufgewacht."

Ich keuchte und presste eine zitternde Hand vor meinen Mund. Das war passiert, weil sie versucht hatte, Hilfe für mich zu finden. Wann würde ich aufhören, die Menschen, die ich liebte, in Gefahr zu bringen? Pypers Worte hallten in meinem Kopf wider.

Du tust nichts, aber alles dreht sich um dich. Alle lassen alles stehen und liegen, um die Krise der Woche zu bewältigen. Das war es, was Kat versucht hatte, meine Krise der Woche zu bewältigen. Mein Herz schmerzte, als ich sie ansah. Die blauen Adern in ihren Armen waren deutlicher, als ich sie in Erinnerung hatte. Ihre Haut schien hauchdünn, fast so, als könnte sie reißen, wenn ich sie berührte.

Lucien ließ die Schultern hängen, als er flüsterte: „Und jetzt habe ich sie fast verloren."

„Sag das nicht", schnappte ich. „Wo ist Bea?"

„In der Küche, irgendetwas brauen."

In der Küche? Ich hatte sie nicht gesehen, als ich ins Haus gestürmt war. Ich neigte den Kopf und versuchte, mich auf die gedämpften Stimmen zu konzentrieren, die von unten kamen. Meri und Bea. Ein kleines bisschen Frieden legte sich über mich. Wenn Bea an einer Behandlung arbeitete, würde Kat in Ordnung kommen.

Mein Handy summte in meiner Tasche und ließ mich zusammenzucken. „Scheiße", murmelte ich, als mir klar wurde, dass ich vergessen hatte, dem Suchtrupp Bescheid zu sagen. Ich schickte Kane schnell eine SMS und bat ihn, mich bei Bea zu treffen und allen weiterzugeben, dass Kat gefunden worden war und sie nach Hause gehen sollten. Ich wollte nicht, dass alle Beas Haus stürmten. Wenn Bea sie nicht heilen konnte, konnte es niemand.

Lucien stand abrupt auf.

„Wo gehst du hin?"

Er starrte Kat an, die Schultern hochgezogen. „Ich habe ihr das angetan. Ich sollte nicht hier sein."

Zwei lange Schritte, und er war fast an der Tür.

Ich sprang auf und packte seinen Arm. „Hey."

Er spannte sich an, blieb aber stehen.

„Bitte bleib. Ich werde wahrscheinlich deine Hilfe

brauchen." Ein Kloß bildete sich in meiner Kehle, und ich zwang heraus: „Sie braucht dich."

Er rieb sich den Nacken, während er den Kopf hängen ließ. Dann richtete er sich auf, aber er sah nicht zurück. „Ich bin unten bei Bea, wenn du mich brauchst."

Die Niedergeschlagenheit in seiner Stimme war zu groß. Bevor er gehen konnte, schlang ich meine Arme von hinten um ihn und drückte meine Wange an seinen Rücken. „Das ist nicht deine Schuld", beruhigte ich ihn. „Sie wird schon wieder."

Einen Augenblick später nahm er meine Hände in einer tröstenden Geste in seine. Dann löste er sich aus meiner Umarmung und ging ohne ein weiteres Wort.

Ich seufzte und ging zurück zum Bett, entschlossen, an Kats Seite zu bleiben, bis sie aufwachte. Ich setzte mich neben sie, atmete tief und beruhigend ein. Wenn ich aufgewühlt war, könnte meine Magie wieder außer Kontrolle geraten.

Ich fuhr mit einer Hand durch ihre roten Locken und flüsterte: „Kat, wach auf, Sweetie. Wir zählen auf dich. Du bist die Einzige, die mich zur Vernunft bringen kann." Tränen füllten meine Augen, doch ich machte mir nicht die Mühe, sie zurückzublinzeln. Kat war meine älteste und beste Freundin, die einzige neben Gwen, auf die ich in den letzten dreizehn Jahren ausnahmslos zählen konnte. „Ich brauche dich hier. Du musst mir helfen, meine Hochzeitstorte auszusuchen." Das Wort Torte kam mit einem Schluchzen heraus.

Sie sah so zerbrechlich aus, als würde sie jeden Moment verschwinden. Da ich nicht wusste, wie ich ihr helfen sollte, rollte ich mich neben ihr auf dem Bett zusammen und hoffte, dass sie sich meiner körperlichen Nähe irgendwie bewusst war.

Meine Tränen flossen heiß und stetig auf die Bettdecke mit dem Sonnenblumenmuster, während ich Kats schlaffe Hand in meiner hielt. Als ich Schritte im Flur hörte, setzte ich mich auf und wischte mir hastig die Wangen.

Doch dann stand Kane im Türrahmen, und meine Entschlossenheit schmolz dahin. Er kam auf mich zu, zog mich aus dem Bett und in seine Arme, während er Kat ansah. „Das tut mir so leid, Jade."

„Sie wissen nicht, was passiert ist", flüsterte ich an seine Brust.

„Ich weiß, Sweetheart. Ich habe mit Bea gesprochen. Sie wird gleich hochkommen, um einen Zaubertrank auszuprobieren, an dem sie gerade arbeitet." Er hob eine Hand und legte sie an meinen Hinterkopf.

Ich schloss meine Augen und wünschte, ich könnte den ganzen Tag auslöschen. „Ist Lucien noch da?"

„Ja, er hilft beim letzten Zauberspruch."

„Was? Nein!" Ich riss mich los und rannte zur Tür. Kane folgte mir, doch ich fuhr herum und hielt ihn auf. „Bitte bleib hier, falls Kat aufwacht. Ich will nicht, dass sie allein ist."

Kane küsste meine Schläfe und nickte. „Okay."

Ich stellte mich auf meine Zehenspitzen und gab ihm einen zärtlichen Kuss auf die Lippen, dann rannte ich hinaus, bevor ich meine Meinung ändern konnte. Lucien durfte keine Magie mehr anwenden.

Ich fand Bea in ihrer leuchtend gelben Küche über einen kupfernen Saucentopf auf dem Herd gebeugt. „Wo ist Lucien?", fragte ich und sah mich um.

„Draußen auf der Veranda, um sich zu sammeln." Sie rührte das Gebräu mit einem Holzlöffel um und presste ihre Lippen zu einer grimmigen Linie aufeinander.

Ich blickte aus dem Fenster. Lucien stand auf die Brüstung gestützt, der Haustür den Rücken zugekehrt. Die eine Hälfte von mir wollte ihn trösten, und die andere Hälfte wollte ihn mit Krätze verfluchen – wenn ich das könnte. Tatsache war, dass seine Magie Kat das angetan hatte. Und schlimmer noch, er hatte keine Ahnung, wie er es reparieren sollte.

Ich setzte mich neben Bea und spähte in den Topf. „Kannst du ihr helfen?"

„Ja."

„Aber?"

„Es könnte vorübergehend sein. Es gibt keine Garantien." Bea rührte den Trank angestrengt um. Ich hatte den deutlichen Eindruck, dass ihre energischen Bewegungen auf ihre Frustration zurückzuführen waren und keine Anforderung des Rezepts waren.

Ich hatte darauf gewartet, dass Bea alles reparierte, und nun schien es, als hätte sie keine Antworten. Entschlossen richtete ich mich auf und verdrängte all meine Ängste. Wir würden gemeinsam eine Lösung finden, und wenn es das Letzte wäre, was ich tat. „Was kann ich tun?"

„Bring Lucien hier rein. Er ist unsere beste Chance, den Zauber umzukehren."

„Aber ..." Ich wollte gerade sagen, dass er vielleicht draußen bleiben sollte. Stattdessen zwang ich den Gedanken beiseite und nickte. Als hätte ich noch nie einen Fehler gemacht? *Niemand ist perfekt, Jade. Das solltest gerade du wissen.* „Ich bin gleich wieder da."

„Warte." Meri entrollte sich von der Couch. „Du kannst nicht ohne mich da raus, schon vergessen?"

Verdammt. Nein, ich hatte sie und Camille total vergessen. So aufeinander angewiesen zu sein war wirklich lästig. Ich wedelte mit der Hand und ließ ihr den Vortritt.

Einen Moment später schloss ich die Tür hinter uns und stellte mich neben Lucien auf die Veranda. Meri zog sich in die Ecke zurück und setzte sich auf die Verandaschaukel. Obwohl ich wusste, dass er das Öffnen und Schließen der Tür gehört haben musste, sagte er nichts.

Ich berührte sanft seinen Arm. „Hey."

Er richtete sich auf und drehte sich um, um mich anzustarren.

„Wir brauchen dich da drin."

„Wofür? Damit ich sie ein für alle Mal umbringen kann?" Seine Fingerknöchel wurden weiß, als er das Geländer der Veranda fester umklammerte.

Ich runzelte die Stirn. „Worüber redest du? Ein Zauber ist schiefgelaufen."

„Ein Zauber. Richtig", sagte er mit angewidertem Ton.

Ich trat zurück und verschränkte meine Arme vor der Brust. Seit wann war er so selbstironisch geworden? Normalerweise war er selbstbewusst und bereit, sich allem zu stellen. „Was erzählst du mir nicht?"

„Ich ... fuck." Er fuhr sich mit der Hand durchs Haar, Frustration in seinem normalerweise entspannten Gesicht. Seine schlanken Muskeln und sein großer Körper, kombiniert mit seinen Hexenkräften, strotzten normalerweise vor Kraft, doch heute schien er sich fast in sich selbst zu verkriechen, als wollte er verschwinden.

Ich zog überrascht meine Augenbrauen hoch. Ich war mir sicher, ihn nicht mehr als ein paarmal fluchen gehört zu haben. „Lucien?"

Angst lag in seinen müden Augen, als er mich flehentlich ansah. Ein ungutes Gefühl schlich sich in meine Magengrube ein.

„Tut mir leid. Ich hätte sie zu dir bringen sollen. Ich hätte diesen Zauber nie benutzen sollen." Seine Stimme wurde zu einem erstickten Flüstern. „Das darf nicht nochmal passieren."

„Nochmal?", fragte ich. „Was meinst du mit *nochmal*?" Ich packte ihn und krallte meine Finger in sein Hemd. „Ist das schonmal passiert? Hast du das jemand anderem angetan?"

Er nickte langsam und ernst.

„Was ist passiert? Wie hast du es behoben?"

Er sagte nichts. Er stand einfach nur da und starrte mich mit diesen gequälten Augen an.

„Lucien!" Ich zerrte an seinem Hemd und schüttelte ihn. „Sag es mir." Elektrische Magie zischte aus meinen Fingern. Lucien zuckte zurück und rieb sich die Brust. „Das habe ich wohl verdient."

„Nein. Ich würde niemals ..." Ich zwang mich, einen Schritt zurückzuweichen, zitternd vor einer Mischung aus Angst und Frustration. Ich schluckte. „Das wollte ich nicht."

Meri stand auf, stellte sich neben mich und betrachtete Lucien. „Er konnte es nicht rückgängig machen. Ich kann die Unruhe in seiner Seele spüren."

„Das kannst du?" Ich verschränkte meine Arme vor der Brust und ballte meine Hände zu Fäusten, da ich zu viel Angst hatte, jemanden zu berühren. Dann begriff ich, was sie gesagt hatte. „Willst du damit sagen, dass jemand gestorben ist?"

„Das kann nur Lucien mit Sicherheit beantworten", sagte sie.

Unsere Blicke begegneten sich und hielten einander fest, bis Lucien endlich sprach. „Es ist vor langer Zeit passiert. Ich hatte gerade erfahren, dass ich ein Hexenmeister war, als ... sie war erst neunzehn. Die Schwester meiner besten Freundin. Sie hat drei Jahre im Koma gelegen." Seine Stimme brach, doch er zwang sich, weiterzureden. „Wir haben ihre Asche an ihrem dreiundzwanzigsten Geburtstag verstreut."

KAPITEL NEUN

*M*agie pulsierte bis zu meinen Zehen. Drei Jahre? Und dann war sie *gestorben*? Und Lucien hatte denselben verdammten Zauberspruch benutzt? „Was zum Teufel ist los mit dir?", tobte ich und schlug mit meinen Fäusten auf seine Brust.

Lucien wehrte sich nicht gegen meinen Angriff, obwohl jeder Schlag ihm einen elektrischen Schlag versetzte.

Ich schlug ihn nur noch härter, verloren in dem Schmerz, der mein bereits angeschlagenes Herz packte. „Wie konntest du?" Ich schluchzte, Tränen liefen über mein Gesicht.

Ich bemerkte kaum, dass die Haustür aufschwang.

„Jade Calhoun, hör sofort damit auf."

Eine schwere Kraft überflutete mich. Meine Arme wurden schlaff, und trotz meiner Mühe, die Kontrolle über meine Gliedmaßen zurückzugewinnen, stolperten meine Füße rückwärts von Lucien weg. Es musste Beas Magie sein, die mich zurückdrängte. Sie war zu stark, um jemand anderem zu gehören.

„Was ist los mit dir?", fragte Bea eindringlich. „Ich habe dir doch gesagt, dass wir Lucien drinnen brauchen. Kats Leben hängt davon ab."

„Ich will ihn nicht in ihrer Nähe haben!", schrie ich durch meinen Kummer. „Das ist seine Schuld."

„Jade." Eine weitere Welle von Beas Magie prickelte über meine Haut. Die Wut und die unkontrollierbare Macht, die mich gefangen hielten, gerieten in Vergessenheit. Meine Füße wichen noch ein paar Schritte zurück, anscheinend ohne mein Zutun.

„Hör auf, Bea", verlangte ich und drehte mich zu ihr um. Sie manipulierte meine Magie und meine Emotionen. „Du hast kein Recht, mich mit einem Zauber zu kontrollieren."

„Ich habe jedes Recht. Wir müssen schnell arbeiten, um deine beste Freundin zu retten." Ihre Stimme zitterte vor Wut. „Hör auf, euch wie Kinder zu benehmen, und geht nach oben. Alle drei."

Eine unsichtbare Kraft trieb mich zur Tür. Verdammt nochmal!

Ehe ich mich versah, war ich oben und starrte in das Gästezimmer auf Kat, die genau dort lag, wo ich sie zurückgelassen hatte, Kane an ihrer Seite.

Hinter mir hörte ich Schritte. Ich biss die Zähne zusammen und ging ins Zimmer, wo ich neben Kat auf dem Bett Platz nahm.

Kane legte seinen Arm um meine Taille. „Jade?"

Ich begegnete seinem besorgten Blick. Er konnte sehen, dass außer Kats Zustand noch etwas anderes nicht stimmte. Ich legte meine Hand auf seine und schüttelte den Kopf. Jetzt war nicht die Zeit. Doch wann war jemals die Zeit zwischen der Rettung von Seelen und dem Kampf gegen Geister und Dämonen?

Bea stürmte hinter Lucien her und stellte sich auf die andere Seite des Bettes. „Jade, nimm ihre Hand."

Ich schluckte die Angst, die mir in der Kehle aufstieg, herunter, und gehorchte. Bea hatte jahrzehntelange Erfahrung. Wenn jemand Kat helfen konnte, dann sie.

„Lucien, nimm Jades Hand."

Ich schluckte und sah ihm in die Augen.

Er ging langsam an meine Seite, und als er die Tür verließ, nahm Meri seinen Platz ein. Sie musterte uns mit unverhohlener Intensität, als versuchte sie, ein Problem zu lösen.

Ich öffnete meinen Mund, um sie zu fragen, was sie dachte, doch Lucien nahm meine Hand, und ich zuckte zusammen. Beinahe hätte ich gegen die vertraute Magie angekämpft, die zwischen uns aufflammte. Er hatte ihr das angetan. Was, wenn seine Magie wieder nach hinten losging? Was, wenn ich meine nicht kontrollieren konnte?

Kane stand plötzlich auf und legte mir seine Hände auf die Schultern. „Was ist los?", fragte er Lucien. „Hast du etwas mit ihr getan?"

„Kane", sagte Bea scharf, „wir reden später. Die Zeit wird knapp."

„Mir geht's gut", flüsterte ich Kane zu.

Offensichtlich schockiert von ihrem Ton grub er seine Finger in meine Muskeln. Oder vielleicht war es ihre Antwort. Ich war mir nicht sicher, doch keiner von uns hatte Bea so gesehen, seit sie sich der schwarzen Magie geopfert hatte und mich und den gesamten Zirkel vor dem sicheren Tod gerettet hatte.

„Was sollen wir tun?", fragte Lucien.

Bea rieb eine kleine Menge des Tranks, den sie in der Hand hielt, auf Kats Stirn. „Du wirst Jades Kraft nutzen, um den Zauber umzukehren."

„Was?", keuchten wir beide, als Lucien seine Hand aus meiner riss und drei Schritte zurückwich.

Bea stand aufrecht und starr da, und ihre kleine Gestalt füllte den Raum aus. Ihr Blick bohrte sich in Luciens. „Du bist der Einzige, der es rückgängig machen kann. Das wird also passieren. Doch da Jade eine Hexe ist – eine sehr mächtige weiße Hexe – wirst du es durch sie tun. Sie wird in der Lage sein, gegen alles anzukämpfen, was schiefgeht."

Was schiefgeht? Ich sprang vom Bett auf, und Kane trat vor mich.

„Nein." Er verschränkte die Arme vor der Brust, seine Unterarmmuskeln spannten sich an. „Jade hat heute genug durchgemacht. Verdammt, die letzten sechs Monate. Sie kann einen Zauberspruch nicht dämpfen, der ihre beste Freundin ins Koma versetzt hat."

„Ihre Magie ist außer Kontrolle. Die eines anderen einzudämmen scheint bestenfalls riskant", sagte Meri.

„Sie kann und sie wird es tun." Bea schob sich an Kane vorbei und zog an meinem Arm. „Du bist die Einzige, die stark genug ist. Du musst dich konzentrieren. Du bist stark. Stärker als du denkst."

Ich sah Kat an, entsetzt über ihre eingefallenen Wangen und ihren erschöpften Körper. „Aber was, wenn Lucien es nicht kann?", flüsterte ich. „Er hat das schonmal gemacht."

„Ich weiß", sagte Bea leiser, verständnisvoller in ihrem Ton. „Das ist lange her, und Lucien ist jetzt ein anderer Mann. Bitte, Jade. Für Kat."

Mein Kopf schnellte hoch. Ich würde alles für Kat tun, und Bea wusste das verdammt gut. Es war nicht so, dass ich es nicht versuchen wollte. Ich traute Lucien einfach nicht, zumal er so aussah, als ob er die Flucht ergreifen wollte. Doch wer sollte sie sonst retten? Wenn Bea sagte, Lucien sei der Einzige, der den Zauber rückgängig machen konnte, musste ich ihr das glauben. Ich berührte Kanes Schulter. „Es ist okay. Ich muss ihr helfen. Bea wird nicht zulassen, dass uns etwas passiert." Ich sah ihr in die Augen. „Nicht wahr?"

„Natürlich." Sie blickte zu Kane auf. „Kannst du uns ein bisschen Platz machen?"

Eine Flut von Gefühlen huschte über sein Gesicht, doch auf mein Nicken hin umarmte er mich und stellte sich neben Meri, die immer noch in der Tür stand, die Stirn gerunzelt.

Ich wollte mehr als alles andere wissen, was ihr gerade durch den Kopf ging, doch Bea legte meine Hand bereits in die von Lucien. Das Summen der Zirkelmagie vibrierte durch mich, sobald sich unsere Haut berührte. Obwohl ich hätte Angst haben sollen, hatte ich keine. Die Magie fühlte sich richtig an, gab mir endlich das Gefühl, die Kontrolle zu haben. Irgendwie hatte mich unsere Verbindung stabilisiert. Lucien drückte diesmal meine Hand fester, obwohl er immer noch so aussah, als ob er die Flucht ergreifen wollte.

„Reiß dich zusammen, Boulard. Kat braucht dich." Ich packte seine Finger, wollte sie zerquetschen, hielt mich aber zurück, als ich bemerkte, dass ich auch Kats Hand fester umklammerte. Himmel, ich musste mich beruhigen. Emotionen hatten eine Wirkung auf andere, und obwohl Kat keine Empathin war, konnte mein Gemütszustand sehr gut mit übertragen werden, wenn ich Magie in sie leitete. Das war das Letzte, was sie brauchte.

„Okay, Bea. Wir sind bereit." Ich sah sie ruhig an und versuchte, nur an die Magie zu denken, die ich kontrollieren musste.

„Bist du dir sicher? Ihr seid beide konzentriert?" Sie musterte uns und hielt ihren Trank hoch.

„Ja", sagte ich entschlossen. Kat war immer für mich da gewesen. Jetzt war ich an der Reihe.

Lucien räusperte sich. „Ja."

Ich brauchte all meine Willenskraft, um ihn nicht

anzuschreien. Konnte er nicht ein bisschen selbstbewusster sein? Was war mit meinem Stellvertreter passiert? Er war ein verdammt mächtiger Hexenmeister. Ich verdrängte die Schuldgefühle, die mich erfüllten. Mein Angriff auf ihn hatte sicherlich nicht geholfen. Ich richtete, wie ich hoffte, freundlichere Augen auf ihn. „Wir können das schaffen. Gemeinsam können wir ihr helfen. Was auch immer schiefgelaufen ist, wir werden es rückgängig machen."

Überraschung und dann Dankbarkeit flackerten über seine Züge. Seine Stimme war leise und heiser. „Damals habe ich es nicht geschafft."

„Nun, da hattest du mich nicht, oder?", fragte ich und lächelte strahlend, obwohl mein Herz entzweibrechen wollte. „Wir haben gegen einen Dämon gekämpft und gewonnen. Danach können wir alles schaffen. Denkst du nicht?"

Er sah nicht überzeugt aus, nickte aber trotzdem. Ich denke, mir ginge es nicht anders, wenn ich jemanden mit einem Zauber belegt hätte, und diejenige ... Ich schüttelte den Kopf und verdrängte den Gedanken. *Denk jetzt nicht daran.*

„Bea?", fragte ich.

„Ich bin so weit." Sie bewegte sich, um ihren in den Zaubertrank getauchten Daumen zuerst auf Luciens Stirn und dann auf meine zu drücken. „Jade, das wird den Energietransfers, die du in der Vergangenheit gemacht hast, sehr ähnlich sein. Sobald ich den Zauber gelockert habe, musst du ihn durch dich ziehen, damit Lucien ihn zurückfordern kann."

Oh, Göttin. Ich hatte nicht viel gezaubert, seit ich meine halbe Seele verloren hatte. Und dann war da noch das Problem der Kontrolle. Ich holte vorsichtig Luft. Das war Kat, über die wir hier sprachen. Ich würde den Rest meiner Seele aufgeben, wenn es bedeutete, sie zu retten, und jeder im Raum wusste es. Ich nickte und umklammerte Luciens

Hand fester, während ich Kats behutsam in meiner Hand hielt.

Bea reichte Kane den Trank und schob ihn zurück in den Flur. „Was auch immer passiert, misch dich nicht ein", sagte sie zu ihm. Dann warf sie Meri einen Blick zu. „Pass auf, dass er ihre Konzentration nicht stört."

Meri streckte ihre Arme aus und packte beide Seiten des Türrahmens. „Geht klar." Sie warf Kane einen Blick zu. „Vielleicht ist es besser, wenn du unten wartest."

Kane ignorierte sie und starrte mich durch die Tür an, die Frage klar in seinen Augen. Es gab nur einen Menschen, der ihn überzeugen konnte zu gehen. Mich. Und ich wollte es wirklich nicht. Ich zwang mich trotzdem zu nicken. Bea wusste, was sie tat, und wenn etwas schiefging, würde Kane versuchen, mir zu helfen. Daran bestand kein Zweifel.

„Ich warte gleich hier", sagte er.

Beas Lippen waren zu einer gereizten Linie zusammengepresst, als sie sich ihm zuwandte. Sie öffnete den Mund, doch Meri hob eine Hand. „Ich kann ihn draußen halten. Ich bin schließlich ein Engel."

Kane und Bea sahen einander an, und ein paar Sekunden später gab Bea nach. „Gut", sagte sie zu Kane. „Aber bleib, wo du bist, es sei denn, ich rufe dich."

Angst rollte sich in meinem Bauch zusammen. In all der Zeit, in der wir gemeinsam Zaubersprüche gewirkt hatten, hatte sie Kane oder irgendjemand anderen nicht ein einziges Mal aufgefordert zu gehen, bevor wir angefangen hatten. Nachdem Kane nickte, fragte ich: „Wie gefährlich ist das?"

Bea drehte sich zu mir um. „Sehr. Wenn du die Magie fallen lässt, könnte sie zurückprallen und sie töten. Oder Lucien."

Mein Herz raste, und mir wurde plötzlich schwindelig. Ich würde ihre beiden Leben in meinen Händen halten. Buchstäblich.

„Du schaffst das schon, Jade", flüsterte Lucien. „Du bist stark. Stärker als jeder andere, den ich kenne. Wenn es jemand kann, dann du."

Ich war dankbar für die Worte, konnte sie aber nicht glauben.

„Konzentrier dich jetzt." Bea hob die Arme. „Göttin der Lebenden, höre meinen Ruf. Wir bitten um deine Hilfe, oder deine sterbliche Tochter wird fallen."

Die Luft im Zimmer wurde dick und schwer vor Feuchtigkeit, trotz des ständigen Luftzugs künstlicher Kühle. Sie umarmte mich und hielt mich wie angewurzelt an meinem Platz.

„Kehre das Gift um, das ihr Blut beschmutzt. Hilf uns, sie zu denen zurückzubringen, die sie liebt." Silbernes Licht schimmerte um Beas kleine Gestalt herum, und ich spannte mich an.

Als wir das letzte Mal eine Göttin angerufen hatten, war sie in Lailahs Körper aufgetaucht.

Bea legte ihre Hände zusammen und betrachtete das Auf und Ab des silbernen Lichts. Als sich ihre Finger berührten, pulsierte eine Kugel aus silberner Magie in ihren Handflächen. Sie lächelte, sprach ein leises Gebet und trat ans Bett. „Jade, wenn es dich trifft, bremse es, damit es durch deinen magischen Funken gefiltert wird, bevor du es auf Lucien überträgst. Deine Essenz wird es neutralisieren. Verstanden?" Bea bewegte sich über Kat, bereit, ihre Brust mit dem pulsierenden Licht zu berühren.

„Ja", hauchte ich und betete, dass ich es kontrollieren konnte.

Bea senkte die Hände und streifte kaum Kats Brust.

Die Wirkung war augenblicklich. Weißglühendes Feuer schoss in meine Fingerspitzen, brannte durch meine Adern und schoss direkt in mein Herz. Ich keuchte und rang darum,

Luciens und Kats Hände zu halten. Meine Knie wurden weich, und ich konnte nicht verhindern, dass ich auf die Bettkante sank. Entweder setzte ich mich oder ich würde vornüberkippen.

„Konzentrier dich, Jade!", sagte Bea eindringlich. „Die Magie ist außer Kontrolle. Du musst sie bremsen."

Der gleißende Schmerz, der meinen Arm und meine Brust erfasste, war fast zu viel. Wie hatte Kat das überlebt? Wie sollte ich? Während ich mich hin und her wiegte, um mich von dem Horror in mir abzulenken, dachte ich nur an eines: den magischen Funken, der normalerweise direkt unter meinem Brustbein lag.

Nichts.

Komm schon. Wo war er?

Das Feuer raste in mein Herz. Ich riss die Augen auf, und Galle stieg in meiner Kehle empor. Meine Brust würde explodieren. Ich konnte das nicht. Schmerz schoss durch meine Arme, anders als die Hitze, die mich von innen nach außen verbrannte. Meine Muskeln verkrampften sich, und ich sank nach hinten, plötzlich nicht mehr in der Lage, mich aufrecht zu halten.

„Jade!", rief eine ferne Stimme. Kat? Oder war das Bea? Ich war mir nicht sicher. Sie war zu weit weg. Meine Sicht verschwamm und ein ranziger Gestank ließ mich fast würgen, als der Trank zu wirken begann. Verzweifelt griff ich tief in mich hinein und suchte nach meinem Funken. Der Raum unter meinem Herzen war leer. Leere. Meine Magie war verschwunden. Luciens Todesmagie war zu viel dafür. Ich schloss meine Augen und zitterte zu gleichen Teilen vor Wut und Verzweiflung.

„Jade!" rief mir eine lautere Stimme ins Ohr. Feste Hände packten meine Schultern und schüttelten mich. Ich riss die Augen auf und konzentrierte mich auf die tiefgrauen vor mir.

Sie waren durchdringend und verzweifelt wie ich selbst. „Übernimm die Kontrolle. Deine Magie ist da. Vertrau mir. Ich kann sie spüren."

„Nein, sie ist weg", flüsterte ich.

Meri schüttelte mich weiter. „Ist sie nicht. Jetzt greif nach ihr. Du bist eine weiße Hexe, verdammt. Wage es jetzt nicht aufzugeben. Du bist zu verdammt stur dazu. Wenn der Rat dir deine Seele nicht nehmen konnte, dann das hier erst recht nicht."

Meine Seele. Richtig. Sie hatte die andere Hälfte. Klarheit verdrängte meine Verzweiflung. Ich hatte meine halbe Seele behalten. Ich hatte mich letzten Monat geweigert zu sterben. Und ich würde es jetzt auch nicht tun. Nicht, wenn Kat mich brauchte.

„Kane", sagte ich. „Hol Kane." Stimmen murmelten um mich herum. „Sofort!", verlangte ich.

Das Feuer verbrannte fast meine Hand, die noch immer an der von Lucien hing. Wenn ich es nicht in den Griff bekam, konnte er sterben, wenn die Magie ungefiltert in ihn krachte.

„Jade." Kanes tiefe Stimme streichelte meine Psyche.

„Fass sie nicht an!", riet Meri.

„Du tust es doch auch!", spie ich sie an und sehnte mich nach Kane.

„Du kannst mich nicht verletzen. Es ist die Seelenverbindung."

Ich unterdrückte ein Fluchen und richtete meine tränenerfüllten Augen auf Kane.

„Jade", sagte er noch einmal, obwohl mir diesmal die Qual in seinem Ton nicht entging.

Mein brennendes Herz pulsierte, und da, direkt darunter, flatterte etwas. Kanes bloße Anwesenheit hatte mir die Kraft gegeben, die ich brauchte. Ich schrie fast vor Erleichterung auf, als ich die schwachen Fäden meines magischen Funkens packte. Er war dort, begraben unter der Magie, die versuchte, mein Leben zu fordern.

In dem Moment, in dem ich mich mit meinem Funken verband, raste das Brennen in meine Mitte. „Oh Göttin", keuchte ich unter dem Gewicht des Drucks, der versuchte, meine Mitte zu füllen.

„Was ist mit ihr?", hörte ich Kane fragen, konnte ihn aber nicht sehen.

„Sie ist okay", beruhigte Meri ihn. „Sie bekommt die Kontrolle über die Magie. Gib ihr einen Moment."

Wenn das okay war, hätte ich es gehasst, das Gegenteil von okay zu erleben. Langsam begann der Druck von meinem Funken meinen linken Arm hinunterzusickern.

Lucien zappelte neben mir herum, seine Nervosität hüllte mich ein, obwohl ich wusste, dass ich seine Gefühle nicht spüren sollte. Vielleicht war es Meris Berührung, die einen Hauch meiner alten Gabe zurückbrachte. Was auch immer es war, seine Panik wuchs von Sekunde zu Sekunde. Wenn ich keine Magie in ihn leiten konnte, würde er womöglich davonlaufen.

Meine Finger gruben sich in seine, und einen Moment später erreichte die warme, prickelnde Magie unsere Hände. Ich richtete mich wieder auf, gestärkt von der Magie.

Lucien zuckte zusammen, doch seine Nervosität verschwand, gefolgt von grimmiger Entschlossenheit.

„Das ist es", lobte Bea. „Gut. Und jetzt ganz sachte."

Die brennende Magie konzentrierte sich auf meinen rechten Arm, das Gift sickerte aus Kat heraus. Meine Kraft wirbelte in meiner Brust, zähmte den Zauber, den Lucien benutzt hatte, zwang ihn zurück in ihn, wenn auch langsamer, als mir lieb war. Meine Energie ließ schnell nach. Ich brauchte alles, was ich hatte, um aufrecht sitzenzubleiben. Als der letzte Rest Magie in Lucien eindrang, war mein Atem flach und meine Augenlider schwer. Wenn ich mir nicht so große Sorgen um Kat gemacht hätte, hätte ich sofort einschlafen können.

„Kat?", sagte Bea und beugte sich über meine Freundin.

Ich blickte auf sie hinab. Das zerbrechliche Aussehen war verschwunden und ihr üblicher blassrosa Teint war zurückgekehrt. Sie war nicht mehr hager und ausgemergelt, sie wirkte gesund. Das einzige Problem? Sie hatte ihre Augen noch nicht geöffnet.

„Was ist los? Warum wacht sie nicht auf?" Ich stand auf, doch meine Knie gaben unter der Anstrengung des Zaubers nach, den wir gewirkt hatten.

Kane stürmte auf mich zu und nahm mich in seine Arme, um mich davor zu bewahren, zu Boden zu sinken.

Ich klammerte mich an ihn, dankbar für seine Unterstützung.

„Sie braucht Zeit", sagte Bea, obwohl ich ihre Sorge spürte. Sie ging in Wellen von ihr aus. Ich warf Meri einen Blick zu. Sie hatte sich wieder zur Tür zurückgezogen. Wie konnte ich noch immer die Emotionen anderer spüren? Ich schüttelte den Kopf. Darüber würde ich mir später Gedanken machen.

„Nein", keuchte Lucien. „Das passiert nicht. Es kann nicht sein." Er setzte sich auf das Bett und legte zaghaft eine Hand auf Kats Bein. „Nicht so."

Wir alle starrten ihn an.

„Was meinst du?", fragte Bea vorsichtig.

Luciens Kiefermuskeln zuckten, als er versuchte, die Worte herauszupressen.

Ich ergriff Kanes Hände, besorgt angesichts Luciens Gesichtsausdruck.

„Ich wusste es nicht." Kopfschüttelnd flüsterte Lucien: „Tut mir leid."

„Du wusstest *was* nicht?", fragte ich, Angst in jedem Winkel meines Herzens und Verstandes.

Er stand auf und ging zur Tür. Mit der Hand am Knauf ließ er den Kopf hängen. „Es ist meine Schuld. Es ist ein Fluch." Dann drehte er sich um, sein Gesicht von Angst gezeichnet. „Ich dachte, sobald die Magie umgekehrt wäre, würde sie aufwachen. Aber jetzt, wo ich sie so perfekt wie unter Glas sehe, weiß ich es."

„Was versuchst du zu sagen?" Bea berührte sanft seinen Arm.

„Es war ein Fluch, schwarze Magie. Ich bin vor Jahren da hineingelaufen. Ich dachte ehrlich, er wäre mit Alannah gestorben." Er hielt inne und schien zu versuchen, die richtigen Worte zu finden. „Mir war bis jetzt nicht bewusst …"

„Was für ein Fluch?" Beas Stimme zitterte, und ohne Vorwarnung liefen mir die Tränen über die Wangen.

Lucien sah aus, als könnte er jeden Moment zusammenbrechen. „Ein schwarzer Herzfluch. Solange ich lebe, wird sie nicht aufwachen."

KAPITEL ZEHN

*U*nd das erzählst du uns erst jetzt?" In meiner
„ Stimme lag eine deutliche Schärfe. Kats Leben
stand auf dem Spiel! Magie schoss meine Arme hinunter, und
meine Finger schmerzten, so sehr musste ich mich anstrengen,
sie zurückzuhalten.

„Jade!", schalt Bea mich. „Atme tief durch und versuche,
dich zu beruhigen. Wenn du wieder die Kontrolle über deine
Macht verlierst, hilft das auch nicht."

Ich rang meine Magie nieder. Schmerz packte mein Herz
und drückte, bis ich dachte, es würde in meiner Brust
zerspringen. Nicht Kat. Das hatte sie nicht verdient.

„Lass uns nach unten gehen, damit Lucien es erklären
kann." Bea nahm sanft meine Hand in ihre, doch ich rührte
mich nicht.

„Nein. Ich lasse sie nicht allein." Ich konnte mich körperlich
nicht bewegen. Obwohl Kat mit geschlossenen Augen dalag,
umspielte ein kleines Lächeln ihre Lippen, und ihr Teint war
so frisch, als hätte sie einen Tag im Spa verbracht. Rosige Haut

und gerötete Wangen. Friedlich. Als ob sie vielleicht einen wirklich angenehmen Traum hätte.

„Es geht ihr gerade gut. Das verspreche ich. Was auch immer das ist, wir werden es reparieren", sagte Bea.

Kanes warme Hände glitten über meine Schultern. „Soll ich wieder bei ihr bleiben?"

Ich fing an zu zittern und jegliche zusammenhängenden Gedanken verließen meinen Verstand. Sie waren verrückt, wenn sie dachten, ich würde jetzt gehen. Ich schüttelte heftig den Kopf und ging zurück, um mich neben meine beste Freundin auf das Bett zu setzen. Ich war der Grund, warum sie Hexen kannte. Wenn ich nicht in die Stadt gekommen wäre, wäre sie Lucien nie begegnet, und das wäre nicht passiert. Natürlich hätte sie von einem Dämon kontrolliert werden können, doch das war eine ganz andere Sache.

„Ich gehe nicht", sagte ich noch einmal und legte schützend meine Hand auf Kats Arm.

Bea starrte mich an.

Lucien ließ den Kopf hängen und ging zur Tür. „Ich sollte wahrscheinlich besser gehen."

„Lucien", rief eine schwache Stimme vom Bett aus.

Erschrocken zuckte ich zusammen und starrte Kat an. Sie hatte ihre Augen noch nicht geöffnet, doch sie hatte sich bewegt und ihre Stirn war gerunzelt.

„Kat?", fragte ich und betete, dass ich es mir nicht eingebildet hatte.

„Hmm." Ihre Lider flatterten.

„Oh, Göttin", keuchte Lucien und eilte zu Kats anderer Seite. Er streckte die Hand nach ihr aus, zog sich aber zurück, bevor er sie berührte. „Kat? Ich bin da. Es tut mir leid. Kannst du mich hören?"

Als ihre Augen dieses Mal flatterten, blieben sie offen. Sie blinzelte und konzentrierte sich auf ihn.

Lucien stieß einen tiefen Seufzer der Erleichterung aus. „Da bist du ja", sagte er leise.

„Der Göttin sei Dank", flüsterte ich und presste meine Lippen sanft auf ihre Hand. „Jag mir nie wieder einen solchen Schrecken ein."

„Hey." Sie sah sich im Raum um, hielt inne, um mich anzusehen, und konzentrierte sich wieder auf den Mann, der neben ihr stand. „Was ist passiert?"

„Ein Unfall. Etwas mit dem Zauber ist schiefgelaufen. Es tut mir so, so leid, Liebes."

Liebes? Ich sah meinen Stellvertreter mit zusammengekniffenen Augen an. Was war hier los? Hatte Lucien nicht etwas über einen schwarzen Herzfluch gesagt? Was bedeutete das genau?

Ich strich Kat die Haare aus dem Gesicht. „Geht's dir gut?"

Mit ihren haselnussbraunen Augen sah sie mich an und schenkte mir ein kleines Lächeln. „Du hast mir geholfen. Ich kann es fühlen." Sie tippte sich auf die Brust. „Hier drin."

Tränen brannten wieder in meinen Augen, doch ich blinzelte sie zurück.

„Jetzt geht's mir gut. Danke." Sie wandte ihre Aufmerksamkeit wieder Lucien zu. „Könntet ihr uns einen Moment geben?"

Ich holte tief Luft, ließ mich aber von Kane zur Tür ziehen. „Wir sind unten, wenn du uns brauchst", sagte er.

Sie nickte, löste aber ihren Blick nicht von Lucien. Er saß da, starrte sie an und wirkte herzzerreißend elend. Sein ganzer Körper war angespannt, als würde er sich verzweifelt zurückhalten. Wovon? Davonzulaufen? Oder sie in seine Arme zu ziehen? Ich war mir ziemlich sicher, dass es Letzteres war.

Ich zwang mich, ihnen die Privatsphäre zu geben, nach der sie sich offensichtlich sehnten, blieb aber im Flur stehen.

„Lass uns runter gehen", sagte Bea. „Wir müssen reden."

Als sie Meri in den ersten Stock folgte, blieb ich vor Kats Zimmer zurück und sah zu Kane auf. Meine Kehle schnürte sich mit einem Schluchzen zusammen. Sein Gesichtsausdruck wurde weich, und er drückte mich an seine Brust. Zitternd hielt ich mich fest, doch diesmal blieben meine Augen trocken.

„Was kann ich tun?", flüsterte er mir ins Ohr.

„Du tust es schon."

Wir standen zusammen, ich klammerte mich an seinen starken Körper, und er hielt mich nach einem weiteren schrecklichen Tag, der nie enden zu wollen schien, aufrecht.

Schließlich holte ich tief Luft und zog mich gerade so weit zurück, dass ich in seine warmen Schokoladenaugen sehen konnte. „Danke."

„Wofür, Liebes?" Er strich mir sanft mit dem Daumen über die Wange.

„Dafür, dass du hier bist. Dass du mich tun lässt, was ich tun muss, ohne den Höhlenmenschen raushängen zu lassen."

Er schmunzelte. „Glaub nicht, dass ich nicht darüber nachgedacht habe."

Ich lachte. „Wirklich? Wann?"

Die Belustigung verschwand aus seinem Gesicht. „Jedes Mal, wenn ich sehe, dass du dein Leben in die Hand nimmst, um jemand anderen zu retten."

Ich wurde ernst. Er hatte mir bei mehr Gelegenheiten dabei zugesehen, als mir lieb war. Doch er hatte es auch getan. Vor ein paar Monaten war er mir in die Hölle gefolgt – buchstäblich. Und ich wusste, er würde es wieder tun.

Er presste seine Lippen auf meine und küsste mich zärtlich.

„Jade!", rief Bea ungeduldig.

Ich seufzte gereizt. Konnten wir nicht einen Moment Zeit für uns haben?

Kane zog sich zurück. „Was glaubst du, wie lange es dauern wird, bis sie hier hochkommt und dich von mir wegzerrt?"

Ich sah in sein amüsiertes Gesicht und schüttelte den Kopf. „Nicht lange, fürchte ich."

„Das ist eine Schande." Er zwinkerte und legte meine Hand in seine, als er mich zur Treppe führte. „Zeit für Antworten." Ich drückte mich dicht an seine Seite und wünschte, ich könnte die Uhr um vierundzwanzig Stunden zurückdrehen. Ich wollte mich nicht mehr mit übernatürlichem Mist auseinandersetzen. Zuhause gab es Hochzeitstorte zu verkosten. Wenn ich die Einzige gewesen wäre, die von den verrückten Ereignissen des Tages betroffen gewesen wäre, wäre ich sofort gegangen. Doch ich war es nicht. Das war Kat, und ich musste wissen, was passiert war.

Als Kane und ich um die Ecke bogen, um die Treppe hinunterzugehen, wären wir fast mit Bea zusammengestoßen. Ihr Gesicht war zu einer frustrierten Grimasse verzerrt. Auf der obersten Stufe blieb sie stehen und stemmte die Fäuste in die Hüften. „Was macht ihr?"

„Deinem Befehl folgen und nach unten gehen", schnaubte ich, doch als ich sie musterte, verschwand meine Verärgerung. Sie atmete schwerer als sonst, ihr Haar war zerzaust und sie zappelte mit den Händen. Ich hatte Bea noch nie zuvor so fahrig gesehen. Die Erkenntnis erschreckte mich. Sie hatte es nie versäumt, uns kompetente Lösungen für all unsere Probleme zu liefern, auch als sie diejenige gewesen war, die langsam ihre Kraft verlor. Jetzt schien sie nervös zu sein. Erschrocken. Mein Herz pochte. „Bea, was ist los?"

Ihr Gesicht zeigte teils Erleichterung, teils Angst. Sie schüttelte den Kopf und drehte sich um. „Komm mit. Dafür braucht es was Stärkeres als Tee."

Zurück im Erdgeschoss führte Kane mich zum Esstisch. Er setzte sich rechts von mir, während Meri Bea in die Küche folgte. Die beiden machten sich an die Arbeit, Kaffee zu kochen und einen frisch gebackenen Karottenkuchen aufzuschneiden.

„Ich habe nicht wirklich Hunger", sagte ich und betrachtete den Kuchen, als wäre er das letzte Essen in einer postapokalyptischen Welt.

Kane schmunzelte. „Das nimmt dir niemand ab. Frischkäsecreme? Ja, dieser Karottenkuchen hat keine Chance, die Nacht zu überleben."

Bea warf mir die Andeutung eines Lächelns zu. „Du musst ihn nicht essen, Liebes. Ich stelle ihn nur raus, falls jemand naschen will."

Meri holte Teller aus dem Schrank, brachte Gabeln und setzte sich an den Tisch.

Bea nahm Platz, und sofort schenkten wir ihr unsere Aufmerksamkeit. Sie schob den Karottenkuchen in meine Richtung. „Hier."

Ich schüttelte den Kopf, doch Kane griff nach dem Teller und lud uns beiden großzügige Portionen auf.

„Karottenkuchen hilft in jeder Situation", sagte er.

Ich verkniff mir das Augenrollen und hielt mich an meiner warmen Kaffeetasse fest. Mein Innerstes war kalt vor Angst. Was immer Bea zu sagen hatte, ich wusste, dass es mir nicht gefallen würde.

Sie räusperte sich. „Für den Moment empfehle ich dir, Luciens Magie auszusetzen."

Also, ja. Darauf wäre ich auch allein gekommen. Ich war die Anführerin des Zirkels. Es war meine Aufgabe, die Magie eines der Mitglieder vorübergehend auszusetzen, falls die Notwendigkeit bestand. Was sollte ich sonst tun, nachdem er Kat beinahe getötet hatte? „Natürlich. Aber kannst du mir sagen, was da oben passiert ist?"

Sie presste die Lippen aufeinander und schüttelte den Kopf. „Ich bin mir nicht ganz sicher. Ich muss mit Lucien reden."

Ich warf einen Blick auf die Treppe und machte mir plötzlich Sorgen, dass er Kat wieder aus Versehen verletzen könnte. Ich schob den Stuhl zurück und begann aufzustehen. „Warte." Bea legte ihre Hand auf meine. „Wir müssen das besprechen, bevor Lucien herunterkommt."

Den Blick auf die Treppe gerichtet ließ ich mich in den Stuhl zurücksinken. „Okay, aber wenn er zu lange braucht, gehe ich wieder hoch."

„Verständlich. Aber zurück zur Aussetzung seiner Magie. Du kannst nicht diejenige sein, die es tut. Du musst jemanden bitten, deinen Platz einzunehmen." Ihr bernsteinfarbener Blick hielt meinen.

„Wieso?" Der Zauber war ein einfacher, aber mächtiger.

„Mit deinem Besessenheitsproblem und dem, was gerade da oben passiert ist, fürchte ich, dass es zu viel Magie für dich ist. Es wird dich noch verwundbarer machen."

Ich runzelte die Stirn, weil mir überhaupt nicht gefiel, wie sich das anhörte. „Ich weiß nicht einmal, ob Rosalee mächtig genug ist, um so etwas zu tun."

Bea schüttelte den Kopf. „Ist sie nicht. Außer dir ist Lucien der Einzige, der diese Art von Macht besitzt, und er kann es offensichtlich nicht selbst tun."

„Damit bleibst also du." Ich nahm mir eine Gabel und spielte mit den Walnüssen im Karottenkuchen, nur um meine Hände zu beschäftigen.

Nachdem sie noch einen Schluck Kaffee getrunken hatte, stellte sie ihre Tasse ab und stand auf. „Da ist noch mehr. Wenn du mich bittest, Luciens Macht zu entziehen, übergibst du mir praktisch wieder die Zirkelführung."

Mein Körper wurde kalt, und ein seltsames Gefühl des Verlustes durchströmte mich. Ihr die Zirkelführung zurückgeben? Ich sackte auf dem Stuhl zusammen. Ich hatte noch nicht einmal zugestimmt, ihr die Macht zu übertragen, und ich hatte bereits eine körperliche Reaktion darauf. Das erschreckte mich. Wann war mir der Zirkel so wichtig geworden? „Ich verstehe nicht. Warum spielt das eine Rolle?"

Kanes Hand wanderte zu meinem Nacken, seine Finger streichelten meine angespannten Muskeln. Ich warf ihm einen sanften Blick zu, dankbar für die Unterstützung.

„Du gibst mir Macht über die Mitglieder." Bea trommelte fast nervös mit den Fingernägeln auf den Tisch. „Erinnerst du dich, als du Lailahs Macht wiederhergestellt hast? Du warst bereits die Anführerin des Zirkels. Du musstest es tun. Wenn ich es versucht hätte, hätte es deine Führung untergraben, dich geschwächt und euch alle verwundbar gemacht. Dasselbe passiert, wenn ich es tue."

„Und wenn du dir die Führung nur lange genug übergebe, um Luciens Magie zu neutralisieren?" Ich hielt den Atem an. Ich war mir nicht sicher, warum mir das so wichtig war. Ich hatte sie nicht gewollt, als sie mir die Führung übergeben hatte. Doch der Strom der Magie, der mich während unserer Zusammenarbeit durchströmte, war beruhigend. Beruhigender als fast alles andere, außer meiner Verbindung zu Kane.

„Das könnten wir." Sie musterte mich nachdenklich. „Aber willst du das wirklich?"

Wut loderte tief in mir auf, eine Wut, die mich erschreckte. Woher kam das denn? „Willst du damit sagen, du willst den Zirkel zurück?"

„Nein. Überhaupt nicht." Sie presste ihre Lippen zu einer dünnen geraden Linie aufeinander, dann nahm sie einen dicken Lederband, den ich als ihr Zauberbuch erkannte. „Ich habe dir mein persönliches Exemplar gegeben, weil ich bereit war, in den Ruhestand zu gehen. Ich war und bin bereit, den Zirkel gehen zu lassen. Aber du bist kompromittiert. Wenn dir etwas zustößt oder du aus irgendeinem Grund besessen bist, hat dieser Geist Zugang zum Zirkel. Da Lucien außer Gefecht gesetzt ist, wird niemand Camille aufhalten können."

Mist. Das hatte ich nicht bedacht. So ungern ich auch die Macht übertragen wollte, ich hatte die Verantwortung, alle zu schützen. Bea war mächtig und außergewöhnlich sachkundig, was sie sicherlich zur besten Wahl machte. „Lass es uns tun."

„Jetzt?", fragte sie.

„Ja." Bevor ich meine Meinung ändern konnte, stand ich auf und deutete auf Meri, und wir gingen alle nach draußen zu Beas unmarkiertem Kreis in ihrem Hinterhof. Sie hielt die Markierungen mit verzaubertem Gras bedeckt. Das schien ausgesprochen praktisch.

Meri blieb auf der Veranda stehen. „Ist es cool, wenn ich hierbleibe?"

„Sollte in Ordnung sein", rief Bea über ihre Schulter. „Wird auch nicht lange dauern."

Ich schlurfte merklich, als ich durch den perfekt manikürten Garten ging. Der fast volle Mond beleuchtete Beas Blumenbeete. Eines war voller weiß und rosa blühender Kamelien.

Bea hob die Hände, und unter ihren Füßen erwachte ein Pentagramm zum Leben. Ich blieb stehen, als ich ihr mittendrin direkt gegenüberstand.

„Nimm meine Hände", sagte sie.

Ich legte meine Hände in ihre. Der Zauber war einfach. Alles, was nötig war, war eine Absichtserklärung und ein Funke Magie. „Bereit?"

Sie drückte meine Finger. „Ich weiß, es ist schwer, das aufzugeben." Ihre Stimme war leise genug, dass ich sicher war, dass Kane und Meri sie nicht hören konnten. „Die Bindung ist unglaublich. Glaub mir. Ich weiß, dass das nicht einfach ist, aber es ist nur vorübergehend, bis wir eine Lösung für die Besessenheit gefunden haben."

„Ja." Was sollte ich auch sonst sagen? Womöglich würde ich für immer anfällig für eigensinnige Geister, bis meine Seele wieder ganz war. Verdammter Engelsrat! Das war ihre Schuld. Ich rang die wachsende Wut nieder und konzentrierte mich. Ich wollte Bea nicht zappen, weil ich meine Emotionen nicht kontrollieren konnte.

Ich ergriff Beas warme Hände mit meinen kalten und konzentrierte mich. Meine Magie funkelte in meiner Brust, warm und vertraut. „Ich, Jade Calhoun, übertrage hiermit die Führung des Hexenzirkels von New Orleans mit sofortiger Wirkung an Beatrice Kelton." Kraft strömte von meinen Fingern zu Beas, und ich sprang zurück und riss meine Hände aus ihrem Griff. „Scheiße! Ich habe es falsch gemacht."

Bea runzelte die Stirn und trat einen Schritt vor. „Wie kommst du darauf?"

Der akute Verlust des Zirkelkollektivs ließ mich leer und wund vor Emotionen zurück, und ich hatte Mühe, Worte zu finden. „Letztes Mal … ähm …" Ich schluckte den Kloß in meiner Kehle herunter. „Als ich Lailah ihre Macht zurückgegeben habe, habe ich eine Verbindung hergestellt. Ich glaube, meine Magie hat gerade genau das Gleiche bewirkt."

Bea lächelte. „Nein, Jade. Hat es nicht." Sie tätschelte meinen Arm. „Du hast es perfekt gemacht. Das *Zing* soll bei dieser Übertragung passieren. Wir sind nicht mehr verbunden als zuvor. Na ja, vielleicht ein bisschen. Du bist immer noch Teil des Zirkels. Wenn ich dich rufe, wirst du es spüren."

„Oh." Ich konnte mich nicht an das *Zing* erinnern, als sie mir den Zirkel übertragen hatte, doch zu dieser Zeit hatten wir gegen schwarze Magie gekämpft. Meine Erinnerung war verschwommen. „Okay. Ich denke, wir holen Lucien besser, damit du ihn auf die Reservebank setzen kannst, bevor noch etwas passiert."

Bea schenkte mir ein trauriges Lächeln. „Ich habe diesen

Teil des Jobs immer gehasst." Sie hakte sich bei mir unter, und wir gingen zurück zu Meri und Kane, die immer noch auf der Veranda warteten.

„Das ist nicht für immer", sagte Kane. „Wir werden das schon reparieren. Das tun wir immer."

Ich nickte, fragte mich aber insgeheim, wann uns das Glück ausgehen würde.

Bea bedeutete uns, im Wohnzimmer Platz zu nehmen, während sie nach oben ging, um sich um Lucien zu kümmern. Nach einigen Minuten völliger Stille kehrte Bea mit einem sehr missmutigen Lucien im Schlepptau zurück. Mein Herz schmerzte für ihn. Ich hatte die Führung des Zirkels verloren; er hatte seine Fähigkeit verloren, Magie zu wirken. Es war keine Position, in der ich mich jemals wiederfinden wollte.

„Setz dich", sagte Bea zu Lucien.

Er setzte sich neben Meri auf den Stuhl und starrte quer durch den Raum, seine Augen waren nachdenklich glasig.

„Was ist ein schwarzer Herzfluch?", fragte ich.

Luciens Kopf schoss hoch, und er sah Bea in die Augen.

Sie musterte ihn einen Moment lang. „Es ist nur ein Name für eine bestimmte Art von Todesfluch. In diesem Fall scheint es mit dem von Lucien verwendeten Zauber zusammenzuhängen. Allerdings sind solche Flüche normalerweise nicht von Dauer. Er hatte Recht damit, als er sagte, dass so etwas nicht noch einmal hätte passieren dürfen." Nachdenklich benetzte sie ihre Lippen. „Ich muss ein bisschen recherchieren, um herauszufinden, warum er immer noch andauert. Lucien, irgendwelche Ideen?"

„Nein. Ich habe den Zauber sogar erfolgreich angewendet, nachdem …" Er räusperte sich. „Ich habe keine Ahnung, warum das passiert ist."

Bea presste die Lippen aufeinander und machte sich Notizen. „Das ist sehr ungewöhnlich."

Lucien nickte.

Sie legte ihren Stift weg. „Ich werde morgen ein paar Telefonate führen."

Der Raum wurde still. Ein weiteres Rätsel. Was zum Teufel ging hier vor sich?

Ein paar Augenblicke vergingen, dann erhob sich Bea und ging durch den Raum. Sie setzte sich neben mich auf ihr Sofa mit dem Sonnenblumenmuster. „Reden wir über die Besessenheit."

„Weißt du, ob Meri und ich etwas anderes tun können, als rund um die Uhr zusammen zu sein?", fragte ich.

„Ich weiß zufällig ein bisschen über Seelen." Bea lächelte. „Ich habe in den letzten Wochen viel darüber gelesen."

Ich spürte, wie sich meine Augen weiteten. „Das hast du? Wieso?"

Beas Gesichtsausdruck wurde zärtlich. „Würde ich etwas anderes tun? Ich habe vielleicht die Zirkelführung aufgegeben, doch ich würde dich nicht im Stich lassen. Seelen sind nichts, womit man leichtfertig umgeht, wie du sehen kannst. Das ist einer der Gründe, warum ich dich gewarnt habe, darauf zu achten, dass du beim Übertragen von Energie nichts von deiner Seele aufgibst."

Ich richtete mich auf. „Du wusstest, dass ich besessen sein könnte?"

Kanes Hand drückte fester auf mein Bein, doch er sagte nichts.

„Nein, Liebes." Sie warf Meri einen Blick zu. „Engel befassen sich mit Seelen. Sie beherrschen sie wie ein Werkzeug. Für Meri ist es nur unbequem, eine halbe Seele zu haben, weil ihre Macht geschwächt ist. Sie hat weniger, womit sie arbeiten kann. Doch für dich ist deine Seele, wer du bist. Es ist dieser Teil von dir, der dich hier auf Erden hält. Wenn du sie verlierst, verlierst du dich selbst. Wenn sie wiederum jemand übernimmt, bist du in dir selbst verloren, bis du verkümmerst."

Angst erfüllte mich, und meine Fingernägel gruben sich in ihr Chintzsofa. „Willst du damit sagen, dass ein Geist meine Seele stehlen kann? Was ist mit Meri? Ist ihre auch in Gefahr?"

„Es gibt keine Aufzeichnungen darüber, dass ein Engel jemals besessen war. Wir glauben nicht, dass Meri gefährdet ist. Aber es scheint, dass du anfällig für Besessenheit bist. Wenn einer stark genug ist, könnte er deine Seele stehlen."

Ich stieß ein kaum hörbares Keuchen aus. „Camille."

Kane rutschte an die Sofakante vor und sah Bea aufmerksam an. „Aber in Meris Gegenwart ist sie in Sicherheit, oder?"

„Für den Moment."

Kane stand auf und warf dabei beinahe den Sofatisch um. „Was heißt das denn jetzt wieder? Jade hat für viele Leute alles riskiert, auch für Meri. Es muss etwas geben, das getan werden kann."

Die Anspannung in seiner Stimme brachte mich dazu, meine Arme um ihn zu legen und den Rest der Welt auszublenden. Intellektuell wusste ich, dass Bea uns sagte, dass mein Leben wieder auf dem Spiel stand. Ich hätte in Panik ausbrechen sollen. Ich hätte fragen sollen, was ich tun könnte, um das zu ändern. Seit ich fünfzehn war, wurde meine Welt durch Magie und das Übernatürliche auf den Kopf gestellt. Ich sollte meinen besten Freund heiraten und nicht versuchen, einen gottverdammten Geist zu vermeiden, der von meinem Körper Besitz ergreifen wollte. Ich schauderte bei dem Gedanken.

„Ich glaube, ich habe eine Lösung", sagte Bea.

Ich wartete darauf, dass sie fortfuhr. Als sie es nicht tat, kniff ich frustriert meine Augen zusammen.

„Also?" Kane ließ sich wieder neben mir nieder und ergriff meine Hand. „Was ist die Lösung?"

Meri beugte sich vor. „Wir glauben, dass ein Zauber um ihre Eltern gewirkt werden kann, um ihre Seele so weit wieder aufzubauen, dass sie Angriffe selbst abwehren kann."

„Meine Eltern. Meine Mutter und mein Vater." Mein Magen sackte ins Bodenlose. Ich drückte meine zitternde Hand auf meinen Bauch. Ich hatte siebzehn Jahre nicht mit meinem Vater gesprochen.

„Ja. Du stammst von ihnen ab. Sie haben alles, was du brauchst, um dich wieder ganz zu machen."

„Warte. Willst du damit sagen, dass es die ganze Zeit ein Heilmittel für Jades Seele gegeben hat?", fragte Kane, und Wut verdunkelte seine Augen. „Warum hören wir erst jetzt davon?"

„Wir wussten es nicht", sagte Meri und nahm ein paar Notizen von Beas Tisch. „Wie Bea sagte, sie hat einige Recherchen angestellt und in Kombination mit meinem Wissen darüber, wie Seelen gebildet werden, sind wir ziemlich sicher, dass es funktionieren wird. Es ist höchst ungewöhnlich und bedeutet, dass wir die Zustimmung des Engelsrates brauchen, doch es sollte funktionieren."

Er drückte meine Hand fester. „Wie genau werden Seelen gebildet?"

Meri presste ihre Lippen zusammen und holte dann tief Luft. „Wir sprechen darüber nicht außerhalb des Engelsreichs, doch jede einzelne Seele wird aus Teilen der Eltern geschaffen. Wenn wir den Rat dazu bringen können, einem kleinen Transfer zuzustimmen, kann Bea den Zauber ausführen, und Jades Seele sollte sich selbst heilen können."

„Sie werden das nicht tun", sagte ich mit leiser Stimme. „Sie werden einer absichtlichen Seelenspaltung nie zustimmen." Warum sollten sie zwei weitere Seelen riskieren? Selbst wenn wir Dad zufällig finden sollten.

„Vielleicht doch." Meri reichte mir eine der Seiten. „Bea hat in den Aufzeichnungen des Zirkels von vor etwa zweihundert Jahren eine Erwähnung über eine absichtliche Seelenheilung gefunden."

Die Schrift auf dem vergilbten Papier war verblasst, doch ich konnte die Notizen über eine zerrissene Seele, die mit Hilfe der Eltern geheilt wurde, lesen. Keine weiteren Angaben.

Ich atmete zittrig ein. „Brauchen wir unbedingt meinen Vater? Reicht meine Mutter nicht?"

Bea schüttelte traurig den Kopf. „Ein Elternteil ist nicht genug. Glaubst du, es wird schwer, deinen Vater dazu zu bringen, herzukommen?"

Tränen traten mir in die Augen, und ich war mir nicht sicher, ob ich ihn sehen wollte oder nicht. „Keine Ahnung. Ich weiß nicht einmal, wo er ist."

KAPITEL ELF

*J*ch saß neben Kat. Sie war immer noch schwach, aber sie saß aufrecht im Bett und war bei vollem Bewusstsein. Ich verdrängte die Gedanken an meinen Vater aus meinem Kopf. Ich wollte nicht an ihn denken oder daran, wie er uns verlassen hatte. Ich beugte mich vor und strich ihr die Haare aus der Stirn. „Ist es okay für dich, die Nacht hier ohne uns zu verbringen?"

„Sicher." Sie lächelte und wirkte fast, als wäre nie etwas passiert. „Ich glaube nicht, dass es einen sichereren Ort gibt. Du?"

„Ich mache mir keine Sorgen um deine Sicherheit. Nur um deinen Seelenfrieden."

Ihr Lächeln verblasste. „Ich werde nicht lügen. Was passiert ist, war schrecklich. Ich meine, ich weiß nicht einmal wirklich, was passiert ist. Gerade wartete ich auf Lucien, und im nächsten Moment hat sich mein ganzer Körper wie in einem Schraubstock angefühlt. Mein Kopf hat sich angefühlt, als würde jemand mit einem Eispickel darauf rumhacken. Ich weiß, dass ich geschrien habe, doch dann ist Luciens warme

Magie über meine Haut gestrichen. Zuerst war alles besser ..."
Ihre Augen wanderten, und sie starrte auf eines der Gemälde
des Garden District an der Wand.

„Dann?", fragte ich.

Sie wandte ihren Kopf in meine Richtung zurück, ihre
Augen hart und kalt. „Du willst es nicht wissen, Jade. Glaub
mir. Es war furchtbar. Wenn ich es dir sage, wirst du Lucien
nie mehr auf dieselbe Weise sehen, und das will ich nicht. Es
ist nicht seine Schuld."

„Das ist schon mal passiert, Kat. Wie kannst du sagen, dass
es nicht seine Schuld ist?" Meine Brust schmerzte. Ich wollte
Lucien nicht böse sein. Ich mochte ihn. Doch er hätte fast
meine beste Freundin getötet, den einzigen Menschen, der
alles über mich wusste.

„Ich weiß es. Und er macht sich deswegen ziemlich fertig."
Sie rollte sich auf die Seite und stützte sich auf einen Ellbogen.
„Du hast keine Ahnung, wie sehr er sich wegen dem, was mit
seiner Freundin passiert ist, hasst. Nachdem sie ..." – Kat
schluckte – „war Lucien sehr lange an einem dunklen Ort.
Therapie und Gegenzauber haben ihn dahin gebracht, wo er
heute ist. Er schwört, dass er dachte, der Zauber sei mit ihr
gestorben. Er hat nur versucht, mir zu helfen."

„Aber warum hat er denselben Zauberspruch benutzt? Was
hat er sich dabei gedacht?" Ich konnte mir nicht vorstellen,
jemals wieder einen Zauberspruch zu verwenden, der so
schrecklich schiefgelaufen war.

„Bitte lass es auf sich beruhen", sagte sie, und ihre Augen
flehten mich an. „Ich mache ihm keine Vorwürfe, und ich will
auch nicht, dass du ihm die Schuld gibst. Es ist passiert. Es ist
vorbei. Jetzt müssen wir herausfinden, warum und was wir tun
können, um ihm da durchzuhelfen."

Diese verdammten Tränen waren zurück und brannten
wieder in meinen Augen. Das war schon immer eines der

Dinge, die ich an Kat am meisten geliebt habe – ihr grenzenloses Mitgefühl für die, die sie liebte. Sie sah das Beste in uns und nahm uns wie wir waren, obwohl sie nicht einen magischen Knochen in ihrem Körper hatte. Sie war trotzdem bei allem dabei und half, wo sie konnte. „Ich hab dich lieb."

„Ich dich auch." Sie lächelte durch die Tränen, die in ihren Augen aufstiegen. „Jetzt geh nach Hause und rede mit deiner Mutter. Vielleicht hat sie zumindest die letzte bekannte Adresse deines Vaters."

„Warum denkst du, dass er überhaupt zustimmen wird, mich zu sehen?" Ich hatte seit meinem zehnten Lebensjahr weder mit meinem Vater gesprochen noch von ihm gehört. Ich konnte mir nicht vorstellen, ihn anzurufen und zu sagen: *Hey, Dad. Nur für den Fall, dass du es nicht wusstest, ich bin eine Hexe, und meine Seele ist in Gefahr. Kannst du nach New Orleans kommen und Mom helfen, das wieder einzurenken?*

Oh Himmel. Ja, das würde gut ankommen. Ich senkte meine Stimme. „Was, wenn er denkt, dass ich verrückt bin?" Jeder, mit dem ich aufgewachsen war, hatte das gedacht. Ich war der Klassenfreak gewesen. Ich wollte meinem Vater nicht gegenübertreten und mich wieder so fühlen.

Kat richtete sich auf, straffte die Schultern und setzte ihr praktisches Gesicht auf. Das, das sie benutzte, wenn sie versuchte, mir Vernunft einzureden. „Du wirst es nicht wissen, bis du fragst."

„Scheiße. Ich hasse es, wenn du so logisch und vernünftig bist." Ich grinste, dankbar, dass sie wieder vollkommen in Ordnung zu sein schien.

Vielleicht hatte sie Recht. Ich war immer noch wütend auf Lucien, doch ich würde versuchen, es ihr zuliebe auf sich beruhen lassen.

Und mein Dad … ich seufzte. Ich wollte ihn wirklich, wirklich nicht anrufen. Ich hatte in meinem Leben genug

Ablehnung erfahren. Ich hatte keine Lust auf mehr. Doch wenn das bedeutete, für den Rest meines Lebens mit Meri zu leben oder meinen Stolz herunterzuschlucken und mit dem Arsch zu reden, der uns verlassen hatte, dann würde ich mein Bestes tun, ihn aufzuspüren. Sie konnte nicht ewig an meiner Seite bleiben, besonders da sie diese seltsame Verbindung zu Dan hatte. Meine Beziehung zu Kane hatte mehr verdient.

Ich küsste Kat auf die Wange. „Ich werde mit Mom reden."

„Ich weiß." Ihre Lippen verzogen sich zu einem spöttischen Lächeln. „Und jetzt verschwinde, damit ich mich ausruhen kann."

Lachend ging ich zur Tür. „Ruf mich an, wenn du irgendwas brauchst."

Ich fuhr Pypers Käfer durch die engen Straßen des Garden District und warf einen Blick in den Rückspiegel. Kane folgte uns zurück zu seinem Haus. Neben mir saß Meri zusammengesunken auf dem Beifahrersitz und starrte aus dem Fenster in die Dunkelheit.

„Alles okay?", fragte ich.

Sie richtete müde Augen auf mich. „Ja, ja. Ich hätte nur gern mein eigenes Bett, das ist alles. Es war ein anstrengender Tag."

„Tut mir leid. Ich weiß, dass es schwer ist, bei anderen Leuten zu sein."

„Mach dir keine Sorgen." Sie streckte die Hand aus und schaltete das Radio ein, laut genug, um jede Unterhaltung zu erschweren.

Ich verstand den Hinweis und fuhr schweigend weiter. Als wir eine rote Ampel erreichten, drehte ich das Radio leiser und sah sie an. „Müssen wir bei dir vorbeischauen, um irgendwas zu holen? Toilettenartikel? Wechselkleidung?"

Sie schüttelte den Kopf. „Dan bringt ein paar Sachen."

Richtig. Toll, ich würde meinen Ex wiedersehen ... schon wieder. Ich unterdrückte einen Seufzer und bog rechts in die Saint Charles ein. Zehn Minuten später hielten wir vor Kanes Haus. Und tatsächlich wartete Dan auf der Veranda auf uns. Meris Gesicht hellte sich auf, und wieder fragte ich mich, welche Art von Beziehung sie hatten. Nicht romantischer Art, doch es schien fast magisch, als ob etwas Mystisches sie zusammenhielt.

Dan, gekleidet in verwaschene Jeans und ein schwarzes T-Shirt, traf uns auf dem Bürgersteig. Sein hellbraunes Haar musste getrimmt werden, und er hatte sich wahrscheinlich seit einer Woche nicht mehr rasiert. Ohne die Stoppeln im Gesicht hätte er genauso ausgesehen, wie ich ihn in der Highschool in Erinnerung hatte. Ein starkes Verlangen, ins Haus zu fliehen, packte meinen Magen, doch ich durfte nicht von Meris Seite weichen. Stattdessen war ich gezwungen, ihn hereinzubitten. Und dann fühlte ich mich schrecklich, weil ich es nicht wollte. Dan war ein anständiger Kerl. Es war weder nur seine Schuld, dass wir uns getrennt hatten, noch war es seine Schuld, dass er fast von einem Dämon besessen worden war oder Zeit in der Hölle verbracht hatte.

Ich schüttelte den Kopf und ging zur Haustür. „Dan, willst du reinkommen?"

Er wandte sich von Meri ab, Überraschung in seinen blasssmaragdgrünen Augen. „Bist du sicher?"

Ich hatte ihn sicher noch nie eingeladen, nicht dass er nicht schon mehrmals im Haus gewesen wäre, ich hatte ihn nur nie persönlich hereingebeten. „Ich weiß, dass du und Meri reden müsst. Komm rein, damit ihr ein bisschen Privatsphäre habt." Unter einem Dach konnten sie in einen anderen Raum gehen, in dem ich nicht gezwungen wäre, mitzuerleben, was sie einander zu sagen hatten.

Kane hielt hinter Pypers Auto an und kam dann die Stufen hoch, als ich gerade die Tür aufschloss. „Hey", sagte ich, als er eine Hand auf meinen Rücken legte. Drinnen strich er mit der Hand über meine Wirbelsäule. Ich schloss für einen Moment die Augen und versuchte, alle wegzuwünschen. Schade, dass ich dafür keinen Zauberspruch kannte.

Meri und Dan folgten uns hinein. Ich winkte sie zum Gästezimmer.

„Jade?" Gwen kam mit einem Teller und einem Geschirrtuch aus dem hinteren Teil des Hauses. Sie trocknete ihn abwesend ab, während sie mich beobachtete. „Wie geht's Kat?"

Gwen hatte mich aufgenommen, nachdem Mom in der Hölle verschwunden war, nur wenige Tage, bevor ich fünfzehn wurde. Von der ersten Woche an, in der ich bei ihr eingezogen war, hatte Gwen meine Freundin genauso geliebt wie ich. „Ihr geht's gut. Mit Beas Hilfe haben wir es geschafft, den Zauber umzukehren. Bea behält sie über Nacht im Auge, nur für alle Fälle."

„Aber geht es ihr gut? Wirklich gut?" Gwens Augen leuchteten vor echter Sorge.

Ich sah sie argwöhnisch an und fragte mich, ob sie wieder eine Vorahnung gehabt hatte. Nein, sie war normalerweise viel stoischer, wenn sie die Zukunft sah. „Wirklich. So gut wie neu. Bea ist nur vorsichtig."

Gwen stieß einen erleichterten Seufzer aus. „Der Göttin sei Dank." Sie fuhr mit einer Hand über meinen Arm, dann drehte sie sich um und verschwand wieder in der Küche.

Meine Schritte wurden langsamer, als ich dem Klang der Stimme meiner Mutter folgte.

„Es wird schon gut werden, weißt du", flüsterte Kane. „Ganz gleich, was passiert. Ich gebe dir meine Seele, wenn es sein muss."

Ich blieb stehen und sah zu ihm auf. „Das würdest du tun, nicht wahr?"

Seine schokoladenbraunen Augen waren vor Emotionen geschmolzen. „Es ist nicht mehr, als du für mich tun würdest. Und wenn dein Dad nicht kommen will, werde ich ihn persönlich finden und zurechtstutzen."

Ein Lächeln umspielte meine Lippen. „Du bist zu gut zu mir."

„Vergiss das nicht." Er beugte sich hinunter und strich mit seinen festen, warmen Lippen über meine.

Ich legte meine Hände auf seine breite Brust. „Ich liebe dich."

„Ich weiß." Lachfältchen tanzten um seine Augen, als er auf mich herablächelte.

„Wir werden das mit intakten Seelen durchstehen. Verstanden?"

„Ja, Ma'am."

„Etwas anderes werde ich nicht akzeptieren." Denn die Alternative war undenkbar. Ich würde seine Seele nicht mehr nehmen, als er meine nehmen würde.

„Ich auch nicht." Er bückte sich, und seine Lippen strichen wieder sanft über meine. Er zögerte nur einen Moment, doch als ich sanft meine Zähne über seine Unterlippe strich, fuhr seine Zunge herum und neckte mich. Ich öffnete den Mund für ihn und unsere Zungen trafen sich und tanzten einen langsamen Walzer.

Ich schmiegte mich gegen seinen schlanken Körper und wollte jeden Zentimeter von ihm spüren. Es war erst ein paar Tage her, seit wir zusammen gewesen waren, doch nach den jüngsten Ereignissen kam es mir wie Wochen vor. Ich fuhr mit meinen Fingern über seine Arme und hielt mit meinen Händen auf seinen breiten Schultern inne. Er war groß, schlank und kraftvoll auf seine Art, schön und ganz mein, und löste diesen exquisiten Schmerz der Begierde tief in meiner Mitte aus. Kraft ging von ihm aus, verlangte, mich mit seinem sanften, aber gebieterischen Kuss zu besitzen.

Ich knabberte und biss in seinen Mundwinkel, als er den Kopf bewegte, um Küsse über mein Kinn zu verteilen. Seine Lippen nahmen meinen Hals ein, saugten und neckten ihn, bis ich schwankte und meine Knie weich wurden. Die Dinge, die er mit mir tat … Es war ein Wunder, dass ich nicht direkt in seinen Armen verbrannte.

„Jade", flüsterte er, „ich will dich."

Mein Atem stockte. Göttin, ich wollte ihn auch. Wollte ihm die Kleider vom Leib reißen, ihn gleich hier im Wohnzimmer zu meinem machen. Seine Berührung auf meinem Bauch, meinen Oberschenkeln spüren, wenn er mich an sich zog, wenn er in mich eindrang und mich immer wieder als seine beanspruchte.

„Jade, Honey?"

„Scheiße", murmelte ich, während die Realität wieder auf mich einstürzte.

Kane lächelte, seine Lippen waren immer noch auf meinen. Seine Zunge schoss in meinen Mund, um eine letzte verführerische Spur seines Kaffeegeschmacks zu hinterlassen. Dann zog er sich zurück und hielt mich auf Armeslänge, die Hände immer noch an meinen Hüften.

„Oh!", jaulte Mom auf, als sie den Raum betrat und sich umdrehte, um wieder hinauszugehen. „Entschuldigung, ich wollte euch nicht unterbrechen."

Kane lachte.

„Hör auf." Ich schlug ihm auf die Brust und kicherte, als mein Gesicht heiß wurde. „Mom, du unterbrichst nichts. Komm zurück."

„Ähm, Honey, warum kommst du nicht zu mir in die Küche?", rief sie. „Ich habe Erdbeeren geschnitten."

Kanes Augenbrauen hoben sich. „Ich wette, sie hat auch Schlagsahne gemacht."

„Wahrscheinlich." Ein Prickeln durchfuhr mich, als ich mich daran erinnerte, als wir das letzte Mal Schlagsahne im Haus hatten. Ich riss ihn an mich, presste meine Lippen auf seine, goss mein Herz in den Kuss und fuhr mit meinen Händen durch sein Haar, bis ich mich zurückziehen musste, um Luft zu holen. Atemlos brauchte ich nur einen Moment, um meine Lungen wieder zu füllen. Dann lächelte ich süß. „Betrachte dich als Glückspilz. Noch nie zuvor stand jemand in meiner Rangliste höher als frische Schlagsahne."

Ich ließ ihn an die Wohnzimmerwand gelehnt zurück, sein Körper angespannt und seine Augen glühend vor Verlangen. Ich warf einen Blick über meine Schulter und flüsterte: „Ich schicke Mom und Gwen in meine Wohnung, nachdem Meri hier ist. Ich treffe dich in einer Stunde in unserem Zimmer."

„Ich hoffe, das ist ein Versprechen", antwortete er mit heiserer Stimme.

Ich nickte ihm langsam zu und zwang mich, weiterzugehen. Ich würde fast alles geben, um ihm in die Arme zu fallen und den Rest der Welt auf der Stelle auszublenden. Und Kane als Ablenkung würde mir genau dabei helfen. Solange ich es brauchte.

Flüssige Hitze verteilte Funken der Begierde in meinem Körper, und ich musste auf der Flurtoilette anhalten, um mir Wasser ins Gesicht zu spritzen. Ich konnte kein Gespräch mit meiner Mutter führen, bis ich abgekühlt war. Sie hatte uns schon dabei erwischt, wie wir uns wie notgeile Teenager befummelt hatten. Das war schlimm genug.

„Hey." Ich ging in die Küche. „Was gibt's?" Ich sah mich um und fand Mom am Tisch mit einer Schüssel Erdbeeren, Schlagsahne und einem Topf mit geschmolzener Schokolade. „Oh wow, Mom, das sieht toll aus."

Mom zuckte mit den Schultern und hob mit einer vagen Geste die Hände. „Ich wollte dir nach dem schrecklichen Tag, den du hattest, was Gutes tun."

Gwen nahm die volle Kaffeekanne vom Tresen und deutete auf eine Tasse. „Kaffee?"

Ich hatte schon ein paar Tassen bei Bea getrunken, doch wenn ich Moms Erdbeeren genießen wollte, würde ich ihn brauchen. Ich nickte und ging zum Kühlschrank. Nervöse Energie pulsierte durch meinen Körper. Mom und ich hatten nie über Dad gesprochen. Was würde sie sagen, wenn ich nach ihm fragte?

Mom stand auf. „Was brauchst du, Jade? Ich hole es dir. Setz dich einfach."

Ich winkte ungeduldig ab. „Ich mach das schon, Mom. Du hast hart genug gearbeitet."

Gwen reichte mir eine Tasse, die nur zu drei Vierteln voll war. Ich lächelte. Sie wusste genau, was ich wollte. Nach einer kurzen Suche nach Orangensaft und Milch holte ich die Flasche Irish Cream heraus. Ohne zu fragen, goss ich einen Schuss in Gwens Tasse und nahm die gekühlte Flasche mit an den Tisch. „Mom?", fragte ich und hob die Flasche in ihre Richtung.

Sie warf Gwen einen Blick zu und dann wieder mir. „Ich sollte besser nicht."

Ich zog fragend eine Augenbraue hoch, doch Mom schüttelte den Kopf. „Okay." Ich stellte die Flasche auf die Arbeitsplatte. „Ich lasse sie hier stehen, falls du deine Meinung änderst." Sie würde es brauchen, sobald sie gehört hatte, was ich zu sagen hatte.

Mom tischte großzügige Portionen Erdbeeren und Schlagsahne auf, während Gwen und ich es uns auf unseren Stühlen bequem machten.

„Bea weiß, wie man meine Seele repariert", platzte ich heraus.

Erschrocken ließ Mom einen Klecks Schlagsahne auf den Tisch fallen. „Oh Mist." Sie nahm ein Küchentuch und machte sich daran, den Klecks aufzuwischen, als wäre es ein Rotweinfleck auf weißem Teppich anstatt Sahne auf nacktem Holz.

„Mom." Ich legte eine Hand auf ihre und hielt sie davon ab, die Creme über den ganzen Tisch zu schmieren. „Lass gut sein. Ich wische das später weg."

Sie presste die Lippen aufeinander, als der Fettfilm am Tisch klebte, ließ aber das Tuch fallen und sah mich an. „Wie kann sie sie reparieren?"

„Wir müssen Dad anrufen."

KAPITEL ZWÖLF

*M*om zuckte nicht einmal zusammen. Sie starrte mich nur mit offenem Mund an.

Gwen warf einen Blick zwischen uns hin und her und stand dann auf. „Ich gebe euch ein bisschen Privatsphäre." Sie streichelte mir beruhigend über die Schulter, als sie sich ins Wohnzimmer zurückzog.

Ich stützte meine Ellbogen auf den Tisch und mein Kinn in meine Hände, bereit, Moms Reaktion abzuwarten.

Ein paar Atemzüge später schloss sie den Mund und schluckte. „Du weißt, das ist unmöglich."

„Wieso?"

„Du weißt, warum." Ihr Ton war hart mit einer Spur Ungeduld.

Ich ergriff ihre Hand. Die, die an Kanes Leinentischset herumzupfte. „Nein, Mom, ich weiß nicht warum. Wir haben nicht über Dad gesprochen, seit er das letzte Mal nicht zu seinem Besuch erschienen ist."

„Ja!" Ihre Augen waren jetzt weit geöffnet und blitzten vor Wut. „Vor siebzehn Jahren hat er dich verlassen. Wir haben nie wieder etwas von ihm gehört." Sie holte tief Luft. „Du hast nicht ... ich meine, er hat sich nicht gemeldet, als ich ... weg war?"

Weg war. Das war eine Möglichkeit, es auszudrücken. Mom hatte zwölf Jahre im Fegefeuer verbracht, nachdem sie von einem Dämon entführt worden war. Es wäre schön gewesen, wenn Dad aufgetaucht wäre, um nach mir zu sehen, als sie verschwunden war, doch das war nie passiert. Der Staat hatte ihn unter seiner letzten bekannten Adresse nicht finden können.

„Nein, er hat sich nicht gemeldet, und ich wusste nicht, wie ich ihn finden sollte. Doch jetzt müssen wir. Es ist wichtig."

Sie schob ihr Dessert beiseite und schüttelte den Kopf, den Mund wieder zu einer dünnen Linie zusammengepresst.

Ich unterdrückte einen frustrierten Seufzer. Wenn sie nicht kooperierte, stand meine ganze Existenz auf dem Spiel. „Du hast mich nicht einmal gefragt, warum wir ihn brauchen."

„Es spielt keine Rolle. Niemand weiß, wo er ist, und selbst wenn wir es wüssten, wäre er nutzlos. Seine Arbeit war immer wichtiger als wir."

Natürlich hatte er sie im Stich gelassen, und sie hatte ein Kind mit dem Einkommen einer selbstständigen Heilerin aufzuziehen müssen. Kein Unterhalt. Nichts. Er hatte ihr so wehgetan, dass sie Männer komplett aus unserem Leben ausgeschlossen hatte. Danach hatte sie sie nie daten gesehen.

Ich nahm einen großen Schluck von meinem Kaffee mit Schuss, dankbar für das beruhigende Brennen in meinem Bauch. Dann fuhr ich sanfter fort. „Wenn wir die Wahl hätten, würde ich dich nicht darum bitten. Aber wenn wir ihn nicht finden, könnte ein Geist dauerhaft von mir Besitz ergreifen – oder schlimmer noch, ich könnte für den Rest meines Lebens an Meris Seite bleiben müssen."

„Großer Gott, lass das nicht zu", sagte Meri hinter mir mit

Entsetzen in ihrem heiseren Ton. „Ich werde den Bastard selbst aufspüren, wenn du willst. Ich habe ihn auch mal gekannt."

„Meri!", schimpfte Mom.

„Entschuldigung, Hope." Der Engel nahm neben Mom Platz und legte einen Arm um ihre Schultern. „Aber wenn du dich dadurch besser fühlst, kenne ich ein paar Arschtritt-Zauber, die keine Spuren hinterlassen."

Mom lachte überrascht auf und lehnte sich zurück, um einen Blick auf ihre langjährige Freundin zu werfen. „Und du würdest es auch glatt tun."

Meri grinste. „So wie er euch beide verlassen hat? Es wäre mir ein Vergnügen."

Ich warf einen Blick hinter sie. „Ist Dan gegangen?"

Sie nickte, und während Mom und Meri über Wege tuschelten, sich an meinem Vater zu rächen, kamen alte Erinnerungen an ihn hoch. Ein großer, rothaariger Mann mit einem schiefen Halblächeln lief in meinem Kopf ab wie ein Film. Das war eines der wenigen Bilder, die mir all die Jahre geblieben waren.

Ich stand am Rand eines Baches und hielt mich an einer jungen Angelrute fest, während er einen Köder an den Haken hängte, und seine Augen funkelten in der Morgensonne. Klare, freundliche, blaue Augen. Das war meine lebhafteste Erinnerung. Ich war acht Jahre alt, und mein Vater brachte mir das Fischen bei. Als er das nächste Mal vorbeikam, war ich zehn. Ich war in irgendeinen Cartoon vertieft und hatte es kaum bemerkt, als Mom gegangen war, um die Tür zu öffnen. Fünf Minuten später kam sie wieder ins Zimmer, einen Umschlag in der Hand, das Gesicht vor Wut verkniffen, als hätte ich ihre Bitte, mein Zimmer aufzuräumen, zu oft ignoriert.

„Tut mir leid! Ich gehe schon." Ich sprang auf und eilte in Richtung Flur. „Es dauert nur ein paar Minuten."

„Hm?" Mom setzte sich auf unser schäbiges, verblichenblaues Sofa und sah mich mit verwirrten Augen an. „Was dauert nur ein paar Minuten?"

Ich hielt inne. Diese Angst, in Schwierigkeiten zu geraten, verschwand angesichts ihres seltsamen Gesichtsausdrucks. Sie war überhaupt nicht wütend. Sie verhielt sich jedoch anders, und aus irgendeinem Grund waren ihre Gefühle für mich verschlossen.

„Jade?"

Ich schlurfte zurück ins Zimmer und blieb vor ihr stehen, nicht sicher, was ich von ihrem unnatürlich ruhigen Ton halten sollte.

„Komm, setz dich zu mir." Sie streckte ihren Arm aus.

Ich kuschelte mich neben sie und legte meinen Kopf an ihre Schulter, während sie mein Haar streichelte. „Was ist, Mom?"

„Nichts, Schatz. Ich wollte mein Baby nur einen Moment lang halten." Sie atmete tief ein, und ihre Brust hob sich gegen meine Wange.

Ich starrte aus dem Fenster in den Garten vor dem Haus und bemerkte einen Mann, der mit gesenktem Kopf an einem grünen Truck lehnte. Dann, fast als ob er meinen Blick auf sich spüren würde, drehte er sich um und sah mich an. Dad. Mein Herz schlug einen seltsamen Salto in meiner Brust, weil ich ihn so lange nicht gesehen hatte. Warum wartete er draußen?

Trotz der Entfernung wusste ich, dass er beunruhigt war. Vielleicht lag es an seiner leicht gebeugten Haltung oder daran, dass er nicht lächelte. Ich konnte mich nicht erinnern, dass er mich jemals angesehen und nicht zur Begrüßung gelächelt hatte. Gerade als ich aufspringen wollte, um nach draußen zu rennen, winkte er mir ruckartig zu und stieg in seinen Truck.

„Dad!", rief ich und rannte zum Fenster. Die Reifen

quietschten, als eine Rauchwolke hinter dem sich zurückziehenden Lastwagen aufstieg. Ich drehte mich zu meiner Mutter um, die Hände in die Hüften gestemmt. Tränen liefen über meine Wangen, und ich schnappte nach Luft. Meine Brust schmerzte. „Was hast du zu ihm gesagt? Warum ist er gegangen?"

Im nächsten Moment sprang Mom vom Sofa auf, nahm mich in ihre Arme und hielt mich fest. „Ich weiß nicht, Süße." Sie zog mich auf einen Sessel in der Nähe und wiegte mich, während wir beide weinten.

„Er kommt nicht wieder", sagte ich. „Oder?"

Mom schüttelte den Kopf, stille Tränen flossen aus ihren jadegrünen Augen. „Ich glaube nicht."

„Wieso nicht?", fragte ich immer wieder und akzeptierte nicht, dass sie keine Antwort hatte. Ich hatte ihn zwei Jahre nicht gesehen. Er hatte nicht einmal angerufen oder eine Karte geschickt. Und irgendwie wusste mein zehnjähriges Ich, dass er endgültig weg war.

Ich wusste nicht, wie lange Mom und ich zusammen in diesem Sessel geblieben waren. Ich konnte mich nur daran erinnern, dass sie mich viel später in mein Bett gezerrt und zugedeckt hatte. „Morgen pflanzen wir eine Birke."

Ich hielt einen Plüschhund umklammert und starrte sie an.

„Eine Birke symbolisiert einen Neuanfang. Wir werden unseren haben, nur du und ich, Shortcake."

Ich lächelte. „Können wir Erdbeeren und Schlagsahne haben, wenn wir fertig sind?"

Sie lachte und legte ihre Handfläche an meine Wange. „Natürlich. Und auch geschmolzene Schokolade. Jetzt schlaf ein bisschen. Wir haben morgen einen großen Tag."

Wie ich vermutet hatte, sah oder hörte ich nie wieder von meinem Vater. Und nachdem die Birke gepflanzt war, sprachen wir auch nie wieder von ihm. Rückblickend war ich mir ziemlich sicher, dass ich durch meine Empathengabe spürte, was Mom gewusst haben musste, mir aber nicht erzählen wollte. Sie hatte ohne Zweifel gewusst, dass Dad für immer gehen würde, doch sie hatte mir nie gesagt, warum.

Jetzt musste sie es mir sagen.

„Mom, ich glaube, du musst mir sagen, was in diesem Brief stand."

Sie runzelte die Stirn. „In welchem Brief?"

Schmerz durchströmte mich aus der unerwünschten Erinnerung. Wie konnte ein Vater sein Kind verlassen? Ich hatte es nie verstanden. Ich ballte meine Hände, denn ich wollte etwas zertrümmern. Er hatte mich nicht nur einmal, sondern zweimal verlassen und sich auch nicht die Mühe gemacht, sich zu verabschieden. Wütende Tränen brannten in meinen Augen. Ich zwang sie zurück und holte tief Luft, aus Angst, ich könnte die Kontrolle verlieren, wenn ich meine ungezügelten Emotionen nicht unter Kontrolle hätte. „Den, den Dad dir am Tag vor dem Pflanzen der Birke gegeben hat."

Moms Gesicht wurde weiß, und ich hätte schwören können, dass etwas wie Entsetzen durch ihre Adern geflossen sein musste, obwohl ich es nicht mehr spüren konnte. Und ehrlich gesagt war ich froh. Ich hatte genug mit meinem eigenen emotionalen Bullshit zu tun, mit dem ich fertigwerden musste. Alles, was ich in diesem Moment wollte, war die Wahrheit.

„Es war kein Brief", sagte Mom mit zitternder Stimme.

Ich stand abrupt auf und stieß dabei meinen Kaffee um. Die cremige Flüssigkeit sickerte in das Tischset und hinterließ einen großen, dunkelbraunen Fleck. Ich starrte auf den wachsenden Fleck, meine Fäuste geballt. „Hör auf zu lügen. Ich habe den Umschlag an diesem Tag gesehen. Ich weiß, Dad hat ihn dir gegeben. Was stand da drin?"

„Hope?", fragte Meri, Verwirrung in ihrer Stimme.

Moms Stuhl kreischte auf dem Fliesenboden, als sie ihn zurückschob und aufstand.

Ich erwachte aus meiner Kaffeetrance und funkelte Mom an. „Wo gehst du hin?"

Sie hob ihre Hand an ihren Hals, als ob jemand versuchte, sie zu würgen. „Ich brauche eine Minute." Sie wich langsam zurück, dann rannte sie aus der Hintertür und schlug sie hinter sich zu.

Durch die raumhohen Fenster im hinteren Teil von Kanes Küche beobachtete ich, wie sie vor sich hin murmelnd auf und ab ging. Sie kickte Kiesel und verstreute sie über seiner Terrasse.

„Hast du eine Ahnung, was mit ihr los ist?", fragte ich Meri, ohne sie anzusehen.

„Nein." Aus dem Augenwinkel sah ich eine Bewegung, als Meri die Küche durchquerte. Das Geschirr klapperte in der Spüle, bevor sie zum Tisch zurückkehrte und das schmutzige Tischset nahm.

Ich riss meine Augen von meiner Mutter los, die offensichtlich mit sich selbst stritt, und nahm Meri das Tischset ab. „Danke." Eine Minute später legte ich ein Frisches auf den makellosen Holztisch, den Meri abgewischt hatte. Ich begegnete ihren grauen Augen mit einem durchdringenden Blick. „Du weißt etwas. Du hast gesagt, du willst ihn dafür schlagen, wie er uns verlassen hat."

Sie sah mich entschlossen an. „Ja, das tue ich. Aber es ist an deiner Mutter, die Geschichte zu erzählen, nicht an mir."

Meine Brust wurde eng, und das nicht, weil Meri es mir nicht sagen wollte. Ich verstand, dass das eine Sache zwischen mir und meinen Eltern war. Doch Mom war früher meine beste Freundin gewesen. Ich hatte immer darauf vertraut, dass sie mir die Wahrheit sagte, und bis heute hatte ich nie daran gezweifelt. Jetzt schien sie alles zurückzuhalten. Hatte die jahrelange Gefangenschaft im Fegefeuer diesen Teil von ihr verändert?

Konnte sie nicht sehen, dass meine Existenz bedroht war?

Was konnte so schlimm sein, dass sie sich nicht dazu durchringen konnte, mir die Wahrheit zu sagen?

„Sie braucht Zeit, darüber nachzudenken", sagte Meri, die neben mir stand, während wir zusahen, wie Mom Steine auf Kanes Schuppen warf. Was machte sie da? Hatte sie einen Nervenzusammenbruch?

Einer nach dem anderen prallten Steine von der Metallverkleidung ab, durch das Fenster allzu gut hörbar. Einer flog und klapperte gegen ein kleines Fenster, was mich zusammenzucken ließ. Der Nächste segelte direkt *durch* das Fenster und zerschmetterte das Glas.

„Scheiße", sagte ich leise.

„Mach dir keine Sorgen", sagte Kane hinter mir und ließ mich zusammenzucken.

„Wo kommst du denn plötzlich her?", fragte ich und lehnte meinen Rücken an seine Brust, während er sanft mit den Fingern durch mein langes Haar strich.

„Ich war im Gästezimmer und habe die Bettwäsche gewechselt."

Du meine Güte, ich habe mir wirklich den perfekten Mann zum Heiraten ausgesucht. Während ich von meiner Mutter verlangt habe, dass sie mit mir über meinen Vater sprach, spielte er Hausmädchen und bereitete das Gästezimmer für Meri vor. „Danke." Ich drehte den Kopf und küsste seinen Handrücken.

Ich spürte, wie er hinter mir mit den Schultern zuckte. „Keine große Sache." Er beugte sich vor. „Vielleicht solltest du nach draußen gehen und mit ihr reden."

„Wahrscheinlich", sagte ich müde und musterte Meri.

„Willst du mit mir in den Garten kommen, damit wir versuchen können, die verrückte Lady zu beruhigen?"

Sie streckte ihre schlanke Hand aus. „Nach dir."

Ich drehte mich um und gab Kane einen Kuss. „Es gibt Dessert und Kaffee, falls du hungrig bist."

Er presste seine Lippen an mein Ohr und flüsterte: „Ich glaube, ich warte auf einen privaten Moment mit dir."

Ich konnte mir das Lächeln nicht verkneifen. Mich in ihm zu verlieren klang wie das perfekte versöhnliche Ende für den unglaublich beschissenen Tag. Doch es musste warten.

„Das sollte besser ein Versprechen sein." Widerstrebend trat ich von ihm weg. Die Hintertür war vielleicht eineinhalb Meter entfernt, doch mit jedem Schritt fühlten sich meine Glieder schwerer an und waren weniger bereit, dorthin zu gehen, wo ich es ihnen befahl. Ich wurde langsamer, was dazu führte, dass Meri mit mir zusammenstieß.

„Geh weiter." Meris Hände legten sich um meine Schultern und führten mich sanft zur Tür. „Je länger sie draußen bleibt, desto schwieriger wird es, sie zum Reden zu bringen."

„Woher weißt du …?" Ich beendete die Frage nicht. Ich wusste, dass sie einander kannten, doch mir war nicht bewusst, dass Meri Mom *so gut* kannte. Natürlich. Sonst hätte Mom nicht ihr Leben riskiert oder die Möglichkeit, mich zu verlieren. Mir wurde klar, dass Meri und Mom irgendwann beste Freundinnen gewesen sein mussten. Die Art von Freundinnen, wie Kat und ich es waren.

„Du hast Recht." Ich öffnete die Hintertür und straffte entschlossen die Schultern, bereit für das Geheimnis, das Mom wahrte.

KAPITEL DREIZEHN

*D*ie Tür schloss sich mit einem leisen Klicken hinter uns. Mom erstarrte, und die Steine in ihrer Hand fielen zu Boden. Sie drehte sich jedoch nicht zu uns um. Ich warf Meri einen Blick zu. Sie winkte mich von der Terrasse in Moms Richtung. Der Kies knirschte in der Stille unter meinen Stiefeln. Ich blieb neben Mom stehen und betrachtete das zerbrochene Schuppenfenster im blassen Mondlicht.

„Ich werde es ersetzen lassen." Ihre Stimme klang müde und distanziert.

„Was ist los?", fragte ich.

„Ich habe einen Fehler gemacht", sagte sie leise. „Du warst eine Empathin. Weißt du, wie schwer es war, all meine Ängste vor dir zu verbergen? Ich habe gelernt, sie alle in einer winzigen Kiste in meinem Herzen einzuschließen." Sie verzog das Gesicht und wandte sich von mir ab, als sie wieder sprach. „Ich war die Königin des Leugnens. Mir ist klar, dass ich wirklich keine Ahnung habe, wie du über deine Kindheit denkst."

Es traf mich mitten ins Herz. Sie hatte Angst, dass sie die Zeit, die wir zusammen hatten, vermasselt hatte. Ich ging um sie herum und begegnete ihrem unsicheren Blick. „Mom, du bist eine gute Mutter."

„Ich wollte es gut machen für dich. Ich habe gebetet, dass ich genug tue, damit du sicher und *normal* bleibst. Du hast alles so tief empfunden. Ich konnte es dir nicht sagen. Es hätte dich zerrissen."

Mein Verstand stockte bei ihrem letzten Geständnis. *Es hätte dich zerrissen.* „Sag es mir."

Tränen sammelten sich in ihren Augen, und sie schüttelte den Kopf, unfähig zu sprechen. Mein Herz brach angesichts ihres offensichtlichen Schmerzes. Ich legte einen Arm um ihre Taille und drehte uns um, sodass wir Meri gegenüberstanden.

Mom starrte auf ihre Füße.

Ich stieß sie sanft an. „Ich erinnere mich, dass ich im Mondlicht Gänseblümchen gepflanzt und Erdbeeren von den Feldern der Nachbarn gepflückt habe, damit wir einen Mitternachtssnack haben konnten. Ich erinnere mich, dass ich mich selbst während der schlimmsten Winterstürme sicher und warm gefühlt habe." Ich schüttelte den Kopf. „Es ist kein Tag vergangen, an dem ich jemals das Gefühl hatte, etwas in meinem Leben zu verpassen."

Moms Hand legte sich um meine, und sie drückte so fest, dass ich fast zusammenzuckte. Ihre Tränen flossen über ihre Wangen, während sie ihre Lippen zu einem winzigen Lächeln verzog. „Ich hätte alles für dich getan."

„Ich weiß", sagte ich leise. „Und das würdest du immer noch."

Sie versuchte, ihre Hand aus meiner zu ziehen, doch ich hielt sie fest.

„Ich weiß nicht, wie es ist, eine eigene Tochter zu haben,

aber ich weiß, wie du für mich empfunden hast. Niemand versteht, wie es ist, ein Empath zu sein. Die schiere Tiefe deiner Liebe zu mir war überwältigend, manchmal sogar erdrückend, doch auf die bestmögliche Weise." Ich hielt inne und sah sie eindringlich an. „Ich habe mich keinen Moment lang ungeliebt gefühlt. Nicht ein einziges Mal. Nicht, wenn ich bei dir war. Ich hoffe, Kane und ich werden das einmal mit unserem eigenen Kind teilen. Ich weiß also, dass du mich nie verlassen wolltest. Ich weiß das, Mom. Verstehst du?"

Ihre Augen weiteten sich vor Staunen, die Tränen versiegten schließlich. „Ich wusste, dass du spüren kannst, was ich fühle." Sie runzelte die Stirn. „Das klingt lächerlich. Natürlich konntest du das. Ich habe nur nie bemerkt, dass du so viel empfindest, so tief in jemandes Seele blicken kannst."

Diesmal zog ich meine Hand zurück, und sie ließ es zu. Wahrscheinlich erkannte sie, dass ich etwas Raum brauchte, um über diesen Teil von mir zu sprechen. Ich hatte mich mit meiner Gabe noch nie sehr wohlgefühlt, und das aus gutem Grund. Die Leute mögen es nicht, wenn ich in ihre privaten Emotionen eindringe. Und Mom war in meinen frühen Jahren bei mir gewesen, als ich nicht in der Lage war, es zu kontrollieren.

„Ich fühle nicht bei jedem so tief. Ich meine, bevor ich die Fähigkeit verloren habe. Nur bei dir, weil wir immer eine Bindung hatten." Ich lächelte. „Obwohl du offensichtlich im Laufe der Zeit gelernt hast, einige der Dinge zu verbergen, von denen du nicht wolltest, dass ich sie fühle. Doch dieses überwältigende Gefühl, dass du mich liebst und mich unabhängig von den Konsequenzen beschützen würdest, war immer da."

Mom nickte und musterte mich. „Du hast mir noch nie etwas davon erzählt."

Ich zuckte mit den Schultern. „Ich wusste damals nicht, wie ich es ausdrücken sollte. Es war einfach so. Bis du gegangen bist."

Moms Augen trübten sich wieder von Emotionen, die ich nicht mehr spüren konnte.

„Schon gut", sagte ich schnell. „Ich habe ja schon gesagt, ich verstehe, warum du getan hast, was du getan hast." Ich holte tief Luft, bereit herauszuzwingen, was ich als Nächstes zu sagen hatte. „Aber jetzt musst du aufhören, mich zu beschützen. Erzähl mir, was du über Dad weißt. Meine Seele hängt davon ab."

Sie hob den Kopf und warf mir einen gequälten Blick zu. „Ich habe dir schon gesagt, dass ich nicht weiß, wo er ist. Du solltest es auf sich beruhen lassen, Honey. Er kommt nicht zurück. Nichts, was wir tun, kann ihn zwingen, hierherzukommen."

Ich ließ das eine Minute lang auf mich wirken und war mir sicher, dass sie sich irren musste. Wir waren durch unsere Gene verbunden. Ein Findezauber würde ausreichen. Das musste sie wissen. Vielleicht wollte sie es nur nicht wahrhaben? Ich seufzte frustriert. „Du hörst mir nicht zu."

Ihre grünen Augen blitzten gereizt. „Und du hörst *mir* nicht zu."

„Das liegt daran, dass das, was du sagst, keinen Sinn ergibt. Schau." Ich setzte mich auf einen von Kanes Terrassenstühlen. „Ich brauche euch *beide* hier. Camille hat einen Weg gefunden, in meinen Körper einzudringen, wenn Meri nicht da ist, weil meine Seele zu schwach ist, um sie draußen zu halten. Wenn wir zusammen sind, vermute ich, dass wir beide stärker sind, doch wir können unser Leben nicht aneinandergekettet verbringen."

„Was hat dein Vater damit zu tun?", fragte sie stur, als sie zur Hintertür ging. „Ich kann tun, was nötig ist."

„Mom!" Ich warf meine Hände in die Höhe. „Es ist kein Zauber, den ich nur von dir brauche. Ich brauche ein kleines Stück eurer beiden Seelen, um meiner zu helfen, zu heilen. Sowohl von deiner als auch von Dads. Ich bin aus euch beiden entstanden, und brauche euch beide, um meine Seele so weit zu regenerieren, dass ich nicht mehr anfällig für Besessenheit bin."

Sie schloss die Finger um den Türknauf und stand mit gesenktem Kopf da, ohne etwas zu sagen.

Warum fiel ihr das so schwer? Er war vor siebzehn Jahren gegangen. Hatte die Zeit nichts für sie geheilt? Menschen änderten sich. Sie hatte sich verändert. Er musste sich auch verändert haben. „Du hattest wirklich keinen Kontakt mehr zu ihm, seit ich ihn das letzte Mal gesehen habe?"

Sie schüttelte den Kopf und wirkte niedergeschlagen.

„Und du hast keine Ahnung, wo er ist?"

„Nein." Sie zwang das Wort heraus.

Frustriert stand ich auf. „Nun, es sei denn, du kennst jemanden aus seiner Familie, denke ich, dass es am besten ist, einen Findezauber zu wirken. Ich wette, Bea wird einen kennen, der uns zumindest eine ungefähre Vorstellung davon geben kann, wo er ist. Dann sehen wir weiter."

„Es wird nicht funktionieren." Mom hob den Kopf und straffte ihre Schultern. „Es gibt Dinge, die du nicht über ihn weißt. Er ist mächtig, Honey. Ein Findezauber ist einfach nicht genug."

„Was zum Beispiel? Warum kannst du mir nicht sagen, was du weißt?" Frustriert grub ich meine Fingernägel in meine Handflächen.

„Es ist …" Sie warf einen Blick in Meris Richtung, ein Hilferuf in ihren Augen.

Meri seufzte. „Jade, können wir reingehen? Ich muss unter vier Augen mit deiner Mutter reden."

Ich blickte zwischen ihnen hin und her und bemerkte, dass Moms Lippen zu einer dünnen Linie zusammengepresst waren. Scheiße. Ich hatte sie verloren. „Okay." Ich begegnete Moms Blick. „Doch ich warte nicht mehr lange. Entweder du findest einen Weg, mir zu sagen, was du weißt, oder ich bitte Bea um Hilfe." Ich war es leid, mit ihr zu diskutieren. Wenn sie mir nicht sagen wollte, warum es sie so störte, ihn zu sehen, war das ihre Sache. Doch er war mein Vater, und auch, wenn ich ihn siebzehn Jahre lang nicht gebraucht hatte, brauchte ich ihn jetzt. Er schuldete mir ein paar Tage seiner Zeit.

Mom nickte widerwillig. Wir betraten das Haus, und Meri zog Mom ins Gästezimmer. Ich goss mir noch eine Tasse Irish Cream ein und fügte einen Schuss Kaffee hinzu, nur für den Geschmack, dann zog ich mein Handy heraus. Ich fing an, Beas Nummer zu wählen, und hielt inne, als ich die Zeit sah. Es war viel zu spät, um nach Kat zu fragen, und Bea hätte sicherlich angerufen, wenn irgendein Problem aufgetaucht wäre. Ich steckte mein Handy in meine Tasche und machte mich auf die Suche nach Gwen.

Im Wohnzimmer saßen Kane und Gwen zusammen auf dem Sofa, die Köpfe einander zugewandt, während sie sich leise unterhielten. Ich lächelte. Auf dem Tisch lagen unberührte Stücke fünf verschiedener Kuchen. Unsere Hochzeitstorten-Proben. Hatten die Caterer die heute wirklich gebracht?

„Da bist du ja." Kane nahm meine Tasse, stellte sie auf den Beistelltisch und zog mich auf seinen Schoß. „Wir haben auf dich gewartet."

Ich lächelte. „Sieht für mich so aus, als ob ihr zwei irgendwas ausheckt."

„Das haben wir." Gwen nahm zwei Teller und reichte mir einen. „Wir versuche herauszufinden, wie wir dich dazu bringen können, dich für Mokka-Mousse anstelle von Frischkäse-Tiramisu-Füllung zu entscheiden."

Ich inspizierte den mit Erdbeeren gefüllten Biskuitkuchen auf dem Teller, der jetzt auf meinem Knie ruhte. „Mokka-Mousse und Frischkäse-Tiramisu sind Optionen, und du gibst mir Erdbeerkuchen? Hast du den Verstand verloren?"

Kane kicherte. „Ich hab's dir ja gesagt."

Gwen grinste und schob sich ein großzügiges Stück des Erdbeerkuchens in den Mund. Dann schlossen sich ihre Augen, und sie stöhnte vor offensichtlicher Freude. „Oh Göttin, du hast keine Ahnung, was dir entgeht."

Zögernd nahm ich meine Gabel. Er konnte nicht *so* gut sein. Mit Obst gefüllte Kuchen waren das nie. Unsicher hob ich die Gabel mit einem Stück Kuchen an Kanes Mund.

Er grinste und wandte sich Gwen zu. „Damit sind es zwei aus zweien. Netter Versuch, aber du verlierst." Dann öffnete er den Mund und schloss seine schönen Lippen um die Gabel. Mein Atem blieb mir im Hals stecken. Wie sehr wünschte ich, ich wäre jetzt die Gabel. Wenn irgendetwas meinen Kopf von den Ereignissen der letzten sechzehn Stunden ablenken konnte, dann waren es Kane und seine kreativen Lippen.

Gwen räusperte sich. „Ich sollte wahrscheinlich gehen."

„Was?" Ich drehte mich um und packte ihren Arm, um sie am Aufstehen zu hindern. „Wir haben noch vier Sorten Kuchen zu probieren."

Sie schüttelte den Kopf, und Lachfältchen tanzten um ihre Augen. „Wir alle wissen, welchen ihr wählen werdet." Sie bückte sich und küsste meine Wange. „Gute Nacht. Ich hole deine Mutter und fahre in deine Wohnung. Ruh dich ein bisschen aus. Wir kommen zum Brunch zurück."

Gwen verschwand im Flur. Einen Moment später quietschte die Tür, als sie das Gästezimmer öffnete.

Kane stellte den Erdbeerkuchen zurück auf den Sofatisch, zog mich an seine Brust und streichelte mit seinen Händen über meine Arme. „Wie geht's dir, hübsche Hexe?"

„Ehrlich?"

Er küsste meine Schläfe, sein warmer Atem jagte mir einen Schauer über den Rücken. „Ehrlich", wiederholte er.

Ich drehte mich um, um in seine intensiven, toffeegesprenkelten Augen zu blicken, und fand all die Liebe, die ich in diesem Moment so dringend brauchte. „Erschöpft, frustriert, hellwach und verängstigt."

Er nahm mein Gesicht in seine Hände und wiegte mich in seinen Handflächen. „Ich bin all das auch, und alles, woran ich denken kann, ist, dich von alldem wegzutragen und uns für einen Monat irgendwo einzusperren."

Ich schüttelte den Kopf. „Das wird nicht helfen, wenn Camille beschließt, wieder von mir Besitz zu ergreifen."

„Ich weiß", flüsterte er, als er seine Lippen auf meine senkte. Er schmeckte schwach nach Kaffee und Zucker. „Das ist der einzige Grund, warum ich dich noch nicht entführt habe. Aber ich werde dich ins Bett tragen, wo ich dich neben mich legen und die ganze Nacht sicher in meinen Armen halten kann."

„Das klingt perfekt." Ich entspannte mich an ihn und legte meine Arme um seinen Hals, zufrieden damit, die ganze Nacht auf dem Sofa zu bleiben, wenn es bedeutete, dass er mich nicht loslassen würde.

„Gute Nacht!", rief Gwen und zog Mom hinter sich her.

An der Tür blieb Mom stehen und begegnete meinem durchdringenden Blick. Sie hatte Informationen, die sie nicht preisgeben wollte, und sie musste wissen, dass unser Gespräch noch nicht beendet war.

Sie holte tief Luft. „Morgen früh werde ich die Antworten

für dich haben. Ich ..." Sie schluckte. „Es ist viele Jahre her, Honey. Dein Vater ..." Sie schluckte erneut und strich sich ihren dunklen Pony aus den Augen. „Es gibt ein paar Dinge, die du wissen musst, aber ich brauche eine Nacht, um meine Gedanken zu sortieren. Verstehst du?"

Ich ertappte mich dabei, wie ich nickte, obwohl ich keine Ahnung hatte, wovon sie sprach. Er war mein Vater. Ich verdiente zu wissen, was immer sie wusste. Doch wenn sie eine Nacht brauchte, konnte ich so lange warten. Es war sowieso nicht so, als könnten wir um zwei Uhr morgens etwas unternehmen.

„Danke. Schlaf ein bisschen. Ich werde Gwen bis mindestens Mittag von hier fernhalten."

Ich lächelte. Gwen war eine Frühaufsteherin, und Brunch war in ihrer Zeitvorstellung um neun. „Danke. Ich weiß das zu schätzen. Es war ein langer Tag."

„Gute Nacht." Mom nickte und folgte dann Gwen hinaus.

„Endlich", seufzte Kane. Dann grinste er. „Bereit, schlafen zu gehen?"

„Ja." Doch ich stand nicht auf. Ich schlang meine Arme fester um seinen Hals.

Er betrachtete das Dessertbuffet auf dem Tisch. „Willst du irgendwas davon mitnehmen?"

Ich spähte hinüber und schüttelte den Kopf, überhaupt nicht hungrig. Nicht einmal auf Tiramisu.

Er zog eine Augenbraue hoch. „Bist du sicher?"

„Ganz sicher." In meinem Kopf kreisten ein halbes Dutzend sündhaft hungriger Gedanken, doch in keinem kam Essen vor. „Bring mich einfach ins Bett."

„Halt dich fest." Er erhob sich anmutig und hielt mich immer noch in seinen Armen. Er blickte auf die Kuchen hinunter und schüttelte den Kopf. „Ich dachte, ich würde nie den Tag erleben, an dem du die Gelegenheit ausschlägst, Tiramisu –"

Ich presste meine Lippen auf seine und brachte seinen Gedanken zum Schweigen. Verlangen kräuselte sich in meiner Mitte, und Hitze brannte überall, wo ich ihn berührte. Atemlos zog ich mich zurück. „Ich will nur dich schmecken."

KAPITEL VIERZEHN

*K*ane lehnte sich zurück, seine Brust hob sich, als er schwer gegen meine Lippen atmete. Ich starrte in seine Augen, mein Innerstes wurde flüssig, als ich das Verlangen darin schwelen sah. „Ich dachte, du wärst bereit, mich ins Bett zu bringen?", fragte ich mit leiser und heiserer Stimme.

„Das bin ich. Glaub mir, ich bin bereit." Langsam setzte er mich ab, bis meine Füße den kühlen Holzboden berührten. Er beugte sich vor und berührte meine Stirn. „Es war ein schrecklicher Tag, Liebes. Vielleicht ist es besser, wenn wir langsamer machen."

Er ließ seine Hände über meinen Rücken gleiten, seine Berührung so zart, so vertraut, so qualvoll, weil ich wollte, dass er mich überall gleichzeitig berührte.

Ich zitterte.

„Ist dir kalt?" Er zog mich an sich und verstärkte die Hitze, die bereits meinen pulsierenden Körper verzehrte.

„Nein."

„Du hast eine Gänsehaut." Mit ruhigen Händen streichelte er meine nackten Arme, als wollte er mich wärmen.

Ich nickte, seine Berührung prickelte wie ein Stromkabel über meine Haut. Warum bemerkte er nicht die Wirkung, die er auf mich hatte? „Kane …" Ich schluckte und biss mir auf die Unterlippe, während ich auf seinen verführerischen Mund starrte. Er erwiderte meinen Blick, und ich strich langsam mit meiner Zunge über meine Unterlippe.

Er atmete scharf ein. „Babe, es war ein schrecklicher Tag."

„Das hast du schonmal gesagt." Ich umklammerte seinen Bizeps und sah ihn an. „Ich will nicht langsamer machen. Ich will, dass deine Berührungen alles vertreiben. Lass mich etwas anderes spüren als Angst." Ich presste meine Lippen auf seine und küsste ihn. Dann verstummte ich und flüsterte: „Mach es so, dass ich nur an dich denken kann."

Sein ganzer Körper spannte sich an, und er schlang seine Arme um mich und drückte mich fest an seine Brust. Ich ließ den Atem los, den ich angehalten hatte, schmolz an ihn und umarmte ihn fest. Er vergrub sein Gesicht an meinem Hals, und nach einem Moment presste er seine Lippen auf mein Schlüsselbein und arbeitete sich langsam nach oben, bis er knapp unter meinem Ohr innehielt. „Du gehörst mir, hübsche Hexe. Bis in alle Ewigkeit. Vergiss das nie."

Ich grub meine Finger in seine Schultern und hielt mich fest. Gegen die Wärme seines Halses sagte ich: „Zeig es mir."

Er hob eine Hand und vergrub sie in meinem Haar, während sich seine andere Hand fester um mich schloss und mich an ihn zog. Er hielt mich fester und stieß ein gedämpftes Stöhnen aus. Dann ließ er los, und der sanfte Druck seiner Hände hinterließ eine Spur, während er sie unter mein Top schob. Jede Stelle, an der er mich berührte, erhitzte sich, und ein vertrautes Summen erwachte tief in meinem Innern.

Ich konnte mich nicht länger zurückhalten, öffnete

meinen Mund und schmeckte seine Kehle. Mir war schwindelig von seinem männlichen Duft, der sich mit seinem frischen Regenduft vermischte. Sein Atem stockte, und seine Hände bewegten sich, legten sich auf meinen Po, als er mich hochhob. Ich schlang meine Beine um ihn und drückte mich an seinen harten Körper. Dann trug er mich den Flur entlang.

Er presste mich an die Tür und küsste mich, seine Zunge strich über meine und ergriff von mir Besitz. Meine Knochen begannen zu schmelzen.

Ja.

Mein Verstand begann, sich zu beruhigen, als sich meine Welt auf Kane fokussierte – sein berauschender Duft, das raue Gefühl seiner Liebkosung auf meiner nackten Haut, sein harter Körper, der meine Aufmerksamkeit forderte. Ich war an dem einzigen Ort, an dem ich sein wollte – in den Armen des Mannes, den ich liebte.

Während er mit einer Hand meinen Oberschenkel hielt, glitt die andere meine Seite empor, bis sein Daumen meine Brust berührte. Ein leises Stöhnen entfleuchte meiner Kehle, und meine Hand schloss sich um den Türknauf.

„Ich will dich ganz sehen", sagte ich und drehte langsam den Knopf, bis es klickte.

Kane hörte es und schob mich ins Zimmer. Ein Tritt, und die Tür schwang zu, sodass wir ganz unter uns waren. Endlich.

Ich schob meine Hände unter sein Hemd, und seine Muskeln spannten sich unter meiner Berührung an. Ich lächelte in unseren Kuss. Ich spürte, wie er zurücklächelte.

„Ausziehen", befahl ich und packte den Saum seines Hemdes.

Er grinste. „Alles, was du sagst." Doch anstatt mich loszulassen, damit ich ihn ausziehen konnte, fanden seine Hände den Saum meines Tops und glitten unter die

Baumwolle. Seine Finger ruhten sanft auf meiner Taille, als er sich aufrichtete und mir in die Augen sah.

Liebe. Das war es, was ich auf mich herableuchten sah. Meine Brust war eng, Emotionen stiegen in mir auf, und ich wollte vor Intensität weinen.

Sein Gesichtsausdruck wurde hungrig, entschlossen. Seine Hände wanderten in einer stetigen, kontrollierten Bewegung an meinen Seiten hoch, als er mich von sich hob und mich sanft auf meine Füße stellte. Er hielt immer noch Blickkontakt, als er sich umdrehte, sich auf das Bett setzte, und mich so positionierte, dass ich zwischen seinen Schenkeln war.

Ich zog seine Hände über seinen Kopf. Als ich ihm sein Hemd auszog, flüsterte ich leise: „Ich sagte ausziehen."

Von seinem Hemd befreit starrte ich auf Kane hinunter und bewunderte seine wohldefinierte Brust. Ich legte meine Hand auf sein pochendes Herz und seufzte wissend, dass das für immer war. Er gehörte mir in jeder Hinsicht, und ich ihm.

Kane legte eine Hand auf meine und führte dann meine Finger zu seinen Lippen. „Es wird nie langsamer, weißt du."

„Was meinst du?"

„Wie es schlägt, wenn du mich berührst. An manchen Tagen habe ich das Gefühl, dass es mir aus der Brust springen will." Er ließ meine Hand sinken und legte sie wieder flach auf sein Herz, als wollte er seine Worte unterstreichen.

Mein Magen flatterte. Als Antwort legte ich seine Hand auf mein stolperndes Herz und holte tief Luft, als sein Daumen über meine Brust streichelte. Ich lehnte mich in seine Hand, mein Körper plötzlich wieder in Flammen.

„Jade", flüsterte Kane und ließ seine Hände auf meine Taille sinken, zog mich näher. Einen Augenblick später lag mein Top auf dem Boden, und Kanes Lippen waren zwischen meine Brüste gepresst, wo er meine Haut kostete, während er den Verschluss meines BHs öffnete. Der Stoff fiel herunter, und ich wurde still, als Kane seine Hände um meine Brüste legte und beide Nippel streichelte.

Das Gefühl überflutete mich. Ich warf meinen Kopf zurück und holte scharf Luft.

„Du bist so verdammt schön", flüsterte er und beugte sich vor, während er seine Lippen um eine Brustwarze schloss.

„Oh Gott." Ich packte seine Schultern und versuchte mich aufrecht zu halten, als meine Knie schwach wurden.

Seine Zähne neckten mich, bis meine beiden Nippel hart waren. Eine Hand wanderte zu meiner Wade und langsam unter meinem Rock an meinem Bein empor.

„Kane …" Alles pulsierte, bis in meine Zehen. Ich wollte ihn überall haben.

„Hmm." Sein Mund verließ nie meine Brust, als sein Arm sich um mich legte und mich näher zog. Ich bückte mich und drückte meine Brust in seinen willigen Mund. Das Necken hörte auf, und als er härter saugte, gaben meine Knie nach. Doch er hielt mich lange genug hoch, um uns neu zu positionieren, sodass ich mich rittlings auf seinem Schoß niederließ und meinen Rock um meine Taille hochschob.

Ich konnte ihn durch seine Jeans spüren, hart und bereit. Kane wiegte mich an sich, seine Hände stützten meinen Rücken. Ich starrte ihm in die Augen und rieb mich an ihm.

„Ich liebe es, wenn du das tust", sagte er mit heiserer Stimme.

„Das?" Ich drängte nach vorn und erzeugte mehr von dieser wunderbaren Reibung zwischen uns.

Er atmete aus und kam meinem langsamen Tempo entgegen, schüttelte aber den Kopf. „Das meine ich nicht." Seine Atmung beschleunigte sich, doch er hielt seine Bewegungen schmerzlich langsam. „Ich liebe es, wenn du mich so ansiehst. Mit Augen, von denen ich weiß, dass sie nur für mich bestimmt sind."

„Oh, das", hauchte ich. „Ja, aber das ist besser." Ich schob ihn zurück aufs Bett und ließ meine Hände sinken, um an den Knöpfen seiner Jeans zu arbeiten. Er drehte mich um, bevor ich den obersten Knopf öffnen konnte.

„Nein, Sweetheart. Heute Nacht dreht sich alles um dich." Er rollte sich auf seine Seite und strich mit einer sanften Hand über meine Brust, hielt am Bund meines Rocks inne, wo seine Finger die entblößte Haut direkt über meiner Taille neckten.

Mein Magen flatterte vor Vorfreude. Kane hatte wirklich talentierte Hände. Außergewöhnliche Hände. Von der Sorte, die wusste, was er tat. Und er wusste, wie man ein Mädchen zu seliger Glückseligkeit quälte. Ich schluckte und versuchte, nicht zu zittern, als seine Hand zu meinem nackten Oberschenkel wanderte und sich langsam auf das pulsierende Verlangen in meiner Mitte zu bewegte.

Ich schloss meine Augen, überließ ihm die Kontrolle und keuchte, als seine Hand meinen Hügel berührte und mich zu massieren begann. Ich drehte mich um, verzweifelt, ihn zu spüren, ganz an mir, und griff noch einmal nach seiner Jeans.

Bei meiner Berührung durchzuckte ihn ein Schauer. Er presste seinen Mund auf meinen, seine Finger drückten immer noch gegen mich, was das Verlangen nur noch weiter steigerte. Ich wiegte mich gegen ihn, verloren in seiner Berührung. Dann zog er sich zurück.

Ich wimmerte und fühlte den schmerzenden Verlust tief in mir. Einen Verlust, der nichts mit dem Pulsieren zwischen meinen Schenkeln zu tun hatte. Ich stützte mich auf meine Ellbogen. „Kane?"

Er stand vor mir, seine geschmolzenen Augen wanderten über meinen fast nackten Körper. Dann schloss er sie und atmete tief und beruhigend ein. „Ich brauche nur einen Moment."

Ich fröstelte und schlang meine Arme um meine Brust, um mich zu bedecken.

Kanes Augen flatterten auf, und er kroch über mich und zog meine Arme sanft weg. „Entschuldigung", flüsterte er mir ins Ohr, als er meine Arme über meinem Kopf positionierte. „Ich musste mich sammeln. Deine Berührung macht mich wahnsinnig."

Ich lächelte. „Ich mag es, dich in den Wahnsinn zu treiben."

„Ich weiß." Er verteilte Küsse über meine Brüste, verweilte gerade lange genug über meiner schmerzenden Brustwarze, um meiner Kehle ein weiteres Stöhnen zu entlocken. Er bewegte sich tiefer, hielt an meinen Hüften inne, legte seine großen Hände um mich, dann zog er sanft den Rest meiner Kleider aus und ließ mich völlig entblößt vor ihm zurück.

„Du bist dran." Ich bewunderte seine nackte Brust und senkte meinen Blick, während ich seine tief auf seinen Hüften sitzende Jeans und seine schmale Taille betrachtete. Ich wollte ihn nur berühren. Meine Finger juckten danach.

Er schüttelte den Kopf. „Noch nicht." Er kniete auf dem Boden, seine Hände wieder auf meinen Hüften. „Zuerst habe ich noch was anderes im Sinn." Mit einem Ruck zog er mich an die Bettkante, dann senkte er seinen Kopf, und seine Lippen berührten die empfindliche Haut der Innenseiten meiner Oberschenkel, während sich seine Finger meiner Scham näherten.

„Oh", sagte ich mit heiserer Stimme. „Ich mag deine Denkweise."

Ein leises Lachen ertönte aus seiner Brust. Einen Augenblick später glitt sein Finger in mich hinein. Ich klammerte mich an das Bett, meinen Kopf in den Nacken gebogen und die Augen geschlossen, konzentrierte mich auf seine magische Berührung. Zuerst langsam bearbeitete er mich mit seinem Mund, knabberte und neckte, wo mein Bein auf meine Hüfte traf, während er seinen Finger in mich stieß.

Guter Gott. Mein Verstand wurde leer, als sich meine gesamte Existenz in pures Verlangen verwandelte. Meine Hüften zuckten, ich wollte mehr.

Dann war sein Mund auf mir, saugte und neckte meine empfindlichste Stelle, sein Finger immer noch in mir.

Pure Empfindungen pulsierten durch mein Innerstes. Die Welt verblasste und ließ mich in meinem Liebesdunst zurück, ganz Kanes Berührung ausgeliefert.

Er streckte seine freie Hand über meinen Bauch, warm und zärtlich, ein Kontrast zu seinem fieberhaften Liebesspiel. Mein Verlangen wurde nur durch das Gefühl seiner zärtlichen Berührung gesteigert. Meine Hüften bebten, sehnten sich verzweifelt nach Erlösung. Seine Zunge schnippte einmal, zweimal, und dann schloss er seinen Mund noch einmal über mir und saugte gierig.

Ich zerbrach in tausend Stücke, als sich meine Muskeln um seinen Finger herum zusammenzogen.

Er hielt inne. Sein Atem war warm auf meinem Bauch, und ich wusste, dass er mich beobachtete, mein Gesicht beobachtete, die Ruhe danach sehen wollte. Als sich meine Muskeln entspannten, gab er mir einen Kuss auf den Bauch und stand auf.

Das Geräusch von aufspringenden Knöpfen erfüllte den stillen Raum. Ich lächelte und beobachtete ihn.

Kane, der endlich seine Kleider ausgezogen hatte, hob mich hoch, manövrierte uns beide auf das Bett und legte meinen Kopf auf ein Kissen. Er stützte sich über mich und strich mit zwei Fingern über meine Wange. „Du siehst …"

„Befriedigt aus?"

Er lächelte selbstzufrieden. „Absolut."

Ich strich meinerseits mit zwei Fingern über seine

stoppelige Wange. „Daran könnte ich mich gewöhnen, auch wenn es vielleicht ein wenig anstrengend sein könnte, mich in diesem herrlichen Zustand zu halten." Ich rutschte unter ihn, streckte meine angespannten Muskeln und keuchte, als er sich auf mir niederließ und seine Eichel gegen meine Mitte drückte.

„Was immer nötig ist, Liebes." Er senkte seinen Kopf und strich mit seiner Zunge über meine Unterlippe, als er langsam in mich eindrang.

Ich schlang meine Arme um seine Schultern und beugte mich ihm entgegen.

Unsere Blicke begegneten sich, und wir wiegten uns gemeinsam, ohne den Blickkontakt abzubrechen.

Kane positionierte mein Bein höher auf seiner Hüfte, um sich tief in mir zu vergraben. Mein Herz weitete sich und platzte fast vor Emotionen. Verletzlich und entblößt gehörten wir einander. Ich stöhnte und genoss es, wie er mich ausfüllte. Dieser eine winzige Laut kostete ihn die Kontrolle, und er bewegte sich schneller, stieß immer und immer wieder zu und beanspruchte mich für sich. Dann presste er seinen Mund auf meinen und verkrampfte sich, kam hart und schnell.

„Jade", stöhnte Kane, als er sich in mir ergoss und sein Gesicht an meinem Hals vergrub, als wollte er nie wieder loslassen. Ein paar Augenblicke später rollte er sich auf den Rücken und zog mich mit sich.

So lagen wir zusammen, in die Arme des anderen gehüllt, ohne uns zu bewegen. Ich lauschte seinem Atem, bis er langsamer wurde, dann hob ich meinen Kopf und drückte ihm zärtliche Küsse auf die Brust. „Ich liebe dich", flüsterte ich.

Er war still, und ich fragte mich, ob er mich gehört hatte. Immer noch auf seiner Brust liegend drehte ich mich um, um ihn anzusehen, und stellte fest, dass er mich beobachtete. Ich lächelte. „Hey."

„Auch hey." Er hob seine Hand und strich mir eine Haarsträhne aus den Augen. „Ich weiß."

„Was weißt du?" Ich drückte einen weiteren Kuss auf sein Schlüsselbein.

„Dass du mich liebst."

„Oh das." Ich legte meine Hände neben ihn und stützte mich auf, bis wir uns in die Augen sahen. Mein Blick wanderte zu seinen perfekten Lippen, und ich senkte meinen Kopf gerade genug, um ihm einen Kuss darauf zu drücken. „Das ist wahrscheinlich ziemlich offensichtlich."

Er nickte. „Ist es."

Ich lachte. „Als wäre es dir nicht anzusehen."

Seine Brust knurrte. „Wer hat gesagt, dass ich versuche, es mir nicht anmerken zu lassen?" Er bewegte sich wieder, rollte mich auf den Rücken, dann auf meine Seite, sodass ich von ihm wegblickte. Seine Lippen strichen über meine Schulter, als er mich an sich zog. Er bewegte seine Hand in einem langsamen Kreis über meinen Bauch. „Ich liebe dich seit dem Tag, an dem du mit dem Gesicht voran auf der Treppe gefallen bist. Da war was an der Art und Weise, wie du die nächsten fünfundvierzig Minuten damit verbracht hast, mich anzustarren, als wolltest du mich verspeisen, das mich süchtig gemacht hat."

„Das ist nicht wahr." Ich schüttelte den Kopf und kicherte angesichts der Erinnerung. „Damals kanntest du mich noch nicht einmal." Ich war vor weniger als einer Woche in meine Wohnung eingezogen. Liebe? Er war verrückt.

„Doch, es ist wahr. Ich wusste in diesem Moment, dass du die Eine bist."

„Wie?" Ich blickte mit zusammengekniffenen Augen über meine Schulter. „Nein, du warst nur heiß auf mich."

Seine Hand wanderte empor und blieb auf meiner Brust

liegen. „Das auch", flüsterte er und strich mir mit der Zunge über den Hals, was mich erschauern ließ.

„Was tust du?"

Er drückte sich an mich, und ich spürte genau, was er vorhatte. Ich konnte das Lächeln nicht verhindern, das an meinen Lippen zupfte. Ich *hatte* ihn gebeten, alles andere zu vertreiben. Das hatte er, und jetzt war er bereit für mehr.

„Jetzt schon?" Ich wimmerte vor Lust, als er meine Brustwarze zwickte.

Er hielt inne. „Soll ich aufhören?"

„Nein. Ich glaube nicht, dass das nötig sein wird", sagte ich in einem viel kühleren Ton, als ich mich fühlte, denn die Hitze breitete sich schon wieder aus.

„Dachte ich mir." Er schmiegte seinen Körper an meinen, und seine magischen Hände machten sich wieder an die Arbeit und verdrängten alles aus meinem Kopf, außer ihm und der Freude, die wir einander bereiteten.

KAPITEL FÜNFZEHN

*E*ine Stunde hielt mich Kane wieder in den Armen, und wir fielen in einen tiefen, friedlichen Schlaf. Kane kam wie immer in meinen Traum, ein nächtliches Ritual, das uns so viel nähergebracht hatte. Er war ein Traumwandler, der in die Träume anderer eindringen konnte, wann immer er wollte, doch jetzt träumte er nur noch mit mir. Wir schliefen nicht nur zusammen, wir träumten auch zusammen. Als er in meinen Traum auftauchte, lächelte ich.

„Lange nicht gesehen", sagte ich und ging zu einem Geländer auf dem Balkon mit Blick auf das French Quarter.

Seine Lippen verzogen sich zu einem schiefen Lächeln. Er drehte sich um und machte eine ausladende Geste über die Bourbon Street. „Für dich."

„Etwas ist anders." Ich sah mich auf der leeren Straße um. „Abgesehen von all den Leuten, die weg sind."

Diesmal lachte er. „Es ist der Geruch. Ich neige dazu, diese bedauerliche Realität zu verdrängen."

„Ah ja." Ich holte tief Luft und inhalierte das duftende

Geißblatt anstelle des üblichen Gestanks der Bourbon Street nach fauligen Orangen. „Es ist wunderbar."

„Nicht wahr?"

Wir starrten beide auf die unberührten Straßen hinab. Licht schien von den Laternenpfählen durch den dichter werdenden Nebel, der die feuchte Luft erfüllte. Das unheimliche Leuchten ließ die Stadt nur noch romantischer wirken. „Schade, dass es nie wirklich so friedlich ist."

„Das ist nah genug", sagte er und legte einen Arm um mich.

Ich konnte nicht anders, als mir zu wünschen, wir könnten für immer dortbleiben, auf dem Balkon des unbekannten Gebäudes. Die Schönheit des dichten Nebels, der auf der Bourbon Street aufzog, während nicht Tausende von Touristen und Straßenkünstlern lärmten, war ein seltener Genuss. Es war so schön. Seelenerfüllend. Etwas, das ich seit dem Teilen meiner Seele mit Meri nicht mehr erlebt hatte.

Der Gedanke lastete schwer auf mir. Würde ich mich immer halb leer fühlen? Oder würde ich mich daran gewöhnen, nur mit einer halben Seele zu leben? Ich konnte es nicht wissen. Wir mussten meinen Vater finden, weil ich es nicht herausfinden wollte. Ich kniff die Augen zu und atmete noch mehr von dem duftenden Geißblatt ein, nur um zu husten, als die Luft plötzlich nach Schlamm und Schimmel zu stinken begann.

Ich zuckte zurück, öffnete meine Augen und starrte Kane an. „Was war das?"

„Was?", fragte er und sah sich um.

Der Nebel verlagerte sich und bewegte sich auf uns zu. Dunkelgraue Tentakel verdrehten sich und griffen direkt nach mir. Ich schrie und sprang hinter Kane.

„Jade?" Ich hörte Kanes besorgten Ton kaum. Die Tentakel wurden solide und glitten direkt an ihm vorbei. Einer wickelte sich um mich, dann packte er zu und schlang sich um meine Brust.

Ich stolperte zurück und zerrte an dem greifbaren Nebel.

„Zieh ihn weg!", schrie ich.

Kane fuhr herum, bereit, mich zu verteidigen, doch er blieb stehen und sah sich verwirrt um. Er trat einen Schritt näher und sah mich an. „Was ist es? Wo?"

Ein bekanntes Gefühl von stechendem Eis stach mir in die Haut und stieß tief in meinen Verstand. „Nein!" Ich versuchte zu schreien, doch es war eher ein Wimmern.

„Jade?" Kane packte mich an den Armen und zog mich an sich, doch es war zu spät. Camille war zurück, und sie hatte bereits die Kontrolle übernommen. Ich hatte das Gefühl, in mir selbst gefangen zu sein, mit einem Schleier über meiner Sicht, sodass ich die feinen Details seines Gesichtsausdrucks nicht erkennen konnte.

„Hi", sagte sie, ihre Stimme war tiefer als der schrille Ton, den sie zuvor verwendet hatte.

„Bist du okay?" Kane runzelte die Stirn, während er mich ansah. „Was ist passiert?"

„Nichts", sagte Camille, die jetzt die volle Kontrolle über mich hatte, genau wie zuvor. Ich konnte Kanes Berührung, die kühle Nachtluft und sogar Camilles Erregung spüren, doch meine Befehle blieben unbeantwortet. Ich war gefangen und konnte nichts tun. Irgendwie war es ihr in diesem Traumzustand gelungen, meine Seele zu durchdringen. Ich wollte schreien, auf etwas hämmern, doch ich konnte es nicht. Stattdessen betete ich, dass Kane erkennen würde, dass ich nicht mehr ich selbst war.

„Ich wollte das", flüsterte sie und presste meinen Körper an ihn wie ein sexhungriger Teenager.

Ein Lächeln blühte auf seinem Gesicht auf. Wenn ich Kontrolle über meinen Magen gehabt hätte, hätte ich mich sofort übergeben. Wut kochte in meinem Gehirn. Er musste wissen, dass das nicht ich war. Doch warum sollte er? Wir hatten gerade den größten Teil von zwei Stunden damit verbracht, genau das zu tun, was Camille jetzt mit meinem Verlobten tun wollte.

Wie konnte sie es wagen? Meine Gedanken pulsierten von dem brennenden Verlangen, ihr das Gesicht einzuschlagen. Doch zu wissen, dass das unmöglich war, frustrierte mich nur noch mehr.

Camille legte meine beiden Hände auf Kanes Brust und kicherte. *Kicherte*, um Himmels willen.

Kane lächelte sie nur an, als würden wir uns über einen Insiderwitz amüsieren. Nur gab es keinen Witz. Das war ein Albtraum.

„Küss mich", Camille hob meinen Kopf und öffnete meinen Mund, wartete darauf, dass er gehorchte.

Und der Esel tat es. Er senkte den Kopf und küsste meine Lippen. Nur konnte ich ihn kaum spüren. Ich spürte sie und all ihre Vorfreude, vermischt mit wildem sexuellem Verlangen. Das schwache Bild eines Mannes in Wollhose und Weste tauchte in meinem Kopf auf, als Camilles Erregung wuchs. Sie schlang ihre Arme um Kanes Hals und machte sich über sein Gesicht her wie ein räudiges Hündchen auf der Jagd nach Tischabfällen.

„Whoa", flüsterte Kane gegen meine Lippen und schob mich sanft weg. „Was ist denn in dich gefahren?"

Er weiß es.

Der Gedanke ging mir durch den Kopf, bis ich merkte, dass er mich amüsiert anlächelte. Panik erfüllte meinen Geist. Er wusste wirklich nicht, dass ich nicht ich war. Wie weit würde das gehen, bevor er es bemerkte?

Camille antwortete, indem sie meine Hand auf seinen

Schritt legte. „Noch nichts. Du hast keine Ahnung, wie lange ich darauf gewartet habe."

Kane hielt inne und wich dann zurück, um Distanz zwischen uns zu schaffen. Seine intensiven braunen Augen suchten meine. Hatte etwas Klick gemacht? „Ich denke, wir sollten einfach schlafen gehen." Die Szene um uns herum veränderte sich, und mein Körper war wieder in Kanes Schlafzimmer, doch mein Geist war immer noch von Camille gefangen.

„Viel besser", gurrte sie und setzte sich auf ihn, schob sein T-Shirt hoch und fummelte an seiner Hose herum.

Oh, nein, das tust du nicht!, schrie ich in Gedanken. *Denk nicht einmal daran, ihn anzufassen, du tote Schlampe.*

„Nein." Kane packten ihre Taille und stieß mich von sich. „Etwas stimmt nicht. Du bist nicht du selbst."

Camille holte aus und schlug ihm seitlich auf den Kopf.

„Hey!"

Wenn Kane traumwandelte, spürte man er am nächsten Tag, wenn etwas passierte. Er sagte, Wunden blieben nicht, doch der Phantomschmerz oder das Vergnügen schon. Der Verstand konnte nicht anders. Das würde er morgen spüren.

„Natürlich bin ich nicht ich selbst", kreischte Camille in ihrem normalen Ton. „Ich bin im Körper dieser Hexe und versuche dich zu verführen, und du bist nicht Mann genug, um eine Frau zu nehmen, die sich auf dich wirft." Sie starrte auf seinen Schritt. „Was stimmt nicht mit dir?"

„*Camille.*" Kane kniff die Augen zusammen, und Camilles Angst pulsierte um mich herum. Sie wusste nicht, was sie tun sollte. Sie war nur wegen Kane gekommen. Doch ich wusste nicht warum. Sie wollte Sex mit ihm haben – nicht zum Vergnügen, sondern aus einem anderen Grund.

Oh, Himmel Herrgott. Sex-Magie?

Zumindest hatte Kane es bemerkt. Der Sturm, der in

meinem Kopf tobte, ließ etwas nach, obwohl er sie so geküsst hatte, wie er mich nur küssen sollte. Mir wurde schwindelig, als ich darüber nachdachte.

Dann krachte ich ohne Vorwarnung in mich selbst zurück. Meine Gliedmaßen prickelten, als das Blut in meine Extremitäten schoss. Ich streckte mich und bemerkte, dass ich wieder in Kanes Bett lag. Wach.

„Jade?" Er stand ein paar Meter vom Bett entfernt und hielt Abstand. „Bist du da?"

Ich setzte mich auf und rieb mir den Kopf. Besessenheit verursachte Kopfschmerzen. „Ja, ich bin da. Camille ist weg."

Er starrte auf mich herab, überhaupt nicht überzeugt.

„Ich bin es wirklich, okay? Ich hab in meinem Kopf festgesessen, während dieses Miststück ihren … *meinen* Körper an dir gerieben hat. Nur war ich nicht wirklich da." Ich funkelte ihn an. „Du hast lange genug gebraucht, um zu erkennen, dass nicht ich das war."

Er seufzte, sank aufs Bett und zog mich fest an sich. „Es tut mir so leid, Liebes. Ich wusste nicht … nun, ich wusste, dass etwas nicht stimmte, ich wusste nur nicht was." Er drehte seinen Kopf in Richtung Gästezimmer. „Du denkst nicht, dass Meri gegangen ist, oder?"

Ich zuckte mit den Schultern. „Das bezweifle ich. Sie weiß, dass ich sie hier brauche, aber wie konnte Camille sonst zu mir kommen?"

Kane zog eine Jeans und ein Hemd an, das über einen Stuhl drapiert war. „Ich werde es herausfinden."

Ich sprang in meiner nackten Pracht aus dem Bett und legte eine Hand auf seinen Arm. „Nein. Lass mich besser gehen."

Er hob eine Augenbraue und ließ seinen Blick von meinem Kopf zu meinen Zehen wandern. „So?"

Ich seufzte gereizt. „Nein. Nicht so."

Ein paar Minuten später trug ich Boxershorts und ein Tanktop, und mein Bademantel war eng um mich geschnürt. Ich ging den Flur entlang und blieb vor der geschlossenen Tür des Gästezimmers stehen. Ich warf einen Blick zurück. Wieviel Uhr war es? Ich hatte keine Ahnung, doch der Flur schien heller als sonst, und ich vermutete, dass es kurz vor Sonnenaufgang war. Da ich Meri nicht wecken wollte, öffnete ich die Tür nur ein Stück und spähte durch den Spalt.

Das Bett war leer.

„Verdammt", murmelte ich. Mein Herz raste. Was sollte ich jetzt tun? Und warum sollte Meri gehen? Sie wusste, wie sehr ich sie brauchte. Zumindest bis wir meinen Vater fanden. Ich musste ihn finden, bevor Camille dauerhaft Fuß fassen konnte.

Die Tür wurde mit überraschender Kraft aufgerissen, meine Hand immer noch am Knauf. Ich fiel vornüber ins Zimmer.

Eine Gestalt sprang aus den Schatten, gefolgt von einem erschrockenen Keuchen.

„Autsch. Verdammt!", schrie ich auf, als meine Knie auf dem Parkett aufschlugen.

„Jade?" Meris Stimme klang argwöhnisch. „Bist du das?"

„Scheiße." Ich rappelte mich auf und stand ächzend auf. „Natürlich bin ich es. Wer soll es sonst sein?"

Sie atmete hörbar auf. „Nun, wenn man bedenkt, dass ich gespürt habe, wie du gegangen bist, hätte es jeder sein können."

Ich drehte mich zu ihr um. „Was meinst du damit, du hast gespürt, wie ich gegangen bin? Ich war die ganze Nacht hier."

Meri warf mir einen zweifelnden Blick zu und ging dann hinaus in den Flur. „Ich brauche Kaffee."

Zitternd vor nachlassendem Adrenalin folgte ich ihr in Kanes Küche.

Sie bewegte sich, als wäre sie hier zu Hause, holte die Bohnen aus dem Kühlschrank, öffnete den richtigen Schrank für die Mühle und fand den Zucker, ohne zu suchen. Ich sank auf den Barhocker und vergrub meinen Kopf in meinen Händen. Meine Augen tränten vor Schlafmangel. Die Welt drehte sich, als die Dunkelheit näher rückte, und ich fuhr auf und blinzelte den Film weg, der meine Sicht verschwimmen ließ.

Ich schüttelte den Kopf. Ich brauchte Antworten.

Als der Kaffee durch die Maschine lief, war Meri damit beschäftigt, Bagels zu toasten und Frischkäse auf den Tisch zu stellen. Ich warf einen Blick auf die Uhr. Sechs Uhr fünfundvierzig. Ich hatte erst seit weniger als drei Stunden geschlafen. Kein Wunder, dass ich erschöpft war.

Ich hörte ein kratzendes Geräusch vor mir, und der Duft einer satten dunklen Röstung erfüllte meine Sinne. Ich öffnete meine Augen und starrte auf die übergroße Tasse vor mir. Ich schlang meine Hände darum und ließ mich wärmen. Wenn ich etwas davon trank, würde ich nie wieder einschlafen. Meri nahm den Teller mit Bagels und setzte sich zu mir.

„Danke", sagte ich, hielt meine Nase in die Tasse und genoss das reiche Aroma.

Sie zuckte mit den Schultern. „Ich habe sowieso welchen gemacht." Es vergingen einige Momente, in denen die Bagels unberührt dastanden. „Wohin bist du gegangen?"

Ich warf ihr einen Seitenblick zu. „Ich habe dir schon gesagt, ich bin nirgendwo hingegangen. Ich war die ganze Zeit mit Kane hier." Dann runzelte ich die Stirn. „Was meinst du, wenn du sagst, du hast gespürt, wie ich gegangen bin? Redest du von meiner Gabe?" Entsetzen überkam mich. Hatte sie die Gefühle gespürt, die Kane und ich teilten? Konnte sie weiter spüren als ich? Mein ganzer Körper brannte vor Scham.

Sie schüttelte den Kopf. „Nein, aber vielleicht möchtest du das, was du jetzt empfindest, ein bisschen kontrollieren, weil es laut und deutlich rüberkommt."

Scheiße! Natürlich tat es das. Mein Gesicht brannte. Ich atmete tief durch, um mich zu beruhigen, und stellte mir dann mein Glassilo vor, das ich als Empathin ganz natürlich genutzt hatte. Das, das ich benutzt hatte, um die Emotionen anderer Leute auszusperren.

„Das ist besser." Sie zupfte am Rand eines Bagels. „Ich meinte, ich habe gespürt, wie deine Seele gegangen ist. Ich kann das spüren, weißt du?"

Ich wand mich. „Das kannst du?"

Sie nickte. „Du nicht?"

Ich schüttelte den Kopf. Ich war mir einer Verbindung bewusst gewesen, als wir dieselbe Seele geteilt hatten, doch jetzt, wo meine Seele gespalten war, nahm ich sie überhaupt nicht mehr wahr.

„Interessant." Sie ließ einen Löffel Zucker in ihren Kaffee fallen und rührte um. „Wenn du in der Nähe bist, ist deine Seele wie eine Art Leuchtfeuer. Ich kann sagen, wo du bist. Es ist nicht furchteinflößend oder sowas, nur eine Art „Ich weiß, dass du da bist". Keine wirklich große Sache."

„Auch, wenn du schläfst?"

Sie zuckte mit den Schultern.

„Was bedeutet das?"

Sie stellte ihre Tasse ab und drehte sich zu mir um. „Ich nehme deine Seele nicht bewusst wahr, während ich schlafe, aber ich bin plötzlich aufgewacht und du … oder deine Seele warst weg. Als wäre sie verschwunden."

Natürlich. Wie hatte ich nur so dumm sein können?

„Kane hat mich im Traum auf die Bourbon Street geführt." Sie war nur ein paar Blocks entfernt. Doch weit genug, dass Camille mir folgen konnte. Und versuchen, mich zu übernehmen. Wie seltsam, dass sie ohne meinen Körper in meine Seele eindringen konnte. Ich schauderte. Es war schon gruselig genug, wenn sie mich körperlich benutzte, doch meine Seele komplett zu übernehmen ... das kam einer Vergewaltigung gleich. Die Wände kamen näher. Ich konnte nicht einmal in Kanes Träumen mit ihm irgendwohin gehen, ohne in Gefahr zu sein.

„Das würde reichen", sagte sie.

Ich fühlte mich wie ein Idiot, stand auf und warf dabei beinahe den Hocker um. „Ich werde versuchen, noch ein bisschen zu schlafen", sagte ich gähnend.

„Viel Glück. Und lass dich nicht von Kane in einen Traumspaziergang entführen."

Nickend schlurfte ich zurück ins Bett.

KAPITEL SECHZEHN

*J*ch schlief unruhig, und nach ein paar Stunden schlich ich lautlos aus dem Bett und ging in die Küche, um Kaffee zu machen. Als ich es nicht mehr aushielt, schnappte ich mir mein Handy und rief Mom an. Ich hatte es satt, auf Antworten über meinen Vater zu warten. Jeder Versuch ging direkt zur Voicemail. Ich gab auf und fing an zu schreiben. Camille hatte einen Weg gefunden, in mich einzudringen, im Schlaf, als ich am verwundbarsten war.

Ich schüttelte den Kopf und schrieb Mom noch einmal. Als meine fünfte SMS innerhalb von dreißig Minuten unbeantwortet blieb, rief ich Gwen an. Voicemail. Verdammt. Was zum Teufel? Wusste Gwen überhaupt, wie man den Klingelton abstellte? Ich schickte Gwen eine SMS und forderte sie auf, so schnell wie möglich anzurufen, dann stürmte ich zurück in Kanes Schlafzimmer.

Er lag quer im Bett, das Laken bedeckte kaum seinen festen Po. Der Anblick ließ sofort einen Teil meiner Frustration verschwinden. Ich seufzte, setzte mich neben ihn und strich mit der Hand durch sein zerzaustes Haar.

Seine langen Wimpern flatterten, und ein langsames Grinsen breitete sich auf seinem gemeißelten Kiefer aus. „Komm her", murmelte er. Er sah so verdammt sexy aus, ich konnte nicht widerstehen. Er drehte sich auf die Seite und machte mir Platz, damit ich mich neben ihm zusammenrollen konnte. Mit meinem Kopf an seiner Schulter zog er mich fest an sich und schnürte meinen Bademantel geschickt auf, wobei er seine große Hand auf meinem nackten Bauch ausbreitete. „So ist besser", sagte er in mein Haar. „Wo warst du?"

„Kaffee machen."

„Hmm." Seine Finger strichen langsam über meine empfindliche Haut und schickten ein vertrautes Prickeln durch meine Mitte. „Kaffee. Das könnte gut sein." Ich wollte mich zurückziehen, doch er hielt mich fester. „Warte." Und plötzlich spürte ich seine warmen Lippen direkt unter meinem Ohr. „Ich will noch nicht aufstehen."

Ich lächelte. „Wir können nicht den ganzen Tag hierbleiben."

„Ich weiß." Seine Lippen wanderten tiefer und hinterließen eine heiße Spur an meinem Hals. Ich streckte mich und gab ihm mehr Zugang. „Doch wenn wir diesen Raum erst einmal verlassen, regiert die Realität, und ich will mich ihr lieber nicht früher als nötig stellen."

Seine Lippen, kombiniert mit seiner Berührung meines jetzt nackten Oberkörpers, waren mehr als genug, um mich zu überzeugen. Nach dem Traumspaziergang brauchte ich etwas, um die Erinnerung an Camilles Versuch, ihn zu verführen, auszulöschen. Gedanken an nicht beantwortete Anrufe und Nachrichten verschwanden aus meinem Kopf, als ich mich ihm zuwandte, bereit, die Welt für diesen Moment entgleiten zu lassen. Einen Moment, den ich dringend brauchte.

Ich vergrub meine Hände in seinen Haaren und schloss meine Augen vor der Außenwelt, konzentrierte mich auf nichts als seine Hände, die Empfindungen durch die intimsten Bereiche meines Körpers schickten.

Kostbare Augenblicke später rollte Kane mich auf den Rücken, und mein Bademantel fiel zu Boden. Er starrte mich mit Liebe und Leidenschaft an, die in Wellen von ihm ausging. Die Intensität des Augenblicks trieb mir Tränen in die Augen. „Ich liebe dich", flüsterte ich.

„Ich liebe dich auch, Jade. Mehr als du weißt." Dann ließ er sich auf mir nieder und langsam, zärtlich, liebevoll drang er in mich ein.

Eine Dusche und zwei weitere Tassen Kaffee später stand ich in der Küche und starrte auf mein stummes Handy. Es war nach zehn, und ich wusste, dass Gwen wach sein musste, auch wenn Mom es nicht war.

„Nichts?", fragte Kane und stellte das Geschirr in die Spülmaschine.

Ich biss mir auf die Lippe und schüttelte den Kopf. „Ich glaube, wir müssen da rüberfahren."

„Okay, gib mir einen Moment, und ich fahre dich." Er stellte das Wasser ab und trocknete seine Hände an einem Geschirrtuch ab. Ich konnte nicht anders als zu lächeln. Er spülte sogar das Geschirr.

„Wir können zu Fuß gehen." Ich ließ das Handy auf den Tresen fallen. „Wahrscheinlich gibt es sowieso nirgendwo einen Parkplatz."

„Ja." Ich sah zu, wie er wieder in unserem Schlafzimmer verschwand, und ging dann, um Meri zu suchen.

Sie saß zusammengerollt in einem Sessel und surfte mit einem iPad im Internet.

„Hey." Ich ließ mich ihr gegenüber nieder. „Ich muss in

meine Wohnung. Mom und Gwen gehen nicht ans Handy. Ich mache mir Sorgen."

Sie warf einen Blick auf die Uhr und versteifte sich, dann stand sie auf. „Gib mir eine Minute." Sie verschwand im Gästezimmer und ließ mich zappelnd im Wohnzimmer zurück.

Ich hielt mein Handy in der Hand und wollte, dass es klingelte, summte oder eine Facebook-Nachricht anzeigte, obwohl keiner von beiden die App viel nutzte. Ich brauchte nur etwas, irgendetwas, um mich wissen zu lassen, dass es ihnen gutging. Verdammt, so wie sich mein Leben entwickelte, könnten sie womöglich von Wölfen entführt worden sein. Wann waren sie gestern Nacht nach Hause gefahren? Das French Quarter war im Allgemeinen ziemlich sicher, doch es gab immer noch einen gewissen Anteil an Kriminalität. „Verdammt", murmelte ich und ging auf und ab.

Kane tauchte auf und schlang seine Arme um mich. „Ich bin sicher, es geht ihnen gut."

Ich löste mich aus seiner Umarmung, nicht in der Stimmung, mich beruhigen zu lassen. „Das weißt du nicht. Und Mom war aufgewühlt, als sie gegangen ist. Was, wenn sie sich mit jemandem angelegt hat? Sie könnten jetzt beide in einem Rinnstein verbluten."

Er zog die Augenbrauen hoch. „Das ist nicht passiert." Er beugte sich hinunter und küsste mich auf die Stirn. „Ich weiß, dass du dir Sorgen machst, aber es nützt nichts, dich aufzuregen, bis wir genau wissen, wo sie sind. Es ist wahrscheinlicher, dass deine Mutter nur versucht, sich ein bisschen Zeit zu nehmen, bevor sie sich mit dem Thema Vater auseinandersetzen muss."

„Und Gwen?", fragte ich. „Sie würde mich nicht ignorieren."

Er zuckte mit den Schultern. „Vielleicht hat Hope auch ihr Handy ausgeschaltet. Vielleicht ist sie unter der Dusche?

Vielleicht ist sie ins Café gegangen und hat ihr Handy vergessen? Vielleicht muss es geladen werden. Es gibt viele logische Erklärungen."

Ich schluckte eine scharfe Erwiderung herunter. Er hatte natürlich Recht. Ich wusste das. Es war nur schwer zu glauben.

Meri erschien in einem schwarzen Rollkragenpullover, schwarzer Jeans und schwarzen Stiefeln. Ihr glattes schwarzes Haar war zu einem Pferdeschwanz gebunden. Sie sah eher so aus, als ob sie einen Safe knacken wollte, nicht als ob sie nach ein paar Frauen mittleren Alters sehen gehen wollte. Nicht, dass Mom so aussah.

„Nach dir." Kane zog die Tür für uns auf. Meri ging zuerst, und als ich an ihm vorbeiging, flüsterte er mir ins Ohr: „Catwoman". Er nickte Meri zu, und ich unterdrückte ein Lachen.

Wenn sie nur die Ohren hätte. Ich wusste nicht warum, doch das Bild beruhigte meine Nerven für die Zeit, die ich brauchte, um von Kanes Haus zur Bourbon Street zu laufen. Doch als wir um die Ecke bogen, gingen mir die Ereignisse der Nacht zuvor durch den Kopf und alles, woran ich denken konnte, war, dass Camille versucht hatte, meine Seele zu übernehmen. Ich ging schneller. Als wir vor *The Grind* ankamen, war ich ein bisschen atemlos. Mist, ich musste mehr trainieren.

Kane und Meri schienen sich beide an unserem flotten Schritt nicht zu stören, also verfluchte ich beide im Stillen. Kane hielt uns noch einmal die Tür auf, und Meri und ich betraten das Café.

„Hey, hey!", rief Charlie hinter der Theke. „Es ist der Boss und seine schöne Zukünftige." Ihr wunderschönes Lächeln erhellte ihr herzförmiges Gesicht, als sie mir zuzwinkerte. „Wie läuft die Hochzeitsplanung?"

Ich verzog das Gesicht. „Stressig."

Sie kam hinter der Theke hervor und umarmte mich. Ich hatte sie seit unserer Verlobungsfeier nicht gesehen.

Ich warf ihr einen langen Blick zu. Sie strahlte vor Glück.

„Sieht so aus, als würde das Leben dich gut behandeln."

„Kann nicht klagen."

„Wie geht es deiner Freundin?"

Sie grinste verschlagen. „Verdammt gut. Und das meine ich so. Du solltest –"

Kane räusperte sich und unterbrach sie, bevor sie zu tief in persönliche Details einstieg. Charlie war nicht dafür bekannt, diskret zu sein, besonders, wenn es um die Frauen in ihrem Leben ging.

Ich unterdrückte ein Lachen. Kane besaß einen Stripclub, um Himmels willen, doch er kam nicht damit zurecht, wenn Charlie die Details ihres Liebeslebens ausplauderte? Ich sah mich um und bemerkte den Mangel an Kunden.

Charlie folgte meinem Blick und wandte sich dann Kane zu. „Du bist viel zugeknöpfter, seit sie" – sie zeigte auf mich – „in dein Leben getreten ist."

Er schüttelte den Kopf. „Nur respektvoll. Vielleicht willst du dir das zum Vorbild nehmen." Die Worte schienen hart, doch er sagte sie mit einem sanften Lächeln und viel Zuneigung zur Managerin seines Clubs.

Sie nickte, überhaupt nicht beleidigt. „Du hast wahrscheinlich Recht." Sie räusperte sich. „Meine Freundin ist hinreißend, unglaublich amüsant und hat wahrscheinlich das größte Herz der Welt." Sie zog eine Augenbraue hoch und sah Kane an. „Besser?"

Er schenkte ihr ein herzliches Lächeln. „Viel besser."

Ich schüttelte meinen Kopf, doch mein Herz schwoll angesichts ihrer Interaktion an. Charlie war ein guter Mensch. „Wo ist Pyper?"

„Oben, Bodypainting. In ihrer Wohnung."

„Oh." Das bedeutete, dass Mom und Gwen nicht bei ihr waren, und sie waren ganz bestimmt nicht im Café. „Hast du meine Mutter oder Gwen gesehen?"

Charlies strahlendes Lächeln wurde verschmitzt. „Was denkst du, wen sie bemalt?"

„Was?" Ich schrie fast.

Kane lachte, und Meri schnaubte.

„Guter Gott." Ohne ein weiteres Wort verschwand ich durch den hinteren Teil des Cafés und ging die Treppe zu Pypers Wohnung hinauf. Was zum Teufel trieben sie?

Als ich vor Pypers Tür stand, brauchte ich einen Moment, um mich zu sammeln. Meri, die mir gefolgt war – Gott sei Dank –, stand grinsend neben mir. Kane lehnte sich an die Wand, offensichtlich bereit, draußen zu warten. Wenn Pyper sie wirklich bemalte, könnten die beiden nackt sein. Ich schloss meine Augen, entsetzt bei dem Gedanken, sowohl meine Tante als auch meine Mutter nackt zu sehen. Wie hatte Pyper das gemacht?

Ich klopfte an.

Keine Reaktion.

Klopf-klopf.

Hinter der Tür hörte ich eine gedämpfte Stimme.

„Ich weiß, dass ihr da drin seid. Du kannst genauso gut aufmachen, oder ich benutze Kanes Schlüssel, um reinzukommen." Ich sah ihn fragend an. Er tastete seine Tasche ab und bestätigte damit, dass er tatsächlich seinen Schlüssel bei sich hatte. Er war der Vermieter und hatte für die Nächte, in denen er im Club arbeitete, ein Gästezimmer in Pypers Wohnung eingerichtet. Er übernachtete nicht mehr dort, sondern entschied sich dafür, bei Bedarf mit mir in meiner Wohnung zu schlafen.

„Komm rein!", rief Pypers Stimme durch die Tür.

Kane gab mir den Schlüssel. „Ich werde in meinem Büro

warten." Ich gab ihm einen Kuss und sah zu, wie er die Treppe hinunterging. Etwas in mir wollte nicht, dass er ging, doch es war nicht so, als ob er Mom und Gwen nackt sehen wollte oder sollte.

Ich steckte den Schlüssel ins Schloss und betrat Pypers Wohnung, Meri dicht hinter mir. Doch das Zimmer war leer. Ich ging zu Pypers Schlafzimmer, bis mich das Gelächter aus der Küche aufhorchen ließ. Aus Angst vor dem, was ich sehen würde, spähte ich vorsichtig durch die Tür und keuchte.

„Heilige Scheiße! Was ist denn hier los?", fragte ich.

Pyper hatte ihren Frühstückstisch weggeräumt und den Boden mit einem weißen Laken abgedeckt. Mom saß auf einem durchsichtigen Plastikstuhl ohne Rückenlehne, oben ohne, ihr Oberkörper mit funkelndem blauem Glitter bedeckt.

Gwen war, den Mächtigen sei Dank, vollständig bekleidet und hatte nur Spuren von blauem Glitzer an ihren Händen.

Pyper lachte, und ihr Gesicht strahlte vor einer Freude, die ich noch nie zuvor gesehen hatte. „Gwen lernt Bodypainting."

„Ähm." Ich warf Gwen einen Blick zu.

Sie lächelte verlegen und zuckte die Achseln. „Deine Mutter hat angeboten, meine Leinwand zu sein."

„Natürlich hat sie das", murmelte Meri hinter mir.

Ich warf ihr einen verwirrten Blick zu, bevor ich meine Aufmerksamkeit wieder meinen verrückten Familienmitgliedern zuwandte. „Ich habe den ganzen Morgen versucht, euch zu erreichen. Wo zum Teufel sind eure Handys?"

Gwen verzog das Gesicht. „Tut mir leid, Sweetie. Die sind in der Wohnung, nehme ich an. Wir sind einen Kaffee trinken gegangen und haben uns mit Pyper über ihr Nebengeschäft unterhalten, und eins führte zum anderen und ... nun, du kannst ja sehen, wie es ausgegangen ist." Ihr Blick wanderte zurück zu meiner Mutter, die grinste wie ein Honigkuchenpferd.

„Es ist der größte Spaß, den ich seit über einem Jahrzehnt hatte", sagte Mom mit funkelnden Augen.

„Das bezweifle ich nicht", sagte Meri leise.

Dieses Mal warf ich ihr einen irritierten Blick zu.

„Haben alle mein kleines Problem vergessen? Ich dachte, wir arbeiten heute daran." Ich fuhr herum und starrte Mom eindringlich an. „Ich muss mit Dad reden. Was auch immer du mir nicht gesagt hast, ich muss es wissen. Jetzt."

Moms Lächeln erstarb auf ihren Lippen, und ich musste die Schuldgefühle niederringen, die mir die Kehle zuschnüren wollten. Dieser Moment war wirklich das einzige Mal, dass ich sie glücklich und unbeschwert gesehen hatte, seit sie zu uns zurückgekehrt war. Doch warum musste es jetzt sein? Meine Seele war in Gefahr ... wieder mal. Wenn wir Dad nicht fanden, war ich am Arsch. Begriff sie das nicht?

„Vielleicht sollten wir euch ein bisschen Privatsphäre geben", sagte Pyper. Sie legte eine Farbtube auf ihren behelfsmäßigen Malertisch und bedeutete Gwen und Meri, ihr zu folgen. Als sie an mir vorbeiging, berührte sie meinen Arm. „Tut mir leid. Ich wollte keine Probleme machen. Ich dachte nur, sie könnten eine kleine Auszeit von der Realität gebrauchen. Ich hatte nicht gedacht, dass wir so lange hier sein würden."

Die Sorge in ihren Augen berührte mich. „Nicht deine Schuld. Wirklich niemandes Schuld. Nur eine weitere Mist-Situation. Schon gut. Wirklich."

Sie lächelte, doch es erreichte ihre Augen nicht, und ich wollte mich selbst treten, weil ich ihr die Freude genommen hatte. Sie hatte in der Nacht zuvor so niedergeschlagen ausgesehen, und heute Morgen hatte sie offensichtlich Spaß gehabt. Das hatte ich ihr wieder genommen.

Ich würde Ian das nächste Mal, wenn ich ihn sah, in den Arsch treten.

Als die drei gingen, zog Mom einen Bademantel an und ging zum Spülbecken, um sich die Hände zu waschen.

Ich wartete kurz und platzte dann heraus: „Mom, du musst mir sagen, was du weißt."

Sie drehte sich um. „Was ich weiß", keuchte sie, „ist, dass dein Vater entschieden hat, dass er nicht daran interessiert ist, sein Leben mit uns zu verbringen. Er hat uns sitzengelassen, und wir mussten für uns selbst sorgen. Glaubst du wirklich, er kommt jetzt zurück, weil du einen Gefallen brauchst?" Ihre Augen leuchteten vor unvergossenen Tränen. „Willst du dir das wirklich antun, Jade?"

Mein Herz schlug schneller, als mir bewusstwurde, dass sie nicht von mir sprach. Sie sprach von sich selbst. Wir hatten noch nie darüber gesprochen. Als Dad das erste Mal gegangen war, wurde mir gesagt, dass es nur für eine Weile war. Ich hatte verstanden, dass er beim Militär war und er keine andere Wahl hatte. Beim zweiten Mal war ich es schon gewohnt, mit Mom allein zu sein. Während ich den Verlust spürte, war es eher die Art „Warum haben alle anderen ihren Dad um sich und ich nicht?", anstatt ihn tatsächlich zu vermissen. Er war nicht viel da. Abgesehen vom letzten Mal, als er das Haus besucht hatte, hatte ich jedoch nie gesehen, wie Mom sich über ihn aufgeregt hatte.

Das hatte sie mir verheimlicht. Wie schrecklich. Mit wem hatte sie darüber gesprochen? Gwen? Meri? Ihrem Zirkel in Idaho? Oder hatte sie ihren Schmerz weggesperrt und sich auf unser gemeinsames Leben konzentriert? Ich vermutete Letzteres. Abgesehen von Moms Kräuterheilmitteln und dem kleinen Laden, den sie geführt hatte, war ich der Mittelpunkt ihrer Welt gewesen.

„Mom." Ich wartete, bis sie mir in die Augen sah. „Warum ist Dad gegangen?"

Sie blinzelte ihre Tränen zurück, und ein harter Ausdruck legte sich auf ihr Gesicht. „Da müsstest du ihn fragen."

„Aber ich frage *dich*. Was hat er dir an diesem Tag gesagt? Das letzte Mal, als er nach Hause gekommen ist. Was stand in diesem Brief?"

Sie runzelte die Stirn. „Ich habe ihn nicht gelesen. Er war für dich bestimmt, wenn du älter bist. Doch dann hatte ich nie die Gelegenheit, ihn dir zu geben."

Wir verstummten beide bei der Erwähnung ihrer Zeit im Fegefeuer.

Ich ging zum Kühlschrank, nur um etwas zu tun, und holte zwei Dosen Cola heraus. Ich bot Mom eine an, doch sie schüttelte den Kopf. Ich zuckte die Achseln, stellte sie zurück und beschäftigte mich mit einem Glas und Eis. Nachdem ich fertig war, lehnte ich mich an den Küchenschrank und widmete ihr meine volle Aufmerksamkeit. „Wo ist der Brief jetzt?"

Sie schüttelte den Kopf. „Keine Ahnung. Er war im Haus."

In dem, das uns nicht mehr gehörte. Es war verkauft worden, nachdem ich bei Gwen eingezogen war und alle die Hoffnung aufgegeben hatten, dass Mom zurückkommen würde. Der Brief könnte unter den Dingen sein, die Gwen für mich aufbewahrt hatte. Oder längst nicht mehr existieren. Meine Brust wurde eng. Verdammt nochmal. Noch eine Frage, die unbeantwortet bleiben würde. Ich versuchte es noch einmal. „Was hat er an diesem Tag gesagt?"

„Nichts."

„Mom!" Sie erschrak bei meinem Ausbruch. „Das kannst du nicht weiter ignorieren. Wenn du es mir nicht sagst, werde ich den Findezauber wirken und ihn dann selbst fragen. Ich rufe Bea gleich an."

Ihre wilden Augen blitzten vor Wut. „Das wird nicht funktionieren."

„Warum zur Hölle nicht?"

„Weil Marc Rollins nicht dein Vater ist." Sie atmete geschockt ein, wirbelte dann herum und ging zum Kühlschrank. Einen Moment später holte sie die Dose Cola heraus, die ich ihr angeboten hatte, und öffnete wütend den Verschluss, machte sich aber nicht die Mühe, etwas davon zu trinken. Sie stand nur zitternd da.

Ein seltsames Gefühl der Verwirrung bahnte sich seinen Weg durch mein Bewusstsein. Ich blinzelte, versuchte mich zu räuspern, öffnete meinen Mund, schloss ihn und räusperte mich dann. „Was meinst du?"

„Scheiße", sagte sie so leise, dass ich sicher war, dass sie nicht dachte, ich könnte sie hören.

„Dad ist nicht mein Vater?" Meine Stimme zitterte, und ich wusste nicht warum. Brannten da Tränen in meinen Augen? Ich blinzelte schnell und versuchte, meine ungewohnten Gefühle zu begraben. Dad hatte uns vor Jahren verlassen. Ich hatte nie an ihn gedacht. Warum war es jetzt plötzlich von Bedeutung?

Mein Bauch begann zu schmerzen. Und ich wusste, warum. Nachdem Mom verschwunden war, hatte ich gebetet, dass Dad auftauchen würde, um sich um mich zu kümmern, und ich hatte gebetet, dass jemand ihn finden und es ihm sagen würde. All die Jahre war ich davon ausgegangen, dass niemand wusste, wo er war, oder dass er außer Landes war. Ich hätte nie wirklich geglaubt, dass er nicht Teil meines Lebens sein wollte. Jetzt wusste ich es.

„Er hat uns verlassen, weil ich nicht seine Tochter bin, oder?" Meine Stimme war so leise, so erstickt, dass ich nicht sicher war, ob sie mich hörte.

Doch so, wie sie schauderte, sagte mir, dass sie es

verstanden hatte. Und die Tatsache, dass sie es nicht sofort leugnete, sagte mir, dass es die Wahrheit war. Aus den Tiefen meines Wesens erblühte eine tiefsitzende Angst. Die, an deren Überwindung mein fünfzehnjähriges Ich so hart gearbeitet hatte. Nachdem Mom verschwunden und ich ganz allein in diesem Pflegeheim gewesen war, bevor Gwen gekommen war, vor Kat und Dan, hatte dieses verängstigte, hoffnungslose Mädchen gewusst, dass niemand es wollte. Ihre beiden Eltern waren ohne Vorankündigung und ohne Vorwarnung verschwunden.

Sie war nicht gewollt.

Und das war immer noch wahr. Er war vor siebzehn Jahren gegangen, ohne auch nur einen Blick zurückzuwerfen. Und was war mit meinem leiblichen Vater? Wo war er?

„Wer?" Das Wort schoss eindringlich heraus. „Wer ist er?", fragte ich noch einmal, und meine Stimme wurde lauter. „Mom!"

Sie drehte sich um und sah mich mit gequältem Blick an, ihr Gesicht vor Angst verzerrt.

Meine Worte blieben mir im Hals stecken, und plötzlich hatte ich keine Lust mehr zu wissen, wessen Tochter ich wirklich war.

KAPITEL SIEBZEHN

*A*ll die vergrabene Ablehnung meiner Vergangenheit kehrte zurück, und ich stürmte aus der Küche und direkt auf die Haustür zu. Ich hatte verlangt, dass sie mir von meinem Vater erzählte, und jetzt, wo der Moment gekommen war, war ich noch nicht bereit dazu. Ich konnte nicht ertragen, was sie zu sagen hatte. Es tat zu weh.

„Jade!", hörte ich eine Stimme rufen.

Doch ich hatte die Tür bereits aufgerissen und stürzte hindurch, mein Verstand eine erstarrte Masse alter Ablehnung und Schmerzen. Es war ein Zustand, mit dem ich vertraut war. Ich war damit aufgewachsen, hatte gelernt, damit zu leben. Doch während meiner Zeit bei Gwen und der letzten acht Monate in New Orleans hatte ich geglaubt, ich sei von dem allumfassenden, seelenzerstörenden Wissen geheilt, dass mich niemand genug liebte, um bei mir zu bleiben. Ich war für niemanden gut genug. Nicht Mom, Dad, Dan oder vielleicht sogar Kane. Wir waren erst kurze Zeit zusammen. Und wenn er auch ging? Der Zweifel war da, tief in meinem Herzen, und brannte ein Loch durch den zarten Stoff, den ich gewebt hatte, um das zerbrechliche Organ in einem Stück zu halten.

Ich rannte um die Ecke und flog die beiden Treppen hinunter, auf die angrenzende Tür zum Nachbargebäude zu. Ich musste mit meinen Sachen allein in meiner Wohnung sein. Weg von allen, die mich verletzen konnten. Abseits der Wahrheit, die ich nicht wissen wollte.

Ich stürmte gerade die zweite Treppe hinauf, als ich die Schritte hinter mir hörte.

Ich wirbelte herum und fand Meri atemlos und mit rotem Gesicht hinter mir. „Verdammt, Jade. Mach langsam, ja? Selbst Engel können bei dem Tempo nicht mithalten."

Mein Blut pumpte schnell durch meine Adern und ließ meine Muskeln zucken. Ich wollte zuschlagen oder schreien oder rennen, bis ich zusammenbrach, doch etwas legte sich in meinem Kopf um, als ich sie dabei erwischte, wie sie mich anstarrte, als ob ich den Verstand verloren hätte.

Was hatte ich getan? Ich sollte an ihrer Seite bleiben. Es spielte keine Rolle, dass ich nur einen Moment wollte, um mich zu sammeln. Nicht, wenn ich überleben wollte. „Tut mir leid. Ich musste da raus."

Ich unterdrückte einen frustrierten Seufzer, drehte mich um und stapfte die dritte Treppe hinauf. Als wir an meiner Tür ankamen, holte ich meinen Schlüssel aus der Tasche und winkte sie herein.

Zwei Koffer standen an der Wand, zusammen mit willkürlichen Stapeln von Gwens und Moms Kleidern. Meine Wohnung war kaum groß genug für eine Person, geschweige denn für zwei. Sie waren beide seit über zwei Monaten in New Orleans und hatten sich mit meinem Mist befasst. Das war ein weiterer Grund, warum Kane und ich versuchten, die Hochzeit durchzuziehen. Gwen musste zurück nach Idaho, um rechtzeitig zum Frühjahr mit ihrer Arbeit auf der Farm zu beginnen.

Kane.

Ein kleines bisschen des Schmerzes in meinem Herzen beruhigte sich. Er wollte mich. Er hatte mich nicht verlassen. Jedenfalls noch nicht. *Wann dann?* Der gefährliche, selbstzerstörerische Gedanke traf mich, und ich zuckte zusammen. Wann würde auch er entscheiden, dass ich zu viel Mühe machte?

„Jade?", sagte Meri leise hinter mir.

Ich drehte mich um und sah sie mit Tränen in den Augen an. „Was?"

„Ich weiß nicht, was du gerade denkst, dass du so aufgewühlt bist, aber vielleicht solltest du die Konversation ändern." Ihr Ton war beruhigend, wissend, als verstünde sie genau, was meine Gefühle mir antaten.

Dann dämmerte es mir, wahrscheinlich tat sie es. Sie hatte so viel Zeit damit verbracht, darauf zu warten, dass jemand kommen würde, um sie zu holen. Sie wusste alles über das Verlassenwerden. Nicht, dass ich darüber reden wollte. Was ich brauchte, war Abstand, um einen klaren Kopf zu bekommen.

Doch der einzige Raum, in dem ich allein sein konnte, war das Badezimmer. Ich biss die Zähne zusammen und betrat das winzige Zimmer. Wortlos schloss ich die Tür und ging zur Wanne.

Vierzig Minuten später sah mein Körper aus wie eine runzlige Pflaume, umgeben von duftendem Schaum, doch Frieden hatte ich immer noch nicht gefunden. Als ich mich widerwillig aus der Wanne schleppen wollte, klopfte es an der Tür.

Geh einfach weg. Ich wollte nicht mit Meri reden. Oder sonst jemandem.

„Jade?"

Ich erstarrte im lauwarmen Badewasser. Es war Kane.

Ich sehnte mich danach, ihn zu sehen. Doch ich wollte nicht reden. Gott, ich brauchte seine Arme um mich, wollte meinen Kopf an seiner starken Brust vergraben. „Gib mir eine Minute." Ich stand auf und wickelte mich in ein großes Badetuch. Ich machte mir nicht die Mühe, mich anzuziehen, öffnete die Tür und stolperte in seine wartenden Arme. Erleichterung machte meine Glieder schwach. Seine Umarmung gab mir immer das Gefühl, sicher und geliebt zu sein, auch wenn ich es gerade nicht glaubte.

Er hielt mich fest, während er mein Haar aus meinem hastig gebundenen Knoten löste. „Deine Mom hat mir von eurem Streit erzählt. Willst du darüber reden?"

Ich schüttelte den Kopf, immer noch an seine Brust gedrückt.

„Okay, Sweetheart. Ich verstehe." Er hob seine Hand und fuhr mit seinen Fingern durch mein langes, welliges Haar, wobei er bei jeder Bewegung zärtlich den Arm streichelte.

Ich drückte mich an ihn und schloss meine Augen fest, als könnte ich die Welt aussperren. Irgendwo tief in mir wusste ich, dass ich melodramatisch war. Ich wusste, dass ich mich zusammenreißen musste. Ich wusste, dass das weder das Ende der Welt noch das Ende von mir und Kane war. Doch mein Herz wusste es nicht. Es war der Krieg zwischen meiner verkorksten Psyche und meinem Herzen, der mich zerriss.

Vorsichtig löste ich mich von ihm und schenkte ihm ein Lächeln. „Danke. Das habe ich gebraucht."

Sorge huschte über seine Züge und leuchtete in seinen dunklen Augen. Er warf Meri einen kurzen Blick zu, die jetzt auf meinem alten Sofa zusammengerollt war und die neueste Ausgabe von *People* las. Gwen musste sie gekauft haben. Das Magazin war ihr liebstes heimliches Vergnügen. Dann schob er mich zurück, bis wir beide wieder im Badezimmer waren. Er schloss die Tür mit einem Fuß und beugte sich vor, um mich zu küssen.

Mein Lächeln wuchs. „Wofür war das?"

Er zuckte mit den Schultern. „Du hast ausgesehen, als müsstest du geküsst werden."

Ein Kichern sprudelte aus meiner Kehle und überraschte mich.

„Siehst du? Es war so." Er beugte sich wieder vor, diesmal entschlossener, und seine Lippen pressten sich auf meine, während seine Zunge schmeckte und neckte.

Ich versank in ihn und ließ mich von diesem wunderbaren Gefühl hinreißen. Als er losließ, öffnete ich meinen Mund für ihn, doch er zog sich zurück.

Ich runzelte die Stirn. „Wo bist du hingegangen?"

Er presste die Lippen aufeinander und spannte sich an, als er einatmete. „Ich denke, wir sollten über das reden, was hier vor sich geht."

„Ich will jetzt nicht reden." Mein Herz hämmerte, und ich suchte in seinen Augen, während ich darauf wartete, dass etwas passierte. Er sah so ernst und … zögerlich aus. Weswegen? Mir? Uns?

Er seufzte.

„Was?", sagte ich mit einem Anflug von Zittern in meiner Stimme, und ich hasste mich dafür. Ich klang so schwach, so unterstützungsbedürftig. Es war widerlich.

Er ließ die Arme sinken und trat zurück.

Mein Körper schmerzte von der Trennung, doch ich folgte ihm nicht. Warum stieß er mich weg?

„Du grübelst zu viel. Ich sehe das."

Ich kaute auf meiner Unterlippe und sagte nichts.

„Ich würde alles für dich tun. Du weißt das, oder?"

Ich nickte.

„Und ich gehe nirgendwo hin. Das weißt du auch, oder?"

Noch ein Nicken. Seine Worte waren genau das, was ich in diesem Moment hören musste, doch sie trugen wenig dazu bei, meine Angst zu lindern. Seine Handlungen sagten etwas anderes.

„Du musst einige Dinge mit deiner Mutter klären, doch ich kann sehen, dass du dich zurückziehst. Ich kann fast spüren, wie du dich von allen abschottest. Das ist nicht gesund."

„Nein, das kannst du nicht." Ich riss meinen Kopf hoch, meine Augen gereizt zusammengekniffen.

„Doch, das kann ich." Er trat auf mich zu, drang in meinen persönlichen Raum ein, berührte mich aber nicht. „Ich habe dir schon gesagt, dass ich dich spüren kann. Nicht wie ein Empath, sondern deine Energie. Daran hat sich nichts geändert. Und ich spüre, wie du dich von mir zurückziehst. Ich werde dich nicht zwingen, mich oder was ich zu geben habe zu akzeptieren. Deshalb habe ich dich losgelassen. Wenn du dich zurückziehst, kann ich mich dir nicht aufzwingen. Ich kann nicht nur der Mensch sein, in dem du dich verlierst. Das bin ich nicht. Und die Frau, die sich verlieren will? Sie ist nicht die, in die ich mich verliebt habe."

Mein Herz begann zu hämmern, und Tränen rollten mir ungebremst über die Wangen. Damit konnte ich jetzt nicht umgehen. Meine Gefühle lagen zu blank.

„Oh, Sweetheart." Er hob seine Hand und wischte sanft die Tränen weg. „Ich weiß, dass du verletzt bist. Ich bitte dich nur, mich nicht auszuschließen. Ich kann dir nicht helfen, wenn du dichtmachst."

Kopfschüttelnd stolperte ich an ihm vorbei. Ich hatte ihn gehört und verstanden, was er sagte, doch eine Stimme in meinem Hinterkopf flüsterte: *Du bist kaputt. Er sieht es. Irgendwann wird er das Drama satthaben und gehen wie alle anderen auch.* Ich rannte zu meinem Schrank und holte eine verwaschene Jeans mit zerrissenen Knien und ein fleckiges Sweatshirt heraus. Alle meine normalen Klamotten waren bei Kane zu Hause.

Er folgte mir nicht, lehnte sich nur an die Küchentheke und sah zu, wie ich mich anzog. Sobald ich angezogen war und mich sicherer fühlte, wischte ich meine Tränen weg und hob meinen Blick zu seinem unerschütterlichen. „Ich glaube, ich könnte etwas Zeit gebrauchen, um ... mich zu entspannen."

Sein Blick blieb an meinem kleben, seine Aufmerksamkeit suchte nach den Emotionen, von denen er wusste, dass sie sich schwertaten, herauszukommen. Doch ich hielt sie fest, weil ich nicht wollte, dass er mich zusammenbrechen sah.

Er verlagerte sein Gewicht und trat einen Schritt näher. Ich versteifte mich, nicht sicher, ob ich es ertragen würde, wenn er mich noch einmal berührte. Er blieb stehen, atmete schwer aus und nickte. „Ich bin unten, wenn du mich brauchst."

Ich nickte ihm kurz zu und hielt den Atem an, als er ging. Die Tür klickte leise, und ich blies den Atem aus, um den Druck in meiner Brust zu verringern. Ich ging zum Fenster, ignorierte Meris neugierigen Blick und schaute kurz auf den kargen Innenhof. Der Tag war kalt, grau und trostlos, genau wie meine Stimmung.

„Möchtest du darüber reden?", fragte Meri leise.

„Nein."

„Dachte ich mir. Ich bin hier, falls du deine Meinung änderst."

Natürlich war sie da. Und obwohl ich es zu schätzen wusste, dass sie einen Geist davon abhielt, von mir Besitz zu ergreifen, ärgerte ich mich darüber, dass ich sie brauchte. Verfluchte die Tatsache, dass sie die Hälfte meiner Seele hatte und dass nichts davon passiert wäre, wenn sie nie in mein Leben oder das Leben meiner Mutter getreten wäre. Zu wissen, dass sie selbst ein Opfer war, schien keine große Rolle mehr zu spielen.

Auf der anderen Seite des Zimmers hörte ich das leise Klicken meiner Badezimmertür, die sich schloss. Ich warf einen Blick zurück zum Sofa und stellte fest, dass es leer war. Endlich Zeit für mich. Doch ich wusste, dass es nicht reichen würde. Ich warf einen Blick auf den Balkon und dann wieder zur Badezimmertür. Sicherlich war sie nah genug, um nach draußen zu klettern und ein bisschen Luft zu schnappen. Das Badezimmer war weniger als drei Meter entfernt.

Ich schob das Fenster auf und spähte in den grauen Himmel. Kein Regen. Noch nicht. Ich nahm mir die Überwurfdecke vom Sofa und kletterte auf den Balkon. In New Orleans wurde es selten richtig kalt, nicht wie in Idaho, doch da ich mich akklimatisiert hatte, war ich die Januarkälte nicht gewohnt. Ich wickelte mir die flauschige Decke um die Schultern und setzte mich auf einen meiner Plastikstühle, zufrieden mit der Stille im Hof.

Meine Wut und meine Frustration schienen ins Leere zu versickern, als ich dasaß, nicht nachdachte, nicht fühlte, nur in den Ziegelhof starrte.

Minuten vergingen. Ich vergaß Meri, meine Mom, meinen Dad, Camille, alle. Ich leerte meinen Kopf und weigere mich, etwas zu denken oder zu fühlen. Ich war selig taub.

Dann hörte ich Meri durch meine Wohnung gehen, ihre Schritte hallten vom Holzboden wider. „Jade?" Ihre Stimme klang panisch.

Ich unterdrückte einen Seufzer und stand auf. Als ich auf das Fenster zuging, hörte ich, wie meine Tür aufgestoßen wurde.

„Meri!" Pypers Stimme war hoch und aufgeregt. Der Ton störte mich auf zellulärer Ebene. Etwas stimmte nicht, und es war nicht die Verzweiflung in ihrem Ton.

„Wo ist Jade?", fragte Meri.

„Hier."

Ich stand auf, um wieder in die Wohnung zu klettern, doch die Vorhänge versperrten mir die Sicht. Ich hielt die Decke in einer Hand und fegte die Vorhänge mit der anderen gerade noch rechtzeitig zur Seite, um die beiden aus meiner Wohnung verschwinden zu sehen.

„Hey!", rief ich, doch die Tür war schon zugefallen. Keine von ihnen hatte mich gehört.

Ich kletterte zurück in die Wohnung, warf die Decke auf das Sofa und schlüpfte in ein Paar Clogs, bevor ich die Tür hinter mir aufriss. Doch ich war nicht schnell genug. Oben im Treppenhaus begann das Eis, an meinen Armen hochzukriechen.

„Nein!" Ich schlug um mich und stolperte fast in Panik die Treppe hinunter. Das Eis übernahm die Kontrolle und drängte mich zurück in die hintersten Winkel meiner Gedanken. *Camille, hör auf damit! Sag mir einfach, was du willst, und ich werde mein Bestes tun, um dir zu helfen.*

Das Bild des toten Mädchens ging mir durch den Kopf. Wut gemischt mit tiefer Trauer durchflutete mich. Camille übernahm die totale Kontrolle, richtete sich auf und ging dann zurück in meine Wohnung. Sie blieb mitten im Raum stehen und sah sich um. Ich Blick fiel auf die Badezimmertür.

Was war mit diesem Badezimmer? Geister schienen mir zu gern dort hineinzufolgen. Einer war sogar einmal mit mir unter die Dusche gegangen.

Mit einem Nicken schritt sie zielstrebig durch den Raum. Hinter ihr hörte ich ein leises Knurren, wütend und aggressiv. Sie wirbelte herum und starrte ihren Verfolger an.

Duke. Mitten im Raum stand mein Golden Retriever Geisterhund mit aufgestellten Nackenhaaren und gefletschten Zähnen. Hätte ich die Kontrolle über meinen

Körper gehabt, hätte ich gezittert, so furchteinflößend sah er aus.

Camille starrte ihn an, ohne den Blickkontakt abzubrechen.

Der Hund knurrte lauter.

Guter Hund. Ein Teil von mir war erleichtert, dass er wusste, dass ich besessen war. Er hatte auch gewusst, als Roy Pyper terrorisiert hatte.

„Still!", befahl Camille. „Böser Hund."

Duke knurrte nur noch lauter. Ich lächelte innerlich.

Camille schnaubte angewidert und ging ins Badezimmer. Sie blieb vor dem Spiegel stehen, betrachtete mein Gesicht, fuhr mit ihren Händen durch mein Haar und drehte sich, um mich zu betrachten. Dann kniff sie die Augen zusammen, als sie mein zerlumptes Outfit ansah.

„Wie schrecklich", sagte sie mit ihrer hohen Stimmlage. „Eine Dame würde niemals solche Lumpen tragen." Sie zog das Sweatshirt aus und hielt plötzlich inne, als sie meinen Oberkörper im Spiegel betrachtete. Zögernd hob sie meine Hände und legte sie um meine Brüste. Ekel überkam mich, und ich sehnte mich danach, meine Augen zu schließen, doch ich konnte nicht. Ich sah, was sie tat, hatte aber keine Kontrolle darüber.

Sie presste meine Brüste zusammen, um noch mehr Dekolleté zu erzeugen, und lächelte. „Die sollten reichen."

Ich wollte kotzen. Sie fasste mich an. Irgendwie schien dieses Wissen noch stärker in meine Privatsphäre einzudringen als dass sie von meinem Körper Besitz ergriff.

Sie bürstete mein Haar, bis es in sanften rotblonden Wellen über meine Schultern fiel. Mit geschickten Händen steckte sie sie schnell zu einem schicken Knoten und ließ Strähnen an beiden Seiten meines Gesichts hängen.

Ich hasste es und sehnte mich danach, die Haarnadeln herauszureißen, nur um sie zu ärgern.

Sie lächelte mein Spiegelbild an und nahm einen knallroten Lippenstift. Als sie fertig war, waren meine Wangen rosig bemalt, meine Lippen leuchtend rot, und meine Augen waren in Zimt und Gold getaucht.

Mit einem anerkennenden Nicken ging sie zu meinem Schrank und riss jedes letzte Kleidungsstück aus. Duke knurrte und bellte die ganze Zeit, doch sie tat so, als ob sie ihn nicht hörte. Es war schließlich nicht so, dass er etwas tun konnte. Er war ein Geisterhund. Er konnte mich nicht beißen. Er würde durch mich hindurch gleiten. Es sei denn, er könnte auch von mir Besitz ergreifen. Ich nahm allerdings an, dass in mir wahrscheinlich kein Platz für zwei Geister war.

Stapel von Moms, Gwens und meiner alten Kleidung türmten sich um sie herum, bis sie sich schließlich für meinen schwarzen Jersey-Bleistiftrock entschied. Sie trat einen Schritt zurück, legte meine Hände auf meine Hüften und betrachtete den Rest der Kleider in meinem Schrank, Frustration sickerte von ihr in mein Bewusstsein. Anscheinend gefiel ihr nicht, was ich zu bieten hatte. Mit einem angewiderten Seufzer kombinierte sie den Rock mit meinem Abendtop mit tiefem V-Ausschnitt, das ich nie trug, weil ich Bodytape verwenden musste, um es an Ort und Stelle zu halten. Was sollte ich sagen? Es war ein Geschenk von Pyper, kurz nachdem ich im *Wicked* angefangen hatte. Sie wollte, *dass ich mich wohlfühlte.*

Der einzige Weg, wie ich mich wirklich wohlgefühlt hatte, war, überhaupt nicht dort zu arbeiten. Die Energie war meistens einfach zu viel. Zumindest als ich noch ein Empath war.

Camille schlüpfte in meine schwarzen Riemchen-Heels und betrachtete ein letztes Mal das Edelschlampen-Outfit im Spiegel. Angewidert verzog sie das Gesicht, verließ die Wohnung und ging die Treppe mit viel mehr Anmut hinunter, als ich es jemals in diesen Schuhen geschafft hatte. Wenn sie mein Aussehen so hasste, warum hatte sie dann das eine Outfit ausgewählt, mit dem wir verhaftet werden konnten, wenn wir auch nur eine minimale Kleiderpanne hatten?

Auf halbem Weg die Treppe hinunter änderte sich ihre Haltung, und sie schwebte praktisch, als hätte sie ihr ganzes Leben in zehn Zentimeter hohen Absätzen verbracht. Als sie unten ankam, warf sie einen Blick nach links und rechts, fand den Ausgang und ging hinaus.

Oh verdammt, wohin brachte sie mich?

Sie ging durch die Tür in den Hof und rannte durch die schmale Gasse, die zur Bourbon Street führte.

Trotz des bewölkten Januartages drängten sich viele Touristen auf der Straße. Sie tauchte in der Menge unter und verlor sich sofort zwischen den Gruppen. Sie bewegte sich, als gehörte ihr die Straße, sie ignorierte die Frauen, doch interessanterweise betrachtete sie jeden Mann, der in Sichtweite kam. Bei einigen ging sie sogar so weit, meine Brüste an ihren Armen zu reiben, als sie an ihnen vorbeiging. Mein Magen drehte sich bei jedem Anflug ihres kranken Vergnügens. Sobald ich meinen Körper wieder unter Kontrolle hatte, war sie auf dem Weg in die Hölle.

Zwei Männer gafften sie an, bis ihre Lebensgefährtinnen mich mit einem Todesblick durchbohrten und ihre Männer aus Camilles Weg rissen. Was tat sie da? War sie wirklich so notgeil?

Sie blieb abrupt stehen und starrte zum Royal Sonesta Hotel hinauf. Sie straffte meine Schultern, nickte dem Portier zu und ging hinein, direkt auf die Bar zu. Sie stand mitten im Raum, sah sich um und setzte sich dann auf einen Hocker an der Bar, von dem aus sie einen guten Überblick über den Raum hatte.

„Guten Tag." Der Barkeeper musterte mich anerkennend. „Kann ich dir was bringen?"

Camille benetzte langsam meine Unterlippe mit meiner Zunge und endete damit, dass ich mir verführerisch auf die Lippe biss.

Im Ernst jetzt? Der Typ konnte kein Tag älter als zweiundzwanzig sein. Camille war über neunzig Jahre alt. Oder so.

Das wusste er natürlich nicht. Alles, was er sah, war eine etwa zwanzigjährige Frau, die den größten Teil ihrer Vorzüge zur Schau stellte, während sie ihm praktisch eine offene Einladung aussprach. Er stützte sich auf einen Ellbogen, starrte in meinen Ausschnitt und warf mehr als einen Blick auf meine Brüste, die nur von einem durchsichtigen Spitzen-BH bedeckt waren.

„Ich habe in zehn Minuten eine Pause."

„Ach so?" Sie strich mit meinem Finger über den Rand des Eiswassers, das er vor mich gestellt hatte. „Wie lange ist diese Pause?"

„Solange es dauert, Sugar."

Oh mein Gott! Sie wollte das wirklich tun ... meinen Körper benutzen, um Sex mit einem dahergelaufenen Fremden zu haben. Für Sexmagie. *Scheiße!* Aber für welchen Zauber? Was wollte sie so dringend? Das tote Mädchen? Konnte ein Geist von den Toten zurückkommen? Ein Schaudern ging mir durch den Kopf. War es das, was sie wollte? Ich musste etwas tun – sie vertreiben, seine Annäherungsversuche abwehren, irgendwas. Egal was. Doch ich hatte keine Kontrolle. Ich war hilflos. Ihr ausgeliefert. Hass stieg in mir auf. Wie sollte ich aus dieser Situation rauskommen?

Camille kicherte leise und seufzte. „Ich wette, ein Mann wie du kennt sich aus ..."

Seine Augen glühten vor Erregung. „Ja. Ich weiß, wo ich hinmuss." Sein Blick war irgendwo um meinen Nabel herum fixiert, genau dort, wo der Ausschnitt endete. „Und ich weiß auch, was zu tun ist, wenn ich dort bin."

„Ich wette, das tust du", sagte sie leise und klimperte mit *meinen* Wimpern. Diese Schlampe.

„Jade?", rief eine bekannte Stimme von der anderen Seite des Raumes.

Mein Verstand wirbelte herum. *Ian.* Gott sei Dank. Er würde wissen, dass ich nicht ich war, und Hilfe holen.

Camille drehte sich um und verzog meine Lippen zu einem verführerischen Lächeln. Ihre intensive Befriedigung erfasste mich. Oh nein. Was würde sie tun?

„Ian?", sagte sie begeistert. Ihre Stimme klang überhaupt nicht nach mir, zumindest für mich nicht, doch Ian schien es nicht zu bemerken. Er war zu beschäftigt damit, auf meine Brust zu starren. Verdammte Pyper und ihr dummes Geschenk.

„Schau dich an, ganz aufgebrezelt." Sein Gesicht verzog sich zu einem entspannten Lächeln. Ich hatte das starke Verlangen, ihn auf den Hinterkopf zu schlagen. Warum zum Teufel sah er mich so an? Was ist mit Pyper? Schade, dass ich meine Arme nicht benutzen konnte. „Gehst du aus?"

Camille schüttelte den Kopf. „Nein."

Ian runzelte verwirrt die Stirn. „Arbeitest du ... im Club?"

Camille stand auf und drückte meinen Körper an ihn. Ian versteifte sich, als wäre er von meiner Aktion erschrocken, doch als er direkt in meinen Ausschnitt blickte, zeigte er kein Verlangen wegzugehen.

„Heute Nacht keine Arbeit." Camille strich meinen Finger verführerisch über seine Brust. „Eigentlich hatte ich gehofft, eine Gelegenheit zu bekommen, zu spielen."

„Ähm ..."

Sie kicherte in diesem irritierenden schrillen Ton, und wieder einmal wollte ich Ian ohrfeigen, weil er nicht bemerkte, dass ich nicht ich war. In Beas Laden hatte er es bemerkt. Was war jetzt anders?

„Denk nicht, Ian. Küss mich einfach." Sie hob meinen Kopf, starrte in seine hellblauen Augen und flehte ihn an, zu tun, was sie befahl.

Ian trat einen Schritt zurück, doch sie folgte ihm und hielt meine Brüste in Kontakt mit seiner Brust.

„Ich weiß, dass du mich willst." Sie beugte sich vor, so nah, dass er meinen Atem auf seinen Lippen spüren musste.

Er ballte seine Fäuste, als würde er um Kontrolle kämpfen, doch als sie meine Lippen sanft über seine strich, stieß er ein ersticktes Stöhnen aus und presste sich an mich.

KAPITEL ACHTZEHN

amille berührte alles mit meinen Händen. Seine Haare, seine Oberschenkel, seinen Po. Er erwiderte ihre Leidenschaft mitten in der Bar des Hotels. Ein paar Pfiffe und Gejohle traten in den Hintergrund, als ich mich in meinem Verstand zusammenrollte, entsetzt über das, was mit meinem Körper und dem Freund meiner Freundin passierte. Sobald ich wieder die Kontrolle hatte, würde ich ihn umbringen, ihn zerlegen, als wäre ich Dexter, und ihn an die Alligatoren draußen im Bayou verfüttern.

Dieser verdammte Bastard!

Kane würde ihn für mich töten. Ich müsste nicht einmal einen Finger krumm machen. Panik überkam mich, als ich mir vorstellte, dass Kane hereinkam und diese Szene sah. Würde er wissen, dass nicht ich das war? Würde er lange genug hierbleiben, um es herauszufinden? Ich bezweifelte, dass ich es an seiner Stelle tun würde. Ich hatte mir nicht die Zeit genommen, als ich ihn mit Lailah erwischt hatte. Meri hatte ihn damals kontrolliert. Sicher würde er verstehen, dass ich besessen war. Das würde Ian jedoch nicht helfen. Er berührte nicht nur Kanes Verlobte, Ian betrog auch Kanes beste Freundin.

Ian, du bist ein toter Mann.

Wut füllte jede noch so kleine Lücke in meinem Kopf und blendete fast, aber nicht ganz die Interaktion aus, über die ich keine Kontrolle hatte. Ich wollte Ian nicht in seinem lusterfüllten Dunst kennenlernen und auch nicht das berauschende Verlangen und die Erregung spüren, die Camille empfand.

Jemand würde sie aufhalten, bevor sie sich die Kleider auszogen, oder?

Ian löste sich schwer atmend. Er starrte auf mich herab, Verlangen und Verwunderung in seinen Augen. Er packte meine Hand und zog daran. Camille folgte allzu bereitwillig.

„Wo bringst du mich hin?", fragte sie heiser, ihr hoher Ton war verschwunden.

Ian blieb im Flur stehen, sah mich an und drückte mich dann gegen die Wand. Seine Lippen trafen auf meine, und ich konnte Camilles Erregung spüren, von seinem Kuss verschlungen zu werden, als er sich an sie lehnte, sein Körper hart und lebendig vor Aufregung.

Sie knabberte an seinen Lippen und seufzte vor Verlangen.

„Himmel, Jade, davon habe ich Nacht für Nacht geträumt." Er hob seine Hände, legte sie auf meine Brüste und knetete sie mit seinen langen Fingern.

Ich wich in Gedanken zurück, versuchte an irgendetwas zu denken, was ich tun konnte, um die beiden aufzuhalten, doch es gelang mir nicht. Nein zu sagen war unmöglich, da Camille die Führung hatte, und es war klar, dass sie nicht aufhören würde. Sie lehnte sich in seine Berührung und leckte mit meiner Zunge über seinen Hals, biss und knabberte, bis sie sein Ohr erreichte. Dann hob sie mein Bein durch den langen

Schlitz meines Rocks und schlang es um seine Taille, rieb sich an ihm.

„Nimm mich", knurrte sie.

Er zog seinen Kopf zurück, ließ aber keinen Raum zwischen unseren Körpern. „Hier?", fragte er mit erstickter Stimme.

„Überall", sagte Camille atemlos, als würde sie sterben, wenn er ihrem Befehl nicht gehorchte. „Ich habe viel zu lange gewartet."

Etwas legte sich über ihn, und er versteifte sich wieder, diesmal zuckte er aus Camilles Griff. „Warte. Was?" Er sah sich im Flur um und blinzelte, um sich wieder zu konzentrieren. „Was ist hier los?"

Ein kleiner Samen der Hoffnung blühte auf. Ian war zur Besinnung gekommen. Wenn es möglich wäre, hätte ich einen lauten Seufzer der Erleichterung ausgestoßen.

Camille bewegte sich wieder auf ihn zu und strich mit meiner Fingerspitze noch einmal über seine Brust. „Wir tun, wovon wir beide seit der ersten Nacht, in der du mich in diesen Club geführt hast, geträumt haben. Du erinnerst dich, nicht wahr? Ich habe meinen Kuss nie bekommen, und seitdem verzehre ich mich danach." Sie hob meine Hand und strich mit meinem Zeigefinger über seine Unterlippe.

Was zum Teufel? Woher wusste Camille von dieser Nacht? Konnte sie meine Gedanken lesen? Oder las sie Ians? Ich hätte nicht gedacht, dass ich mich mehr beschmutzt fühlen könnte. Ich hatte mich geirrt. Sie hatte mir alles genommen und jetzt womöglich auch noch meine privaten Erinnerungen?

Ein leises Stöhnen entkam Ian, als seine Augen wieder vor Lust glasig wurden. „Hier lang." Er legte einen Arm um meinen Körper und führte mich in einen offenen Aufzug ein paar Meter den Flur hinunter. Sobald die Türen geschlossen waren, war er auf mir, packte meine Hüften und zerrte mich an sich.

Verdammte Camille! Sie hatte Ian irgendwie in einen totalen Widerling verwandelt. Meine Wut verwandelte sich langsam in Schrecken, als mir die Realität klar wurde, dass ich nicht in der Lage sein würde, irgendetwas zu verhindern, was zwischen ihnen passierte. Sie wollte mich zwingen, Kane zu betrügen, und ich konnte nichts dagegen tun. Würde er daran denken, zu verhüten? Was ist, wenn er mich schwängern würde oder noch schlimmer?

Camilles Verlangen begann als leises Prickeln am Rande meines Verstandes, schlängelte sich dann langsam durch meinen Körper in jede Zelle und erwachte mit jedem gesteigerten Lustmoment zwischen ihnen zum Leben. Hitze sammelte sich in meiner Mitte.

Das seltsame Gefühl der Erregung und des Ekels ließ mich noch tiefer in meine Gedanken eintauchen.

Eine Glocke läutete, und die Aufzugstüren glitten auf. Ians Hände und Mund waren überall, als er mich rückwärts durch den Flur manövrierte, bis er mich an eine Tür drückte. Eine Sekunde später zog er eine Schlüsselkarte hervor und schob uns in den leeren Raum.

Die Tür fiel mit einem bedrohlichen Klicken ins Schloss, von dem ich sicher war, dass niemand außer mir es hörte.

Dieses Mal drängte Camille Ian an die Wand, ihre Hände vergruben sich in seinem schwarzen Hemd. Sie beugte sich vor, um an seinem Hals zu knabbern, und knurrte. Mit einer schnellen Bewegung zog sie am Stoff, und die Knöpfe von Ians Hemd sprangen ab.

Seine Augen weiteten sich für einen Augenblick. Dann wirbelte er herum und presste mich gegen die Wand, schob seine Hände in den Schlitz meines Rocks. Haut traf auf Haut, und er packte zu, fest genug, um blaue Flecken zu hinterlassen. Ich hätte geschrien, wenn ich könnte. Mein Verstand schrie mich an zu fliehen, Ian und seine gierigen Hände aus dem

Raum zu zwingen. So weit und so schnell wie möglich wegzulaufen. Doch diese Energieranke strömte immer noch aus meinem Kopf und hielt mich mit Camille in Verbindung, während sie sich unter seiner Berührung wand.

Ein Puls, der nichts mit Lust zu tun hatte, pochte durch sie. Ein Prickeln so schwach und doch vertraut. Dann fing es an zu wachsen.

Klarheit lüftete den Nebel in meinem Kopf, und ich wusste es. Sie benutzte Sex, um meine Magie zu stehlen. Sie packte Ians Verlangen und nutzte seine Energie, um mir die Magie zu nehmen. Und ich konnte nichts tun, um es zu stoppen.

Mein Rock war jetzt über meine Oberschenkel hochgeschoben, meine Beine um Ians Taille geschlungen, als er sich gegen mich drückte, der Stoff seiner Jeans rau gegen die dünne Seidenschicht, die meine Scham bedeckte.

Bitte, flehte ich im Stillen. *Lass es aufhören.*

Ich sehnte mich nach einer losgelösten Taubheit, doch als Camille immer mehr Magie aus meiner Seele zog, wurde mein Bewusstsein schärfer, und all ihre Emotionen überfluteten mich. Heiße, verzweifelte Lust kochte in ihr, als sie sich an seiner Gürtelschnalle festhielt, gefolgt von freudiger Erwartung, die volle Kraft meiner Magie zu nutzen, und dann von aufrichtiger Wut. Ich konnte nicht genau sagen, worüber sie so wütend war, doch unter dem Tanz der Emotionen, der sie packte, war das die treibende Kraft für ihre Handlungen.

Camille ließ meine Hand in Ians offene Jeans gleiten und berührte seine Länge. Er stöhnte und drückte sich gegen mich, während er seinen Kopf an meinem Hals vergrub und seine Zähne über meine empfindliche Haut kratzte.

In Gedanken schlug ich nach beiden, wollte kotzen oder sie verstümmeln oder mich einfach zu einer Kugel zusammenrollen und sterben. Ich war so vollkommen hilflos, irgendetwas zu verhindern. Ein gefährlicher Nervenkitzel breitete sich in Camille aus. Ians Hände waren unter meinem Hemd, umfassten und kneteten meine jetzt nackten Brüste.

„Jade", sagte er mit leiser und gequälter Stimme, „das wollte ich seit dem Tag, an dem wir uns begegnet sind."

Camille ließ ihn los und trat zurück. Ohne ein Wort zu sagen, zog sie langsam mein Seidenhöschen herunter und ließ es zu Boden fallen.

Ians glühende Augen wanderten über meine Beine, hielten inne, um den Stoff zu meinen Füßen zu betrachten, dann riss er seinen Blick wieder hoch.

Sie leckte meine Lippen. „Komm zu mir."

Wie in Trance bewegte sich Ian auf sie zu, packte meine Hüften und zog mich an sich. Seine Hände glitten wieder unter den Rock und trafen diesmal auf nackte Haut. „Oh Gott", stöhnte er und drückte sich an meinen Hügel.

„Nimm mich", knurrte Camille. „Hier und jetzt."

Nein, nein, nein, nein, nein, schrie ich in Gedanken. Das durfte nicht passieren. Ian würde mir das nicht antun.

Doch er war dabei. Und soweit er wusste, wollte ich es. Verdammt, ich hatte es sogar von ihm verlangt.

Ich kehrte in meine Gedanken zurück und rezitierte den Text zu „Song Bird" von Fleetwood Mac, den meine Mutter mir in meiner Kindheit nach einem Alptraum immer vorgesungen hatte. Alles, um mich vor dem zurückzuziehen, was mit meinem Körper passieren würde. Ich stellte mir vor, wie ich mich mit den Fingern in den Ohren und den geschlossenen Augen in eine Ecke kauerte, ohne irgendjemanden zur Kenntnis zu nehmen. *Ich bin nicht hier. Das geschieht nicht.*

Die Magie baute sich überall um mich herum auf und drückte auf meinen imaginären Körper, der sich vor und zurück wiegte. Kraft. Überall. Camilles Aufregung glühte heiß, brannte und sengte durch sie hindurch und steigerte sich, bis sie in einem Crescendo aus Druck und Lust sang.

Das Gefühl von Haut auf Haut drang in meine Bewusstseinsschale ein. Ich drückte meine imaginären Handflächen an meine imaginären Augen und betete um Taubheit.

„Jetzt!", befahl Camille. „Fick mich!"

Nein!

Die Tür krachte auf, Holz splitterte durch den ganzen Raum. Ian erstarrte, sein halbnackter Körper schwebte über meinem auf dem Bett.

Das eisige Feuer floh aus meinem Körper, und ich prallte zurück in meine Haut.

„Weg von mir!", schrie ich und stieß Ian mit genug Kraft von mir, dass er vom Bett fiel. Ich rollte mich auf die Seite und wickelte mich in die Bettdecke, während Tränen ungebremst über meine Wangen liefen.

Ich keuchte und erstickte fast an dem Schluchzen, das meine Kehle verstopfte.

„Was zum Teufel tust du da?" Kanes Wut hallte durch mich hindurch.

Ich rappelte mich auf meine Knie auf und klammerte mich gerade noch rechtzeitig an die Decke, um zu sehen, wie Kanes Faust auf Ians Gesicht traf. Ein grausiges Knirschen folgte, und Blut strömte aus Ians einst vollkommen gerader Nase.

Ian schien in Zeitlupe gegen den Nachttisch zu fallen, und sein Arm fegte die Lampe zu Boden. Sie zerbrach mit einem spektakulären Krachen, und Ian landete ausgestreckt zwischen den Keramikscherben.

Meri stand mitten im Raum, Schock und Angst klar in ihren großen Augen. Kane griff nach mir, sein Gesicht war besorgt, doch ich sprang aus dem Bett und rannte ins Badezimmer.

Meine Finger zitterten, als ich am Schloss herumfummelte. Ich drehte mich um, presste meinen Rücken gegen die Tür und holte tief Luft. Sauerstoff schoss in mein Gehirn, und alles drehte sich. Meine Knie gaben nach; zitternd sank ich zu Boden und vergrub mein Gesicht in meinen Händen.

Durch die Tür hörte ich wieder Kampflärm. Haut traf auf Haut, gefolgt von schmerzerfülltem Grunzen und frustriertem Knurren. Ich wiegte mich auf der Stelle, wie ich es mir vorhin vorgestellt hatte, und hielt mir die Ohren zu.

Ich zog mich ganz in mich zurück, und alles wurde still. Alles, was ich fühlen konnte, war das sehr reale Gefühl sexuell missbraucht worden zu sein. Konnte man es Missbrauch nennen, wenn der Geist, der einen besessen hatte, den Mann verführt hatte? Es spielte keine Rolle. Mein Herz, meine Seele und mein Körper waren beschmutzt worden, und das ließ sich nicht wegrationalisieren.

Auf dem Boden zusammengerollt konzentrierte ich mich auf das Rautenmuster der Fliesen und versuchte, an nichts zu denken. Eine schwarze Rautenfliese lag umgeben von acht weißen Fliesen. Das Muster wiederholte sich perfekt im gesamten kleinen Badezimmer. Ich zählte neun schwarze Fliesen. Die zweite Reihe acht schwarze Fliesen. Neun schwarze Fliesen. Acht. Neun. Sieben. Ich konzentrierte mich auf die falsche Reihe und versuchte, die fehlende Fliese zu finden.

„Hör auf! Runter von ihm! Kane, hör auf damit! Das ist genug." Pypers Stimme drang durch meinen Nebel.

Der Lärm verstummte, und gedämpfte Stimmen stritten im anderen Raum.

Ich hörte auf, die Fliesen zu zählen, und rollte mich wieder in Embryonalstellung zusammen, kniff die Augen zu und wünschte, ich wäre irgendwo anders, nur nicht hier. Was würde Kane sagen?

Augenblicke später klopfte jemand leise an die Tür. Ich zuckte zusammen und schlang meine Arme fester um mich.

„Jade?"

Es war Kane. Und obwohl ich mich danach sehnte, in seine sicheren Arme gezogen zu werden, konnte ich mich nicht dazu bringen, mich zu bewegen. Er hatte mich mit einem anderen Mann gesehen. Einem, den ich fast gedatet hätte. Ich konnte mich ihm nicht stellen. Konnte ihm nicht in die Augen blicken nach dem, was er gesehen hatte. Ich konnte nicht einmal Worte bilden, geschweige denn mich erklären.

„Jade", sagte Kane wieder leise. „Bitte mach die Tür auf." Er klang nicht wütend. Seine Stimme war sanft, zögerlich. Doch er würde trotzdem Fragen stellen. An die ich nicht denken wollte.

Visionen von Ian, der meine nackte Haut berührte, wie seine Zunge und Lippen über meine Brüste strichen und seine offensichtliche Freude an meiner von Camille kontrollierten Berührung ließen mich würgen. Ich rutschte auf den Mülleimer zu, falls mein Magen sich entschließen sollte, sich zu entleeren.

Kanes Klopfen wurde eindringlicher und sein Ton immer panischer, als er meinen Namen durch die Tür rief. Ich wollte nur, dass alle gingen, damit ich mich anziehen und leise nach Hause gehen konnte. Aber welches Zuhause? Nicht Kanes Haus. Ich konnte einfach nicht …

„Jade." Kanes erstickte Stimme flehte von der anderen Seite der Tür. „Bitte, Baby, ich muss wissen, dass es dir gut geht."

Ich rührte mich immer noch nicht, trotz der Qual, die mein Herz zerfraß. Mein Schmerz war zu frisch, zu roh. Ich war mir sicher, dass meine Seele zerbrechen würde, wenn ich Kane jetzt gegenübertreten müsste.

Die Stimmen im Hotelzimmer wurden leiser und verstummten schließlich.

Sie waren gegangen. *Oh Gott. Sie waren gegangen. Was würde Kane jetzt tun?*

Tränen rannen in einem stetigen Strom über mein Gesicht und sammelten sich auf den Fliesen. *Warum passiert mir das? Warum jetzt?* Das Leben, das ich mir erträumt hatte, entglitt mir direkt vor meinen Augen. Durch mein gedämpftes Schluchzen hörte ich, wie eine Tür geöffnet wurde.

Ich erstarrte und unterdrückte einen Schrei.

Kanes frischer Regenduft überflutete mich. „Jade?" Seine Stimme war so leise, dass ich ihn fast nicht gehört hätte.

Ich kniff die Augen zu und wünschte mir, dass er ging. Ich wusste, dass er es nicht tun würde, doch alles war besser, als ihm unter die Augen zu treten.

Sein Duft wurde schwächer, und eine Sekunde später ächzten die Rohre, und Wasser strömte in die Dusche. Ich wickelte die Decke fester um mich.

Der Raum füllte sich mit Dampf, dann zog Kane vorsichtig die Decke von mir. Ich wehrte mich einen Moment lang, doch die Verlockung der Dusche war zu groß. Ich musste die Ereignisse des Tages von meinem Körper schrubben.

Doch sobald sich die Decke von meinem nackten Körper löste, zuckte ich wieder zurück, erschrocken und zu beschämt, um Kane in die Augen zu sehen.

Er sagte kein Wort, als er mich sanft hochhob und in die Badewanne trug. Er platzierte mich direkt unter dem Wasser, stellte sich hinter mich, vollständig bekleidet, und vergewisserte sich, dass ich sicher auf den Beinen stand. Das heiße Wasser verbrühte mein zartes Fleisch, doch ich begrüßte den Schmerz und ließ ihn die jüngsten Erinnerungen vertreiben.

„Du bist in Sicherheit", flüsterte Kane mir ins Ohr. „Alles wird gut. Ich hab dich."

Die Tränen flossen schneller, und ich holte tief Luft. „Du bist …" Die Worte blieben mir im Hals stecken.

„Ich bin was?", fragte er.

Ich schüttelte den Kopf und schluckte. „Geh nicht", presste ich heraus.

Seine Hände legten sich fester um meine Schultern. Sein Atem stockte vor Emotionen, als er sich vorbeugte. Ein paar Sekunden vergingen. Dann küsste er sanft meine Wange. „Nie", sagte er mit fast ersticktem Ton. „Nie wieder, Jade."

KAPITEL NEUNZEHN

*K*ane und ich standen unter der Dusche, bis das Wasser lauwarm wurde. Er griff um mich herum, drehte den Wasserhahn zu und wickelte mich dann in ein großes weißes Duschtuch. Ich starrte auf meine Füße und hatte Angst, ihm in die Augen zu blicken.

Vorsichtig bewegte er sich und stieg aus der Wanne. Nachdem er seine nassen Kleider ausgezogen und sich in sein eigenes Handtuch gewickelt hatte, stellte er sich vor mich, sagte aber kein Wort. Ich wusste, dass er darauf wartete, dass ich zu ihm aufsah. Ich konnte es einfach nicht. Ich wollte. Ich wollte in seine verständnisvollen Augen blicken und mich in den Toffeeflecken verlieren, von denen ich wusste, dass sie dort sein würden. Seufzend wandte ich mich ab.

Aus dem Augenwinkel sah ich, wie Kane mich festhielt und mich zwang, nicht vor seiner Berührung zurückzuschrecken. Schweiß trat mir auf die Stirn, und ich biss mir auf die Lippe. Ich umklammerte den Handtuchhalter, um nicht die Flucht zu ergreifen.

Er berührte mich kaum und strich mir eine Strähne meines nassen Haares hinter das Ohr. „Ich bin gleich wieder da."

Sobald sich die Tür hinter ihm schloss, stieg ich aus der Dusche, ließ Wasser ins Waschbecken laufen und spritzte mir das kalte Wasser ins Gesicht. Galle stieg mir in die Kehle. Ich konnte mich nicht einmal von ihm berühren lassen. Der Riss in meinem Herzen wuchs.

Die Tür ging auf, und Kane kam herein, wobei er darauf bedacht war, die Tür hinter sich zu schließen. Ich warf einen Blick auf seine Hände und stieß ein leises, erleichtertes Keuchen aus. „Woher hast du die?"

Er reichte mir meine Jeans und einen Pullover zusammen mit meiner Unterwäsche. „Pyper ist nach Hause gelaufen und hat sie geholt. Deine anderen … Nun, wir dachten, das wäre bequemer."

Noch mehr Tränen stiegen mir in die Augen, doch ich blinzelte sie zurück. Ich drückte meine Kleider an meine Brust und begegnete seinen schönen, gütigen Augen. Das Mitgefühl, das ich dort fand, brach mich fast noch einmal. „Danke."

Kanes Augen wurden weich, als er mich ansah, und ich zwang mich, den Blick nicht abzuwenden. Nicht für ihn, sondern für mich. Um zu beweisen, dass ich es konnte.

Seine Augen wurden besorgt, als er nach etwas in meinem Blick suchte. Ich sah weg, nicht bereit, so genau untersucht zu werden. Er ließ den Moment verstreichen und zog sich schnell seine eigenen Klamotten an. Ich stand still, hielt mich an meinen Sachen fest, zu nervös, um irgendetwas zu tun.

Kane drehte sich vollständig angezogen zu mir um. „Jade?"

„Ja?"

„Sobald du dich angezogen hast, kann ich dich nach Hause bringen."

Der Kloß war wieder in meinem Hals. Ich blickte nicht auf.

„Unser Zuhause", sagte er und beantwortete meine unausgesprochene Frage.

Erleichterung durchflutete mich. Er wollte mich immer noch dort haben.

Ich nickte, meine Hände zitterten.

Ein gequälter Seufzer entkam Kanes Lippen, und er schlang seine Arme um mich und zog mich zu sich, bis mein Kopf an seiner Brust ruhte. Er küsste meinen Scheitel. „Ich liebe dich, hübsche Hexe."

Mein Herz blieb stehen, und mein Mund öffnete sich, um die Worte zu erwidern, aber es kam kein Ton heraus. Stattdessen packte ich die Rückseite seines Hemdes und hielt mich so fest, als hinge mein Leben davon ab. Seine Arme schlossen sich fester um mich, und wir standen scheinbar stundenlang da, obwohl nur Augenblicke vergingen.

Ich zog mich zurück und starrte auf seine Brust. „Es tut mir leid."

Kane rührte sich nicht. Er atmete kaum. Seine Hand glitt über meinen nackten Arm, über meinen Hals und endete damit, dass zwei Finger mein Kinn hoben, um mich seinem festen Blick begegnen zu lassen. „Du hast dich für absolut nichts zu entschuldigen."

Mein Puls hämmerte in meiner Kehle, als ich versuchte, weitere Tränen zurückzuhalten, die in meine Augen stiegen.

„Verstehst du?"

Ich verlor den Kampf und schloss die Augen.

„Jade?"

Ich nickte und würgte: „Ich verstehe."

Er zog mich noch einmal zu sich und umarmte mich kurz. „Ich warte draußen. Nimm dir so viel Zeit, wie du brauchst."

Ich nickte wieder und hielt mein Handtuch fest. Die Tür schloss sich, und ich hörte leise Stimmen. An den Waschtisch gelehnt konzentrierte ich mich auf die Luft, die meine Lungen aufblähte. Ich war nicht okay, nicht einmal ansatzweise, doch meine Beziehung zu Kane war nicht in Gefahr. Und das war genug, um mich wieder auf festen Boden zu stellen.

Nachdem ich meine normale Kleidung angezogen hatte und vollständig bedeckt war, fühlte ich mich fast wieder normal ... bis ich aus dem Badezimmer kam und das Bett sah. Ich stolperte zurück, presste meine Hände vor meine Augen und versuchte, die Erinnerungen daran auszublenden, wie Ian mich begrapscht und Camille ihn angefeuert hatte.

Eine Hand berührte sanft meinen Rücken. „Lass uns gehen." Es war Kane. „Zeit, hier zu verschwinden."

Ich ließ mich von ihm aus dem Zimmer und den Flur hinunterführen, doch als wir beim Aufzug ankamen, schüttelte ich den Kopf. „Treppe."

Meri und Pyper stießen zu uns, doch keine sagte ein Wort. Sie folgten uns nur die Treppe hinunter. Touristen eilten vorbei, und zum Glück war die Bar überfüllt, mit einer Schlange am Eingang, sodass ich den Bereich nicht sehen musste, in dem Ian mich geküsst hatte. Bei dem Gedanken durchlief mich ein Schaudern.

Als sich die Tür öffnete und wir auf die Bourbon Street hinaustraten, stand ich auf der Straße, benommen und fast gelähmt von der Menge. Touristen schoben sich vorbei und drängten mich zu betrunkenen Studenten.

Meine Augen wurden glasig, und das nächste, was ich bemerkte, war, dass Kane mich die Stufen zu seinem Haus hinaufführte. Es war mitten am Tag, doch ich ging direkt zu seinem Schlafzimmer, schloss die Tür hinter mir, kroch ins Bett und vergrub meinen Kopf in einem Kissen. Ich schloss meine Augen und wollte nur schlafen, doch ich konnte meinen Verstand nicht abschalten. Ian war überall. Camille, die Magie, die in mir gewirbelt war, und ihr beunruhigendes Verlangen in der Nacht zuvor, Sex mit Kane zu haben, und wie sie Ian dazu gebracht hatte, sich auf eine Weise zu verhalten, die ich nicht fassen konnte. Wie hatte er das tun können?

Ich wälzte mich herum und versuchte, meinen Kopf zu klären. Schließlich setzte ich mich auf und starrte auf die gegenüberliegende Wand und das bunte Gemälde, das ein überflutetes New Orleans mit Häusern in Baumkronen darstellte. Es war traurig und hoffnungsvoll zugleich. Mein Blick wanderte zu dem Ohrensessel in der Ecke, der, in dem Ian und Pyper in dieser Nacht eingeschlafen waren, als sie über mich gewacht hatten.

Ian und Pyper. Wie ging es ihr? Meine Hand landete automatisch auf dem Nachttisch und schloss sich um mein Handy. Ich tippte eine kurze Nachricht und wartete. Ein paar Augenblicke später hörte ich ein Klopfen an der Tür.

„Pyper?", rief ich.

Die Tür ging auf, und ihr dunkler Kopf schob sich herein.

„Hey." Ihre Augen waren weit aufgerissen, ihr Ton war zögernd.

„Komm rein." Ich klopfte auf das Bett neben mir.

Sie setzte ein unechtes Lächeln auf und schlüpfte ins Zimmer. „Kann ich dir irgendwas bringen?"

Ich schüttelte den Kopf.

Das Bett senkte sich, als sie über das Kingsize-Bett kroch und sich im Schneidersitz neben mich setzte. Sie strich die Laken glatt und konzentrierte sich auf das dezente geometrische Muster. „Kann ich –"

Mit jemand anderem, auf den ich mich konzentrieren konnte, im Raum, kehrte meine Tapferkeit zurück, und ich hob meine Hand. „Mir geht's gut."

Sie stieß ein ungläubiges Schnauben aus.

„Okay, vielleicht geht es mir nicht ganz gut, aber ich denke, ich komme schon wieder in Ordnung."

„Natürlich kommst du wieder in Ordnung."

Ich lächelte darüber und wurde dann ernst. „Und was ist mit dir?"

Sie zuckte mit den Schultern.

„Pyper?"

Ihre Augen wurden weich, und dann verzog sie das Gesicht. „Bitte tu das nicht. Hab nicht das Gefühl, dass du mit mir darüber reden musst. Ich bin nicht diejenige, die ... egal. Ich werde meine eigenen Gefühle später verarbeiten. Im Moment ist Meri im Flur. Wir haben dir was zu sagen."

Die kleine Erleichterung, dass ich nicht über das sprechen musste, was mit ihrem Freund passiert war, verflog. „Was ist es?"

„Ich denke, das muss Meri erklären." Pyper öffnete die Tür, und Meri betrat zusammen mit Kane den Raum.

Nun, wenn das mal nicht eine tolle Pyjamaparty war? Kane hockte sich auf die Bettkante, seine Hand sanft auf meinem Oberschenkel. Seine solide Präsenz half, mein Unbehagen zu lindern.

„Was ist los?", fragte ich und bemerkte Meris zögernden Gesichtsausdruck. „Wo warst du vorhin?" In meinem Kopf wirbelte eine schwache Erinnerung daran, wie Pyper Meri weggeführt hatte, kurz bevor Camille von mir Besitz ergriffen hatte. Ich drehte mich zu Pyper um. „Warum hast du ihr gesagt, dass ich unten bin?"

Sie zuckte zusammen.

„Jade", begann Meri, „Pyper war dazu gezwungen."

Ich starrte sie mit offenem Mund an. „Was ...?" Ich verstummte und verstand genau, was das bedeutete. „Sie war besessen?"

Meri nickte langsam. „Das denken wir. Es war eine leichte Besessenheit."

„Was bedeutet das? Leichte Besessenheit? Wie kann jemand

leicht besessen sein?" Ich packte die Tagesdecke, um mich davon abzuhalten, etwas zu schlagen.

Meri schenkte mir ein mitfühlendes Lächeln. „Ich weiß. Das bedeutet nur, dass der Halt nicht so stark war. Camille konnte Pyper nur für sehr kurze Zeit kontrollieren ..."

„Camille? Wie? Ich dachte, ich wäre die Einzige, die gefährdet ist."

Meri nickte. „Weitgehend. Aber du scheinst eine Verbindung zu Kat und Pyper zu haben ..."

„Warte mal! Was? Kat auch?" Mein Kopf drehte sich. Pyper und Kat waren besessen gewesen? Ich dachte an die Nacht zuvor zurück, als Lucien sie beruhigen musste. „Scheiße", sagte ich, als ich begriff. „Sie war von Camille besessen, als sie mit Lucien zusammen war, oder?"

Meri nickte. „Das denken wir zumindest. Ich habe vor einiger Zeit mit Bea gesprochen, und sie vermutet es. Da du dafür bekannt bist, deinen Freunden Energie zu übertragen, und du anscheinend einige Probleme mit der Übertragung deiner Essenz hattest, haben sie genug von dir in sich, dass Camille sie kontrollieren kann. Kat mehr als Pyper, weil sie viel mehr Zeit mit dir verbracht hat."

Heilige Scheiße. Das war alles wahr. Ich hatte meine Gabe genutzt, um der Stimmung meiner Freundin zu helfen, wenn ich konnte. Und ich hatte es jahrelang falsch gemacht. „Oh nein."

Pyper ergriff meine Hand. „Es war nicht lange. Es ist, als hätte ich fünf Minuten meines Lebens verloren, als ich im Club rumgewandert bin. Kein Trauma. Keine Flashbacks. Nichts Seltsames, nur, dass ich nicht die Kontrolle hatte."

Natürlich hatten ein paar Minuten gereicht. Camille hatte Pyper benutzt, um Meri wegzulocken, und sobald sie ihre Chance gesehen hatte, hatte sie mich übernommen und in ein sexbesessenes, Psycholuder verwandelt. Ugh.

„Und Kat? Geht's ihr gut?"

„Sie ist immer noch bei Bea. Es geht ihr vollkommen gut, doch nach den heutigen Ereignissen wollte Bea nicht, dass sie wieder dem Geist ausgesetzt ist. Sie behält sie im Auge."

Ich hielt meinen Kopf in meinen Händen und versuchte, alles zu verstehen. Warum versuchte Camille überhaupt, jemanden zu besitzen? Um ihre Tochter zu retten? Doch wie? Sie war auf mich fixiert, weil ich das leichte Ziel war. Doch warum Kat? War sie wegen meiner Energieübertragung zu ihr hingezogen? Dachte sie, sie könnte sie übernehmen? Ich musste mit Kat reden, wissen, was genau passiert war. Bei Pyper war klar, was Camille getan hatte.

„Niemand ist sicher, bis meine Seele repariert ist", sagte ich.

Meri stand auf und ging zur Tür. Sie hielt mit der Hand am Knauf inne, den Kopf nach vorne geneigt. „Ich liebe deine Mutter. Sie war eine Freundin für mich, als ich sonst niemanden hatte. Aber es ist falsch, dass sie die dir Identität deines leiblichen Vaters vorenthalten hat. Wie lange willst du warten, bis du die Sache selbst in die Hand nimmst?"

KAPITEL ZWANZIG

*M*eris Worte entfachten ein Feuer in meinem Bauch. Sobald sie das Zimmer verließ, nahm ich mein Handy und rief Mom an.

Gwen antwortete beim zweiten Klingeln. „Jade! Wir haben uns solche Sorgen gemacht. Geht es dir gut, Sweetheart?"

„Bitte gib Mom das Handy." Mein Ton war eisig, und ich zuckte selbst davon zusammen. Gwen hatte nichts falsch gemacht. „Entschuldigung, ich wollte dich nicht anschnauzen. Ich bin nur … gestresst."

Sie zögerte. „Absolut verständlich."

So wie sie es sagte, bedeuteten die Worte, dass sie es verstand, doch ich hatte ihr trotzdem wehgetan. Ich runzelte die Stirn und fühlte mich noch schlimmer. „Gwen?"

„Ja?"

„Das hast du nicht verdient. Es tut mir wirklich leid." Ich umklammerte das Handy. „Mom verheimlicht mir etwas. Etwas Wichtiges."

„Du weißt, dass ich nicht dazwischenkommen will."

Ich biss mir fest auf die Lippe. Warum führten alle einen

241

Eiertanz um Mom herum auf? Mein Leben stand auf dem Spiel. Es fing wirklich an, mich zu ärgern. „Ich weiß."

„Aber …" Am anderen Ende der Leitung war statisches Rauschen zu hören und Gemurmel von Stimmen. Ich hatte den deutlichen Eindruck, dass Gwen das Mikrofon ihres Handys abdeckte. Dann hörte das Rauschen auf. „Es ist Zeit, Hope."

Stille.

„Jade?" Gwen kam zurück an die Leitung.

„Ja."

„Deine Mutter ist gerade duschen gegangen. Wenn sie es dir bis zum Ende des Tages nicht sagt, werde ich es tun. Aber es wäre mir lieber, wenn es von ihr kommt."

Ich war siebenundzwanzig Jahre alt. Warum zum Teufel konnten sie mir nicht einfach sagen, wer mein Vater war? Ich ballte frustriert meine Fäuste und sagte: „Wie lange weißt du es schon?"

Sie seufzte. „Erst ein paar Tage, Sweetie. Ich schwöre es."

Meine Finger entspannten sich. Deshalb liebte ich Gwen so. Sie war grenzenlos treu und gut. Sie würde Mom jede Chance der Welt geben, das Richtige zu tun, doch wenn jemand, den Gwen liebte, in Gefahr war, würde sie die Sache selbst in die Hand nehmen.

„Okay", sagte ich.

„Du weißt, dass ich dir die Wahrheit sage, oder?"

„Natürlich. Du lügst nicht." Und sie tat es nicht. Sie hatte den Mund gehalten, doch sie hatte mich nie offen über irgendwas angelogen. Zumindest nicht, soweit ich das wusste.

„Gut."

„Gwen?"

„Ja?"

„Wo seid ihr? Wieder in meiner Wohnung?"

„Nein, wir sind bei Pyper. Nach dem, was heute bei dir

passiert ist, war es deiner Mutter unbehaglich, dorthin zu gehen."

„Du meinst, nachdem ich besessen war?"

„Ja. Es ist beunruhigend."

Das kannst du laut sagen. „Kannst du mir einen Gefallen tun?"

„Natürlich."

„Behalte sie dort. Ich lasse Kane was zu essen bestellen, und wir treffen uns in einer Stunde."

Stille.

„Gwen? Kannst du das tun?"

„Ich werde es versuchen, aber du weißt, wie sie ist, wenn sie sich was in den Kopf setzt."

„Ja, sie ist genau wie du ... und ich. Wir lassen uns nicht abbringen." Ich rieb mir mit der Hand über meine pochende Stirn. „Hat sie irgendwas im Sinn? Will sie irgendwohin gehen?"

„Vielleicht." Gwen sagte das Wort langsam, als wüsste sie nicht, wie sie mir antworten sollte.

Ich kannte diesen Ton. Sie benutzte ihn jedes Mal, wenn sie nicht über eine ihrer Visionen sprechen wollte. „Hast du was gesehen?"

„Ja, aber du weißt, dass ich dazu nichts sagen werde."

Ich schüttelte den Kopf. „Natürlich nicht."

Gwen kicherte. Dieser Austausch war allzu vertraut.

„Bis später." Ich legte auf und wandte mich Pyper zu. „Sie sind immer noch bei dir. Ist es in Ordnung, wenn wir Abendessen holen und rübergehen?"

„Überhaupt kein Problem." Sie folgte mir zur Tür und legte sanft eine Hand auf meinen Arm. „Bist du sicher, dass du bereit bist, dich mit allem auseinanderzusetzen, nach dem, was heute Nachmittag passiert ist?"

Meine Gedanken wirbelten noch einmal von den

Erinnerungen. Ich zwang mich zu einem strahlenden Lächeln. „Besser, als hier herumzusitzen und darüber nachzudenken."

„Meinetwegen." Sie hielt die Tür auf und streckte einen Arm aus. „Nach dir."

~

FÜNFUNDVIERZIG MINUTEN später fuhr Kane mit einer Tüte voller Po'boys und dampfenden Pommes auf den Parkplatz hinter dem *Wicked*. Während der kurzen Fahrt und des Wartens auf das Essen hatte mich meine Frustration über meine Mutter bei Verstand gehalten, als wäre die Wut der Kleber, der mich zusammenhielt. Doch sobald ich das Gebäude sah, erfüllte mich Sorge.

Kane musste die Veränderung meiner emotionalen Rüstung gespürt haben, denn er legte eine Hand auf mein Knie. „Du musst nicht reingehen. Ich kann sie holen, und wir können woanders hingehen."

Ich schüttelte den Kopf, doch alles in mir schrie, *ja*.

Kane kniff die Augen zusammen und musterte mich. Dann schüttelte er den Kopf. „Nein, das glaube ich nicht. Warte hier mit Meri. Ich bin gleich wieder da."

Seine Tür fiel zu, und Pyper, Meri und ich sahen uns an.

Pyper grinste. „Ich denke, wir werden ein Nachtpicknick machen." Sie griff in die Tüte und zog eine dampfende Fritte heraus. Der Geruch ließ meinen Magen knurren. Wann hatte ich das letzte Mal gegessen? Sie griff in die Tüte, nahm noch ein paar und reichte sie mir.

Die salzigen, dünn geschnittenen Pommes schmolzen praktisch auf meiner Zunge. „Oh, das ist gut."

Ihre Lippen verzogen sich zu einem zufriedenen Lächeln. „Sag ich ja."

Sie hatte uns zu einem winzigen Laden geschleift, der eine

Viertelstunde von uns entfernt war, und Lolettas Po'boy-Hütte in höchsten Tönen gelobt. Wenn die Sandwiches so gut waren wie die Pommes, würden wir jeden Tag dorthin fahren.

Kane kam mit Mom und Gwen im Schlepptau aus dem hinteren Teil des Clubs. Ich warf einen Blick auf den Rücksitz. In Kanes Auto hatten wirklich nur vier Personen bequem Platz. Ich runzelte die Stirn.

Pyper öffnete ihre Tür. „Ich warte einfach hier. Ich bin sicher, Charlie könnte ein bisschen Hilfe im Club gebrauchen. Es sei denn, ihr braucht mich für irgendwas."

Ich biss mir auf die Lippe. „Wenn es dir nichts ausmacht ... könntest du dann nach Kat sehen? Ich habe sie heute nicht besuchen können und möchte sichergehen, dass es ihr gut geht."

Pyper runzelte die Stirn. „Sie ist bei Bea, oder?"

Ich nickte.

„Dann bin ich mir sicher, dass alles in Ordnung ist. Bea hätte angerufen."

„Vielleicht, vielleicht auch nicht. Ich bin mir nicht sicher, ob sie weiß, was passiert ist." Ich biss die Zähne zusammen. „Wenn sie es weiß und Kats Zustand sich verschlechtert, glaubst du wirklich, sie würde mich heute anrufen?"

Pyper strich sich die Haare aus den Augen, und ihre schwarzen Locken glänzten in der späten Nachmittagssonne. „Vielleicht hast du Recht." Sie stand da und hielt den Beutel mit dem Essen umklammert. „Ian könnte da sein."

Das Blut floss aus meinem Gesicht. Als ich Ians Namen hörte, drehte sich mir der Magen um. Ich hatte kein Problem, über allgemeinen Kram zu reden, doch das konnte ich nicht.

Verständnis und dann Wut flackerten durch Pypers strahlend blaue Augen. „Das macht keinen Unterschied. Kat ist auch meine Freundin. Ich werde nicht zulassen, dass er mich davon abhält, sie zu sehen."

„Okay. Danke." Ich holte tief Luft und versuchte, das Unbehagen zu vertreiben, das meinen Körper erfasst hatte.

Sie ging zu ihrem roten Käfer.

Gwen warf mir einen Blick zu, dann Pyper. Ich winkte ihr zu, mit meiner Freundin zu gehen. Gwen hatte bereits gesagt, dass sie es mir bis zum Ende des Tages sagen würde, falls Mom nicht reinen Tisch machte. Sie würde Wort halten. „Kümmere dich bitte für mich um Kat."

„Natürlich Honey." Gwen schnappte sich eine der Tüten mit Essen und lächelte mich an, als sie in Pypers Auto stieg.

Kane hielt Mom die Hintertür auf, und sie nahm Pypers Platz ein.

Mom musterte mich mit besorgtem Blick. „Bist du in Ordnung?"

Nein, das war ich nicht. Was war das für eine Frage? Ich war sexuell missbraucht worden, und sie machte mich mit ihrer Geheimniskrämerei verrückt. „Ich bin okay oder werde es sein, wenn du mir endlich von meinem Vater erzählst."

Sie holte tief Luft. „Ich hatte nur einen Tag. Gib mir ein bisschen Zeit."

„Es ist siebenundzwanzig Jahre her."

Stille erfüllte das Auto.

Als es so schien, als würde Mom nicht antworten, räusperte sich Kane. „Wohin?"

„Der Kreis des Hexenzirkels", sagte ich, ohne zu wissen, warum ich diesen Ort gewählt hatte. Vielleicht waren es die großen Eichen. Vielleicht war es das Gefühl, von einem Summen vertrauter Magie umgeben zu sein. Doch ich wollte nicht mehr drinnen sein, auch wenn die Temperatur schnell Richtung Nullpunkt fiel. Ich hatte einfach das Gefühl, nicht genug Sauerstoff in meine Lungen zu bekommen.

„Jade –", begann Mom.

Meri unterbrach sie. „Der Kreis ist in Ordnung. Wenn

irgendwas schiefgeht, können wir alle drei auf Magie zurückgreifen."

Kane stellte keine Fragen, als er die Straße hinunter in Richtung Uptown fuhr, wo der Kreis lag. Göttin, ich liebte diesen Mann.

Mom schüttelte den Kopf. „Vergiss es."

„Hope", sagte Meri mit einem frustrierten Seufzer. Sie drehte sich zu mir um. „Nicht, dass ich mich in irgendetwas einmischen will, aber deine Mutter ist heutzutage nicht gerade ein Fan von magischen Kreisen."

„Nein?" Ich zog meine Augenbrauen hoch. „Nun, ich bin auch kein Fan davon, belogen zu werden, also sind wir wohl quitt."

Ich riss die Tüte auf, die Pyper zurückgelassen hatte, und nahm mir einen Austern-Po'boy. Meine Wut fing an, meinen Hunger zu nähren, und ich musste mich beherrschen, die Folie nicht mit den Zähnen aufzureißen. Ich wusste, dass ich unfair war. Schließlich war Mom von einem Dämon aus einem Kreis entführt worden – von Meri, einer ihrer besten Freundinnen. Nichts davon konnte ihr leicht fallen. Und ich konnte nicht einmal sagen, warum es so wichtig war, heute Abend in den Kreis zu gehen. Es war nicht wirklich ein Ort, nach dem ich mich normalerweise sehnte. Sicher, ich sehnte mich nach der berauschenden Mischung aus Magie und der Gemeinschaft aller Mitglieder zusammen, doch ich war nicht einmal mehr die Anführerin des Zirkels. Es würde sich nicht gleich anfühlen.

Ich hielt mitten im Biss inne. Das war es. Ich sehnte mich nach meiner Verbindung zum Zirkel. Seit ich Bea die Führung übergeben hatte, hatte ich diese ständige Unterströmung nicht mehr gespürt, und es machte mich nervös. Daran würde auch der Kreis nichts ändern. Ich öffnete meinen Mund, um Kane zu sagen, dass wir einfach zum Carrolton Park fahren könnten, doch Mom sprach, bevor ich eine Chance hatte.

„Du bist unvernünftig, Jade."

„Was?" Ich drehte mich auf meinem Sitz um und versuchte, meine Vorwürfe zurückzuhalten.

„Es ist noch nicht Zeit. Vielleicht, nachdem wir das geklärt haben. Und der Kreis wird dir nicht guttun. Wenn du einen Moment nachdenkst –"

„Whoa, whoa, whoa." Meri wedelte mit den Händen. „Das reicht. Ihr beide könnt reden, wenn wir dort ankommen." Sie funkelte Mom an. „Und du weißt so gut wie ich, dass es Zeit ist. Hör auf, deine Unsicherheit an Jade auszulassen. Wenn du es ihr vor Jahren gesagt hättest, wäre sie darauf vorbereitet gewesen."

„Meri!", schalt Mom. „Das geht dich nichts an."

„Dann sind wir in diesem Punkt wohl anderer Meinung." Meri warf mir einen Seitenblick zu.

Ich schenkte ihr ein Lächeln und wandte mich wieder meinem Sandwich zu. Ich hätte Mom vom Haken lassen können, doch *sie* war so unvernünftig, dass ich beschloss, stur zu bleiben, nur um sie zu ärgern.

Doch sobald wir auf dem Parkplatz anhielten und Moms Augen vor Angst weit wurden, wankte meine Entschlossenheit. Ich legte Kane eine Hand auf die Schulter. „Fahr nach Carrolton. Wir müssen nicht hier sein."

„Genau genommen", begann Meri, „halte ich das für eine gute Idee. Es könnte sein, dass wir … ähm … jemanden herbeirufen müssen. Wenn wir hier sind, ist es einfacher."

Mom warf Meri einen weiteren wütenden Blick zu, sagte aber nichts mehr. Tatsächlich öffnete sie ihre Tür, stieg aus und ging zu den Bäumen.

Ich warf Kane einen Blick zu. Er zuckte die Achseln und stellte das Auto wieder ab.

„Lass uns das hinter uns bringen", sagte Meri neben meiner Tür.

Ich warf mein halb aufgegessenes Sandwich zurück in die Tüte und verzog das Gesicht, als ich bemerkte, wie schwer das fettige Sandwich in meinem Magen lag. Vielleicht war das nicht die beste Idee gewesen. Ich bückte mich, nahm mir zwei Flaschen Wasser und stieg aus.

„Soll ich hier warten?", fragte Kane von der anderen Seite des Autos.

„Nein." Ich kam ihm auf halbem Weg vor seinem Auto entgegen und legte meine Hand in seine.

„Gut. Ich glaube, ich hätte sowieso nicht wegbleiben können."

Ich lächelte ihn an. „Ich weiß."

Meris Handy summte. Sie tippte schnell eine Nachricht. Ein weiteres Summen. Mehr Tippen. Drei Runden später steckte sie das Handy in ihre Tasche.

Ich zog meine Augenbrauen hoch. „Alles okay?"

„Bestens." Sie gesellte sich zu uns, und wir gingen auf die Bäume zu. „Das war Dan. Er wollte nur wissen, ob alles gut ist."

Wir liefen zu dritt schweigend durch die Eichen, unsere Schuhe knirschten auf heruntergefallenen Zweigen und getrockneten Blättern. Kane hielt eine Hand auf meinem Rücken, und seine Berührung gab mir ein angenehmes und sicheres Gefühl.

Vor uns passierte Meri die letzten Bäume und blieb plötzlich stehen.

„Was ist?", rief ich und rannte los, um sie einzuholen.

Sie starrte auf die Lichtung, den Mund überrascht geöffnet.

Ich folgte ihrem Blick, und mein Herz blieb bei dem stehen, was ich in der Mitte des Kreises sah. Ein erstickter Schrei drang aus meiner Kehle, als ich losrannte.

KAPITEL EINUNDZWANZIG

*E*ine seltsame Mischung aus Freude und Beklemmung erfasste mich, als ich den Mann direkt in der Mitte von Moms Kreis anstarrte. Seine goldenen Locken waren im Laufe der Jahre silbern geworden, und trotz einiger Falten sah er genauso aus wie damals, als ich ihn das letzte Mal an seinem alten grünen Truck gesehen hatte.

„Warum ist er hier?", fragte ich, als ich langsamer ging.

„Du wolltest etwas über deinen Vater wissen, also habe ich ihn gerufen", sagte Mom. „Er ist der einzige, den du je hattest."

Ich wollte sie anschreien, dass ich meinen leiblichen Vater brauchte. Dass Camille ohne ihn und einen Teil seiner Seele zurückkommen und weiß Gott was tun könnte. Unaussprechliche, schreckliche Dinge. Vielleicht würde sie das nächste Mal erfolgreich sein. Doch ich konnte das nicht vor Dad sagen. Ich war mir nicht sicher, ob ich es überhaupt konnte.

Er drehte sich um, und ein Lächeln umspielte seine Lippen, doch es erreichte seine Augen nicht. Bis zu diesem Moment war mir nicht bewusst gewesen, wie sehr mich seine

Abwesenheit belastet hatte. Das traurige, einsame kleine Mädchen in mir wollte vor Wut und Erleichterung weinen, als er plötzlich wieder auftauchte.

Am Rand des Kreises blieb ich stehen, die Hände in die Hüften gestemmt, und kämpfte gegen den Drang an, in seine Arme zu rennen und mich in eine seiner Bärenumarmungen zu werfen. Mein inneres kleines Mädchen wollte das mehr als alles andere, doch mein erwachsenes Ich hielt es zurück. Ich konnte diesem Mann nicht vertrauen. Er würde mir weh tun. Ich würde ihm nicht erlauben, es noch einmal zu tun. „Wo zum Teufel bist du die letzten siebzehn Jahre gewesen?"

Sein Blick wanderte zu Mom. Sie wandte sich ab und starrte in Richtung des Mississippi, gleich auf der anderen Seite des Damms.

„Also?", fragte ich, irritiert über mich selbst, weil ich überhaupt etwas von ihm wollte. Er hatte mich verlassen, mich und Mom verlassen, und war nicht einmal zurückgekommen, als sie verschwunden war. Was machte es schon, dass er nicht mein richtiger Vater war? Er war der einzige, den ich kannte.

Seine Beine bewegten sich, als er versuchte, einen Schritt nach vorne zu machen, doch sein Körper bewegte sich nicht wirklich von seiner Stelle. Da bemerkte ich, dass er knapp über dem Boden schwebte.

Ich betrachtete den Boden. Da waren keine Markierungen oder Karten, zwei Standardwerkzeuge, die normalerweise zum Beschwören von Personen benötigt wurden. „Sie wusste die ganze Zeit, wo du warst, oder?"

Dad wandte seine Aufmerksamkeit Mom zu. „Hope? Willst du es ihr jetzt sagen?"

Mom zuckte mit den Schultern. „Sie will wissen, warum du gegangen bist." Sie wirbelte herum und funkelte ihn an. „Nur zu. Sag es ihr."

Er schloss die Augen und seufzte. „Wenn du es so spielen

willst." Er hielt inne und schien ihr eine letzte Chance zu geben, ihre Meinung zu ändern. Als sie nicht antwortete, drehte er sich zu mir um und streckte seine Hand aus.

Ich starrte sie an, als ob er gerade versucht hätte, mir Giftmüll zu geben.

Langsam senkte er seinen Arm und rieb sich dann mit der Hand über den Kiefer. „Du kannst mich wahrscheinlich sowieso nicht anfassen."

Diesmal zuckte ich mit den Schultern. Ich hatte keine Ahnung, ob ich es konnte oder nicht. Das letzte Mal, als ich einen Findezauber gewirkt hatte, hatte ich tatsächlich zwei Engel in den Kreis transportiert, anstatt nur ihre Bilder. Ich hatte sie berühren können. Doch andererseits waren sie völlig solide gewesen. Ich konnte nicht sagen, ob Dad es war oder nicht. Es spielte keine Rolle. Bis ich Antworten bekam, würde ich nicht in seine Nähe gehen.

Seine Augen, so traurig und gequält, bohrten sich in meine. „Es tut mir so leid, Baby. Ich wollte dich nie verlassen."

Mein Atem blieb mir im Hals stecken, und ich schluckte den rauen Schmerz herunter, der aus den Tiefen meines Innern kam. Er hatte mich nicht genug geliebt, um zu bleiben. Ich durfte nicht zusammenbrechen. Nicht jetzt. Nicht in seiner Gegenwart. „Warum hast du es dann getan?"

„Ich hatte keine Wahl."

Mom schnaubte.

„Hope, nicht jetzt", sagte er wütend. „Das wäre nie passiert, wenn du mir vor Jahren erlaubt hättest, ihr die Wahrheit zu sagen."

Ihr Kopf schnellte hoch, und ihre grünen Augen funkelten gefährlich herausfordernd. „Nur zu, schieb die ganze Schuld auf mich. Eine Zehnjährige war nicht bereit zu wissen, dass sie eine weiße Hexe ist."

„Wenn sie es gewusst hätte, hätte sie all die Fähigkeiten

erlernen können, die sie braucht, um all das zu bewältigen, womit sie jetzt konfrontiert ist", schoss er zurück.

Er wollte mir von meinen Kräften erzählen? Darum hatten sie gestritten? Ich blickte zwischen ihnen hin und her, jetzt wütend auf sie beide. Dad hatte Recht; Mom hätte es mir sagen sollen. Doch warum hatte er mich allein gelassen? Wer machte sowas?

„Oh", spöttelte Mom, „und du bist derjenige, der ihr alles beigebracht hätte, was sie wissen musste? Du, der jahrelang im Ausland gearbeitet hat? Derjenige, der nie da war, wenn wir dich gebraucht haben? Derjenige, der mein Baby in einer Pflegefamilie zurückgelassen hat, nachdem ich in die Hölle entführt worden bin?"

„Ja, ich!" Er setzte einen Fuß vor den anderen, als wollte er auf sie zukommen, blieb aber in der Mitte des Kreises hängen. „Wenn du mich nicht gezwungen hättest zu gehen, wäre ich nie aus deinem Leben verschwunden. Wenn du von Anfang an ehrlich gewesen wärst, wäre nichts davon passiert. Und wenn du nicht den verdammten Rat angerufen hättest, um mich aus Idaho zu verbannen, hätte ich Jade bestimmt nicht verlassen."

„Was?", sagten Mom und ich gleichzeitig.

Ich zuckte zusammen und drehte mich zu ihr um, Wut packte mich. Sie hatte ihn von mir ferngehalten? Wie konnte sie? „Du hast ihn gezwungen zu gehen?"

Kane und Meri traten näher und stellten sich hinter mich, als wollten sie mich unterstützen, wenn ich sie brauchte.

Mom riss ihren Blick von Dad los, und zitternd begegnete sie meinem harten Blick. „Ich konnte es nicht, Jade. Du warst nicht bereit. Ich wusste, dass du mächtig bist. Du hast alle Merkmale einer weißen Hexe gehabt. Wenn du meine Zaubersprüche mit mir ausgesprochen hast, haben sie immer zehnmal besser funktioniert, als wenn ich sie allein gewirkt habe. Einige davon hast du sogar ein- oder zweimal allein gewirkt. Ich hatte Angst, dass es zu viel für dich wäre, wenn ich dir gesagt hätte, was du bist."

„Du wusstest es", keuchte ich. „Du wusstest all die Jahre, dass ich diese Macht besitze und dass mir die Dunkelheit deswegen folgen würde?"

Sie nickte, ihre Miene war am Boden zerstört. „Ich wollte es dir erzählen, nachdem du sechzehn geworden bist."

„Du hättest es ihr sagen sollen, als sie ein Kind war!", polterte Dad. „Schau dir an, was du zugelassen hast!"

„Und wo warst du? Fröhlich undercover für den Hexenrat arbeiten? Wenn es dich interessiert hätte, wärst du nicht gegangen."

„Du weißt, du hast mir keine Wahl gelassen." Dad ballte seine Hände zu Fäusten, während er vor kaum gezügelter Wut zitterte.

„Du hattest die Wahl, du Bastard. Du hast den Rat uns vorgezogen."

„Nein, Hope. Du hast mich angelogen", sagte er mit ruhiger, kontrollierter Stimme. „Hast mich im Dunkeln gelassen, mich glauben lassen, dass sie meine Tochter war. Und als du mit meinen Erziehungsentscheidungen nicht einverstanden warst, hast du damit gedroht, mich aus ihrem Leben entfernen zu lassen. Ich liebe dieses Mädchen. Hast du eine Ahnung, was mir das angetan hat? Was *du* mir angetan hast?"

Ich erstarrte. „Was hast du gerade gesagt? Mom hat dich glauben lassen, dass ich deine Tochter bin?" Ich richtete flehende Augen auf sie. Was war nur mit ihr los? Wie konnte sie die Menschen, die sie liebte, so respektlos behandeln? Und sie hatte mich glauben lassen, dass alles seine Schuld war. Das war nicht meine Mutter. Nicht die, die ich zu kennen glaubte. Verrat legte sich wie ein kaltes Band um mein Herz, und mein Magen zog sich zusammen. „Du hast ihn auch angelogen?"

Kane trat neben mich und legte seine große Hand um meine, ließ mich wissen, dass er noch da war.

Tränen füllten Moms Augen. Wütend wischte sie sie weg und funkelte Dad an. „Was zum Teufel ist mit dir los, Marc?"

Er warf seine Hände in die Höhe. „Du kannst deine Tochter nicht länger anlügen."

Ich riss meinen Blick von Mom los und wandte mich dem Mann zu, den ich all die Jahre als meinen Vater geliebt und gehasst hatte. „Du bist nicht … ich meine, du denkst nicht als deine Tochter über mich?"

Er machte zwei Schritte auf mich zu und runzelte dann frustriert die Stirn. Tränen glitzerten in seinen Augen, als er seine Aufmerksamkeit auf Mom richtete. „Hättest du mich nicht anrufen können? Himmel. Ich hätte den nächsten Flug genommen."

Mom schüttelte den Kopf, wich zurück und drückte die Hände an ihre Brust. „Das würde nichts bringen."

„Es hätte mir die Chance gegeben, die Hand des kleinen Mädchens, das ich acht Jahre lang großgezogen habe, bevor du mich vertrieben hast, zu halten." Er stieß ein frustriertes Seufzen aus und sah mich an. „Jade, Darling, du wirst immer meine Tochter sein, in jeder Hinsicht." Er berührte seine Brust. „Du lebst jeden Tag hier bei mir."

Ich umklammerte Kanes Hand. „Aber du bist nicht mein biologischer Vater." Es war keine Frage. Ich kannte die Antwort schon.

Er schüttelte den Kopf. „Gott, ich wünschte, ich wäre es."

Etwas Scharfes und Schmerzhaftes riss durch meine Brust. Ich riss mich aus Kanes Griff los und stapfte auf ihn zu. „Warum hast du dich dann von ihr zwingen lassen? Wir haben dich gebraucht! Und als Mom weg war …" Ich hielt inne, um mich zu sammeln. „Du hast keine Ahnung, was ich durchgemacht habe. Auch wenn du nicht mein Vater bist, hättest du mein Vater sein können. Aber du warst es nicht. Du hast dich von ihr wegschicken lassen." Ich wirbelte herum und rannte zurück zu Kane. „Lass uns gehen."

„Jade!", rief Dad – nein, *Marc*. „Bitte, gib mir die Chance, es zu erklären."

Ich warf ihm einen vernichtenden Blick über meine Schulter zu. „Du hattest siebzehn Jahre Zeit, es zu erklären." Ich schüttelte frustriert den Kopf und sah ihn wieder an. „Ich habe einen verdammten Online-Shop unter meinem Namen. Eine Internetsuche, und du hättest mich gefunden."

Kane stand mit seinen Händen auf meinen Schultern hinter mir und stützte mich.

„Du hast Recht", räumte Marc ein. „Und ich habe nach dir gesucht. Ich weiß, dass du seit ein paar Monaten in New Orleans lebst. Ich wusste, dass deine Mutter verschwunden ist, aber ich habe es erst herausgefunden, als du schon bei deiner Tante gelebt hast."

„Und?" Warum? Warum hatte er mich verlassen? Warum hatte er sich nicht gemeldet? Wenn Mom das Problem war ... Nichts davon ergab einen Sinn.

„Ich wollte dein Leben nicht stören. Zu diesem Zeitpunkt war ich fast acht Jahre lang nicht mehr Teil davon gewesen. Du hattest so viel zu überwinden und soweit ich es gesehen habe, einen tiefsitzenden Hass auf alles, was mit Hexerei zu tun hatte. Und das bin ich, Sweetheart. Mein ganzes Leben ist und war der Rat. Ich hätte dir nur Schmerzen gebracht."

Ich kniff die Augen zu, weil ich seine rationalen Erklärungen nicht hören wollte. „Ich habe auf dich gewartet", sagte ich so leise, dass ich dachte, nur Kane hätte mich gehört.

„Jade." Marcs Stimme brach. „Es tut mir leid. Wenn ich das gewusst hätte, wenn ich auch nur für einen Moment gedacht hätte, dass meine Anwesenheit helfen würde, wäre ich an deiner Seite gewesen."

Ich presste meine Lippen aufeinander und schüttelte den Kopf, um gegen die Tränen anzukämpfen. Ich hatte genug.

„Wer ist mein richtiger Vater?" Mein Ton war leise, fordernd.

Er schüttelte den Kopf. „Ich weiß es nicht. Sie hat es mir nie gesagt."

Hass bildete sich in meinem Bauch – auf die Frau, die ich verehrt, zwölf Jahre lang betrauert und für die ich dann mein Leben riskiert hatte, um sie aus dem Fegefeuer zu retten. Die starken Emotionen machten mich krank.

Ich drehte mich zu ihr um, zitternd am ganzen Körper. „Keine Lügen mehr, Mutter."

Sie stand wie erstarrt im Zwielicht, den Mund halb geöffnet. Langsam schüttelte sie den Kopf. „Ich wollte es dir sagen." Ihre Stimme wurde zu einem Flüstern. „Es ist zu gefährlich. Er wird dir wehtun."

Eine dünne Eisschicht hüllte mein Herz ein. „Es ist zu gefährlich, es nicht zu wissen. Lass uns gehen", sagte ich zu Kane. „Wir finden es auf anderem Weg heraus."

Wir gingen, ohne zurückzublicken. Zum Glück folgte Meri ohne Aufforderung. Als wir bei den Bäumen ankamen, sagte sie: „Jade?"

Ich hielt inne, starrte auf eine Wassereiche und konzentrierte mich auf das Muster der Rinde. „Was?"

„Was ist mit Hope?"

„Was ist mit ihr?"

„Willst du auf sie warten, oder kommt sie allein nach Hause?"

Ich biss die Zähne zusammen. Ich wollte nicht in ihrer Nähe sein, doch ich konnte sie nicht einfach dort lassen. Ich wusste nicht einmal, ob sie ihren Geldbeutel oder Bargeld für ein Taxi hatte. „Sag ihr, sie soll uns am Auto treffen."

Kane und ich warteten am Rand der Bäume, während Meri

in den Kreis zurückkehrte. Sie tauschten ein paar Worte aus, bei denen Mom den Kopf schüttelte und die Stirn runzelte. Sie winkte Meri weg und drehte sich wieder zu Marc um und stritt mit ihm, dem wütenden Ausdruck auf ihrem Gesicht nach zu urteilen.

Meri kehrte zurück und zuckte mit den Schultern. „Sie sagt, sie wird dich später treffen."

Eine allumfassende Wut überkam mich, und ich musste den Schrei unterdrücken, der über meine Lippen kommen wollte. Es kam eher ein ersticktes Fluchen heraus. „Verdammt nochmal."

Ich stapfte durch die Bäume. Was glaubte sie, wer sie war? Ja, ich war sauer auf Dad – Marc – doch sie war der Auslöser dieser Ereignisse. Sie hatte gelogen. Sie hatte mir und Marc verheimlicht, wer mein richtiger Vater war. Gwen sagte, sie wusste es erst seit ein paar Tagen, und ich glaubte ihr. Doch hatte sie all die Jahre gewusst, wo Marc war? Ein kleiner Samen des Zweifels setzte sich in meiner Brust fest. Marc sagte, er hatte gewusst, wo ich war, nachdem ich zu Gwen gezogen war. Hatte sie ihn auf dem Laufenden gehalten?

Und mit diesem einen Gedanken wurde mein ganzes Leben zu einer Lüge. Ich konnte keiner meiner Elternfiguren trauen.

Wir stießen auf eine andere Wassereiche. Einer ihrer dicken Äste wuchs direkt in den Boden. Als ich daran vorbeikam, hatte ich das Bedürfnis, etwas zu treten und tat es.

Schmerz schoss durch meinen Fuß, und ich stieß einen gequälten Schrei aus. Halb hüpfend, halb hinkend klammerte ich mich an Kanes Arm, als mir Tränen in den Augen brannten. Ich blinzelte sie zurück, entschlossen, nicht zuzulassen, dass mich jemand weinen sah. Ich war zu wütend. Alles, was ich tun wollte, war, noch etwas zu treten.

Das tat ich jedoch nicht. Meine Zehen pochten viel zu sehr.

Ich kramte in meiner Tasche herum und fand eine von Beas Heilkräuterpillen.

Kane lächelte mich an. „Wenn ich vor nicht allzu langer Zeit versucht hätte, dich zu einer davon zu überreden, hättest du sie mir aus der Hand geschlagen."

„Stimmt", sagte ich. „Ich habe mich weiterentwickelt."

Er schüttelte den Kopf, seine Augen waren besorgt. „Das sehe ich. Bist du okay?"

„Nein, aber ich werde es sein, sobald wir bei Bea sind." Und wir diesen Findezauber ausführen.

KAPITEL ZWEIUNDZWANZIG

*D*as Auto hüpfte die holprige Straße hinunter, als wir uns auf den Weg zu Beas Haus machten. Die Schlaglöcher in den Straßen wurden immer schlimmer. Als ich in ihre lange Auffahrt einbog, hielt ich den Atem an. Ich wollte eigentlich niemanden außer Bea sehen, doch allzu oft war ihr Kutschenhaus ein Treffpunkt für alles Paranormale. Da sie wieder die Anführerin des Zirkels war, könnte jeder da sein.

Ich atmete aus und schüttelte den Kopf. Wem versuchte ich etwas vorzumachen? Es war mir egal, ob jemand aus dem Zirkel da war. Der einzige Mensch, den ich wirklich nicht sehen wollte, war ihr Neffe Ian. Es bestand eine gute Chance, dass er zu Bea gekommen war, um sie um Heilkräuter zu bitten, nachdem Kane ihm die Nase gebrochen hatte. Würde er seiner Tante erzählen, dass er fast Sex mit mir gehabt hätte, während ich besessen war? Mir brach der kalte Schweiß aus, und ich holte tief Luft. Ich konnte das durchstehen. Ich musste. Solange ich im Besitz meines Körpers blieb, war alles in Ordnung.

Kane drückte meine Hand. „Versuch, dir nicht so viele Sorgen zu machen. Alle hier lieben dich."

Ich schenkte ihm ein schwaches Lächeln. Leichter gesagt als getan.

Wir bogen in der Auffahrt um die Kurve, und Beas leuchtend gelbes Kutschenhaus kam in Sicht. Die Anspannung löste sich von meinen Schultern. Davor standen zwei Autos: Beas Prius und Pypers Käfer.

Wir stiegen aus Kanes Auto, und eine Sekunde später flog Kat aus der Tür und rannte direkt auf mich zu. Sie riss mich in eine riesige Umarmung und warf mich fast um. „Jade! Bist du okay?"

Tränen stiegen mir in die Augen. „Ja", zwang ich unter einem Schluchzen heraus.

„Oh nein." Sie zog sich zurück und hielt mich auf Armeslänge. „Das bist du nicht." Sie zerrte an meiner Hand. „Komm rein, damit wir reden können."

Ich schüttelte den Kopf, Angst hielt mich fest. Wenn ich hineinging, müsste ich alle sehen. Ich sehnte mich danach, in Kats Wohnung eingekuschelt zu sein, heiße Schokolade zu trinken und 80er-Jahre-Musik zu hören, während wir chinesisches Essen aßen und gleichzeitig über alles und nichts redeten. Wann hatten wir das letzte Mal so etwas auch nur annähernd Normales gemacht? Nicht, seit ich nach New Orleans gezogen war. „Können wir hier draußen bleiben? Ich würde mich lieber auf Beas Veranda setzen."

„Sicher. Ich hole Gwen und bringe was zu trinken raus. Bin in ein paar Minuten wieder da." Sie drehte sich um, um zu gehen, doch ich hielt sie am Arm fest.

„Nein. Nicht Gwen. Ich bin noch nicht bereit, mit ihr zu sprechen."

Kats haselnussbraune Augen weiteten sich vor Neugier,

dann trübten sie sich vor Sorge. „Da ist noch was passiert, oder?"

Ich warf ihr einen ungläubigen Blick zu.

„Ich meine, nach dem, was passiert ist ... ähm, seit Gwen und Pyper vor über einer Stunde gekommen sind."

„Das kannst du laut sagen." Ich trat zurück und warf Kane einen Blick zu. „Kannst du Gwen und Bea alles erklären? Ich bin mir ziemlich sicher, dass Gwen von Marc weiß, aber ich kann Bea noch nicht unter die Augen treten."

Er nickte, zog mich in eine Umarmung und flüsterte: „Natürlich, Liebes."

Ich drückte ihn an mich, da ich seine Umarmung nicht verlassen wollte, doch wenn wir noch länger dort standen, war ich mir sicher, dass der Rest des Hauses kommen würde, um nachzusehen.

„Geh schonmal nach hinten", sagte Kane zu Kat. „Ich bringe euch drei was zum Abendessen."

Meri, die abseits gestanden hatte, sagte: „Das wäre nett. Danke."

Kat und ich nickten und starrten uns an. Ihre Augen funkelten, und sie hob eine Augenbraue, nickte in seine Richtung. Ich wusste, dass sie das Gleiche dachte wie ich. Wo war dieser Mann hergekommen? Trotz all der Scheiße, die um mich herum passierte, war er immer für mich da. Es war fast beängstigend. Niemand war so toll.

Wir drei gingen um das Haus herum und setzten uns an den Terrassentisch. Beas abgeschirmte Veranda überblickte ihren Garten und ihre frisch gepflanzten Blumen. Die leuchtend rosa Blüten waren eine willkommene Atempause in dem Shitstorm, zu dem mein Leben geworden war.

„Okay, spuck's aus", sagte Kat ohne Umschweife. „Was hat deine Mutter gesagt?"

„Wenig." In der Mitte des Tisches stand eine nicht

angezündete Kerze, und nur um etwas zu tun, konzentrierte ich mich und murmelte „Accende".

Der Docht glühte, dann stieg eine große und starke Flamme auf.

Kat runzelte die Stirn. „Hör auf damit."

„Wieso? Niemand hat gesagt, dass ich meine Magie nicht benutzen darf."

„Nicht das." Sie gestikulierte in Richtung der Kerze. „Auszuweichen. Wie kann ich helfen, wenn du mir nicht sagst, was los ist?"

Meri beugte sich vor. „Es ist wahrscheinlich besser, wenn du deine Kräfte schonst und jetzt keine Magie benutzt."

Ich runzelte die Stirn, entschied mich aber, nicht zu antworten. Ich würde Magie benutzen, wenn ich es verdammt nochmal wollte. Es war so ziemlich das Einzige, was ich noch kontrollieren konnte – so lange, wie Camille nicht in meinem Körper war.

Nicht bereit, über Marc zu sprechen, fragte ich Kat: „Wie geht's dir?" Ich betrachtete ihre strahlenden Augen, ihre rosigen Wangen und ihre vollen roten Lippen, ganz ohne Make-up. „Du siehst fantastisch aus." Nicht einmal ein Hauch von dem, was sie am Tag zuvor durchgemacht hatte, war geblieben. „Ich nehme an, du fühlst dich besser?"

„So gut wie neu. Bea hat mir ihre Pillen aufgeschwatzt, und heute fühle ich mich, als könnte ich fast fliegen. Diese Dinger sind unglaublich."

Meine Lippen zuckten angesichts des Staunens in ihren Augen. „Und machen extrem süchtig ", stimmte ich dann ernüchtert zu. „Und Lucien? Irgendein Wort darüber, was mit ihm ist?"

Kat runzelte die Stirn. Mein Herz wog schwer in meiner Brust. Ich hätte anrufen sollen, um nach ihm zu hören. Ich war das letzte Mal, als wir miteinander gesprochen hatten, ein totales Miststück gewesen. Ich wusste, dass er niemals etwas tun würde, um Kat oder jemand anderen absichtlich zu verletzen. Hätte er für einen Moment gedacht, dass ein Zauberspruch, den er wirkte, irgendjemandem auch nur im Geringsten schaden würde, würde er die Hexerei ganz aufgeben.

„Ja", sagte Kat leise. „Er kommt nicht gut damit zurecht."

Verdammt, Jade. Durch mein Verhalten musste er sich unendlich schlechter gefühlt haben. „Hast du noch was über seinen Fluch herausgefunden?"

Sie nickte langsam.

„Also?"

Sie verzog das Gesicht und warf mir einen entschuldigenden Blick zu. „Das kann ich nicht wirklich sagen. Tut mir leid. Aber Bea weiß was, und sie arbeitet daran."

Ein leises, wütendes Summen begann in meinem Kopf. Sie konnte es mir nicht sagen? Bea wusste es? Was zum Teufel? Bis gestern war ich die Anführerin des verdammten Zirkels gewesen. Doch ohne eigenes Verschulden war mir mein Rang aberkannt worden. Kat war meine beste Freundin. Sie wäre fast gestorben, und jetzt durfte sie mir nicht einmal sagen, warum. „Vertraut mir hier niemand?"

Sie griff über den Tisch, um meine Hand zu nehmen. „Tut mir leid. Du weißt, ich mag es nicht, dir Dinge vorzuenthalten, besonders solche Dinge, aber es ist persönlich. Es sollte wirklich von ihm kommen."

Ich löste sanft meine Hand aus ihrer und nickte widerstrebend. Es war sowieso nicht so, als könnte er jetzt zaubern. „Okay. Da dieses Thema tabu ist, hat dir jemand gesagt, was mit dir passiert ist? Warum Lucien überhaupt einen Zauber anwenden musste?"

„Ja." Kat warf einen Blick auf ihre Hände.

Mein Herz brach fast entzwei. Sie war besessen gewesen,

weil sie jahrelang meiner Magie ausgesetzt gewesen war. Und obwohl ich zu diesem Zeitpunkt nicht wusste, was ich tat, bedeutete das nicht, dass ich nicht letztendlich für das Eindringen des Geistes und ihre Nahtoderfahrung verantwortlich war.

„Es tut mir so leid", sagten wir beide gleichzeitig.

„Was? Es gibt nichts, was dir leidtun müsste", sagte ich.

Meri stand leise auf und ging auf die andere Seite der Veranda, da sie den emotionalen Aufruhr zwischen Kat und mir deutlich spürte. Sie rollte sich auf einem anderen Sessel zusammen und rieb sich die Stirn, ein sicheres Zeichen für Kopfschmerzen. Noch mehr Schuldgefühle schossen durch mich hindurch. Es war wieder die Empathengabe. Nachdem ich mein ganzes Leben damit verbracht hatte, hätte selbst ich nach einem Tag wie heute Probleme gehabt.

„Hör auf, dich schuldig zu fühlen!", rief Meri. „Es ist nicht deine Schuld. Ich habe deine Seele genommen, erinnerst du dich? Nichts davon ist deine Schuld."

„Sie hat Recht", sagte Kat leise. „Ich habe es tut mir leid gesagt, weil ich nur kurze Zeit besessen war. Und Jade, es war wirklich schrecklich. Ich wusste nicht, was mit mir los war. Ich dachte, ich hätte eine Art Schlaganfall oder eine schizophrene Episode oder so was. Dann, nach dem, was mit Lucien passiert ist, war alles so verworren, dass ich nicht wusste, was echt war und was nicht. Der Punkt ist, du hast so viel durchgemacht, und trotzdem machst du dir weiterhin Sorgen um mich und bist für mich da, auch wenn dein Leben um dich herum zusammenbricht. Nach dem, was heute im Hotel passiert ist …" Sie schauderte. „Ich weiß nicht einmal, wie du funktionieren kannst."

Ich saß da, fassungslos von beiden. Keiner gab mir die Schuld an irgendwas? Dabei stand ich im Mittelpunkt von alldem.

„Wir stehen das zusammen durch." Kat rutschte näher und umfasste meine Schulter mit ihrem Arm.

Ein Gewicht hob sich von meiner Brust. Es war immer noch viel falsch, doch mit meinen Freundinnen an meiner Seite konnte ich es durchstehen. Wir mussten nur meinen Vater finden. Wer auch immer er war.

Ein Schrei ertönte aus dem Inneren des Hauses, gefolgt von splitterndem Glas.

Ich sprang auf und warf meinen Stuhl um.

Kat stürmte zur Tür, wobei sie sich die Hand vor den Mund hielt. „Oh nein."

Durch die geschlossene Tür drang schrilles Geschrei, zu gedämpft, um die Worte zu verstehen.

Ich machte zwei Schritte, um zu Kat zu kommen, doch sie wirbelte herum und versperrte mir die Sicht. „Nein. Geh da nicht hin."

„Warum?" Irgendwas stimmte ganz und gar nicht.

Sie nahm mich bei der Hand und führte mich zurück zum Tisch. „Glaub mir. Nicht jetzt. Ich bin gleich wieder da."

Kat verschwand im Haus. Pypers Stimme drang durch die Tür. Etwas über Konsequenzen. Wen schrie sie an?

Meri nahm Kats Platz an der Tür ein. Sie warf mir einen Blick zu und runzelte die Stirn. „Vielleicht sollten wir einen Spaziergang machen."

„Was ist los?" Ich bewegte mich und versuchte, durch das Fenster zu spähen, doch Beas Vorhänge versperrten mir die Sicht.

Meri spitzte die Lippen und warf einen Blick zurück ins Haus. Dann zuckte sie die Achseln. „Du wirst es irgendwann herausfinden. Deine Mutter ist hier. Sie hat Ian mitgebracht."

„Was?", keuchte ich und stürmte zur Tür. Mein ganzer Körper zitterte vor Wut. Was tat sie nur? Hatte sie den Verstand verloren? Erst die Lügen und jetzt das? Ich stieß

Meri aus dem Weg, riss die Tür auf und stürzte ins Haus. Ich ging schnurstracks zu Ian und blieb hinter ihm stehen. „Raus hier!"

Pyper hörte auf, ihn anzuschreien, und alle schienen zu erstarren. Ian drehte sich langsam um und starrte mit schiefer Nase und gequältem Blick auf mich herab, ein Auge blauviolett und zugeschwollen. Meine Güte, Kane hatte ihm ordentlich zugesetzt.

Ich trat einen Schritt zurück und blinzelte. Er hatte die Hände in die Taschen gesteckt. Seine Schultern waren hochgezogen und sein Gesicht war blass. Er sah ... gequält aus.

Er schloss sein gesundes Auge und atmete tief durch. „Guter Gott, Jade. Es tut mir so leid."

Ich trat einen weiteren Schritt zurück, und Kane stellte sich vor mich und versperrte mir die Sicht auf Ian. Die Panik in meinem Magen ließ etwas nach.

„Ian", sagte Kane, seine Stimme vibrierte vor Wut, „Verschwinde hier! Sofort!"

Ian nickte ernst. „Ja. Tut mir leid." Er drehte sich um, warf Pyper einen gequälten Blick zu und ging zur Tür.

Kat schnitt eine entschuldigende Grimasse, rannte hinter ihm her und verschwand mit ihm auf der Veranda.

„Wieso?", fragte ich in den Raum.

Alle wandten sich meiner Mutter zu. Sie hatte Ringe unter den Augen und mehrere Strähnen ihres dunklen Haares waren aus ihrem charakteristischen niedrigen Pferdeschwanz gerutscht. Mit niedergeschlagener Stimme sagte sie: „Ich bin die Saint Charles entlang gegangen, und er ist vorbeigefahren. Er hat darauf bestanden, mich nach Hause zu bringen. Ich sagte ihm, dass ich seine Hilfe nicht wollte, doch er hat den Verkehr aufgehalten und kein Nein als Antwort akzeptiert. Abgesehen davon, ihn mit einem Zauber zu belegen, wusste ich nicht, was ich sonst tun sollte. Also habe ich ihm gesagt, dass er mich hierher bringen kann. Tut mir leid." Sie ging die Treppe hinauf in den ersten Stock.

„Hope!", rief Meri ihr nach. Der Engel sah mich kurz an und folgte dann Mom.

Es war mir egal. Es interessierte mich nicht, was Mom tat oder nicht tat. Wenn sie nicht ehrlich zu mir war, gab es nichts zu bereden. Ich stand mit Bea, Gwen, Pyper und Kane mitten im Raum. Das waren die Menschen, denen ich auf der Welt am meisten vertraute, doch ein überwältigender Drang, wieder nach draußen zu gehen, packte mich. Die Wände schienen immer näher zu kommen. Doch Meri war oben, und ich konnte nicht riskieren, noch einmal von Camille besessen zu werden.

Ich winkte mit der Hand in Richtung Haustür und warf Bea einen Blick zu. „Ist Kat da draußen sicher?"

Bea runzelte missbilligend die Stirn. „Ich weiß, du hattest einen schrecklichen Tag und vertraust Ian nicht, aber er ist immer noch mein Neffe. Er wird Kat nicht wehtun. Wenn ich nur einen Moment denken würde …"

Ich hob eine Hand, um sie zu unterbrechen. „Das meine ich nicht." Obwohl ich mich missbraucht fühlte, hatte Ian in Wirklichkeit nichts falsch gemacht. Camille hatte ihn angemacht. Das Einzige, dessen er sich schuldig gemacht hatte, war der Versuch, Sex mit einer verlobten Frau zu haben, die mehr als willens schien. Soweit ich wusste, verstieß das gegen kein Gesetz. In meinem Herzen wusste ich, dass er keinen von uns jemals absichtlich verletzen würde … nicht so. Seine Freundin zu betrügen war jedoch eine ganz andere Sache. „Ich meine, dass Kat besessen werden könnte. Wie wahrscheinlich ist es, dass Camille nochmal zuschlägt?"

„Oh." Bea ließ sich auf das Sofa sinken. „Entschuldigung, Liebes. Es war ein anstrengender Tag für alle."

Ich nickte.

„Überhaupt nicht wahrscheinlich. Die Schutzzauber im und um das Haus herum können sowohl Kat als auch Pyper beschützen."

„Was ist mit den Geistern, die ich neulich auf deiner Veranda gesehen habe? Könnten sie ihr wehtun?" Mein Herz begann zu hämmern, und ich näherte mich der Tür.

Bea schüttelte langsam den Kopf. „Ich glaube nicht. Ich habe die Schutzzauber rund um das Haus verstärkt, und sie hat den ganzen Nachmittag draußen verbracht. Es war kein Problem."

„Stark genug, um mich zu beschützen?" Wenn ich bei Bea bleiben könnte, könnte Meri zumindest eine Auszeit bekommen, wenn sie etwas anderes tun musste, als mich zu babysitten.

„Nach allem, was ich gehört habe, ist ihre Kontrolle über dich umfassender. Jetzt, wo sie mit deinem Körper so vertraut ist, bezweifle ich es", sagte Bea mit nicht geringer Frustration. „Wir müssen wirklich deinen Vater finden. Bis wir das tun, seid du und alle, mit denen du deine Energie geteilt hast, in Gefahr."

Kane blieb neben mir stehen. „Alle? Sogar völlig Fremde, denen Jade vielleicht ein wenig emotionale Energie im Vorbeigehen zugeschoben hat?"

Mein Körper wurde eiskalt. Es war nicht so, als ob ich die Angewohnheit gehabt hätte, meine emotionale Energie zu verteilen, doch ich hatte es mehr als ein paarmal getan, wenn es nötig war: um einer Nachbarin zu helfen, sich nach einem Überfall zu erholen, um das Leiden eines College-Freundes nach einer schrecklichen Trennung zu lindern, um ein Baby zu beruhigen, das in einem Flugzeug weinte. Oh, Göttin. Das Baby.

Mir drehte sich der Magen um, und ich hätte mich fast

übergeben. „Wir müssen etwas dagegen tun. Jetzt. Zu viele Menschen sind in Gefahr."

„Ganz meine Meinung", sagte Bea. „Wir müssen deinen Vater finden. Es ist der einzige Weg."

„Mom war in dieser Hinsicht nicht gerade entgegenkommend."

Etwas krachte gegen die Haustür und ließ sie klappern. Wir wirbelten alle herum.

„Kat!", rief ich, krank vor Sorge. Etwas stimmte nicht.

Gwen, die der Tür am nächsten stand, riss sie auf.

„Was zum …?", rief Pyper, und ihr Gesicht färbte sich dunkelrot.

Ich starrte mit offenem Mund hinaus. Auf der Schwelle lagen Ian und Kat einander in den Armen und knutschten sich wie zwei Teenager auf dem Abschlussball.

KAPITEL DREIUNDZWANZIG

„*J*an!"" Bea stand ein paar Meter von ihnen entfernt auf ihrer Veranda.

Er ignorierte sie und vergrub seine Hände in Kats roten Locken. Seine Augen waren glasig, als würde er sie nicht einmal sehen. Die Vision zerrte an den Tiefen meines Verstandes. Ich hatte es zu diesem Zeitpunkt noch nicht registriert, doch ich hatte genau denselben distanzierten Ausdruck an ihm gesehen.

„Heilige Scheiße", sagte ich und umklammerte Kanes Arm. Blut schoss mir in den Kopf. „Das ist nicht Ian." Der Mann, den ich kannte, war entspannt, verspielt und engagiert. Manchmal sogar energisch. Aber nie gleichgültig.

„Was redest du? Natürlich ist er das." Kane runzelte die Stirn, seine Muskeln spannten sich an, als er an mir vorbeischoss, um zur Tür hinauszugehen.

„Nein!" Ohne nachzudenken, folgte ich ihm und packte seinen Arm, bevor er Ian zum zweiten Mal innerhalb von vierundzwanzig Stunden schlagen konnte. „Ich meine, irgendwas stimmt ernsthaft nicht. Ian wird irgendwie kontrolliert." Es musste so sein. Warum sollte er sonst versuchen, mit jeder Frau im Umkreis von zehn Meilen rumzumachen?

Kat, die die Zuschauer nicht zu bemerken schien, stöhnte mit dieser allzu vertrauten hohen Stimme: „Ian, bring mich nach Hause."

„Oh mein Gott!" Ich stürzte vor und zwängte meine Hände zwischen die beiden, um sie zu trennen. Kat hatte mit Camilles Stimme gesprochen. Diese Stimme hätte ich überall erkannt.

Kat stolperte zurück und grinste mich dann mit schamlos verzerrtem Gesicht an. „Du schon wieder." Camille benutzte Kats Körper, um auf mich zuzugehen. „Ich wusste, wenn ich einen Weg in die hier finden könnte, würdest du angerannt kommen." Sie streckte Kats schlanken Arm aus und fuhr mit ihrem roten Fingernagel über meine Wange.

Ich wich zurück, nur um zu bemerken, dass ich mich weiter von der Tür entfernte, aus dem Inneren des Hauses, in dem Meri war. Scheiße! Ich hatte es wieder getan.

„Meri!", schrie ich, panisch und wütend auf meine eigene übereilte Dummheit.

Ich warf Bea, die in der Tür stand, einen Blick zu. Sie hatte gesagt, Kat sei hier sicher. Sie hatte sich geirrt. Entweder war Camille viel mächtiger, als wir ihr zugetraut hatten, oder Beas Schutzzauber waren nicht so stark, wie sie dachte. Der Unterschied musste Camille sein. Beas Schutzzauber waren noch nie zuvor gescheitert.

„Das ist richtig, Hexenmädchen. Sexmagie", sagte Camille mit einem verschlagenen Lächeln. „Die heutigen Ereignisse haben mich heiß gemacht, doch ohne Happy End. Wenn groß, dunkel und eifersüchtig da drüben nicht gestört hätte, wäre ich schon aus deinem Leben verschwunden. Stattdessen bin ich gezwungen, herumzuhängen und zu warten."

Aus meinem Leben? Was bedeutete das? War sie nur auf einen Orgasmus aus? Galle stieg mir in die Kehle.

„Ich sag dir was. Ich überlasse dir diesmal die Wahl, welcher." Sie gestikulierte in Ians Richtung. „Unser notgeiler Geisterjäger hier drüben", sagte sie und wandte sich dann Kane zu, „oder Mr. Sexy Pants." Kats Augen füllten sich mit Lust, als sie Kane ansah. „Ähm, ich hoffe sehr, dass du dich dafür entscheidest. Ich bin wirklich bereit für die Herausforderung."

Ich warf Kane einen Blick zu. Seine Augen waren eine stürmische Mischung aus Wut und Hilflosigkeit. Seine natürliche Neigung, für mich zu kämpfen, war völlig nutzlos. Er konnte nichts tun. Camille benutzte Kat, um mir wehzutun.

Meine Magie entzündete sich, als Camille meinen Körper packte. Ihre eisige Signatur glitt durch mich hindurch. Meine Magie erwachte zum Leben, und Hitze schoss durch meine Adern, um sie aufzuhalten. Kälte und Hitze prallten aufeinander, und es tobte ein Krieg, als sie versuchte, von mir Besitz zu ergreifen und ich all meine Kraft einsetzte, um sie in Schach zu halten. Ihre Frustration überflutete mich und prickelte auf meiner Haut wie früher, als ich im Besitz meiner Empathengabe gewesen war. Es fühlte sich irritierend vertraut an und trug nur dazu bei, mich noch wütender zu machen. Ich wollte nicht wissen, was dieses Gespenst fühlte, schon gar nicht die Lust, die in Wellen von ihr ausging.

Meine Magie pulsierte direkt unter meinem Herzen, und der Druck wollte sich von der Mitte meiner Brust lösen. Ich klammerte mich daran fest, behielt es in Gedanken und schickte sie dann wie einen Schlag in sie hinein.

Camille lachte nur und absorbierte die Magie, als ihre Essenz in meinen Körper glitt und vor der Kraft klirrte, die ich ihr gerade gegeben hatte.

Wie konnte ich nur so dumm sein? Ich hätte wissen

müssen, sobald ich ihre Gefühle spürte, dass sie mich bereits gepackt hatte. Wie sollte ich sie sonst spüren?

Bea sang leise auf Lateinisch, Kraft sprühte in elektrischen Strömen aus ihren Händen. Camille drehte sich um und starrte sie an, Neugierde und Verwunderung bedrängten mich. Und noch etwas, das sich verdächtig nach Respekt anfühlte.

Ohne Vorwarnung traf uns Beas Magie wie ein Blitz. Mein Körper verkrampfte sich, und jemand schrie, doch es war nicht Camille. Kat vielleicht. Beas elektrische Magie zischte durch meine Glieder, direkt in meine Brust und krachte in meine magische Quelle. Ich schnappte nach Luft, als der Schmerz in mir widerhallte. Heiliges Bienenwachs! Was hatte Bea getan? Wieder einmal steckte ich im Panikmodus fest, ohne jede Möglichkeit zu reagieren. Verdammt nochmal, ich hatte es satt. Hatte Bea gerade versucht, meine Magie nutzlos zu machen?

Camille versuchte, nicht gegen das anzukämpfen, was Bea getan hatte. Stattdessen begrüßte sie Beas Magie und nutzte meine – nein, ihre eigene Magie, um die Funken zu sondieren und zu testen, als sie sich meinem Zentrum näherten. Dann spürte ich, wie Camille grinste. Beas Magie kam ins Stocken und Camille übernahm die Macht und verwandelte sie in etwas Dunkles, Erotisches und Krankes. Sie wirbelte herum, schleuderte die Magie und traf Ian mitten in die Brust.

Er riss sein unverletztes Auge auf und kniff es dann zu, als er meinen Körper von Kopf bis Fuß musterte. „Mir hat der Rock gefallen, den du vorhin getragen hast." Sein Ton war leise und rau, als wollte er genau dort ansetzen, wo er aufgehört hatte.

Kane knurrte, bereit, ihm den Kopf abzureißen, und versuchte, vor mich zu springen, doch Bea hielt ihn zurück.

„Nein, Kane", sagte sie. „Camilles Magie ist zu stark. Fass

sie an, und sie wird auch von dir Besitz ergreifen, wenn sie will."

Ich schrie in meinem Kopf in dem Moment plötzlicher Klarheit. Camille war mit Sexmagie bestens vertraut. Sie hatte Ian die ganze Zeit kontrolliert. Und Bea hatte es gerade herausgefunden.

„Komm." Camille lockte Ian mit dem Finger und verließ die Veranda. Er ging neben uns her und legte eine Hand auf meinen Po. Ich sehnte mich danach, ihm in den Sack zu treten, obwohl ich wusste, dass er es nicht wirklich war.

„Finger von ihr, du verdammter Idiot!", brüllte Kane und sprang über das Geländer der Veranda. Mit zwei Schritten war er bei uns, warf seinen Arm um Ians Hals und hielt ihn im Schwitzkasten.

Camille schrie vor Wut: „Lass ihn los, Traumwandler, oder meine Magie brennt ein Loch in *dein* Herz anstatt das des Geisterjägers."

Was? Brachte sie Ian langsam um? Scheiße. Dieser Geist war vollkommen durchgeknallt. Was war mit ihr im Leben passiert, sie so kaputtzumachen? Und Ian. Oh Gott. Kane würde ihn umbringen, und das war nicht seine Schuld. Sein gehetztes Gesicht verschwamm in meinen Gedanken. Er war genauso benutzt worden wie ich.

Kane ignorierte Camille, als er Ian zurück zum Haus zerrte.

Alle anderen musterten mich argwöhnisch. Was zum …? Würden die anderen Camille mit meinem Körper davonlaufen lassen? Könnte nicht jemand versuchen, ihr den Weg zu versperren oder sowas?

Aus dem Nichts hörte ich einen Schrei hinter mir. Jemand sprang mir auf den Rücken und stieß mich nach vorne. Schmerzen explodierten in meinen Knien, als meine Gliedmaßen zum Leben erwachten, meine Nervenenden übermäßig empfindlich und wund. Ich fiel vornüber, und Kies schnitt in meine Arme und mein Gesicht. Camille war aus meinem Körper verschwunden.

„Hey, runter von mir", murmelte ich in den Kies und kniff meine Augen vor Schmerzen zu.

Mein Angreifer rollte von mir und spähte auf mich herab. „Ist sie weg?"

Ich starrte in Meris besorgtes Gesicht. „Musstest du mich tackeln?" Ich testete meinen Kiefer und bewegte mich vorsichtig, um sicherzugehen, dass alles noch richtig funktionierte.

„Tut mir leid. Ich bin in Panik geraten." Sie lächelte. „Hat aber funktioniert. Sie hatte dich wirklich fest im Griff. Ich hatte erwartet, dass sie verschwinden würde, als ich auf die Veranda gekommen bin. Als das nicht passiert ist, wusste ich nicht, was ich sonst tun sollte."

Ich rollte mich herum und rappelte mich auf die Knie. Auf der anderen Seite der Auffahrt kämpfte Ian immer noch darum, aus Kanes Griff zu entkommen. Ich seufzte. „Bea, ist er immer noch verzaubert?"

Sie warf Ian einen Blick zu, streckte ihre Hand aus und schickte einen magischen Stoß in seine Richtung. Das weiße Licht traf Ian in die Brust. Sein Körper wurde schlaff in Kanes Armen, dann holte er tief Luft und sah sich um, ohne sich bewusst zu sein, was gerade passiert war.

„Hey, lass los, Mann", sagte er zu Kane und verzog das Gesicht vor Schmerzen.

Kane begegnete meinem Blick, und ich nickte. „Camille ist weg. Jetzt ist alles in Ordnung."

Pyper ging auf Ian zu, legte ihm eine besitzergreifende Hand auf die Brust und verkündete „Meins".

„Vielleicht noch nicht ganz weg", sagte Meri und betrachtete Pyper aufmerksam. „Ich glaube, sie ist nur in einen anderen Körper gesprungen."

Beas Gesicht verzog sich zu einem Knurren, etwas, das ich bei der sonst so sympathischen Südstaatenfrau noch nie gesehen hatte. Hinter ihr kam ein Wind auf, der aus dem Haus zu kommen schien. Pyper wurde starr, doch ihre wilden Augen bohrten sich in Beas. Irgendwie hielt Bea sie fest.

„Whoa", keuchte Kat und ging auf mich zu.

„Ins Haus", befahl Bea. Alle außer Ian bewegten sich. Er stand wie angewurzelt da und starrte seine Tante und Pyper an. „Ian, beweg dich!", schrie Bea.

Beas direkte Aufforderung brachte ihn in Bewegung, doch er hielt seine Augen auf Pyper gerichtet, als er die Treppe hinaufstieg.

Als wir alle sicher im Haus waren, sahen wir von der offenen Tür aus zu, wie Beas Magie um sie herum kreiste und weiße Funken wie ein Feuerwerk von ihr ausgingen. „Camille, beweg deinen knochigen Arsch aus Pypers Körper, oder ich schwöre bei allem, was gut ist auf dieser Welt, ich schicke dich sofort in die Hölle, egal, was die Konsequenzen sind."

Pypers Lippen bewegten sich, und als Camilles hohe Stimme aus ihr herausströmte, wäre ich am liebsten aus meiner Haut gekrochen. „Du würdest es nicht wagen, hier ein Portal zu öffnen."

„Fordere mich nicht heraus."

„Ich werde Teile ihrer Seele mitnehmen." Camille verzog Pypers Gesicht zu einem großspurigen Grinsen. „Damit ist der Rest von ihr verdammt. Du weißt das."

Beas magische Funken wurden blutrot, als sie den Geist mit zusammengekniffenen Augen ansah. „Ich bin bereit, das zu riskieren." Ihr Ton war so erschreckend entschlossen, dass ich ihr glaubte. Bea war in diesem Zustand geradezu unheimlich. Verschwunden war die süße Südstaatenlady, ersetzt durch eine magische Kriegerin, die bereit war, alles zu tun, um den bösen Geist zu besiegen … einschließlich Pypers

Leben zu riskieren. War Camille so viel gefährlicher geworden?

Camilles überhebliches Lächeln wankte, dann rannte sie auf die Straße zu.

Bea fluchte leise, hob die Arme und rief: „Risisto!"

Pypers Körper erstarrte, ein Fuß vor dem anderen, ihre Arme mitten in einer pumpenden Bewegung eingefroren.

Bea warf uns einen Blick zu. „Nicht bewegen."

Niemand sagte ein Wort, als Bea die Treppe hinunterlief, um Pyper zu holen. In dem Moment, als Bea sie berührte, brach Pyper zusammen, aber Beas Arme legten sich um ihren zierlichen Körper und bewahrten sie davor, im Kies zusammenzubrechen.

„Wenigstens ist jemand rücksichtsvoll", sagte ich zu Meri. „Diese Kiesel tun weh." Ich fuhr mir mit der Hand über die Wange und betastete den Schaden noch einmal.

„Oh, jammre nicht. Ich hab dir den Arsch gerettet. Warum zum Teufel warst du draußen … schon wieder?"

Ich wandte mich von ihrem vorwurfsvollen Blick ab. „Kane war nur wenige Augenblicke davon entfernt, Ian zu töten, und Camille hatte von Kat Besitz ergriffen. Ich habe versucht, zu helfen."

„Wie üblich, ohne nachzudenken."

Ich drehte mich um und ging in die Küche, wo Kane gerade Eis für eine Kompresse in ein Küchentuch einschlug. Ich zog eine Augenbraue hoch. „Für wen ist das?"

Er hielt es mir vors Gesicht. „Für dich. Du dürftest da morgen ganz schön bunt sein."

Perfekt. Ich war nicht nur geistig angeschlagen, ich würde auch ein blaues Auge bekommen.

Bea half einer leichenblassen Pyper zurück ins Haus. Als sie durch die Tür traten, nahm Ian sie in seine Arme und legte sie behutsam auf das Sofa. „Pyper, geht's dir gut?"

Sie fuhr sich mit zitternder Hand über die Stirn. „Ich glaube schon." Ihre Stimme war leise und schwach.

Mom stand am Fuß der Treppe, die Hand am Hals. Meri gesellte sich zu ihr und sprach leise mit ihr.

Ich ignorierte sie und ging in die Küche, um frischen Orangensaft zu holen. Kane hingegen trat vor Ian und zwang ihn von Pyper weg.

Ian stolperte zurück und wirkte gleichzeitig frustriert und verloren. Ich winkte ihn herüber. Er starrte mich an, seine Lippen zusammengepresst und sein Kiefer angespannt.

Kane setzte sich auf Beas Sofatisch, beugte sich vor und sprach in einem leisen, beruhigenden Ton mit Pyper.

„Ian", flüsterte ich, „komm her."

Er warf Kane und Pyper einen Blick zu, schüttelte den Kopf und zog sich in die Küche zurück.

„Was ist passiert?", zwang ich heraus und ignorierte den Schmerz in meinem Bauch, weil ich in seiner Nähe war. Erinnerungen stiegen in meinem Kopf auf, doch ich schob sie beiseite. Ich musste das durchstehen.

Er schnaubte. „Du warst da. Camille ist von Kat zu dir zu Pyper gesprungen, und ich war Camilles Spielzeug." Er spuckte Spielzeug mit nicht geringem Ekel aus. „Genau wie heute Nachmittag." Sein ganzes Gesicht wurde rot vor Scham, und er trat zwei Schritte zurück.

„Dessen bin ich mir bewusst." Ich goss mir ein großes Glas Orangensaft ein und kämpfte darum, meinen Arm ruhig zu halten. In seiner Nähe zu sein brachte mich ins Schwitzen. Meine Hände zitterten, und mein Herz raste.

Bleib ruhig. Ich sog die kühle Luft ein und versuchte, meine eigene Panik niederzuringen, damit ich genau verstehen konnte, was tatsächlich mit Ian geschehen war. „Was ich meine, ist, was ist mit dir passiert? Fang an mit gestern Nacht im *Herbal Shop*."

Er fuhr sich mit einer unsicheren Hand durch sein struppiges blondes Haar. „Ich weiß es nicht."

Atme einfach. „Könntest du versuchen zu beschreiben, was in deinem Kopf vorging?"

Er schnaubte frustriert. „Das ist es einfach. Ich erinnere mich an alles, aber ich hatte keine Kontrolle über das, was ich getan habe."

Blut schoss mir in den Kopf. „Du meinst ... du könntest besessen gewesen sein?" Himmel. Gab es zwei Geister?

Er schüttelte den Kopf. „Nein. Soweit ich weiß, war ich noch nie besessen, also glaube ich nicht. Eher, als wäre ich gezwungen worden."

„Als wärst du verhext worden, mich zu küssen?"

Er nickte langsam.

Über seine Schulter begegnete ich Kanes stählernem Blick. Er stand auf, die Fäuste geballt. Ich schüttelte den Kopf und warf ihm einen scharfen Blick zu. Nicht jetzt, formte ich lautlos mit den Lippen.

Ian fuhr herum, und Kane funkelte ihn an.

„Oh, verdammt." Ich rannte vor Ian und stieß ihn tiefer in die Küche. Dann ging ich zu Kane hinüber. „Beruhig dich, ja? Ich versuche herauszufinden, was passiert ist."

Kane legte mir eine besitzergreifende Hand auf die Schulter, deren Gewicht mich praktisch festnagelte. „Ich will dich nicht in seiner Nähe haben."

Ich bewegte mich und stieß einen missbilligenden Laut aus, als ich seine Hand von mir schob. „Verstanden, und normalerweise würde ich es auch nicht tun, doch ich habe eine deutliche Veränderung seiner Persönlichkeit gesehen, als wir draußen waren. Ich denke, es hat nichts mit ihm und alles mit Camille zu tun. Ich muss herausfinden, was passiert ist."

Kanes Nasenflügel bebten.

Ich musste ein Kichern unterdrücken. Er versuchte so sehr,

ruhig zu bleiben, doch es gelang ihm nicht. Ich legte eine Hand an seine Brust. „Es ist okay. Mir geht's gut. Versprochen."

Er sah auf mich herab, seine Augen wurden weich. „Bist du sicher? Vielleicht ist es besser, wenn Bea mit ihm spricht."

Ich nickte in Richtung von Bea, die auf der anderen Seite des Zimmers vor sich hinmurmelte und in ihren Zauberbüchern wühlte. „Sie sieht ein bisschen beschäftigt aus. Wirklich, mir geht's gut. Ich rufe, wenn ich etwas brauche." Ich nahm das Glas Orangensaft, legte meine andere Hand in seine und führte ihn zurück zu Pyper.

„Hey du." Ich reichte ihr das Glas. „Du siehst aus, als könntest du einen Muntermacher gebrauchen."

Ein bisschen Farbe war in ihr Gesicht zurückgekehrt, aber nicht viel. Der Orangensaft schwappte im Glas, als sie es an ihre Lippen führte. Ich warf Kane einen besorgten Blick zu. Er runzelte die Stirn und nahm das Glas, nachdem sie ein paar Schlucke getrunken hatte.

„Danke", sagte sie zu mir und ließ sich wieder auf das Sofa fallen. „Wie überlebst du das?"

Ich verzog das Gesicht. Sie sah viel schlimmer aus, als ich mich normalerweise nach einer Besessenheit fühlte. Ich warf Kat einen Blick zu. Sie war auch ein wenig erschüttert, doch nicht so schlimm wie Pyper. „Ich wette, es war Beas Magie, die das verursacht hat. Sie musste etwas tun, um Camille davon abzuhalten, mit deinem Körper davonzulaufen."

Pyper stöhnte.

„Mach dir keine Sorgen. Ich bin mir sicher, dass es dir nach einer von Beas Kräuterpillen gleich besser gehen wird."

„Oder drei." Sie schenkte mir ein schwaches Lächeln.

Mein Herz machte einen Sprung. Eine scherzende Pyper bedeutete, dass sie wieder in Ordnung kommen würde. Ich überließ sie Kanes fähigen Händen, und mein Herz erwärmte sich angesichts der liebevollen Aufmerksamkeit, die er ihr schenkte.

Ich gesellte mich zu Ian in die Küche, hielt immer noch Abstand und bemerkte die Eifersucht, die in sein Gesicht eingraviert war, als er die beiden zusammen beobachtete. „Sie sind wirklich nur Freunde."

Er zuckte zusammen. „Ich weiß."

„Warum dann das Gesicht?"

Ian schüttelte den Kopf. „Er hat Zugang zu einem Stück von ihr, das sie vor mir versteckt hält. Diese verwundbare Stelle tief in ihrem Inneren. Zuerst dachte ich, sie lässt niemanden da rein, doch wenn sie zusammen sind, sehe ich es."

Sein offensichtlicher Schmerz ließ mich fast nach ihm greifen, doch die Ereignisse des Tages trafen mich, und ich hielt mich zurück, aus Angst davor, dass ich wieder dieselbe Panik empfinden könnte. Stattdessen schnitt ich ein Stück von Beas Karottenkuchen ab und reichte es ihm. Hey, Trostessen funktionierte immer bei mir.

„Sie sind wie Bruder und Schwester. Keiner von ihnen hat andere Familie, auf die sie sich verlassen können."

„Außer dir", sagte er, ohne mich anzusehen. Er drehte mir den Rücken zu und hielt sich an der Theke fest. „Jade?"

„Ja?" Ich schob mir ein Stück Karottenkuchen in den Mund.

„Ich entschuldige mich für heute." Er hielt seine Stimme leise, doch laut genug, dass ich ihn und das Bedauern hinter den Worten hören konnte. „Ich weiß nicht einmal wirklich, was passiert ist. Gerade war ich in der Bar, im nächsten Moment war ich wahnsinnig vor Lust und habe dich praktisch in diesem Hotelzimmer zerfleischt."

Der Karottenkuchen wurde in meinem Mund zu Sägemehl. Ich versuchte zu schlucken, würgte und spuckte ihn in eine Serviette aus.

Er drehte sich um, um mich anzusehen.

„Tut mir leid. Ist mir im Hals stecken geblieben."

Er nickte und wandte sich wieder dem Granitmuster auf der Arbeitsfläche zu. „Ich erwarte nicht, dass du mir verzeihst. Aber ich glaube, ich war irgendwie verzaubert." Er schüttelte langsam und bewusst den Kopf. „Es musste so sein. Ich sollte diesen Raum auf Geister überwachen, nicht ... ich bin ganz krank wegen dem, was fast ... Fuck." Er ließ den Kopf hängen.

Ich drückte meinen Rücken gegen die gegenüberliegende Arbeitsfläche und versuchte zu verschwinden, ohne mich bewegen zu müssen. Ich wusste seine Entschuldigung zu schätzen, aber obwohl ich bereits wusste, dass Camille ihn verhext haben musste, war die Information noch nicht in meinem Innersten angekommen. Mein Puls raste, und ich musste mich am Granit festhalten, um nicht wegzulaufen. Ich räusperte mich. „Ich weiß, Ian."

Er hob den Kopf, doch er drehte sich nicht um, um mich anzusehen. Er nickte einmal und ging durch den Raum, um sich so weit wie möglich von allen entfernt auf einem Stuhl niederzulassen.

Ich runzelte die Stirn. Er brauchte Hilfe, doch ich konnte nicht diejenige sein, die ihm half. Wir hatten uns mit einer viel wichtigeren Angelegenheit zu befassen. Ich warf einen Blick auf die Treppe. Mom und Meri waren weg. Sie mussten sich wieder ins Gästezimmer zurückgezogen haben, um über weiß die Göttin was zu diskutieren. Ich stieß einen frustrierten Seufzer aus und ging zu Bea.

„Nach ein paar Heilpillen wird es ihr wieder gut gehen", sagte Bea und blätterte in einem ihrer Hexenbücher.

„Gut, freut mich zu hören."

„Hier." Sie reichte mir ein Buch. „Tu mir einen Gefallen und such nach einem Bannzauber."

Ich nahm das Buch, öffnete es aber nicht.

Bea bückte sich, um in ihrem Bücherregal zu wühlen, doch als ich mich nicht bewegte, blickte sie auf. „Was ist los, Liebes?"

„Ich will einen Findezauber wirken."

„Wer wird vermisst?"

„Mein Vater."

KAPITEL VIERUNDZWANZIG

*S*ie richtete sich auf und musterte mich. „Deine Mutter weiß nicht, wo er ist?"

Ich zuckte mit den Schultern. „Keine Ahnung. Sie weigert sich, auch nur über ihn zu sprechen, geschweige denn mir zu sagen, wer er ist. Ich weiß nur, dass der Mann, von dem ich dachte, er sei mein Vater, es nicht ist. Ich werde Pyper und Kat nicht noch einmal in Gefahr bringen. Die Lösung besteht darin, meinen Vater zu finden, wer auch immer er ist, und ihn davon zu überzeugen, mir zu helfen, meine Seele zu reparieren."

Dann könnten wir uns Gedanken darüber machen, was Camille vorhatte, bevor sie von jemand anderem Besitz ergriff.

Bea richtete ihren Blick zur Decke. „Sie wird da nicht mitmachen."

„Nein, wird sie nicht, nicht, wenn ihr jüngstes Verhalten ein Hinweis ist, doch ich kann es mir nicht leisten, länger zu warten." Ich warf Pyper einen Blick zu, die immer noch von der Besessenheit erschüttert war, und Kat, die mit großen

Augen und nervös an ihrem Nagellack herumzupfte. „Was sollen wir tun, für immer hierbleiben?"

„Vielleicht nicht für immer." Bea schenkte mir ein sanftes Lächeln. „Aber es tut mir nicht weh, auf euch Mädchen aufzupassen."

Mein Herz schwoll, und plötzlich überkam mich Traurigkeit. Warum konnte meine Beziehung zu meiner Mutter nicht so sein wie die zu Bea? Mom war einmal so eine Mutter gewesen. Hatte ich zumindest gedacht. In Wirklichkeit hatte sie mich mein ganzes Leben lang angelogen. Ich schüttelte den Kopf. Es gab wichtigere Dinge, auf die man sich konzentrieren musste.

„Können wir hier drinnen den Suchzauber machen, oder müssen wir nach draußen gehen?"

„Draußen", sagte Bea. „Wir brauchen wirklich den Kreis."

Ich seufzte schwer. „Okay, aber bitte zwing mich nicht, Meri zu holen. Wenn Mom herausfindet, was wir tun, wird sie mich nie aus diesem Zimmer lassen."

Bea wandte sich Kat zu. „Kannst du Meri holen?" Meine Mentorin runzelte die Stirn. „Und Hope etwa fünfzehn Minuten lang beschäftigen?"

Kat warf mir einen fragenden Blick zu. Ich erwiderte ihn mit einem beruhigenden Lächeln, trat an ihre Seite und flüsterte ihr den Plan ins Ohr.

„Absolut. Je früher wir keine Camille-Köder mehr sind, desto besser."

Ich küsste ihre Wange. „Danke."

Sie winkte ab, und keine Minute später kam Meri die Treppe hinunter und sah sich um. „Kat sagte, Dan wäre hier."

Ich verbarg mein Kichern hinter einem Husten. Kat hatte die perfekte Ausrede gefunden.

„Tut mir leid." Bea verzog das Gesicht. „Ich wünschte, sie hätte das nicht gesagt. Wir brauchen dich für einen Zauber, der Hope nicht gefallen wird, doch es ist unbedingt notwendig, dass wir ihn so schnell wie möglich wirken. Würde es dir etwas ausmachen, dich uns im Kreis draußen anzuschließen?"

Eine Mischung aus Enttäuschung und Verärgerung huschte über Meris Gesicht. „Ich will mich wirklich nicht einmischen. Sie haben meinetwegen schon genug zu verarbeiten."

Ich hakte mich bei ihr unter. „Das hat nichts mit dir zu tun, außer dass du mich beschützen musst. Wir machen das so oder so." Ich warf ihr einen flehenden Blick zu. „Bitte, Meri. Ich kann nicht zulassen, dass noch jemand verletzt wird. Mom hat seit Jahren Geheimnisse vor mir. Ich weiß nicht mehr, was ich glauben soll."

„Du machst also den Findezauber?"

Ich nickte. „Weißt du, wer mein richtiger Vater ist?"

Sie holte tief Luft. „Nein, leider nicht."

Kane sah von seinem Platz neben Pyper auf. „Wirklich? Es scheint, als ob du mehr weißt, als du sagst."

Meri biss sich auf die Unterlippe und kaute, als ob sie überlegte, wie viel sie sagen sollte. Dann wandte sie sich wieder mir zu. „Ich wusste, dass Marc nicht dein leiblicher Vater ist. Ich weiß auch, wo er lebt und arbeitet, aber das ist alles. Ich habe versucht, Hope dazu zu bringen, sich zu öffnen. Ich weiß, wie schrecklich das für dich ist. Und da sie sich standhaft weigert, dir etwas zu sagen, hast du meine Hilfe, wenn du meine Hilfe brauchst."

Ich blies den Atem aus, von dem ich nicht gewusst hatte, dass ich ihn anhielt. „Lass uns das machen." Ich ging mit Meri zur Tür, und wir warteten zusammen auf Bea.

Mit ihrem Zauberbuch und einer Kerze in der Hand holte sie eine Keramikschale und ihr Zeremonienmesser aus ihrem Mantel und reichte sie mir.

Gelächter hallte durch das Treppenhaus. Ich spannte mich

frustriert an. Worüber zum Teufel lachte Kat? Es war nichts Lustiges an dem, was hier vor sich ging.

Bea schüttelte leicht amüsiert den Kopf. „Kat war den ganzen Tag ein bisschen aufgedreht. Das ist nach dem Koma zu erwarten. Nach ein paar Tagen Schlaf ist sie so gut wie neu. Im Moment ist sie eine wandelnde Kichererbse. Beeilen wir uns, bevor ihr das Material ausgeht."

Sie war aufgedreht? War mir nicht aufgefallen. Mist, war ich so mit meinem eigenen Drama beschäftigt? Ich warf Pyper einen Blick zu. Wahrscheinlich. Hatte sie das am Abend zuvor nicht gesagt? Ich brauchte einen Crashkurs in Aufmerksamkeit, und zwar pronto.

Meri öffnete die Tür und gemeinsam traten wir in die sich schnell abkühlende Nacht hinaus. Ich schlang meine Arme um mich und zitterte.

„Wenn wir den Kreis aktivieren, wird es wärmer", sagte Bea.

Mein Herz donnerte vor Vorfreude. Magie. Meine Glieder schmerzten, als ich spürte, wie der berauschende Funke durch sie hindurchflog.

Auf dem Rasen angekommen, hob Bea ihre Arme zum Himmel und rief: „Zirkel der Halbmondstadt, hör meinen Ruf, fülle den Kreis mit deinem Willen."

Ein Pentagramm leuchtet aus dem Boden auf und schien durch das saftige Gras. Sobald wir drei einen kleinen Kreis in der Mitte des Pentagramms bildeten, erlosch das Licht.

Ich richtete meine Aufmerksamkeit auf Bea. „Was ist passiert?"

Sie schüttelte den Kopf. „Nichts, Liebes. Da wir nur zu dritt sind, brauchen wir einen Schub. Den Kreis zur gleichen Zeit zu rufen wie wir die Kerze entzünden wird unsere Reichweite erweitern. Meri", Bea reichte ihr die weiße Stumpenkerze, „du hältst die hier. Wenn ich es sage, zündet du und Jade sie gleichzeitig an. Verstanden?"

Das eine Mal, als ich einen Suchzauber gewirkt hatte, hatte meine Reichweite nur zweihundert Meilen betragen und das mit der Unterstützung des ganzen Zirkels. Bea ging ganz anders vor. Wieso? Ich konnte nicht widerstehen zu fragen: „Wie weit wird unsere Reichweite sein?"

Sie warf einen Blick auf das Messer. „Mit deinem Blut wird das kein Problem sein. Deine Gene werden als Einiger fungieren."

„Oh. Großartig." Mein Magen drehte sich ungefähr dreimal um. Sobald Bea den Zauber gesprochen hatte, würde ich wissen, wer mein richtiger Vater war. Mein Herz pochte schnell, und kalter Schweiß stand mir auf der Stirn. Dazu war ich nicht bereit. Würde er mich erkennen? Ein kleines bisschen Angst kroch durch mich hindurch. Warum wollte Mom nicht, dass ich wusste, wer er war?

„Atme tief durch, Jade", sagte Meri. „Du kannst dich später mit all diesen Emotionen befassen. Im Moment geht es darum, deine Freunde und dich selbst zu schützen."

Tief einatmen, langsam ausatmen. Ich tat das ein paarmal, und mein Herzschlag verlangsamte sich auf ein akzeptables Maß. Sie hatte Recht. Ich würde fast alles tun, um meine Freunde zu schützen.

„Deine Loyalität ist bemerkenswert."

Ich starrte Meri an. „Schau, wer da spricht. Du bist in der Hölle gelandet, nachdem du dich für Philip geopfert hast. Weiter kann Loyalität nicht gehen."

Sie zuckte mit den Schultern. „Ich bin nicht mehr dieselbe wie damals."

„Nein? Du bist hier, nicht wahr? Wenn das nicht loyal ist, weiß ich nicht, was es ist. Du bist seit über achtundvierzig

Stunden nicht von meiner Seite gewichen, und wir wissen beide, dass es kein Picknick war." Gott, war es erst so lange? Es schien eine Woche her zu sein, seit ich das letzte Mal geschlafen hatte.

Sie schmunzelte, dann verzogen sich ihre Lippen zu einem zufriedenen Lächeln. „Nein, aber ich habe festgestellt, dass du nicht ganz so nervig bist, wie ich dachte. Ich denke, wir könnten vielleicht sogar Freundinnen sein … sobald wir deine Seele in Ordnung gebracht haben."

Ich lachte. „Ja, ich denke, eine Freundschaft ließe sich arrangieren."

„Meine Damen", schalt Bea uns. „Es ist Zeit, sich zu konzentrieren."

Ich presste meine Lippen aufeinander, konnte mir aber ein Lächeln nicht verkneifen. Wir hatten gerade einen Durchbruch in unserer Beziehung erlebt. Wer hätte gedacht, dass ich mit einer ehemaligen Dämonin, einem seelenstehlenden Engel, befreundet sein würde?

Bea hob die Arme gen Himmel. „Vom Himmel bis zur Hölle und alles dazwischen sucht unser Kreis den, der nicht gesehen werden kann." Sie nickte mir zu und starrte auf das Messer.

Ich verzog das Gesicht, schnitt schnell mit der scharfen Klinge über die Kuppe meines Daumens und zuckte zusammen. Sofort sammelte sich Blut und rann in die weiße Keramikschale. Auf Beas Zeichen hin kippte ich die Schüssel und ließ das Blut in die verzauberte Erde sickern. Als der letzte Tropfen im Gras verschwand, stellte Meri die Kerze in die Mitte des Kreises, und wir drei fassten uns an den Händen.

Meri begegnete meinem Blick, und zusammen riefen wir: „*Accende!*"

Beas stimmte mit ein, und als die Kerze und der Kreis zum Leben erwachten, explodierte süße Magie in meiner Brust und breitete sich bis in alle Nervenenden aus.

Ich vibrierte förmlich davon. „Heilige Scheiße", keuchte ich.

Es war anders als alles, was ich je zuvor gespürt hatte. Bea und ich hatten ein paar Zaubersprüche zusammen gewirkt, doch es war noch nie so intensiv gewesen. Das Gefühl war allumfassend, geradezu berauschend. Ich könnte tagelang in der berauschenden Kraft schwimmen, vollkommen zufrieden, nie wieder aufzutauchen.

Beas bernsteinfarbene Augen blitzten hell auf, dann schloss sie sie und hob den Kopf. „Göttinnen dieser Welt und des Jenseits, wir bitten euch, unser Blutopfer anzunehmen. Lebt es, atmet es ein und schmeckt es. Wir suchen das Wissen des Schöpfers. Wir bitten nur um Wissen, nicht um Macht. Durch die Macht von dreien zu einer möge euer Wille geschehen."

Die Flamme der Kerze brannte in einem hellen Blauweiß, und der Kreis imitierte die Farbe und erleuchtete unsere Gesichter in strahlendem Glanz. Die Flamme pulsierte mit der Kraft, die durch mich rauschte. Sie erfüllte mich und drückte gegen meine inneren Wände. Ich konnte mich kaum auf den Beinen halten, als sie danach strebte, meinen Körper zu verlassen, mich mit der Hexe und dem Engel neben mir zu verbinden. Die Macht war lebendig und hungrig.

Ich war hungrig. Mein Körper sehnte sich danach, sie freizulassen. Ich kniff die Augen zu, biss die Zähne zusammen und ballte meine Fäuste, verzweifelt darauf bedacht, weiter auf der Flut zu reiten. Es war zu stark, einfach *zu* viel.

„Jetzt, Jade!", befahl Bea.

Ich riss meine Augen auf, und genau in der Mitte des Kreises stand der Umriss eines Engels, den ich vage von meiner Anhörung vor ein paar Wochen erkannte. Wenn die Magie, die durch mich sprühte, nicht so stark gewesen wäre, wäre ich zurückgesprungen.

„Lass deine Magie frei, Jade!", befahl Bea noch einmal.

Ich zögerte nicht länger. Meine Magie verband sich mit der von Meri und Bea. Bea zerrte daran, saugte sie aus meinem

Körper und ließ mich leer zurück, als sie die Ranken mit ihren und denen von Meri verband. Als sie losließ, leuchtete das gesamte Pentagramm im Glanz von Tausenden von Sternen.

„Whoa." Ich blinzelte.

Meri starrte den Engel an, der jetzt klar zu erkennen war. Sein schulterlanges blondes Haar rahmte sein kantiges Gesicht, und er trug eine cremefarbene Leinenhose und ein weißes Hemd und sah sehr nach Old-school New Orleans aus.

„Ratsmitglied Davidson?" Sie runzelte die Stirn und warf Bea einen Blick zu.

Bea neigte den Kopf und blickte wieder gen Himmel.

Der Engel sah sich in Beas Garten um und verzog missbilligend die Lippen. „Beatrice, darf ich fragen, was du deiner Meinung nach tust, einen Engel vom Hohen Rat in deinen Garten zu rufen?"

Ich starrte ihn vollkommen verwirrt mit offenem Mund an. Warum hatte sie *ihn* gerufen? Wut ließ meinen Körper praktisch vibrieren. Seelendieb. Er war einer der Engel, die dafür gestimmt hatten, Meri meine Seele zu geben.

Bea warf mir einen Blick zu, dann wieder Davidson. „Ich entschuldige mich, Drake. Wir haben einen Suchzauber mit Blut gewirkt. Wir wussten nicht, wer hier auftauchen würde. Du bist zu unserem Schutz in den Kreis gebunden … und zu deinem."

Wie war das passiert? Ich war mit diesem Typen nicht verwandt. Oder doch? Wir hatten den Blutzauber benutzt. Ich schüttelte den Kopf. Vielleicht hatten wir es falsch gemacht, oder das Blut war verunreinigt. Wenn nicht …

Meine Brust schnürte sich zu, und meine Lungen hörten auf zu arbeiten. Ich war mir nicht einmal sicher, ob ich versuchte, zu atmen. Der Zauber konnte nicht schiefgegangen sein. Wir hatten mein Blut benutzt, um Himmels willen. In meinem Kopf drehte sich alles. Dieser Mann war der Grund, warum Philip gesagt hatte, meine Aura sei wie die eines Engels. Er war mein *Vater*. Und der Grund, warum ich fast meine Seele verloren hätte.

Ein vages Wiedererkennen huschte über seine Züge, als er Meri und mich bemerkte. Dann richtete er verwirrt wieder den Blick auf Bea. „Verzeih mir die Frage, aber wessen Blut hast du verwendet? Ich weiß, dass meine Geschwister und ihr Nachwuchs auf der anderen Seite des Kontinents leben. Washington State, denke ich."

Bea nickte. „Das tun sie. Ich habe erst letzte Woche mit Pamela gesprochen. Es geht allen gut."

Ich blickte zwischen ihnen hin und her, immer noch geschockt. Sie kannte ihn. Meine Mutter auch. *Darum* hatte sie es mir nicht sagen wollen.

Verwirrt runzelte er die Stirn. „Dann verstehe ich nicht ..."

Bea drehte sich zu mir um, und ihre Augen schienen über meine Schulter an mir vorbeizuwandern. Ihr Kiefer spannte sich vor Entschlossenheit an, als sie zum Haus nickte. „Ich glaube, die Hexe auf meiner Veranda könnte dem Ganzen ein wenig Perspektive geben."

Drake drehte sich langsam um. Für einen Moment weiteten sich seine Augen geschockt. Dann funkelten sie, und sein Ton wurde sanft und staunend. „Hope?"

„Drake?", sagte Bea.

Er riss seinen Blick von Mom los und konzentrierte sich auf Bea. „Ja, Beatrice?"

Sie streckte mir ihre Hand entgegen. „Ich möchte dir deine Tochter Jade vorstellen."

KAPITEL FÜNFUNDZWANZIG

„ *N* ein!" Mom stürzte von der Veranda und rannte auf uns zu.

„Was?" Drake starrte mich vollkommen verwirrt an. „Du irrst dich. Das ist die Hexe mit der geteilten Seele, nicht wahr? Und das ist der Engel." Er zeigte auf Meri.

„Ja", spie ich aus, und meine Verwirrung entlud sich als Wut. Er konnte nicht mein Vater sein. Er konnte es einfach nicht. Nicht er. „Und du und der verdammte Rat wart bereit, mein Leben für das ‚Gemeinwohl' zu opfern, als ob ich als Person keinen Wert hätte. Wer tut sowas?"

Drake ignorierte meinen Ausbruch und sah Bea mit hochgezogenen Augenbrauen an.

Kaltherziger Bastard.

Bea stieß einen übertriebenen Seufzer aus und nickte.

Mom blieb auf der anderen Seite des beleuchteten Pentagramms stehen. An der Frustration in ihrem Gesicht war klar ersichtlich, dass sie ausgesperrt war. „Nein! Das ist alles falsch."

Bea drehte sich zu ihr um. „Willst du damit sagen, dass Drake nicht ihr Vater ist?"

Mom stemmte die Hände in die Hüften und runzelte die Stirn. „Genau das sage ich."

Mein Blick wanderte zwischen Mom und Drake hin und her. Er konnte seine Augen nicht von ihr lassen, und sie warf ihm mörderische Blicke zu.

„Du gehörst nicht hierher", sagte sie mit zusammengebissenen Zähnen.

„Das habe ich nie behauptet", sagte er leise.

Mom ging hinter mir auf und ab. „Schick ihn zurück."

„Ich kann das nicht." Bea legte den Kopf schief. „Abgesehen davon braucht Jade ihn."

„Nein. Nicht ihn."

Bea warf die Hände in die Höhe. „Was schlägst du dann vor, Hope? Wirst du ihr deine Seele geben? Denn sie wird die Woche nicht überleben, wenn sie keine Hilfe bekommt."

„Wenn ich muss." Sie funkelte uns alle an. Ihr dunkles Haar war offen und rahmte ihr Gesicht. „Er wird nie das Richtige tun. Sieh dir an, was er getan hat, als sie vor dem Rat stand. Er hat versucht, sie zu töten!" Moms Stimme brach, und Tränen strömten über ihr Gesicht.

Drake richtete seine Aufmerksamkeit auf mich, und etwas in seinem Gesichtsausdruck veränderte sich. In seinen hellgrünen Augen leuchtete Erkenntnis. Er runzelte die Stirn und wandte seine Aufmerksamkeit dann Mom zu. „Hope, stimmt das? Ist diese junge Dame wirklich meine Tochter?"

Sie fiel auf die Knie und wischte sich die Tränen von ihren fleckigen Wangen. „Bitte geh einfach", würgte sie hervor. „Ich will nicht, dass du ihr Vater bist. Alles an dir bringt sie in Gefahr." Ihre Augen waren geschwollen und rot, als sie meinem Blick begegnete. „Ich wollte nicht, dass es wahr ist. Ich kann es dir nicht sagen, weil er dir wehtun wird. Denn das hat er schon. Tut mir leid."

Ich spürte, wie das Blut aus meinem Gesicht floss, als mein Körper zu zittern begann. Er war mein Vater – der Mann, der mein Todesurteil unterschrieben hatte. Nein. *Nein.* Das konnte nicht sein. Es musste ein Fehler sein. Mein ganzes Leben war eine Lüge. Mein Hals schmerzte von unvergossenen Tränen. Ich hatte meinen Vater gefunden ... meinen Vater, den Engel.

Hoffnungslosigkeit überkam mich und machte mich fast taub. Er würde mir nie einen Teil seiner Seele geben. Hohe Engel scherten sich trotz des Seelenretter-Bullshits nicht um einen Menschen. Sie würden niemals einen der Ihren für eine beschädigte Hexe riskieren.

Ich drehte mich um und machte einen Schritt auf das Haus zu. Ich wollte mir seine unvermeidliche Ablehnung nicht antun. Er konnte seine verdammte Seele behalten. Ich würde einen anderen Weg finden.

Beas starke Hand legte sich um meinen Arm und hielt mich auf. „Unterbrich den Kreis nicht", warnte sie.

Ihr Ton und die Wut, der in ihren Augen aufflammte, hielten mich auf. Ich musterte sie, bemerkte, wie sie zwischen Mom und dem Engel hin und her blickte, und entschied, dass ihre Wut nicht auf mich gerichtet war. Stattdessen war sie auf zwei planlose Eltern gerichtet.

Drake versuchte, einen Schritt nach vorn zu machen, doch der Kreis hielt ihn fest. „Beatrice, ich verlange, dass du mich entlässt."

„Noch nicht." Sie schüttelte den Kopf. „Nicht, bis du Jade angehört hast."

Oh Mist. Sie würde mich zwingen zu erklären, wie sehr ich einen Teil seiner Seele brauchte. Mein Innerstes schreckte davor zurück, ihm irgendwas wegzunehmen, irgendeinen Teil von mir jemandem zu enthüllen, der sich so wenig um ein menschliches Leben scherte. Doch die Gesichter meiner Freundinnen tauchten in meinem Kopf auf, und ich wusste, dass ich es tun würde, egal wie sehr ich schreiend davonlaufen wollte. Wo war Kane?

Als hätte er meine Gedanken gehört, hörte ich seine ruhige Stimme hinter mir. „Jade?"

Ich warf ihm einen Blick zu. „Hi." *Hi?* Du meine Güte. So eloquent.

„Was ist los?" Kane starrte Mom an und runzelte die Stirn, scheinbar ratlos, was er tun sollte.

Ich würgte ein ersticktes Lachen heraus. „Ich habe meinen Vater gerufen. Den, der befohlen hat, dass Meri meine Seele bekommt."

„Was?" Er erstarrte, und Wut loderte in seinen dunklen Augen.

Drake studierte mich jetzt. „Wie alt bist du?"

„Wie alt denkst du?", blaffte ich. „Siebenundzwanzig."

Sein bereits blasses Gesicht verlor jegliche Farbe, der Mond ließ ihn fast durchscheinend wirken. „Hope?", fragte er mit deutlicher Verzweiflung in der Stimme „Ist Jade meine Tochter?"

„Biologisch, aber du wirst nie ihr Vater sein. Nicht auf eine Weise, auf die es ankommt", sagte Mom schwach. „Du warst weg. Du hast uns verlassen."

„Uns", hauchte er. Seine Augen wanderten zu mir, und diesmal sah er mich an, als würde er sich jedes Detail meines Gesichts merken.

Ich starrte ihn an, unbehaglich und ein wenig ehrfürchtig. Er war groß, erleuchtet von mehr als dem Mondlicht, eingehüllt in ein ätherisches Leuchten. Das war kein Engel niedriger Ebene wie Meri, Philip oder Lailah. Er war echt, ein vollwertiger Engel, der nicht in unserer Welt lebte. Komisch, ich hatte das Leuchten nicht bemerkt, als wir im Reich der

Engel waren. Vielleicht war es nur offensichtlich, wenn er unter Menschen wandelte.

Seine Augen wurden kalt und hart, als er Mom mit seinem Blick festhielt. „Du hast sie mir vorenthalten."

Ein scharfer Schmerz durchbohrte mein Herz, und ich hatte das Gefühl, dass es in zahllose Scherben zerbrach. Das waren zwei Väter, die kennenzulernen Mom mir nicht die Gelegenheit gegeben hatte. Ich fühlte mich so zerbrochen, wie sie auf dem Rasen zusammengesackt aussah. Wenn sie dieses Geheimnis nicht gewahrt hätte, hätte der Engelsrat anders gestimmt, wenn sie gewusst hätten, wer ich war? Hätte Drake anders gestimmt? Ich presste meine Hände auf meine Brust und konzentrierte mich aufs Atmen.

Mom stand auf wackeligen Beinen auf. Sie ballte ihre Hände zu engen Fäusten. „Du hast mich verlassen. Du wolltest mich nicht. Du hast es deutlich genug gesagt. *Hope, danke für unsere gemeinsame Zeit, aber du wusstest immer, dass das nur vorübergehend war. Ich habe meinen Platz und du deinen.* Dann bist du gegangen. Kein „Ich liebe dich" oder ein Abschiedskuss. Du bist einfach aus der Tür gegangen und hast nie zurückgeschaut." Sie schniefte und trocknete sich hastig die Augen. „Ich war vorübergehend. *Wir* waren vorübergehend. Ich war nicht bereit, dich vorübergehend in Jades Leben lassen. Nicht damals oder jemals. Du hast nie nach mir gesehen. Nicht ein einziges Mal. Ich habe dir vier Jahre meines Lebens geschenkt, und du bist einfach gegangen."

„Du weißt, warum", sagte Drake mit stahlharter Stimme.

„Ja, ich weiß *genau*, warum du gegangen bist", sagte sie, und ihre Worte trieften vor Sarkasmus. „Du wärst sowieso nicht für sie da gewesen. Und schlimmer noch, du hättest ihr wehgetan, wie du mir wehgetan hast. Deshalb habe ich es dir nie erzählt. Sie wusste es bis vor fünf Minuten auch nicht. Und ich schwöre bei der Göttin, wenn du versuchst, sie ins Reich zurückzubringen, werde ich mit allem, was in meiner Macht steht, alles tun, selbst wenn ich die Hölle um Hilfe bitten muss."

Whoa. Vier Jahre? Mom war vier Jahre mit meinem Vater zusammen gewesen, und ich hatte noch nie ein Wort über ihn gehört.

Er zuckte zurück, schockiert von ihrem Ausbruch, dann kniff er die Augen zusammen. „Was meinst du damit, du weißt genau, warum ich gegangen bin? Ich wurde in den Rat berufen. Du weißt das."

„Du *Bastard*." Ihre Tapferkeit verließ sie mit einem Schlag. „Du lügst. Ich weiß, du hast deine Gefährtin gefunden. Und ich weiß, dass du mich ihretwegen verlassen hast." Sie machte auf dem Absatz kehrt und stürmte zurück zum Haus.

Drake wollte ihr folgen, wurde aber erneut von der Wand des Kreises aufgehalten. „Lass mich raus!", verlangte er und starrte Mom hinterher.

„Zuerst müssen wir etwas verhandeln", sagte Bea ruhig.

Er funkelte sie an. „Das ist nicht die Zeit dafür."

„Jetzt ist die perfekte Zeit dafür", sagte ich, und mein Mitgefühl für Mom taute einen Teil meiner Wut. Verdammte Engel und ihre dummen Gefährten. Nach all den Jahren war Mom immer noch am Boden zerstört. Egal, welche Entscheidungen sie getroffen hatte, es war klar, dass sie sie nicht leichtfertig getroffen hatte. „Wegen dir und deinem Rat lebe ich mit einer halben Seele, was anscheinend bedeutet, dass ich anfällig für Geisterbesessenheit bin. Und einige meiner Freunde auch, mit denen ich im Laufe der Jahre meine Energie geteilt habe."

Seine hellen Augenbrauen hoben sich. „Besessenheit?"

„Ja", sagte Bea. „Da Jade Hope für einige Jahre an das Fegefeuer verloren hat, hat sie bis vor kurzem nicht gewusst, dass sie eine Hexe ist. Doch sie war eine Empathin und hat gelernt, dass sie

Menschen helfen kann, indem sie beruhigende Energie überträgt. Was sie nicht wusste, war, dass sie jedes Mal auch etwas von ihrer Essenz aufgegeben hat. Ein Geist hat eine Verbindung zu Jade aufgebaut, und da ihre Seele geschwächt ist, kann sie sie nicht abwehren. Jetzt ergreift der Geist abwechselnd von ihren Freundinnen Besitz, um Jades Körper zu bekommen." Bea stemmte die Hände in die Hüften. „Natürlich gibt es eine Lösung."

Drake runzelte die Stirn. „Du schlägst nicht vor –"

„Genau *das* schlage ich vor." Beas Ton schlug von dem einer geduldigen Freundin zu der mächtigen Anführerin eines Hexenzirkels. „Und dem Stand der Dinge nach zu urteilen, würde ich sagen, dass du dieser jungen Dame viel mehr schuldest als nur einen Teil deiner Seele."

Drake schüttelte langsam den Kopf. „Das verstößt gegen die Regeln des Rats. Ich kann nicht tun, was du verlangst." Er warf mir einen schmerzerfüllten Blick zu. „Nicht einmal für meine einzige Tochter."

„Du könntest um eine Anhörung bitten", meldete Meri sich zu Wort. „Du könntest Jade zu ihnen bringen und ihren Fall präsentieren. Es gibt einen Präzedenzfall für Ausnahmen von der Satzung in bestimmten Fällen in Bezug auf Seelen."

Ein erschreckender Schauer kroch meinen Rücken empor. Ja, solche, bei denen sie anderen Wesen vollkommen gesunde Seelen übergaben. Noch eine Anhörung? Hatte sie den Verstand verloren? Das war etwas ganz anderes, als wenn sie nur einer Petition zustimmen müssten. Eine Anhörung würde mein Leben wieder in ihre Hände legen. „Nein!", schrie ich. „Ich gehe nicht dorthin zurück."

Jeder Instinkt verlangte, dass ich sehr schnell und sehr weit von diesem ganzen Schlamassel weglief. Wenn ich vor den Rat zurückkehrte, könnten sie mir den Rest meiner Seele nehmen. Ich begegnete Kanes Blick und war angesichts des Schmerzes und der Angst fast ohnmächtig, die ich darin sah. Er würde mich sowieso nicht gehen lassen. Ich spürte es.

Doch Drake nickte. „Natürlich könnte ich das tun."

Bea begegnete meinem flehenden Blick. „Das ist der einzige Weg, Liebes."

Ich schüttelte heftig den Kopf. Auf keinen Fall würde ich irgendwohin gehen.

Drake zog etwas heraus, das verdächtig nach einem Blackberry aussah, tippte auf ein paar Tasten, runzelte die Stirn, tippte noch ein paarmal und nickte dann. „So sei es. Heute in einer Woche wird der Rat den Antrag anhören und darüber abstimmen, was zu tun ist."

„Was? Nein! Ich habe nein gesagt."

Drake drehte sich zu mir um. „Meine Tochter, ich entschuldige mich. Ich hätte dich gerne aufwachsen sehen und dich auf diese andere Welt vorbereitet, in der wir leben. Ich werde mein Bestes tun, um dich hier hindurchzubegleiten, aber du musst es verstehen. Ich kann dich nicht mit einer kaputten Seele herumlaufen lassen, die von einem Geist besessen werden könnte. Das ist der beste Weg. Andernfalls wird dein Schutzengel wahrscheinlich den Befehl erhalten, dich vor den Rat zu bringen. Sei in sieben Tagen bereit. Ich werde nach dir schicken."

„Nur, wenn ich sie begleiten darf", sagte Kane hinter mir.

„Wer bist du?", fragte Drake herablassend. Dann kniff er seine Augen zusammen. „Traumwandler?"

„Ja." Kane spannte sich an, und der Muskel in seinem Kiefer pulsierte.

Was hatte sein Traumwandeln damit zu tun? Und warum war Kane plötzlich defensiv? Ich hatte ihn noch nie so reagieren sehen.

„Ich bin ihr Verlobter, und ich werde verdammt sein, wenn

ich tatenlos zusehe, wie sie wieder für zwei Monate verschwindet."

„Kane", sagte Meri leise, „das ist nicht diese Art von Anhörung."

Er schnaubte. „Es ist mir scheißegal, was für eine Anhörung das ist. Jade geht nicht ohne mich."

Drake musterte Kane interessiert. Dann drückte er einen weiteren Knopf auf seinem Engels-Blackberry. Er nickte und sagte: „Deiner Bitte wurde stattgegeben."

Mein Atem blieb mir im Hals stecken. Er war Kanes Forderung zu leicht nachgekommen. Drake interessierte sich zu sehr für Kane. Was wollten die Engel von einem Traumwandler? Ich biss mir auf die Innenseite meiner Wange, um nicht zu schreien.

„Beatrice", sagte Drake, „Würdest du mich jetzt freilassen?"

Sie nickte, flüsterte etwas auf Lateinisch und trat dann zurück, um den Kreis zu brechen.

Drake nickte ihr zu. Sein Blick begegnete meinem, als er eine Hand ausstreckte. „Schön, dich kennenzulernen, Tochter."

Ich starrte auf seine ausgestreckte Hand, nicht ganz sicher, was ich tun sollte. Um uns herum breitete sich eine peinliche Stille aus, doch er zog sie nicht zurück. Also ergriff ich schnell seine Hand und schüttelte sie.

Er drückte sanft zu, ließ meine Hand sinken und löste sich mit einem kleinen Lächeln in Luft auf.

KAPITEL SECHSUNDZWANZIG

$\mathcal{M}$om stapfte von der Veranda auf Bea zu und starrte sie mit mörderischen Augen an. „Wenn du dich jemals wieder in die Angelegenheiten meiner Tochter einmischst, wirst du den Tag bereuen, an dem du dich in ihr Leben eingemischt hast."

„Mom!", rief ich, packte ihren Arm und riss sie von meiner Mentorin weg. „Entschuldige dich bei ihr!"

Sie presste die Lippen aufeinander und starrte uns alle trotzig an.

„Bea, es tut mir so leid", sagte ich leise und drehte mich wieder zu Mom um. „Hör auf damit. Es ist nicht Beas Schuld. Ich habe sie um Hilfe gebeten."

„Es war nicht an ihr, dieser Bitte nachzukommen, Jade."

Wirklich? Das von der Mutter, die mich und beide Männer in ihrem Leben angelogen hatte? Sie hatte Nerven.

Bea räusperte sich. „Ich denke, ich gehe ins Haus und gebe euch ein bisschen Privatsphäre."

Mom schnaubte. „Als ob das jetzt noch wichtig wäre." Sie wirbelte auf dem Absatz herum und ging zurück ins Haus.

Bea runzelte die Stirn und sah ihr nach.

Ich winkte ab und schüttelte den Kopf. „Vergiss es. Du hast mir geholfen, das zu tun, was sie sich zu tun geweigert hat. Danke."

Beas Stirnrunzeln wurde tiefer. „Sie hatte einen sehr guten Grund." Ihre bernsteingoldenen Augen hefteten sich an meine. „Verstehst du nicht, was gerade passiert ist?"

Ich biss mir auf die Lippe und nickte. „Doch." Ich wusste genau, was passiert war. „Mein Vater ist ein Engel, und in einer Woche liegt mein Leben wieder in den Händen des Rates." Meine Stimme brach, und ich schluckte den Kloß herunter, der meine Kehle verstopfte. Angst stieg auf und drohte mich zu erwürgen. Ich rang sie nieder und weigerte mich zu kapitulieren. „Ich verstehe die Konsequenzen, doch daran lässt sich nichts ändern. Du weißt, dass ich nicht tatenlos herumstehen kann, während meine Freunde in Gefahr sind. Genau wie Mom es nicht tun würde. Man könnte meinen, sie würde mein tiefsitzendes Bedürfnis verstehen, das Richtige für meine Freunde zu tun."

Bea nickte, als ihr Blick auf Meri landete. „Ja, das sollte man meinen. Doch es ist viel schwieriger, zuzulassen, dass sich ihre Tochter in Gefahr bringt, als sein eigenes Leben aufs Spiel zu setzen." Sie richtete ihren Blick auf das Haus und dann wieder auf Kane. „Ich vermute, du weißt ein bisschen über den Instinkt, deine Lieben zu beschützen."

Ein Schauer lief mir über den Rücken. Ja, das wusste ich.

Kane streckte mir seine Hand entgegen. „Komm her."

Gerne schlang ich meine Arme um ihn und vergrub meinen Kopf an seiner Brust. „Bring mich nach Hause?"

Er drückte mich und ließ mich dann los. „Lass uns gehen."

Kane machte sich nicht einmal die Mühe, zurück ins Haus zu gehen, sondern ließ mich und Meri in sein Auto einsteigen und ging auf die Fahrerseite. „Musst du irgendjemandem sagen, dass wir gehen?"

Ich schüttelte den Kopf und zog mein Handy heraus. Eine Gruppennachricht später nickte ich und bedeutete ihm, loszufahren.

~

AUF DER FÜNFZEHNMINÜTIGEN Rückfahrt zu Kanes Haus sprach niemand ein Wort, weder als er parkte noch als wir durch die Tür schlurften. Meri ging direkt auf das Gästezimmer zu, und hielt nur kurz inne, um gute Nacht zu sagen, bevor sie hinter der geschlossenen Tür verschwand.

Kane strich mir beruhigend über den Rücken, eine Liebkosung, die er mir schon tausendmal geschenkt hatte. Allein mit ihm in seinem Haus stehend versteifte ich mich und machte einen kleinen Schritt vorwärts. Plötzlich war seine Berührung zu persönlich, zu intim nach den Ereignissen des Tages.

Er ging mit mir und schlang denselben Arm schützend um meine Schultern.

Meine Gedanken waren durcheinander, und irgendwie wurde ich zurück in dieses Hotelzimmer transportiert. Die Erinnerung an die kühlen Fliesen hallte auf meiner Haut wider, und ich sah nur schwarze und weiße Quadrate. Meine Schultern schoben sich vor, als ich mich danach sehnte, mich wieder zu einer Kugel zusammenzurollen und in die Sicherheit meines betäubten Geistes zu schlüpfen.

„Was ist los?" Er drückte mich fester an seine Brust, sein warmer Atem streichelte mein Ohr.

„Lass mich los!" Ich sprang aus seinem Griff und atmete tief durch, um mich zu beruhigen.

Er hob kapitulierend die Hände. „Wow. Was ist?"

„Ich …" Noch ein tiefer Atemzug. Ich fuhr mir mit der Hand über die Stirn. „Nichts. Tut mir leid. Ich brauche nur eine Minute."

Was zum Teufel war mit mir los? Meine Haut prickelte. Ians Gesicht, benommen und außer Kontrolle, ersetzte das von Kane. Etwas brach in mir, und ich rannte los. Er rief mir nach, doch ich blieb nicht stehen, bis ich sicher im Badezimmer eingesperrt war.

Meine Knie gaben nach, als die Erinnerung an Ians Berührung über meinen Körper glitt, gierig, erhitzt und absolut widerlich. Zitternd rutschte ich auf den harten Fliesenboden.

Ein leises Klopfen ertönte hinter mir, und ich sprang von der Tür weg, schlang meine Arme um meine Mitte, während ich weiter nach Luft rang.

„Jade!", rief Kane durch die Tür. „Was ist passiert?"

Ich antwortete nicht, sondern wich zur Wanne zurück. Die Worte waren mir im Hals gefroren.

„Liebes, ich mache mir Sorgen. Bitte mach die Tür auf."

Mein Herz begann zu brechen. Ich konnte nicht. Ich konnte einfach nicht mit ihm reden. Mein Körper verriet mich. Mein Kopf schrie, ich solle die Tür öffnen, mich in seine sicheren Arme schmiegen, doch der kalte Schweiß, der meine Haut bedeckte, hielt mich gefangen.

„Jade … bitte!", flehte Kane. Der Türknauf klapperte. „Mach die Tür auf!"

Die Sorge in seiner Stimme spornte mich zum Handeln an. Das war Kane. Nicht Ian. Er wurde nicht von einem Geist kontrolliert. Und ich würde mich nicht von dem, was passiert war, kontrollieren lassen. Außerdem würde er zweifellos einen Weg finden, das simple Schloss zu öffnen, wenn ich nicht bald antwortete. Ich drehte den Wasserhahn über der Wanne auf, bis das Wasser mit voller Kraft spritzte.

„Dusche!", rief ich über das Rauschen hinweg.

„Sag mir bitte, dass es dir gut geht." Frustration überschattete die Sorge in seinem Ton.

Ich ging zur Tür und verfluchte mich dafür, dass ich den einzigen Menschen weggestoßen hatte, von dem ich ohne jeden Zweifel wusste, dass ich ihm vertrauen konnte. Doch konnte ich mir trauen? Meine Reaktion auf seine Berührung war zu heftig gewesen. Ich brauchte Zeit. Ich war nicht bereit, mich ihm zu stellen.

Erst, wenn das Zittern aufhörte.

Ich drückte meine Schulter an die Tür. „Mir geht's gut." Ich holte noch einmal Luft und versuchte, das Zittern in meiner Stimme zu kontrollieren. „Ich gehe duschen. Bin bald wieder draußen."

Er schwieg so lange, dass ich mich fragte, ob er weggegangen war. Schließlich antwortete er: „Okay." Seine Schritte hallten von den Holzböden wider, als er sich aus dem Zimmer zurückzog.

Wie in Trance und sehr bemüht, nicht an das letzte Mal zu denken, als ich nackt gewesen war, zog ich mich aus und trat unter das dampfende Wasser. Das heiße Wasser verbrühte meine Haut und färbte sie rot. Ein Damm brach und imaginäre Hände vergruben sich in meinen Haaren. Seine hellblauen Augen glühten vor Leidenschaft. Seine erhitzte Haut drückte gegen meine. Und meine Hände strichen über seine schlanken Muskeln. Meine Lippen suchen gierig nach seinen. Berührten ihn auf intime Art und Weise … an Stellen, an denen ich nur Kane berühren sollte.

Ein Schluchzen brach aus meiner Kehle, und ich griff nach einem Waschlappen und schrubbte panisch die Angst und Scham, die an meiner Seele hafteten.

Als das Wasser lauwarm wurde, zwang ich mich, aus der

Dusche zu steigen, und wickelte meinen rohen Körper in ein Badetuch.

Scheiße.

Ich hatte keine Kleider mit ins Badezimmer genommen. Ich warf einen Blick auf den Stapel am Boden und zuckte zusammen. Nein. Sogar die Kleider, die Pyper mir vorhin gebracht hatte, waren jetzt besudelt.

Zumindest raste mein Herz nicht mehr. Das heiße Wasser hatte es geschafft, meine Panikattacke zu vertreiben. Trotzdem wusste ich nicht, was ich zu Kane sagen sollte. Wie konnte ich meinem Verlobten sagen, dass seine Berührung mich dazu gebracht hatte, wegzulaufen? Dass ich, als ich seine Finger auf meiner Haut gespürt hatte, einen schrecklichen Alptraum durchlebt hatte?

Ich seufzte, öffnete langsam die Badezimmertür und spähte ins Zimmer. Die Muskeln in meinen Schultern entspannten sich, als ich bemerkte, dass Kane gegangen war. Und auf dem Bett warteten mein liebster Jersey-Pyjama und ein Paar flauschige Socken ordentlich gefaltet auf mich.

Tränen stiegen mir in die Augen. *Kane.*

Ich nahm die Kleider, eilte zurück ins Badezimmer und ließ mir beim Anziehen Zeit. Dann versuchte ich, einen Marathon-Rekord im Zähneputzen zu brechen. Als es nichts mehr zu putzen oder zu pflegen gab, ging ich auf Zehenspitzen zurück ins Schlafzimmer, kroch ins Bett und betete, dass ich eingeschlafen sein würde, bevor Kane zurückkam.

Die Tür knarrte, und er erschien und schloss die Tür mit einem leisen Klicken.

Ich beobachtete ihn durch gesenkte Wimpern und mein Puls beschleunigte sich. Würde er reden wollen? Mich berühren? Ich war mir nicht sicher, ob ich damit umgehen könnte.

„Hey", sagte er leise.

Der Klang seiner Stimme schien ein kleines Stück meiner Angst zu schmelzen. „Hey."

Er lehnte sich gegen die Tür und vergrub die Hände in seinen Taschen. Er blickte zu Boden und wirkte zögerlich. Unsicher. „Willst du darüber reden?"

Ich begegnete seinem Blick und schüttelte den Kopf.

Er nickte. „Ich verstehe."

Etwas lockerte sich in meiner Brust, und das Atmen fiel mir leichter. Wenn er nicht versuchte, etwas zu erzwingen, könnte ich das durchstehen. „Danke", flüsterte ich.

Kane atmete tief aus und fuhr sich mit der Hand durchs Haar. „Jeder Instinkt schreit mich an, in dieses Bett zu kriechen und dich die nächste Woche in meinen Armen zu halten."

Ich schloss meine Augen und wünschte ... betete, dass ich ihn genau das tun lassen könnte. Ich wollte, dass er es tat. Mehr als alles andere. Ihn neben mir zu spüren, mich in seinem vertrauten Duft zu verlieren. Und tief und fest in seinen liebevollen Armen schlafen.

Was ist, wenn ich wieder ausflippte?

Nein, ich konnte das nicht ertragen. Nicht heute Nacht.

Ich konnte ihn auch nicht abweisen. Ich war wie erstarrt in Angst vor dem Unbekannten und meinen eigenen irrationalen Reaktionen. Das war Kane. Mein bester Freund. Die Liebe meines Lebens.

„Das will ich auch", sagte ich schließlich mit zitternder Stimme.

Kane zögerte nicht. Mit drei Schritten war er neben dem Bett, doch anstatt sich auszuziehen, legte er sich neben mich, schmiegte sich an meinen Rücken und schlang seine starken Arme um meine Mitte.

Ich verspannte mich.

„Alles ist gut, Liebes. Das bin nur ich. Ich werde dich nur

halten." Er drückte seine Wange an meine. „Du bist jetzt sicher. Ich werde nicht zulassen, dass dir etwas passiert. Das verspreche ich."

So lagen wir scheinbar stundenlang da, er beruhigte mich, und ich konzentrierte mich aufs Atmen. Schließlich entspannte sich mein Körper, und meine Welt verblasste, als ich endlich einschlief.

Ich wachte auf, als mir die Sonne in die Augen schien und ein sehr warmer Kane immer noch an meinem Rücken klebte. Mein Nacken und meine Schulter schmerzten vom achtstündigen Schlafen in derselben Position. Ich ließ meine Hand über Kanes auf meinem Bauch ruhenden Arm gleiten und genoss es, ihn in meiner Nähe zu haben, wie er mich hielt und beschützte.

Er bewegte sich, und kühle Luft sickerte zwischen uns. Fröstelnd glitt ich unter seinem Arm hervor. Er griff nach mir und zog mich zurück. „Zu früh", murmelte er und legte seinen Arm fester um mich.

Ich holte tief Luft, kämpfte gegen die Angst an, die versuchte, mich zu packen. Verdammt! Er hatte mich die ganze Nacht ohne Zwischenfälle festgehalten. Würde ich jedes Mal zusammenzucken, wenn er mich hielt?

Er erwachte mit einem Ruck und riss seine Hand von mir. „Du meine Güte. Entschuldigung, Jade. Ich wollte dir keine Angst machen."

„Was?"

„Du hast wieder gezittert."

Ich brauchte einen Moment, um mich zu sammeln, die Angst bewusst loszulassen und mich zu zwingen, mich zu entspannen. Ich hatte nichts zu befürchten. Das war Kane in meinem Bett, kein Feind. Er würde mir niemals wehtun. Ich drehte mich um und lächelte, als ich eine Strähne seiner dunklen Haare aus seinen Augen strich. „Nein, habe ich nicht. Ich habe gefröstelt. Es ist verdammt kalt hier drin."

Er blinzelte den Schlaf aus seinen Augen und musterte meinen Körper, der noch immer in meinem Pyjama steckte. „Dir ist kalt?"

„Ja." Ich zwang mich zu lachen. „Meine Heizung ist weggerollt und hat die Hälfte der Decken gestohlen."

Er zog die Decken bis zu meinem Kinn hoch und wickelte sie um mich. „Das kann ich nicht erlauben."

Ich kuschelte mich an ihn, dankbar, dass er über meine Ausraster hinwegsehen konnte.

„Wir schaffen das schon."

„Ich weiß." Ich hob mein Kinn und starrte in seine entschlossenen Augen.

Sein Gesichtsausdruck wurde weicher, und er beugte sich vor. Seine Lippen strichen sanft über meine. „Ich werde nie zulassen, dass etwas zwischen uns kommt. Das weißt du auch, oder?"

Ich erwiderte seinen Kuss und murmelte gegen seine Lippen: „Ich zähle darauf."

EINE STUNDE später füllte sich Kanes kleines Haus mit Stimmen. Ich war gerade aus der Dusche gekommen und hatte mich fertig angezogen, als Lailah in mein Zimmer stürmte.

„Bereit?"

Ich runzelte die Stirn. „Wofür?"

„Hochzeitsplanung. Komm schon. Sie warten." Sie packte meine Hand und zog mich zur Tür.

Ich hielt mich am Türrahmen fest. „Wow. Was? Wir können nicht raus."

„Sicher können wir. Ich habe Ms. Bella angerufen, und sie

hat uns in ihren Kalender gequetscht. Sie wartet in ihrem Laden. Ich habe auch Termine mit den Caterern und einem Hochzeitsplaner gemacht, um alles andere zu erledigen. Bea, Pyper, Meri und Kat warten. Deine Mom und Gwen auch."

„Warte mal. Ein Hochzeitsplaner?" Wovon sprach sie? Kane und ich hatten das nicht besprochen.

Sie zeigte mir eine silberne Kreditkarte. „Kane hat mir die gegeben. Er sagte, bei allem, was vor sich geht, wollte er nicht, dass du mehr Stress als nötig hast. Jetzt komm schon. Die Mimosas warten."

Ich ließ mich von ihr aus dem Zimmer zerren, doch anstatt ihr ins Wohnzimmer zu folgen, machte ich einen Abstecher in die Küche und fand Kane mit einer Tasse Kaffee an die Theke gelehnt.

Er lächelte mich an und nahm seinen Papp-Kaffeebecher mit dem *The Grind*-Logo von der Theke. „Pyper hat dir Chai mitgebracht."

„Das war nett von ihr." Ich stellte mich neben ihn. „Ich habe gehört, du hast heute was geplant."

Seine Hand streifte mein Handgelenk, und als ich mich nicht zurückzog, verflocht er seine Finger mit meinen. „Ich weiß, du hast gesagt, du brauchst keinen Hochzeitsplaner. Und weißt du, es ist mir egal, ob wir vor einem Friedensrichter oder vor Elvis heiraten. Ich würde dich überall und jederzeit heiraten. Gleich hier, wenn ich könnte. Aber du willst etwas Traditionelleres."

„Ist das ein Problem?" Meine prägenden Jahre waren nicht reich an Freunden und Familie gewesen. Jetzt hatte ich das, und ich wollte unbedingt ein Brautkleid und den großen Tag mit ihnen teilen. Doch wenn es darauf ankam, würde ich Kane überall und jederzeit heiraten. Ich wollte nur meinen Märchentag. Ich hatte nicht viele davon.

„Überhaupt nicht, Liebes. Lailah hat meine Karte.

Verwendet sie mit Großmutters Segen. Dafür wäre sie gerne hier gewesen."

„Ich wünschte, ich hätte sie treffen können."

Kane beugte sich hinunter und strich mir einen zärtlichen Kuss über die Lippen. „Geh mit deinen Freundinnen. Lass sie das mit dir planen."

„Ich will dich nicht verlassen", sagte ich und starrte auf seine Brust. Angst begann, in mein Herz einzudringen. In sechs Tagen musste ich vor dem Engelsrat erscheinen. So sehr ich auch versuchte, nicht an die Folgen dieser Anhörung zu denken, es fiel mir schwer, denn als ich sie das letzte Mal um Hilfe gebeten hatte, hatten sie versucht, Meri meine Seele zu geben. Was wäre, wenn sie es wieder tun würden?

Er drückte seine Wange an meinen Kopf. „Und ich will dich auch nicht gehen lassen. Aber lass uns für heute so tun, als wäre unser Leben keine übernatürliche Achterbahnfahrt, und für die Zukunft planen. Ist das nicht die Maxime, nach der du immer zu leben versucht hast? In die Richtung zu blicken, in die du gehen möchtest?"

„Ja."

„Dann blicken wir auf unseren Hochzeitstag und unsere Zukunft."

Ich umarmte ihn, ließ seinen Duft meine Sinne erfüllen, löste mich dann von ihm und lächelte zu ihm auf. „Ich liebe dich."

Ein langsames Lächeln breitete sich auf seinem Gesicht aus. „Ich werde es nie leid, das zu hören."

KAPITEL SIEBENUNDZWANZIG

„Wie soll das gehen?", fragte ich Bea. „Ich weiß, mit Meri in der Nähe sollte mir nichts passieren, aber was ist mit Pyper und Kat? Wird Camille wieder hinter ihnen her sein?"

„Ich glaube nicht." Bea nahm ihre Ralph-Lauren-Handtasche und kramte darin herum, bis sie zwei winzige Puppen herauszog.

Ich zog meine Augenbrauen hoch. „Voodoo?"

Sie lächelte. „Nicht wirklich. Ich habe mit ein paar Kolleginnen gesprochen und ein Kontakt in Salem hat mir die empfohlen. Sie sind ähnlich, aber nur, weil sie eine Person repräsentieren. Ich habe sie mit einem Schutzzauber versehen. Kat und Pyper müssen sie nur bei sich tragen. Es sollte reichen, um Camille fernzuhalten."

„Wie können wir sicher sein, dass sie funktionieren?" Ich bemühte mich sehr, die Skepsis in meiner Stimme zu verbergen. So einfach konnte die Lösung doch nicht sein, oder?

„Sie ist sehr erfahren in dieser Art von Dingen." Bea

tätschelte meinen Arm. „Mach dir keine Sorgen. Ich vertraue ihr. Der Schutzzauber sollte zumindest für die nächsten drei oder vier Tage reichen."

Ich atmete tief ein. „Okay, solange du überzeugt bist, dass sie sicher sind."

Bea winkte ab, und ihre perfekt manikürten rosa Nägel wiesen ins Wohnzimmer. „Es geht ihnen doch jetzt auch gut, oder?"

Ich beäugte sie beide. Kat war damit beschäftigt, jemandem eine SMS zu schreiben, und Pyper verhörte Kane über seine Vorlieben für den Hochzeitsblumenschmuck. Ich hätte fast gelacht über seinen ratlosen Blick. „Ja, ich denke schon."

„Alles klar. Schnapp dir Meri und lass uns diese Hochzeit wieder auf Kurs bringen."

Der Laden von Ms. Bella befand sich in der Innenstadt von Cypress Settlement, der kleinen Stadt, in der Summer House war. Als wir uns ihrem viktorianischen Lebkuchenladen näherten, begann ich herumzuzappeln. Selbst wenn wir es schaffen würden, meine Seele in Ordnung zu bringen, würden wir die Hochzeit noch im Haus abhalten können? Würde Camille Ärger machen? Wären Kat und Pyper in Sicherheit?

„Was bedrückt dich?", fragte Kat und schickte eine weitere SMS, während sie meinen abgesplitterten Nagellack betrachtete. Das meiste hatte ich während der Fahrt nach Cypress Settlement abgekratzt.

Pyper steuerte Kanes Lexus eine Seitenstraße entlang und warf mir einen Blick zu. „Bist du okay?"

„Ja. Ich mache mir nur Sorgen, die Hochzeit im Haus abzuhalten. Es ist Camilles Zuhause. Selbst wenn wir das Seelenproblem lösen, gibt es keine Garantie, dass sie die

Hochzeit nicht sabotiert, so, wie sie es auf der Weihnachtsfeier getan hat."

„Keine Sorge", sagte Kat, als ihr Handy summte. Sie runzelte die Stirn und tippte eine weitere Nachricht ein. „Bea sagte schon, wir könnten sie verbannen, sobald deine Seele wieder im Lot ist. Im Moment hängt sie zu sehr an dir."

Bea, Lailah und ich hatten einmal mit Hilfe unserer Freunde einen Geist in eine andere Dimension verbannt. Wenn wir es einmal geschafft haben, konnten wir es wieder tun. Ich nickte. „Wem schreibst du da dauernd?"

Ihr Gesicht wurde rot, als sie sich auf die Lippe biss.

„Lucien?", vermutete ich.

„Ja." Sie schenkte mir ein zaghaftes Lächeln.

„Ist er ok?" Ich war wirklich hart zu ihm gewesen, und mehr als jeder andere sollte ich wissen, wie schrecklich er sich fühlte. Obwohl ich nie jemanden fast umgebracht hatte, hatte ich sicherlich oft genug Mist gebaut.

Kat steckte ihr Handy in ihre Handtasche und drehte sich zu mir um. „Nein. Nicht wirklich, aber Bea und Lailah suchen nach einer Lösung für seinen Fluch."

„Das ist gut."

Sie nickte und atmete dann auf. „Hör zu. Du musst mit ihm reden und dich entschuldigen. Ich bin ihm nicht böse, und du solltest es auch nicht sein."

Ich nahm ihre Hand und drückte sie. „Du hast Recht. Er hat es nicht verdient, wie ich ihn behandelt habe." Meine Stimme stockte. „Ich hatte Angst um dich, und ich habe es an ihm ausgelassen. Ich rede mit ihm. Das verspreche ich."

Ihre Schultern entspannten sich, und sie lächelte mich an. „Das ist das Mädchen, das ich kenne und liebe."

Pyper fuhr auf einen Parkplatz vor La Bella. „Genug davon. Es ist Zeit, Jade in ihrem wunderschönen Kleid zu sehen."

Ich grinste, als wir aus dem Auto stiegen und Bea, Gwen

und meine Mutter auf dem Bürgersteig trafen. Schließlich wollten wir die Hochzeitsplanung in Angriff nehmen. Ein Tag mit den Mädels und allem, was mit der Hochzeit zu tun hatte, war genau das, was ich brauchte.

Alle waren in Hochstimmung, plauderten und lachten, als Ms. Bella uns an der Tür begrüßte. Außer Mom. Sie hielt sich zurück, war still und zurückgezogen. Ich wusste nicht einmal, was ich zu ihr sagen sollte. Sie hatte mich angelogen. Wenn ich von meinem Engelsvater gewusst hätte, als sie entführt worden war, hätte ich vielleicht früher Hilfe für sie finden können. Und hätte mich nicht mein halbes Leben lang so verlassen gefühlt. Mich im Dunkeln zu lassen war nicht in Ordnung. Doch jetzt war nicht der richtige Zeitpunkt, das auszudiskutieren, also lächelte ich sie an und ließ mich von meinen Freundinnen in den Laden führen.

Ms. Bella führte Kat, Lailah und Pyper in ihre Umkleidekabinen. Sie hatte auch Kleider für Mom und Gwen zum Anprobieren aufgereiht. Dann kam Ms. Bellas Assistentin Judy zu mir und ergriff meine Hand. „Wir sind auch für Sie bereit", sagte sie mit einem strahlenden Lächeln.

Ich winkte Bea zu und ließ mich von Judy in die übergroße Umkleidekabine ziehen, wo mein blasssilbernes Kleid auf mich wartete. Fünf Minuten später führte mich Judy aus dem Raum und auf ein Podest vor drei Spiegeln. Ich starrte die Frau, die mich in ihrem aufwendigen silbernen Kleid ansah, mit Tränen in den Augen an. Elegant und stark hatte sich das Mädchen, das die letzten Tage durchlebt hatte, in eine ganz andere Person verwandelt. Ich bemerkte nicht einmal den blassen blauen Fleck auf der linken Seite meines Gesichts. Alles, was ich sah, war eine strahlende Braut, die Kane umhauen würde. Er würde das Kleid lieben.

„Du siehst wunderschön aus, Shortcake", sagte meine Mutter leise hinter mir.

Ich drehte mich um und stellte fest, dass sie mich mit Tränen in den Augen anstrahlte. „Danke." Ich drehte mich wieder um und schluckte. Ich wusste nicht, was ich ihr sonst sagen sollte.

Als ich wieder hinsah, war sie weg. Ich kniff die Augen zusammen und versuchte, die Wogen der Emotionen zu unterdrücken, die durch mich hindurch brandeten. Ich wollte ihr nicht böse sein. Doch wir hatten viel zu bereden. Ich sah mich um und fand sie neben Gwen, während meine Tante ein Kleid nach dem anderen herauszog und es vor Mom hochhielt. Bewaffnet mit vier Kleidern ging Mom in eine Umkleidekabine.

Gwen begegnete meinem Blick, und das Verständnis dort hätte mich fast zerbrochen. Tante Gwen war so viel mehr meine Mutterfigur als Mom, dass es herzzerreißend war. Würden Mom und ich jemals eine Beziehung haben, in der wir uns nicht wie Fremde fühlten?

Ms. Bella kam mit einem Nadelkissen an ihrem Handgelenk zu mir. „Oh wie schön!" Sie verschränkte die Hände, begutachtete das Kleid, zupfte und kniff beim Abstecken.

Langsam sammelten sich meine Freundinnen um mich. Lailah und Kat trugen tief pflaumenviolette Kleider und Pyper ihren femininen Smoking. Mein Herz schwoll. Das würde wirklich passieren.

Ms. Bella trat zurück, inspizierte ihr Werk und nickte. „Ja. Ich glaube, das ist gut so." Sie drehte sich zu meinen Freundinnen um und deutete auf mein Kleid. „Ladys? Was denken wir?"

Pyper stieß einen Pfiff aus, während Meri und Lailah grinsten.

Kats Augen wurden trüb. „Du meine Güte. Es ist nur ..." Sie wischte sich eine Träne weg.

„Du siehst auch ziemlich gut aus", sagte ich und blinzelte meine eigenen Tränen zurück.

„Du brauchst einen Schleier", erklärte Pyper und ging zu einem Gestell, um ein paar zu holen. Wir verbrachten die nächsten zehn Minuten damit, über die Länge und den Stil des Schleiers zu diskutieren, bis ich sicher war, dass ich so ziemlich jeden Schleier im Laden aufprobiert hatte. Ich runzelte die Stirn, vollkommen verwirrt.

„Ich mag den aus Spitze mit der Paspel", sagte Bea.

Ich warf einen Blick darauf und versuchte, keine Grimasse zu ziehen. Spitze war nicht so mein Ding.

„Nein, der aus Tüll", sagte Kat.

Der gefiel mir, doch er passte nicht wirklich zu meinem Kleid.

„Sie braucht einen mit Perlen", sagte Lailah.

Ich nickte. „Ich glaube, sie hat Recht." Ich warf einen Blick auf die beiden, die gut zu meinem Kleid passen würden, doch einer war viel zu voluminös und der andere schien sechs Kilometer zu lang. Ich seufzte. „Ms. Bella, haben sie welche, die ein bisschen weniger ... auffällig sind?"

„Judy, kannst du die neue Lieferung checken?", fragte Ms. Bella, während sie einen Träger an Kats Kleid zurechtrückte.

Ihre Assistentin eilte davon, und alle begannen wieder zu plaudern.

„Jade?", fragte Mom und hielt etwas hinter ihrem Rücken.

„Ja?"

„Wie wäre es damit?" Sie zog eine schlichte Tiara hervor, die mit denselben Perlen verziert war, die auch mein Kleid zierten. „Ich weiß, es ist kein Schleier, aber ich dachte ... nun, ich habe eine ähnliche getragen, als ich deinen Va– ich meine, Marc, geheiratet habe." Sie stieg auf das Podest und setzte sie mir auf den Kopf, während sie mein Haar zu einem Knoten band.

Bevor ich mich dem Spiegel zuwandte, hörten alle auf zu reden. Ich starrte sie an. Kat verschränkte die Hände. „Das ist es, Hope. Es ist perfekt."

„Ganz meine Meinung. Wunderschön, aber nicht übertrieben", sagte Lailah.

„Glaubst du nicht, dass ich wie Aschenputtel aussehe?", fragte ich.

„Verdammt nein", sagte Pyper. „In diesem sexy Kleid? Auf keinen Fall." Sie grinste.

Ich wandte mich dem Spiegel zu und betrachtete mein elegantes Kleid, den schmal geschnittenen Rock und das dezente Diadem. Ich liebte es. Kein Schleier nötig. „Es ist perfekt."

„Ja! Noch was auf der Liste abgehakt." Kat kritzelte in ihr Notizbuch und steckte es dann weg, um eine weitere SMS zu beantworten.

Ich verdrehte die Augen, konnte aber das blöde Grinsen nicht aus meinem Gesicht bekommen. Meine Wut schmolz, als ich den Stolz in Moms Augen leuchten sah. Sie war meine Mutter. Ich wusste, dass sie von ihren Ängsten beherrscht wurde, und deshalb hatte sie Geheimnisse bewahrt. Wir würden unsere Probleme später lösen. In diesem Moment wollte ich einfach diese Freude mit ihr teilen. Ich öffnete meine Arme, und sie trat hinein. Sie umarmte mich fest, und ich betete, dass wir eines Tages zu dieser entspannten Mutter-Tochter-Beziehung zurückfinden würden, die wir einst gehabt hatten.

Danach verging der Tag wie im Flug, während wir uns mit dem Hochzeitsplaner trafen und jedes Detail besprachen, von den Einladungen, Dekorationen und Blumen bis hin zur Band, den Speisen und dem Fotografen. Unsere letzte Station war der Bäcker, um uns für einen Kuchen zu entscheiden. Ich war erschöpft, aber lächerlich glücklich mit unseren Fortschritten.

Ich hatte die Kuchen noch in Kanes Kühlschrank zu Hause. Es war ein wahrer Beweis dafür, wie schrecklich die letzten Tage gewesen waren, dass ich nicht einmal einen von ihnen probiert hatte. Ich schauderte bei dem Gedanken. Desserts überlebten sonst nie lange in unserem Haus.

Obwohl ich sie ein paar Tage zuvor versetzt hatte, begrüßte uns die Bäckereibesitzerin mit einem herzlichen Lächeln und Verständnis. Ihr dunkles Haar war hochgesteckt, und sie trug eine mit Krebsen bedeckte Schürze über Jeans und Arbeitshemd. Oben auf der Schürze hatte jemand Stella, Head Cookie in Charge, gestickt.

„Es tut mir so leid, dass ich Sie neulich versetzt habe. Da ist etwas passiert", sagte ich, schüttelte der Frau die Hand und lächelte über den Mehlfleck auf ihrer Stirn. Ich mochte sie auf Anhieb.

„Machen Sie sich keine Sorgen, Honey." Sie lächelte strahlend. „Nach fünfundzwanzig Jahren im Hochzeitsgeschäft haben wir alles gesehen." Sie führte uns in den hinteren Teil des Ladens und durch eine kunstvoll geschnitzte Tür in einen Verkostungsraum. In der Mitte des Raumes standen drei Tische und mit rosa Samt bezogene Stühle aus dem 17. Jahrhundert. Ein passendes Sofa stand an der Wand. Doch die eigentliche Show waren die Desserttabletts, die an jedem Gedeck standen. Es waren nicht weniger als sieben der schönsten Konfekte, die ich je gesehen hatte.

Mir lief das Wasser im Mund zusammen, wenn ich sie nur ansah.

„Oh, wow", sagte Kat mit großen Augen. „Irgendwelche davon mit Käsekuchen-Geschmack?"

Stella lachte. „Drei davon. Wir haben schon gehört, dass die Braut ein Fan ist."

„Stella, Sie sind gerade meine neue beste Freundin geworden." Ich zwinkerte ihr zu.

Eine Stunde später war mein Mund glücklicher, als ich es mir je vorgestellt hatte. Ich entschied mich für die mit Mokka-Käsekuchen gefüllte Butter-Sahne-Torte und lehnte mich zurück, um zu sehen, wie meine Freundinnen so viele der Minikuchen verschlangen, wie sie nur konnten.

„Tut mir leid", sagte Kat. „Ich muss mal." Sie eilte aus dem Zimmer und watschelte fast von den dekadenten Desserts.

Gelächter hüllte mich ein, und alle meine Freundinnen waren gut gelaunt von dem produktiven Tag und dem Mangel an Drama. Es schien fast unwirklich, dass wir einen ganzen Tag ohne Ärger durchgestanden hatten.

Ich zog mein Handy heraus, um Kane anzurufen, wurde aber auf seine Voicemail weitergeleitet. Anstatt eine Nachricht zu hinterlassen, legte ich auf und schickte ihm eine kurze SMS. Ich legte mein Handy auf den Tisch, schob mir ein letztes Stück des Kuchens meiner Wahl in den Mund und ließ die cremige Güte in meinem Mund zergehen. Gute Göttin. Wenn ich nicht von meinen Freundinnen und meiner Familie umgeben gewesen wäre, hätte ich vielleicht sofort einen Orgasmus bekommen, so gut war dieser Kuchen.

Mein Handy summte. Ich nahm es und lächelte, bis ich die Nachricht gelesen hatte. Sie war von Ian.

Schreib mir, nachdem du mit ihr gesprochen hast.

Ich runzelte die Stirn. Mit wem gesprochen? Worüber? Ich scrollte nach oben und fand eine Reihe von Nachrichten, doch sie waren nicht von mir.

Auf dem Tisch summte ein weiteres Handy. Mein Blick landete darauf, und da wurde mir klar, dass ich Kats Handy in der Hand hielt, nicht meines. Ich brauchte meine ganze Willenskraft, um es wieder auf den Tisch zu legen und den Austausch nicht zu lesen. Ich starrte es an und sah zu, wie es mit einer weiteren eingehenden Nachricht summte.

Ich sollte ihre privaten Nachrichten nicht lesen. Egal wie sehr ich es wollte. Mit wem sollte sie reden? Mir? Pyper?

Ich nahm mein Handy und lächelte über Kanes Begeisterung für den Kuchen, den ich ausgewählt hatte.

Bring was davon mit nach Hause, damit ich es dir füttern und zusehen kann, wie deine magischen Lippen unaussprechliche Dinge mit der Gabel tun.

Ich konnte das Lachen nicht unterdrücken. Bei unserem ersten Date hatte er meine sexuelle Schwäche entdeckt, als er mich mit Käsekuchen gefüttert hatte.

Kat kehrte zurück. Ihr Handy summte wieder. Sie nahm es und runzelte die Stirn.

Erwartungsvoll starrte ich sie an. Sie steckte ihr Handy in die Tasche und tat so, als ob sie es nicht bemerkte.

Das Geplapper meiner Freundinnen wurde lauter, und Gelächter hallte durch den Raum, über etwas, das Ms. Bella gesagt hatte.

Obwohl ich wusste, dass ich es tun sollte, konnte ich es nach allem, was passiert war, nicht auf sich beruhen lassen. Ich beugte mich dicht an Kat heran. „Du hast den ganzen Tag mit Ian geschrieben."

Sie sah mich an. „Und?"

„Du hast Lucien gesagt."

„Nein, du hast gesagt, es sei Lucien. Ich habe dir nicht zugestimmt."

Ich zog skeptisch die Augenbrauen hoch. „Du hast bestätigt, dass er es war. Warum hast du deswegen gelogen?"

Sie setzte sich wieder hin, rückte ihren Stuhl aber ein Stück weg, als ob das meine Fragen abstellen würde.

„Kat? Was ist los?", fragte ich leise und versuchte, unser Gespräch etwas diskret zu halten.

Sie schloss die Augen und seufzte. „Ich will hier nicht

darüber reden. Du hast einen guten Tag. Ich will das nicht ruinieren."

Die vertraute Panik flutete meine Brust, und ich stand auf, wobei ich fast meinen Stuhl umgeworfen hätte.

Bea, Pyper und Meri blickten alle zu mir auf, ihre Augen besorgt.

„Alles in Ordnung, Liebes?", fragte Bea.

Ich nickte und warf Meri einen Blick zu. „Kannst du mich und Kat für einen Moment nach draußen begleiten?" Das konnte nicht warten. Wenn etwas nicht stimmte, musste ich es wissen.

Meri nickte und kam um den Tisch herum, um sich uns anzuschließen. Ich packte Kats Arm, lächelte die anderen an und sagte: „Wir sind in einer Minute zurück. Brauche nach all der Völlerei nur frische Luft."

Sie lachten und plauderten ausgelassen weiter.

„Jade." Kat seufzte, als ich sie auf die Straße zog.

„Kat", imitierte ich ihren Ton. „Was ist los?"

Sie begegnete meinem Blick, und Mitgefühl leuchtete in ihrem. „Ich weiß, dass dir das alles schwerfällt, aber du musst mit Pyper über Ian sprechen. Was passiert ist, ist nicht seine Schuld."

Meri stand neben mir und lehnte sich an die Backsteinmauer. „Warum muss sie mit Pyper reden? Sollte nicht Ian derjenige sein, der das Erklären übernimmt?"

Ich nickte und fragte mich dasselbe.

„Pyper will nicht mit ihm reden. Sie denkt, er hat immer noch Gefühle für Jade. Doch die hat er nicht. Außerdem ist sie überzeugt, dass er was mit dieser Reporterin Sybil hat. Dieses Weibsbild hat sich wie eine Klette an ihn geheftet, weil sie dachte, sie könnte auf seiner Erfolgswelle bei der Geisterjagd mitschwimmen. Er steht überhaupt nicht auf sie. Tatsächlich nervt es ihn, wie sie sich ihm gegenüber verhalten hat. Aber das müsst ihr besprechen. Wichtig ist, dass er außer sich ist wegen dem, was passiert ist." Kat schob ihre Hände in die Taschen und begegnete meinem Blick. „Ehrlich gesagt geht es ihm nicht gut. Viel schlechter als dir."

„Hey!" Ich versteifte mich. „Du hast keine Ahnung, wie es mir geht."

„Du hast Recht. Habe ich nicht. Aber ich sehe dich mit uns allen, und du schaffst es, zumindest einen Teil davon zu vergessen. Ich bin sicher, es ist schwer. Gott, ich kann mir gar nicht vorstellen, wie schwer. Aber du hast uns alle und Kane." Sie schüttelte den Kopf. „Ian hat im Moment niemanden außer mir. Er kann nicht mit Bea darüber sprechen, und Pyper, die seine beste Freundin geworden ist, ignoriert seine Anrufe."

Wie musste es für ihn sein? Zu wissen, eine Freundin gegen seinen Willen angegriffen zu haben und die Frau zu verlieren, der er am meisten vertraute? Verständnis und Mitgefühl fraßen mich auf. Er war Opfer und Täter in einem.

Ich nickte Kat zu. „Ich werde mit Pyper reden."

KAPITEL ACHTUNDZWANZIG

*D*er Rest der Woche verging wie im Flug. Meri und ich verbrachten jeden Tag Stunden damit, uns mit den Fragen des Hochzeitsplaners zu beschäftigen. Ich hatte zweimal versucht, mit Pyper über Ian zu sprechen, aber sie hatte mich beide Male abgeschossen.

Am Tag vor der Anhörung machten wir im *The Grind* halt, als die letzten Kunden des Tages gingen. Ich hatte mir die Woche freigenommen, hauptsächlich, weil es für Meri unangenehm war, den ganzen Tag im Café herumhängen zu müssen, während ich arbeitete. Tatsache war, dass Kane klargemacht hatte, dass ich nicht mehr arbeiten musste, also war es nicht so, als würde mein Geldbeutel einen großen Schlag hinnehmen. Als ich bei ihm eingezogen war, hatte er sich geweigert, meinen Mietscheck für die Wohnung länger anzunehmen, obwohl die meisten meiner Sachen noch da waren.

Es war nicht so, als ob ich sein kleines Ehefrauchen werden wollte. Ich hatte noch die Kurse im Glasatelier. Sobald sich das Leben wieder normalisiert hatte, würde ich wieder im Café arbeiten und die filigranen Glasperlen für meinen Online-Shop produzieren.

Pyper warf einen Blick auf die Uhr. „Gerade rechtzeitig. Was kann ich euch beiden bringen?"

Ich lächelte. „Ich mach das schon." Ich ging hinter die Theke und machte zwei geeiste Chai. Nachdem ich das Geld in die Kasse gelegt hatte, steckte ich das Wechselgeld in ihr Trinkgeldglas und lehnte mich dann an die Theke, um zu warten.

Ein paar Minuten später schloss sie die Tür ab und verkündete: „Feierabend".

„Gut." Ich zog einen Stuhl heraus. „Setz dich."

Sie hob skeptisch eine Augenbraue.

„Bitte? Es ist wichtig."

Sie presste die Lippen aufeinander und band ihr frisch gefärbtes Haar zu einem Knoten zusammen. Dieses Mal hatte sie aschblonde Strähnen in ihren schwarzen Locken. „Wenn es um Ian geht –"

Ich unterbrach sie. „Das tut es, aber es geht auch um mich. Bitte, Pyper? Hör mich einfach an, und ich werde dich nicht noch einmal damit belästigen."

Sie starrte auf die Schwingtür zum Hinterzimmer, als ob sie überlegte, wegzulaufen, doch ich legte ihr eine sanfte Hand auf den Arm.

„Bitte?", sagte ich noch einmal.

„Also gut", schnaubte sie und griff über die Theke, um eine kleine Flasche Schokolikör herauszuholen, die sie immer dort aufbewahrte. Nachdem sie einen großzügigen Schuss in ihren Kaffee gegossen hatte, setzte sie sich und verschränkte die Arme vor der Brust. „Ich höre."

Ich atmete aus, nicht sicher, wo ich anfangen sollte. Ich warf Meri einen Blick zu. Sie zuckte mit den Schultern.

Okay, vielleicht war es am besten, gleich loszulegen.

„Kannst du mir beschreiben, wie du dich gefühlt hast, als Camille deinen Körper übernommen hat?"

Pypers Augen weiteten sich. Ich hatte sie mitten im Schluck erwischt, und sie begann zu würgen. „Wie bitte?"

„Als du Meri an diesem Tag aus meiner Wohnung gelockt hast, erinnerst du dich, wie es war, von Camille kontrolliert zu werden?"

Sie stellte ihre Tasse ab. „Ja. Natürlich tue ich das."

Meine Finger trommelten auf die Tischplatte. Als ich sie anstarrte, stoppte ich die Bewegung und zwang mich, mich zu beruhigen. „Kannst du es mir beschreiben?"

„Wieso?"

Ich beugte mich vor. „Ich versuche, etwas zu verstehen."

Ihre Nasenflügel bebten, und ich bemerkte, dass sie versuchte, sich zu beherrschen. Pyper war nicht dafür bekannt, viel über Privates zu plaudern. „Okay. Ich war ich selbst, dann war es, als wäre mein Gehirn abgestürzt, und ich konnte nicht kontrollieren, was ich tat."

„Warst du dir dessen, was du getan hast, bewusst?"

„Ja", sagte sie mit zusammengebissenen Zähnen.

„Und hast du versucht, es aufzuhalten?"

„Ja."

Ich sprach sanft weiter und hoffte, dass ich verständnisvoll rüberkam. „Aber das konntest du nicht, oder?"

Sie lehnte sich zurück, und ließ die Schultern hängen. „Nein, ich konnte nicht." Sie schloss die Augen und holte tief Luft. „Tut mir leid. Es war meine Schuld, was mit dir passiert ist."

Ich schlug meine Hand in plötzlicher Wut auf den Tisch. „Nein, war es nicht. Und das ist der Punkt, nicht wahr?"

Schock huschte über ihr Gesicht, und sie setzte sich auf. „Was meinst du?"

„Camille hat dich kontrolliert. Du hattest keine

Möglichkeit, sie aufzuhalten. Ich mache dir keine Vorwürfe. Habe ich nie getan."

„Ja, aber –"

„Nein, Pyper. Kein Aber. Das ist Besessenheit durch einen Geist, über die wir sprechen. Und das Gleiche ist mit Ian passiert."

„Er war nicht besessen!", rief sie und stand auf. Plötzlich wurde ihr Körper steif, und ihre Augen rollten zurück in ihren Kopf.

„Pyper?" Ich sprang auf und nahm gleichzeitig Meri am Arm. „Was ist los?", fragte ich den Engel.

Meri schüttelte den Kopf. „Ich bin mir nicht sicher."

Pyper entspannte sich, und ihre Augen waren auf mich gerichtet. Ein langsames, zufriedenes Lächeln breitete sich auf ihrem Gesicht aus. „Hallo, Jade. Da bin ich wieder."

Die schrille Stimme ließ meine Ohren klingeln. Ich schüttelte Pypers Arm. „Verschwinde aus ihrem Körper, Camille! Du bist hier nicht willkommen." Ich drehte mich zu Meri um. „Wie ist das möglich?"

„Sie ist zu verletzlich. Camille hat sie sich vielleicht wieder vorgenommen, weil du hier bist, und versucht, sie zu benutzen, um dich zu treffen." Meri ließ Pypers Arm los und rannte hinter die Theke, wo sie hektisch die Regale durchsuchte.

Meinetwegen? Ich ließ Pypers Arm fallen und wich zurück, mein ganzer Körper war vor Angst kalt. Das passierte meinetwegen. Es musste so sein. Pyper war es die ganze Woche gut gegangen. „Wonach suchst du?"

„Ihrer Puppe!"

Natürlich. „Schau hinten nach. Sie hat ein Regal, in dem sie ihren Kram aufbewahrt."

Ich wich zurück und blockierte die Haustür, um

sicherzustellen, dass Camille nicht entkommen konnte. „Was willst du?"

Pypers Augen wurden schmal. „Ist es nicht offensichtlich? Ich will meine Tochter zurück."

Ich runzelte die Stirn. „Warum hast du dann versucht, meinen Körper zu benutzen, um Sex mit jedem zu haben, der bei drei nicht auf dem Baum ist?"

Camilles humorloses Lachen hallte durch das Café. „Du bist die schlimmste Hexe, die ich je getroffen habe. Recherchiert ihr nichts mehr?"

Wovon zum Teufel redete sie? Ich sprang wieder vor und schüttelte Pypers Arm. „Sag mir einfach warum, verdammt! Wir hätten dir schon lange helfen können, wenn du uns nur sagen würdest, was du brauchst."

Pypers Empörung machte Verzweiflung Platz. „Du würdest mir nie helfen. Niemand hilft Hexen, die Sexmagie anwenden."

„Was?", rief ich. Wen interessierte es, ob sie Sexmagie praktizierte?

„Ich habe den Zauber gebraucht, um meine Tochter zurückzubringen." Tränen stiegen in Pypers Augen. „Sie wird von einem anderen Geist gefangen gehalten. Wenn ich sie befreien könnte, würde ich alle in Ruhe lassen. Ich will nur ihre Seele befreien."

Die Seele ihrer Tochter war das, was sie die ganze Zeit gewollt hatte. Sie hatte ihre Tochter nicht wieder zum Leben erwecken wollen, sondern sie einfach befreien. Warum hatten wir nie versucht, das herauszufinden? Als wir das letzte Mal einen Geist hatten, hatte ich so viel wie möglich recherchiert. Mit Ians Hilfe –

Ian.

Er war der Geisterjäger und die einzige Person, an die ich nicht einmal hatte denken können. Doch er hätte mich auf den Weg bringen können, das Geheimnis zu lüften. Wenn Camille ihn nicht als Ziel ausgewählt hätte, hätten wir das vielleicht früher herausgefunden.

Die Hintertür schwang auf, und Meri stürmte herein. Innerhalb weniger Augenblicke hatte sie die Puppe mit dem Zauber in Pypers Hand gedrückt. Pyper verdrehte wieder ihre Augen. Sie sank in meine Arme, als Camille ihren Körper verließ.

„Pyper?" Ich starrte in ihr schmerzverzerrtes Gesicht.

„Ja", flüsterte sie, und Tränen liefen ihr über das Gesicht. „Es war wirklich nicht Ians Schuld, oder?"

Ich stieß einen Seufzer der Erleichterung aus. „Nein. Er war verhext."

Sie rappelte sich auf und ging zur Bar hinüber, wo sie sich an der Theke festhielt, um sich aufrecht zu halten. „Wusste er, was los war und konnte es nicht aufhalten? Genau wie ich?"

Ich nickte.

„Oh Gott." Entsetzt presste sie ihre Hand vor den Mund. „Er muss sich schrecklich fühlen."

Ich nickte wieder. „Ich denke, er könnte noch gut eine andere Freundin außer Kat gebrauchen." Ich starrte sie eindringlich an.

„Hast du mit ihm gesprochen?"

„Nein." Ich schluckte und stellte mich neben sie, dann starrte ich auf den Boden. „Es ist zu schwer. Ich mache ihm keine Vorwürfe, wirklich nicht. Aber ich kann es auch nicht vergessen. Ich bin mir sicher, mit der Zeit …"

Pyper drückte meine Hand. „Ich verstehe." Dann zog sie mich in eine Umarmung. „Tut mir leid. Ich weiß, das ist schwer. Ich wollte es nicht noch schwerer machen."

Ich stieß ein erleichtertes Lachen aus. „Es muss dir nicht leidtun, aber wir müssen einen Weg finden, darüber hinwegzukommen." Ich atmete tief durch. Sie hatte mich zu

Tode erschreckt. „Morgen ist die Anhörung. Danach wird alles besser." Hoffte ich.

„Ja, wird es", stimmte Meri zu. Doch ich sah das Unbehagen in ihren Augen. Was auch immer passieren würde, auf die eine oder andere Weise würden wir Pyper und Kat beschützen.

„Warum ist Camille jetzt aufgetaucht, wenn wir sie die ganze Woche nicht gesehen haben?", fragte ich Meri.

Sie runzelte die Stirn. „Meine Vermutung ist, dass die Zauber auf den Voodoo-Puppen ihre Wirkung verlieren. Und bei den starken Emotionen zwischen euch beiden hat Camille die Kraft gefunden, um in Pyper einzudringen. Aber nicht in dich, denn ich bin hier."

„Mist", murmelte ich. Morgen konnte nicht früh genug kommen.

AM NÄCHSTEN MORGEN wachte ich in Kanes Armen auf und wünschte mir mehr Zeit. Ich hatte die ganze Woche ungeduldig gewartet, doch jetzt, wo der Tag gekommen war, wollte ich nur noch im Bett bleiben, zufrieden mit der Illusion von Sicherheit.

Er rutschte neben mich und strich dann liebevoll mit der Hand über meine Wange. „Morgen."

„Morgen", sagte ich, und er schlang seine Arme fester um mich. Ich konnte seine Erregung in meinem Rücken spüren, genau wie ich es die ganze Woche über getan hatte, doch ich drehte mich nicht wie sonst zu ihm um. Wir waren seit dem Hotelvorfall nicht intim gewesen, und ich war dankbar, dass Kane es nicht ein einziges Mal versucht hatte. Er war süß und zärtlich gewesen und hatte gewartet, bis ich bereit war.

Doch jedes Mal, wenn ich darüber nachdachte, hatte ich einen Rückzieher gemacht. Was, wenn ich Flashbacks hätte?

Oder wenn das Gefühl der Hilflosigkeit zurückkehrte? Mit Kane wollte ich so etwas nicht empfinden. Stattdessen kuschelte ich mich an ihn und hoffte, dass es genug war.

Es klopfte an der Tür. „Jade? Kane? Lailah hat angerufen. Sie wird in einer Stunde hier sein", sagte Meri.

„Verdammt", murmelte ich.

Kanes Atem wärmte meine Haut, und er drückte mir langsam einen Kuss auf den Hals. „Lass uns das hinter uns bringen, hübsche Hexe, damit ich dich nach Hause bringen und heiraten kann."

Ich lächelte. „Ich mag, wie sich das anhört."

Er rollte von mir weg und verschwand im Badezimmer.

Ich unterdrückte ein Schaudern und versuchte, die Sorge, die in meiner Brust wuchs, zu ignorieren. Was, wenn dies die letzten Momente waren, die Kane und ich zusammen hatten? Was, wenn der Rat mich wieder in diesen Raum stecken würde, in dem die Zeit stehen geblieben war? Oder schlimmer? Ich setzte meine Füße auf den Boden, und bevor ich die Nerven verlor, zog ich mich aus und ging ins Badezimmer. Mit nacktem Körper und nackter Seele zog ich den Duschvorhang auf.

„Hey", Kanes Gesicht verzog sich langsam zu einem Lächeln. „Willst du reinkommen?"

Ich nickte und stieg in die Klauenfußwanne. Das heiße Wasser schlug mir in den Rücken. Mein Herz raste vor einer schmerzhaften Kombination aus Angst und Aufregung. Ich hob meinen Kopf und drückte einen Kuss auf seine offenen Lippen. Er hielt vollkommen still und ließ mich über seine Unterlippe gleiten, und als ich meine Zunge in seinen Mund schnippte, entfleuchte ein leises Stöhnen seiner Kehle.

Es war ein vertrautes, willkommenes Geräusch, und mein Körper reagierte sofort auf sein Verlangen, als sich die Hitze in meinem Bauch sammelte.

Seine Arme legten sich um mich, und ich drückte mich an ihn und lächelte, als ich seine Erektion an meinem Bauch spürte. Als ich unter der Dusche stand, während das Wasser über uns floss, kam mir kein anderer Gedanke in den Sinn, als diesen Mann zu berühren, den ich mehr als alles andere liebte und dem ich vertraute.

Kane zog sich gerade weit genug zurück, um mir in die Augen zu sehen. „Du musst das nicht tun, das weißt du."

Ich strich mit meinen Händen über seine seifige Brust und nickte. „Ich weiß."

„Wir können warten." Seine Schokoladenaugen suchten meine. „Das ist nicht unsere letzte Chance, Liebes. Und selbst wenn spielt das keine Rolle. Du hast mir mehr gegeben, als ich mir je erhofft habe." Er berührte sein Herz. „Alles ist hier. Deine und meine Liebe."

Freudentränen füllten meine Augen, und ich blinzelte sie zurück. „Danke."

Ich drehte mich um, damit das Wasser die Seife von seinem Körper waschen konnte, und zog ihn dann vorsichtig aus der Wanne. Beide in Handtücher gewickelt standen wir da, als ich ihn abtrocknete, und er protestierte nicht, als ich ihn in unser Zimmer schob.

Das Morgenlicht strömte durch die Fenster und schien auf seine herrliche Brust. Seine breiten Schultern, seine schmale Taille und seine schmalen Hüften ließen meinen Mund trocken werden. Ich benetzte meine Lippen, drückte meine Handflächen an seinen Oberkörper und strich mit meinen Händen hinunter über seinen strammen Bauch.

Er holte zittrig Luft, sagte aber nichts und versuchte nicht, mich zu berühren. Ich verstand, dass er mich tun ließ, was ich wollte, ohne dass er sich einmischte. Ich konnte so weit gehen, wie ich wollte, und jederzeit aufhören. Und in diesem Moment wollte ich alles. Alle von ihm. An mich gepresst, in mir.

Ich küsste seinen Hals und strich mit meiner Zunge über seine warme Haut. Er schmeckte nach gesalzenem Karamell, süß und würzig zugleich. Mein Magen verkrampfte sich vor Erwartung.

Seine Muskeln spannten sich unter meiner Berührung an. Ich zerrte an dem Handtuch, ließ es auf den Boden fallen, und er schloss die Augen. Ich wusste, dass er um Kontrolle kämpfte, und ich liebte es. Er stand immer noch da und wartete darauf, dass ich mich wieder mit seinem Körper bekannt machte.

Mein Handtuch fiel, und ich drückte meine erigierten Brustwarzen an seine Brust und lächelte über sein scharfes Einatmen. Er zitterte fast vor Verlangen. Eine Woge berauschender Kraft durchflutete mich und nährte mein neu gewonnenes Selbstvertrauen.

Auf Zehenspitzen stehend presste ich meinen Mund auf seinen und leckte über seine Lippen, bis er sie für mich öffnete. Ich neckte seine Zunge mit meiner, senkte meine Hand und schloss sie um seine samtige Länge.

Er drückte sich in meine Handfläche, hielt aber inne, als seine Zunge leidenschaftlich von meinen Mund Besitz ergriff. Trotzdem blieben seine Hände an seinen Seiten.

Ich streichelte seine Länge, und meine Erregung wuchs mit jedem Keuchen und Stöhnen, das er in meinen Mund entließ. Göttin, wie behielt er seine Kontrolle? Er berührte mich nicht einmal, und ich war bereit zu explodieren. Ich ließ ihn los und legte seine Hände auf meine Hüften, während ich ihn gegen das Bett drückte.

Seine Kniekehlen stießen gegen das Bett, und ich drückte meine Handflächen auf seine Schultern und schob ihn nach unten.

„Bist du dir sicher?", flüsterte er zwischen Küssen.

„Ganz sicher. Jetzt leg dich hin."

Er knabberte an meiner Unterlippe und lächelte. „Gern."

Ausgestreckt auf dem Bett beobachtete Kane mich, Verlangen und Liebe strahlten von ihm aus. Mein ganzer Körper zitterte, als ich ihn ansah. Er war so schön, innerlich wie äußerlich.

Ich kletterte auf das Bett und lag neben ihm, mein Bein über seines drapiert. „Schließ deine Arme um mich", flüsterte ich, während ich Küsse seinen Hals entlang verteilte.

Er tat, was ich verlangte, und streichelte sanft über meine Gänsehaut. „Dir ist kalt."

Ich kicherte. „Nicht einmal ansatzweise." Dann kletterte ich auf ihn und ließ mich langsam auf ihn hinab, bis seine dicke Länge mich füllte.

Sein ersticktes Stöhnen kam meinem entgegen, als ich mich zu bewegen begann.

KAPITEL NEUNUNDZWANZIG

*K*ane und ich kamen fünfundvierzig Minuten später aus dem Schlafzimmer, frisch geduscht und verstohlen lächelnd. Okay, vielleicht nicht so verstohlen, doch Lailah und Meri waren zu angespannt, um es zu bemerken.

„Wie wird das ablaufen?", fragte ich und nippte an meinem Kaffee, während mein Glück verschwand, als die Realität unerbittlich über mich hereinbrach.

Die Haustür sprang auf, und Mom stürzte herein „Bin ich zu spät?"

Wir alle starrten sie an.

Sie schlug die Tür zu, entdeckte mich und seufzte erleichtert. „Ich denke nicht."

„Hope", sagte Meri sanft, „du bist nicht zur Anhörung zugelassen."

Mom verzog verwirrt das Gesicht. „Was meinst du? Sie braucht einen Teil meiner Seele."

Lailah schüttelte den Kopf. „Wenn sie sich für diese

Vorgehensweise entscheiden, wirst du gerufen. Bis dahin wartest du am besten hier."

Mom starrte sie an und drehte sich dann zu mir um. Als ich die Achseln zuckte, stürmte sie in die Küche.

„Scheiße", sagte ich und nahm mein Handy. Gerade als ich Gwens Nummer wählte, kam sie durch die Haustür, ganz in Weiß gekleidet, als wäre sie selbst ein Engel. Ihre hauchdünne Bluse bauschte sich über einer weißen Jeans. Ich zog misstrauisch eine Augenbraue hoch, steckte mein Handy weg und ging, um sie zu umarmen. „Danke, dass du gekommen bist. Mom wird dich brauchen."

Sie nickte wissend und wandte den Blick ab. „Ja."

„Gwen? Was ist los?"

Sie schüttelte den Kopf. „Ich weiß es noch nicht ... genau."

Ich kniff die Augen zusammen. Sie war absichtlich vage, wie immer, wenn sie eine Vision hatte.

Sie berührte meinen Arm und verschwand dann zu Mom in die Küche. Was war mit ihrer üblichen Uniform aus Jeans und T-Shirt passiert? Ich versuchte, nichts in ihre Reaktion oder ihr Outfit hineinzuinterpretieren, doch es gelang mir nicht. Sie wäre sicherlich nicht so ruhig gewesen, wenn sie etwas Schreckliches gesehen hätte. Doch es schien auf jeden Fall, als ob sie vorhatte, vor dem Engelsrat zu sprechen.

Bevor ich ihr folgen und auch nur die kleinste Information aus ihr herausquetschen konnte, tauchte Philip auf. Er war bereits in seine weiße Engelsrobe gekleidet, und seine smaragdgrünen Augen leuchteten. Himmel, ich hatte nicht gewusst, dass er kommen würde. Ich verbarg einen finsteren Blick und umklammerte Kanes Hand.

„Bereit?", fragte Philip.

Lailah warf ihm einen seltsamen Blick zu und betrachtete seine Kleidung. Sie trug ihre übliche Alltagsuniform aus einem langen Rock und einem figurbetonten T-Shirt. Wen wollte er beeindrucken? Den Rat oder Lailah?

Sie nickte. „Ja, du kannst den Ruf beantworten."

Philip sprach eine Beschwörung, und ein helles Licht materialisierte sich um uns herum. Ich erkannte es als das Portal zum Engelsreich. Einen Moment später erwachte ich auf goldenen und weißen Fliesen. Der kalte Altarraum ließ mich schaudern. Er war genau wie die Saint Louis Cathedral, nur waren alle Wandmalereien in Weiß- und Goldtönen verwaschen.

Meine Muskeln verkrampften sich, und ich drückte meine Hände auf meine Brust und versuchte, die zurückflutenden Erinnerungen daran, wie mir fast meine Seele gestohlen worden war, kurz bevor sie in zwei Hälften gerissen wurde, zu verdrängen.

Nein. Ich würde diese Erinnerung nicht noch einmal durchleben. Nicht heute. Niemals. Ich rappelte mich auf die Füße. Mein Herz raste, und ich klammerte mich an die Person, die mir am nächsten war. Der große, blassblonde Mann musterte mich interessiert.

Ich ließ Drake los und sprang zurück. „Wo ist Kane?"

„Hallo, Tochter", sagte mein Vater mit sanfter und autoritärer Stimme.

„Und Lailah?" Ich ignorierte ihn, sah mich um und fand keinen meiner Freunde, nur eine Gruppe von Ratsengeln. Alle starrten mich mit offener Neugier an. Es war, als ob ein Scheinwerfer auf mich gerichtet war, und ich sehnte mich danach, in die Schatten zurückzukriechen. Ich sollte hier nicht allein mit einem Engel stehen, der mich einmal zum Tode verurteilt hatte. Mein Fluchtinstinkt setzte ein, doch ich zwang mich, stillzustehen und mich ihnen zu stellen.

„Sowohl Lailah als auch der Traumwandler sind hier. Der

Rat möchte zuerst mit dir sprechen, bevor er zu Zeugenaussagen aufruft." Er legte besitzergreifend seine große Hand um meinen Arm und führte mich zu einem Podium direkt vor dem Rat.

Ich runzelte die Stirn und zuckte die Achseln. „Lass mich los."

Seine Augen trübten sich irritiert. Er senkte den Kopf und flüsterte: „Sei vorsichtig, Tochter. Ich könnte hier dein einziger Verbündeter sein."

Die Art, wie er immer wieder „Tochter" sagte, ging mir wirklich auf die Nerven. „Ich kann auf mich selbst aufpassen."

Er zog eine Augenbraue hoch und sah mich stirnrunzelnd an. „Ich bin mir sicher, dass deine Mutter dich nicht so respektlos erzogen hat."

Das hatte er nicht gerade gesagt. Immerhin hatte er sie verlassen. Ich hatte ein gewisses Mitgefühl für ihn, weil Mom ihn über mich im Dunkeln gelassen hatte, doch ich war siebenundzwanzig Jahre alt. Mich zu schelten wie ein Kind war inakzeptabel. Nur, weil wir Gene teilten, bedeutete das nicht, dass wir eine Beziehung hatten. „Wie sie mich erzogen hat, geht dich verdammt nochmal nichts an", zischte ich.

Ein kollektives Keuchen kam vom Engelspublikum. Heiliger Strohsack! *Sie hatten das gehört?*

„Pass auf deinen Ton auf, Tochter", sagte mein Vater. „Das Kollektiv zu missachten wird deiner Sache nicht helfen."

Ich biss mir auf die Innenseite meiner Wange, um nicht noch einmal ausfallend zu werden. Ich brauchte seine Hilfe, wenn auch nur für einen Teil seiner Seele. „Ich würde Lailah gerne sehen."

„Das wirst du."

Ein Hammer schlug auf den Tisch des Hohen Rates und ein älterer, silberhaariger Engel, den ich als Madeline erkannte, nahm Drakes Stelle als Vorsitzende der Anhörung ein. „Ms. Calhoun. Es ist … unerwartet, Sie hier vor dem Rat wiederzusehen. Sie scheinen es sich zur Gewohnheit zu machen, unsere Zeit in Anspruch zu nehmen."

Ich unterdrückte ein angewidertes Schnauben. Ihre *kostbare* Zeit? Wie kann ich es wagen, mein Leben leben zu wollen, ohne besessen zu sein?

Als ich nicht antwortete, wandte sie sich Drake zu. „Ich habe gehört, dass Sie eine persönliche Beziehung zu Miss Calhoun haben?"

Er nickte, und sein langes blasses Haar fiel nach vorne, sodass ich seinen Gesichtsausdruck nicht sehen konnte. „Ich habe vor kurzem erfahren, dass Jade meine Tochter ist. Sie bittet um einen Splitter meiner Seele, um ihre zerrissene zu heilen."

Nach der Ankündigung meines Vaters hätte man eine Stecknadel fallen hören können. Niemand atmete, vor allem ich nicht. Ich wurde mir meiner Situation bewusst, und mir war sofort klar, dass ich meine Zeit verschwendete. Sie würden niemals die Seele eines Engels gefährden … selbst wenn er dazu bereit wäre.

Madeline räusperte sich und sprach meinen Vater an. „Sie kennen unsere Regeln genauso wie der Rest des Rates, Drake."

Er nickte. „Das tue ich."

„Und Sie haben sie dennoch hierhergebracht, auch wenn Sie die Antwort kennen?" Die Ablehnung war klar und deutlich.

Ja, das würde nie funktionieren. Warum hatte er sich die Mühe gemacht?

Drake schien von ihrem wenig subtilen Vorwurf unbekümmert zu sein. Langsam musterte er die Gesichter des Rates und nahm Blickkontakt mit jedem auf. Dann räusperte er sich. „Ich bin mir der Regeln des Rates bewusst, da ich eines der Mitglieder war, die die ursprünglichen Richtlinien verfasst haben."

Madelines Gesicht verzog sich angewidert. „Und doch glauben Sie, weil Miss Calhoun Ihre Tochter ist, sollten wir unsere Regeln ignorieren?"

Drake kniff die Augen zusammen, und seine Stimme klang warnend: „Madam, Sie vergessen Ihren Platz."

Die Worte verfehlten ihre Wirkung nicht. Madeline sträubte sich und wandte den Blick ab, als sich ihre blassen Wangen rot färbten. „Ich entschuldige mich, Ratsmitglied Davidson. Ich wollte nicht respektlos sein."

Gemurmel war vom Rest des Rates zu hören.

Ich wandte mich Drake zu. „Was ist los?", flüsterte ich. Ihre Reaktion deutete darauf hin, dass er ganz oben in der Befehlskette stand. Den Seitenblicken nach zu urteilen, die sie ihm zuwarfen, war ich mir ziemlich sicher, dass das nicht gut war. Fand hier gerade irgendeine Art Machtspiel statt?

Er ignorierte mich, als hätte ich nichts gesagt. „Ich beantrage nicht, dass Jade einen Teil meiner Seele nimmt."

Ich holte scharf Luft. Was. Zum. Teufel? Wie sollte meine Seele dann wiederhergestellt werden? Ich richtete glühende Augen auf ihn, bereit, ihn verbal in Fetzen zu reißen, als sich die Seitentür öffnete und meine Mutter, gefolgt von Gwen, Lailah, Philip und Kane, hereinkam.

Mir blieb der Mund offenstehen. Kane nickte mir zu, als er links vom Podium Platz nahm. Ich war nie in meinem Leben dankbarer gewesen, einen anderen Menschen zu sehen. Seine Anwesenheit weckte eine Kraft tief in meinem Innersten. Das tat sie immer. „Lailah hat gesagt, dass Mom nicht kommen darf", sagte ich zu Drake. „Und was ist mit Gwen?"

Er starrte geradeaus und Madeline finster an, die mit ihren

Augen Dolche auf ihn schoss. „Der Rat hat auf meine Bitte hin eine Ausnahme gemacht."

Okay, vielleicht half es beim Umgang mit dem Rat, einen hochrangigen Vater zu haben, solange niemand eine Seele verlor oder in dem Raum landete, in dem die Zeit stillstand.

Philip verließ die Gruppe und stellte sich neben mich. Ich trat einen Schritt zurück und sah Lailah flehend an. Sie schenkte mir ein beruhigendes Lächeln und nickte in Philips Richtung. Schlug sie allen Ernstes vor, dass ich diesem Typen vertraute?

„Meine Damen und Herren des Rates, ich möchte um Erlaubnis bitten, im Namen von Miss Calhoun zu sprechen", sagte Philip.

Ich trat einen weiteren Schritt zurück, vollkommen verwirrt. Was hatte Philips Meinung über mich geändert? Er war nie besonders hilfreich gewesen, wenn es darum ging, was in meinem besten Interesse war. Ihm ging es nur um meine Seele.

„Sie dürfen sprechen", sagte Madeline.

Philip trat in die Mitte des Raumes und nickte jedem Ratsmitglied zu. „Danke. Wie Sie sich vielleicht erinnern, war ich vor weniger als einem Monat hier und habe dafür plädiert, dass der Engel Meri die Seele von Miss Calhoun zugesprochen bekommt."

Ein zustimmendes Gemurmel ging durch den Raum.

„Damals hatten wir den Eindruck, dass keiner von beiden mit nur einem Teil einer Seele leben kann, also haben wir entschieden, wer sie bekommen sollte. Was wir nicht wussten, war, dass Miss Calhoun direkt von einem Engel abstammt. Sie hatte die Fähigkeit, ihre Seele zu manipulieren – genug, dass sie es sogar schaffte, einen Teil davon während des Seelentransfers auf Meri zu behalten."

„Ihre Verbindung zu Drake wirft ein neues Licht auf ihre

Fähigkeiten", sagte Madeline. „Ich bin mir jedoch sicher, dass der Rat zustimmen wird, wenn ich sage, dass das absichtliche Teilen einer Seele nicht akzeptabel ist. Besonders der eines Engels. Miss Calhoun muss einen Weg finden, allein gegen eine mögliche Besessenheit anzukämpfen."

Mom stand von ihrem Stuhl auf, ihre Augen waren wild vor Wut. „Was meiner Tochter passiert ist, ist eure Schuld. Alles davon. Die Tatsache, dass ihr Vater ein Engel ist, dass er gegangen ist und dass sie einen Teil ihrer Seele verloren hat! Eure verdammten Regeln ruinieren Leben. Wie könnt ihr es wagen, dazusitzen und zu entscheiden, was richtig und falsch ist? Sie verdient eine Chance auf ein Leben. Ein gutes, solides Leben. Das Leben, das *ich* für das *Gemeinwohl* geopfert habe." Das Wort *Gemeinwohl* spie sie angewidert aus. „Wer seid ihr, zu beurteilen, wer würdig ist und wer nicht? Ihre Seele hätte ihr nie genommen werden dürfen."

Was meinte sie, es war ihre Schuld, dass mein Vater ein Engel war?

„Ms. Calhoun ...", schalt Madeline.

„Oh nein!", rief Mom. „Ich weiß, dass Sie jetzt nichts gegen *diese* Entscheidung unternehmen werden. Aber Sie können und werden etwas tun, um das zu korrigieren. Geben Sie meiner Tochter so viel von meiner Seele, wie sie braucht, um ihre zu heilen." Sie wandte sich Drake zu, und ihre Worte waren eindeutig für ihn und nicht für den Rat bestimmt. „So viel schuldest du mir."

Er begegnete ihren gequälten Augen. „Sie werden nicht zulassen, dass ich einen Teil meiner Seele opfere. Du weißt das."

„Aber sie werden meine nehmen." Um sie herum baute sich eine Kraft auf, Magie so weiß, dass sie mich fast blendete.

„Hope, nein!", schrie Drake und rannte los. Ihre Kraft brach aus, traf ihn und hinterließ einen wütenden roten Fleck auf seinem attraktiven Gesicht. Er zuckte zurück, eindeutig fassungslos.

„Ergreift sie!", verlangte Madeline.

Wachen tauchten aus dem Nichts auf und umzingelten Mom. Ihre kollektive Kraft zerschmetterte schnell die beeindruckende Magie, die um sie herum wirbelte. Ihre Knie gaben nach, und sie fiel auf den gefliesten Boden, ihr müdes Gesicht schmerzverzerrt.

„Hört auf!" Ich rannte auf sie zu und versuchte, sie zu erreichen, doch die Wachen versperrten mir den Weg, und Drake zog mich zurück. Ich riss meinen Arm von ihm weg. „Lass mich los. Sie ist meine Mutter."

„Eine, die bereit ist zu sterben, um dich zu retten", sagte Drake in mein Ohr. „Du weißt, wie es ist, dem Rat ausgeliefert zu sein. Geh zurück auf deinen Platz, und wir können vielleicht die Situation retten, bevor sie sie einsperren."

Ich erstarrte, und mein Blut gefror in meinen Adern. Wenn sie sie einsperrten, konnten Jahre vergehen, bis ich sie wiedersah.

„Ich werde mein Bestes tun, aber du musst kooperieren. Kannst du das?" Sein Atem kitzelte mein Ohr, als ich nickte. „Gut. Jetzt bleib ruhig." Er ging zum Kreis der Wachen und mit einer kurzen Handbewegung ließen sie gerade genug Platz, um ihn durchzulassen. „Steh auf, Hope", befahl er.

Mom tat, was er sagte, und funkelte ihn an.

„Was wolltest du tun?"

Sie holte tief Luft, ihr Kiefer war angespannt. „Was du jetzt tun solltest. Ich wollte meiner Tochter die Hälfte meiner Seele geben."

Mir fielen fast die Augen aus dem Kopf. „Nein! Das kann sie nicht!"

Drake nahm meinen Ausbruch nicht zur Kenntnis und nickte in ihre Richtung. „Ich verstehe."

„Warte." Ich rannte auf sie zu. „Sie wird kompromittiert, wenn sie das tut. Nein. Ich werde sie nicht lassen."

Moms Gesichtsausdruck wurde weicher, als sie meinem Blick zwischen den Wachen hindurch begegnete. „Und ich werde dich nicht so weiterleben lassen. Lieber opfere ich mich, als zu riskieren, dich zu verlieren."

„Es ist sehr gefährlich", warf Drake ein. „Und nicht sanktioniert."

Ich schüttelte den Kopf, mein Herz schwer in meiner Brust. „Du weißt, ich kann dich das nicht tun lassen, Mom."

„Jade –"

„Ich glaube, wir haben genug gehört." Madeline warf den Ratsmitgliedern einen Blick zu und presste ihre Lippen zu einer dünnen Linie zusammen. „Wachen?" Sie winkte ihnen knapp zu. „Zeigen Sie ihnen ihre Unterkünfte. Wir werden später in der Woche besprechen, was wir deswegen unternehmen sollten, wenn überhaupt."

Meine Entourage sprang auf.

„Ich werde meine Seele teilen", sagte Gwen mit Panik in ihrer Stimme. „Wenn Hope und ich beide ein bisschen und nicht die Hälfte geben, sollte es keine negativen Folgen für uns haben. Niemand wäre in Gefahr."

„Sie haben die gleichen Gene", begründete Lailah. „Kleine Stücke wurden schon früher gegeben, um eine andere Seele zu heilen. Diese Situation ist nicht anders."

Kane sah mich an, seine Augen waren intensiv und voller Sorge.

„Ruhe!" dröhnte eine Stimme. Aus den Schatten des Podiums tauchte der schönste und furchteinflößendste Engel auf, den ich je gesehen hatte. Sie bewegte ihre langen Gliedmaßen mit Sicherheit und Anmut, während sie die Aufmerksamkeit aller im Raum auf sich zog. Ihre Onyxaugen wanderten über den Rat und durchbohrten alle mit ihrer

Autorität. Alle, sogar Madeline, neigten respektvoll die Köpfe.

„Chessa", sagte Drake ehrfürchtig, „es ist gütig von dir, dich uns anzuschließen. Ich hatte nicht erwartet, dass du schon zurück sein würdest."

Sie lächelte ihn warm an. „Meine Reise ist besser verlaufen als geplant."

Moms Gesicht verzog sich, und sie kniff die Augen zusammen, als sie die Schönheit mit den kastanienbraunen Haaren vor uns anstarrte.

„Hope", sagte Chessa kühl zu Mom.

Mom senkte ein wenig den Kopf, obwohl ihre Grimasse deutlich machte, dass sie sich sträubte. „Chessandra."

Chessa sah sich um und konzentrierte sich dann auf Drake. „Du hast eine Tochter."

Er nickte. „Ich war mir dessen bis letzte Woche nicht bewusst."

„Und du willst ihre Seele unbedingt retten." Es war keine Frage, sondern eine Feststellung, als würde sie direkt in sein Herz sehen.

„Ja, das will ich."

Mein Atem blieb mir im Hals stecken. Er *wollte* mich retten. Beide hatten es bestätigt. Ein kleiner Hoffnungsschimmer erblühte in meiner Brust – nicht nur für meine Seele, sondern auch für das kleine verlassene Mädchen, das ich weggesperrt hatte. Ihre leise Stimme sprach aus meinem Hinterkopf zu mir. *Mein Vater will mich.*

„Und der Rat ist nicht bereit, ein Stück deiner Seele zu opfern, um sie zu retten." Sie trommelte mit den Fingern auf das Rednerpult. „Ich kann nicht sagen, dass ich anderer Meinung bin. Es ist viel zu gefährlich für uns alle." Der Engel wandte sich mir zu. „Das Letzte, was ich tun möchte, ist, dir und Drake die Hilfe zu verweigern, doch die Seelen des Rates sind gebunden. Es ist Teil eines Rituals, das wir Engel praktizieren, wenn wir das jahrhundertelange Amt eines Ratsmitglieds antreten." Sie zwinkerte, und ich wäre vor Überraschung fast umgefallen. „Es soll dafür sorgen, dass wir aufrichtig bleiben. Wenn man an jemanden gebunden ist, weiß man, was in seinem Herzen ist. Dir ein Stück von Drakes Seele zu geben, würde bedeuten, dir ein winziges Stück der Seelen aller Mitglieder des Rates zu geben."

Ich starrte sie mit großen Augen an, wütend, verängstigt und ehrfürchtig zugleich.

„Diese Anhörung ist vorbei", befahl Chessa und machte eine entlassende Geste in Richtung der anderen Engel.

„Warte. Was?" Ich wandte mich meinem Vater zu. „Sie kann nicht vorbei sein. Meine Freunde sind in Gefahr." Ich drehte mich um und flehte Chessa an. „Bitte, meine Freunde werden von einem Geist angegriffen. Wir reden hier nicht nur über mich."

„Dessen bin ich mir bewusst." Sie warf den Ratsmitgliedern einen Blick zu. „Ihr dürft gehen. Ich kümmere mich darum."

„Ja, Hoheit", murmelten einige von ihnen, als sie eilig gingen.

Hoheit? Oh, Scheiße. Es war vorbei. Die Herrscherin des Engelsreiches hatte schon gesagt, dass mein Vater unmöglich ein Stück seiner Seele aufgeben konnte. Doch ohne würde meine Seele nie vollständig heilen. Ich ließ meine Schultern hängen, als ich mich auf das Unvermeidliche vorbereitete.

Chessa deutete auf Gwen und dann auf Kane. „Ihr zwei. Kommt mit mir."

Gwen und Kane sahen einander an und gingen dann vorsichtig auf uns zu.

Chessa starrte Drake an. Obwohl sie nicht sprachen, hatte ich den deutlichen Eindruck, dass sie kommunizierten. Sie sahen einander einen intensiven Moment lang in den Augen, bis mein Vater schließlich kurz nickte und zu Mom ging und eine Hand auf ihren Oberarm legte.

Sie sah ihn gereizt an und versuchte, ihn abzuschütteln.

„Drake wird hier mit dir warten", sagte Chessa zu Mom. Dann wandte sie sich mir, Gwen und Kane zu. „Ihr drei, kommt mit mir in meine Gemächer."

KAPITEL DREISSIG

*L*ailah stellte sich neben Mom und schenkte mir ein beruhigendes Lächeln, als ich Chessa aus dem Zimmer folgte.

Pass auf sie auf, formte ich lautlos mit dem Mund.

Lailah nickte, und ihre Miene wurde nüchtern, als sie zu Drake aufblickte.

Der Knoten in meiner Brust wurde enger. Kanes Hand glitt in meine, eine beruhigende Geste, die nichts bedeutete, wenn Engel das Sagen hatten. War es das? Würden wir mein Schicksal erfahren? Meine Hand prickelte unter seiner. Meine Finger schlossen sich und gruben sich in seine Haut. Ich würde nie loslassen. Ich würde für mich kämpfen. Für Kane. Für uns und was wir hatten. Seele oder nicht. Ich würde nicht aufgeben. Mit neuer Entschlossenheit trat ich durch die Doppeltüren von Chessas Gemächern.

Die warmen Holztöne und die zahllosen ledergebundenen Bücher überraschten mich. Waren wir noch im selben Engelsreich? Das, das von kalten Fliesen und Marmor dominiert zu sein schien?

„Setzt euch." Chessa nickte zu den eleganten Ohrensesseln vor ihrem Schreibtisch.

Gwen und ich setzten uns, doch Kane stand hinter mir, seine Hände auf meinen Schultern.

Chessa zog eine Augenbraue hoch und zuckte dann mit den Schultern, als er nicht reagierte. Ihre bodenlosen Onyxaugen bohrten sich in meine. „Ich habe eine Lösung für Sie, doch sie hat einen Preis."

Kanes Griff um meine Schultern wurde fester.

„Was ist der Preis?", fragte ich stolz, meine Stimme zitterte nicht. Ich wusste, ich sollte eingeschüchtert sein, doch aus irgendeinem Grund beruhigte mich der hochrangige Engel. Wie machte sie das?

„Die Seelen deiner Eltern zu benutzen, um deine zu heilen, kommt nicht in Frage."

„Aber –"

Sie hob eine Hand. „Wenn Drake kein Mitglied des Rates wäre, würden wir erwägen, einen Teil seiner Seele zu übertragen. Doch er ist es, und seine Amtszeit endet erst in zweiundachtzig Jahren. Auch die Seele deiner Mutter können wir nicht gebrauchen. Ihre Seele ist zu zerbrechlich, nachdem sie all die Jahre im Fegefeuer verbracht hat. Wenn wir ihr etwas nehmen würden, wäre sie nicht nur anfällig für Besessenheit, sie könnte sich auch vollständig verlieren."

Mein Magen schmerzte. Meine perfekte Lösung war gerade aus dem Fenster geflogen. Der Rat und seine Regeln waren mir egal. Für mich war mein Vater verpflichtet, mir zu helfen. Es war das Mindeste, was er tun konnte, nachdem er mich verlassen hatte. Er hatte mir geholfen, mich zu erschaffen; er konnte mich also verdammt nochmal heilen. So viel schuldete er mir. Doch Mom war eine andere Geschichte. Ich würde nichts von ihrer Seele nehmen, wenn es sie in Gefahr bringen würde.

„Er wusste wirklich nicht, dass du existierst", sagte Chessa und musterte mich mit Sorge in ihren Augen.

Ich funkelte sie an. „Lesen Sie meine Gedanken?"

Sie lächelte. „Nicht mit Absicht. Aber deine Seele ist schwach, und du bist Drakes Tochter. Beides macht deinen Geist für mich offener."

Plötzlich hatte ich einen Verdacht. Sie hatte irgendeine Beziehung zu meinem Vater.

„Wir sind Gefährten", bestätigte sie.

Heilige Scheiße.

Chessa kicherte. „Ja, ich nehme an, das ist ein Schock."

Kane und Gwen schwiegen, und ich war dankbar. Mein Herz schmerzte für Mom. Chessa war diejenige, für die er sie verlassen hatte.

Chessa wurde ernst, als ob meine Gedanken ihr Unbehagen bereiteten. „Nun, der Deal."

„Was schlagen Sie vor?", fragte ich rundheraus.

Sie stand auf und setzte sich dann auf die Ecke ihres Schreibtisches. „Wir können deine Seele wiederherstellen, indem wir kleine Stücke von der deines Gefährten verwenden." Sie deutete auf Kane und nickte dann Gwen zu. „Und von deiner Tante."

„Und das würde tatsächlich funktionieren?"

„Ja. Die deiner Tante tritt an die Stelle deiner Mutter und gibt dir genug von deinem genetischen Material, um gesund zu werden. Die deines Gefährten ist etwas Besonderes. Seine wird dich stärken aufgrund der Bindung, die ihr bereits teilt."

Ich sah die beiden an. Sie nickten zustimmend, doch ich wollte das Angebot nicht so schnell annehmen. „Was ist der Haken?" Ich verschränkte meine Arme vor der Brust.

„Im Gegenzug für unsere Hilfe bei der Übertragung wirst du verpflichtet, für den Rat zu arbeiten."

Ich kniff die Augen zusammen. Es hatte keinen Sinn,

diplomatisch zu sein. Sie hatte bereits gesagt, mein Geist sei offen für sie. Sie wusste also, was ich dachte. „Ich gehe davon aus, dass es keinen Raum für Verhandlungen gibt."

Chessa schüttelte den Kopf.

„Weil es Engeln nur um diese Allgemeinwohl-Scheiße geht." Ihre Lippen verzogen sich zu einem amüsierten Lächeln. „So könnte man es formulieren."

„Und Gwen und Kane? Welche Auswirkungen hat das auf sie?"

Ihr Lächeln wurde breiter. „Du bist intelligent, Fragen zu stellen. Die meisten tun es nicht, wenn sie den Rat um Hilfe bitten."

„Ich habe schon Erfahrungen mit eurer Art von Hilfe gemacht."

Aus Chessas Gesicht verschwand jede Spur von Belustigung. „Ja, hast du. Genau deshalb denke ich, dass du für diese Aufgabe gut geeignet sein wirst."

Ich sah sie an, hielt ihrem Blick stand und wartete.

„Deine Tante wird nach dem anfänglichen Unbehagen der Seelenübertragung keine Spätfolgen leiden. Der Traumwandler ist anders. Ihr seid Gefährten, nicht wahr?"

„Ja", sagte Kane, während ich gleichzeitig „Nein" sagte.

Ich warf ihm einen Blick zu, zuckte zusammen und beeilte mich zu erklären. „Nicht so, wie sie meint." Ich drehte mich um und wedelte mit einem Arm durch den Raum. „Menschen haben keine Gefährten wie Engel."

„Das ist mir sehr wohl bewusst." Chessa zog einen dicken Ordner heraus und öffnete ihn. „Ein Gefährte kann viele Dinge bedeuten, doch in diesem Fall sprechen wir von einer mystischen Verbindung. Hier in deiner Akte steht, dass Mr. Rouquette deine Energie spüren kann, wenn er in deiner Nähe ist. Ist das richtig?"

„Ja", sagte Kane. „Als sie Empathin war, war es stärker, doch selbst jetzt kann ich sie spüren und weiß, wenn sie in der Nähe ist."

Chessa nickte und sah mich direkt an. „Und er kann in deine Träume eindringen?"

„Er kann in die Träume eines jeden eindringen, den er kennt", sagte ich stur. Ich war mir nicht sicher, worauf sie damit hinaus wollte, doch ich wollte nicht, dass sie Kane in irgendeine verrückte Engelsnummer hineinzog.

„Das stimmt, aber er ist nicht ganz in der Lage, seine Fähigkeiten in deiner Nähe zu kontrollieren."

„Was tut das zur Sache?"

„Es bedeutet, dass du ihn auf einer bestimmten Ebene anziehst und teilweise dafür verantwortlich bist, dass er in deine Träume eingedrungen ist. Sonst hätte er es bei eurem ersten Treffen verhindern können."

Mein Mund stand offen, als ich mich umdrehte, um Kane anzusehen. Er war gleich nach unserem ersten Treffen in meine Träume eingedrungen und hatte darauf bestanden, dass es keine Absicht gewesen war. Er zog die Augenbrauen hoch, als wollte er sagen, *ich hab's dir doch gesagt.*

Ich schloss meinen Mund und wandte mich wieder Chessa zu. „Du sagst, wir haben eine Art Gefährtenverbindung. Okay, und?"

Sie stand auf. „Es bedeutet, dass ihr euch gegenseitig speist. Es bedeutet auch, dass ihr die perfekten Partner für den Job seid, der mir vorschwebt."

„Partner? Auf keinen Fall. Das passiert nicht." Kopfschüttelnd umklammerte ich die Armlehnen des Stuhls. „Ich will nicht, dass Kane in all das involviert wird."

Er trat hinter mir hervor, und ich stand auf. Mir gefiel die Tatsache nicht, dass sie mich beide überragten. „Ich bin schon involviert", sagte er zu mir, und seine Augen strahlten

Sanftheit aus. Verdammt, er würde es tun, egal was ich sagte. Er wandte sich Chessa zu. „Was ist das für ein Job?"

„Ich möchte, dass ihr beide Schattenwandler werdet."

Kane und ich tauschten einen verwirrten Blick. „Was bedeutet?"

„Ein Schattenwandler kann die Grenzen zwischen den Dimensionen überschreiten", sagte Gwen. „Chessa möchte, dass ihr ihnen helft, Seelen zu retten, die zwischen den Welten verloren gegangen sind."

Der Engel erhob sich vom Schreibtisch und zog sich in ihren Ledersessel zurück. Sie lächelte Gwen an. „Ja, genau das möchten wir."

Kane ergriff meine Hand und meine Schultern spannten sich an. „Für wie lange?"

Sie brachte ihre Finger zusammen und legte ihre Hände vor sich. „Was würdest du geben, um deine Seele zu retten? Dein Leben?"

Verdammt! Ich wusste, das hörte sich zu einfach an. Sie war genauso schlimm wie die anderen. „Ja, aber nicht das von Kane."

„Ah." Sie lehnte sich zurück und sah nachdenklich aus. „Aber ich wette, er wäre bereit, seines für deines zu geben."

Ein Sturm braute sich in mir zusammen, und so, wie Kane seine Finger um meine Hand drückte, wusste ich, dass sie Recht hatte. Er würde sein Leben für mich geben, genauso wie ich meines für ihn. Doch ich könnte mir nie wieder selbst in die Augen sehen, wenn er sich für mich opfern müsste.

Ich bewegte mich und sah in Kanes reiche Schokoladenaugen.

„Jade." Seine Stimme war sanft, aber voller Entschlossenheit. „Ich werde nicht danebenstehen und zusehen, wie du vergehst."

Es hatte keinen Sinn, seine Liebe und Hingabe zu leugnen.

Chessa konnte uns beide lesen, und da sie ein Engel war, wusste ich, dass sie nicht aufhören würde, bis sie von uns bekam, was sie wollte.

Dieser Moment, noch mehr als unser Hochzeitstag, bedeutete, dass wir uns für alle Ewigkeit aneinander banden. Der Engel forderte uns auf, eine unzerbrechliche Bindung einzugehen.

„Bist du sicher? Das ist mehr als eine lebenslange Verpflichtung", sagte ich.

„Ich habe mich bereits für mein Leben an dich gebunden."

„Ich weiß, aber das ist so viel dauerhafter."

Er lachte. „Glaubst du wirklich, ich hätte jemals gedacht, dass unsere Ehe irgendetwas anderes als von Dauer sein würde?"

„Du weißt, was ich meine. Wir werden uns nicht nur aneinander binden, sondern auch an das Reich der Engel. Das ist keine „bis der Tod uns scheidet"-Sache. Das ist für die Ewigkeit." Ich biss mir auf die Lippe und nickte Chessa zu. „Das ist eine laufende Zahlung für meine Seele. Im Wesentlichen werden wir ihnen gehören. Bis in alle Ewigkeit."

Mein Herz klopfte bei der Erkenntnis, dass ich, wenn wir ja sagten, alles bekommen würde, was ich mir je gewünscht hatte – jemanden, der mich nie verlassen würde. Wir wären in Leben und Tod aneinander gebunden. Ich würde nie wieder verlassen werden.

Dann wurde mir übel. Ich wollte nicht, dass er so gezwungen von einer höheren Macht bei mir war. Ich schüttelte den Gedanken ab und konzentrierte mich auf die Tatsache, dass er sich bereits für mich entschieden hatte.

Kane starrte auf mich herab, sein Gesichtsausdruck war ruhig und nachdenklich. Dann lächelte er und sah Chessa an. „Ich möchte über die Konditionen verhandeln."

Sie runzelte die Stirn. „Welche Konditionen?"

Er bedeutete mir, mich zu setzen, und nahm den Sessel neben mir. „Jeder in diesem Raum weiß, dass ich Ja sagen werde, doch ich bin nicht bereit, dem Reich die vollständige Kontrolle über uns zu überlassen. Würden wir eure Sklaven werden, wäre unser Leben sowieso kaum noch lebenswert. Mein Angebot an Sie lautet also: Wir beide werden Ihre Bedingung, Schattenwandler zu werden, akzeptieren, doch wir wollen dafür entschädigt werden, wie ein Engel niedriger Stufe unter Ihren Gesetzen entschädigt würde. Wir wollen auch alle Vorteile und Rechte, die sie ihnen in Ihren Gesetzen zustehen. Es wird keine Ausnahmen geben, weil wir Menschen sind."

Whoa, das war Geschäftsmann Kane in Aktion. Ich hatte keine Ahnung, dass er so viel über Engel wusste, doch andererseits war er vor einiger Zeit mit Lailah zusammen gewesen. Es ergab einen Sinn, dass er über ihre Welt Bescheid wusste. Ich konnte nicht anders, als zu lächeln. Er könnte jeden Tag mein Verhandler sein … oder jede Nacht.

„Wir werden nicht auf Abruf zur Verfügung stehen, und es wird nicht von uns erwartet, dass wir auf Selbstmordmissionen gehen", fügte Kane hinzu.

Chessa machte sich eine Notiz in der Akte. „Wer soll Ihrer Meinung nach über die akzeptable Gefahrenstufe der Missionen entscheiden? Die Schattenwandler, die für uns arbeiten, unterstehen direkt mir. Schon immer."

„Das werden wir entscheiden." Kane brach den Blickkontakt mit ihr nicht ab. „Wenn Sie nicht einverstanden sind, können wir es für eine Anhörung vor den Rat bringen."

„Und den Hexenrat", warf ich ein.

Chessas Augen verengten sich zu schmalen Schlitzen. „Der Hexenrat hat nichts damit zu tun."

„Nein, hat er nicht", stimmte ich zu. „Aber ich bin mir sicher, dass mein Zirkel am Ende involviert sein wird. Sie würden nie tatenlos zusehen, dass mir etwas passiert, wenn eine Mission schiefgeht. Außerdem fungiert der Hexenrat als Ausgleich für den Fall, dass der Engelsrat … Wie soll ich das sagen? Von seiner Macht korrumpiert wird."

„Auf keinen Fall", sagte Chessa. „Inakzeptabel. Hexen haben in Angelegenheiten der Engel nichts zu suchen."

„Dennoch wollen Sie mich bei Ihrer Suche nach verlorenen Seelen einsetzen."

Gwen räusperte sich. „Darf ich einen Vorschlag machen?"

Wir drehten uns alle drei um und starrten meine Tante an.

„Ja, Sie dürfen sprechen", sagte Chessa.

Ich verkniff mir eine bissige Antwort. Für wen hielt Chessa sich überhaupt? Nur weil sie ein hochrangiger Engel war …

„Vielleicht könnten Sie ein Gremium zusammenstellen, das aus Hexen besteht, die mit Engeln und ihren Gepflogenheiten vertraut sind."

„Und wer wären diese Hexen?", fragte Chessa misstrauisch.

„Diejenigen, die Engelskinder geboren haben, scheinen die besten Kandidaten zu sein. Sie haben das meiste Wissen."

„Nein." Chessa schloss die Akte vor sich. „Das ist ein Deal-Breaker."

„Dann weigere ich mich, Jade einen Teil meiner Seele zu geben." Gwen lehnte sich zurück und verschränkte die Arme vor der Brust.

„Was?", fragte ich entsetzt.

Sie ignorierte mich.

„Sie haben etwas gesehen", sagte Chessa. Las sie etwa auch Gwens Gedanken? Höchstwahrscheinlich.

Gwen zuckte unverbindlich mit den Schultern.

„Sie würden sie wirklich im Stich lassen?"

„Ich glaube, dass ihr Leben nicht mehr ihr eigenes sein wird, wenn es keine Kontrollinstanz gibt. Das ist nichts, wozu ich beitragen will, also ja. Wenn Sie sich weigern, ihr eine

Möglichkeit anzubieten, in lebensbedrohlichen Situationen Einspruch zu erheben, dann weigere ich mich, ihr ein Stück meiner Seele zu geben, das Sie sicher brauchen."

Chessa atmete scharf durch die Nase ein, und ihr Gesicht wurde rot.

Sie will genauso verzweifelt wie wir, dass wir zustimmen, meine Seele zu reparieren. Warum? Spielte es eine Rolle, ob ich das lebend überstand? Die Anspannung löste sich von meinen Schultern. Sie würde nicht nachgeben und uns geben, was wir wollten, aber sie würde einlenken.

Jetzt war es so weit. „Ich stimme zu", sagte ich. „Wenn ein aus Hexen bestehendes Kontrollgremium ausgeschlossen ist, muss ich das Angebot ablehnen."

Gwens Lippen zuckten, und ich wusste, dass sie ein Lächeln unterdrückte.

Chessa musterte mich. Ich bemühte mich nicht, meine Zufriedenheit mit meiner Entscheidung zu verbergen. Sie seufzte. „Also gut. Ich werde eines einrichten."

„Mit Hexen, die in keiner Weise mit dem Reich der Engel verbunden sind, außer dass sie ein Engelskind haben", beharrte Gwen.

Chessa beugte sich vor. „Wollen Sie damit andeuten, dass ich unehrenhaft bin?"

Gwen spiegelte Chessas Haltung. „Nein. Gar nicht. Ich passe nur auf meine Nichte auf."

Der Engel drückte auf einen Lautsprecherknopf und verlangte von ihrer Assistentin, die Verträge zu schreiben, und gab Anweisungen für die Einberufung eines Kontrollgremiums, das mit Hexen besetzt war. Am anderen Ende der Sprechanlage war es still, und schließlich räusperte sich ihre Assistentin. „Wie Sie wünschen, Ms. Ballintine."

Chessa starrte uns finster an. „In zehn Minuten sind die Verträge fertig."

KAPITEL EINUNDDREISSIG

*E*ine Stunde später wurden Mom, Lailah und Philip weggeschickt. Die Verträge wurden unterzeichnet, und dann wurden Gwen, Kane und ich in Liegesessel geschnallt und warteten darauf, dass unsere Seelen verändert würden.

Chessa beugte sich über mich. „Du hast ein paar Wochen Zeit, um dich zu erholen, und dann werde ich eine Anweisung mit eurer ersten Mission schicken."

„Okay." Ehrlich gesagt war ich zu nervös wegen Gwen und Kane, als dass ich mich viel um meinen neuen Job geschert hätte. Ich wusste genau, wie es sich anfühlte, einen Teil seiner Seele weggerissen zu bekommen. Mir drehte sich der Magen um, wenn ich nur daran dachte. Ich warf dem Labortechniker einen Blick zu. „Können Sie ihnen etwas gegen die Schmerzen geben?"

Er schüttelte den Kopf. „Sie müssen wach sein. Außerdem wird es sowieso nicht so weh tun."

Ich schnaubte. *Klar.*

„Alles wird gut, Sweetie. Mach dir keine Sorgen", hörte ich Gwens Stimme von meiner Linken.

Kanes Hand umklammerte meine. Wir saßen auf getrennten Sesseln, doch nahe genug, dass sich unsere Hände berühren konnten. „Du hast es einmal überlebt. Wir werden auch leben."

„Aber ich war danach tagelang bewusstlos."

„So wird es nicht sein, Ms. Calhoun", versicherte mir der gutmütige Techniker beruhigend. „Ihre Seele wurde in zwei Teile gerissen. Das hier ist eher eine medizinische Prozedur. Viel weniger chaotisch, viel schnellere Heilung. Sie werden beide bei Bewusstsein sein, nur ein paar Tage ein wenig schwach, während sie sich erholen."

Ein Gefühl der Erleichterung überkam mich. Solange es ihnen gutging, konnte ich das durchstehen. Mit Kane an meiner Seite konnte ich alles tun, und jetzt würde er für immer an meiner Seite sein. Ich versuchte, für diese Tatsache nicht zu dankbar zu sein. Sicherlich gab es Konsequenzen für das Wandeln durch die Schattenwelt.

Gwen streckte die Hand aus und griff nach meiner anderen Hand. „Alles wird gut, Jade."

Ich atme langsam aus. „Was passiert nach der Übertragung?"

„Ihr drei werdet nach New Orleans zurückgeschickt. Ich melde mich." Chessa wirbelte auf ihrem Absatz herum und verließ den Raum.

„Okay", sagte der Techniker. „Ich zähle jetzt von drei rückwärts. Bei eins werden Sie die Übertragung spüren. Drei, zwei, eins."

Gwen saugte scharf Luft ein, während Kanes Finger in meiner Hand zuckten. Ich kniff meine Augen zusammen und betete, dass ihr Schmerz bald vorbei sein würde. Meine eigene Erfahrung hätte mich fast umgebracht.

Meine Hände begannen zu prickeln, und plötzlich raste ein Ruck durch beide Gliedmaßen, schoss direkt in meine Brust, sank dann tiefer und füllte meinen Oberkörper. Die beiden Funken prallten zusammen, und mein Rücken bog sich krampfhaft. Ekstase schoss in einer Woge durch mich hindurch bis in jedes letzte Nervenende voll süßem Vergnügen.

„Jade!" Ich hörte den Ruf, wusste, dass es Gwen sein musste, doch ich konnte nicht antworten. Ich schwebte fast über dem Sessel, als pure Magie direkt in meine Seele drang. Tränen liefen angesichts der Intensität der intensiven Emotionen über mein Gesicht. Liebe, Angst, ein überwältigendes Bedürfnis zu beschützen und Entschlossenheit.

Kanes Signatur vermischte sich mit Gwens und verblasste dann, als die Magie mit meiner eigenen Seele kollidierte, mich erfüllte und mich mit Kraft vibrieren ließ. Meine Seele pulsierte in meinem Bauch, neu, roh und kraftvoll. Die Riemen, die mich in meinem Stuhl hielten, rutschten weg, und der Raum wurde erst weiß, dann schwarz und dann blendend.

Ich blinzelte ins Sonnenlicht, Feuchtigkeit sickerte durch die Knie meiner Jeans. Der süße Duft von Gras und feuchter Erde drang in meine Sinne ein.

„Jade?" Diesmal war es Kanes Stimme.

Ich wandte meinen Kopf seiner Stimme zu und blinzelte. Als sich meine Augen an das Licht angepasst hatten, sah ich eine große, mit Moos überwucherte Eiche und stellte fest, dass wir auf einem makellos gepflegten Rasen lagen. Der feuchte Rasen und der erdige Geruch deuteten darauf hin, dass es vor kurzem geregnet hatte. Als ich mich umsah, fiel mir das große viktorianische Haus auf. „Was zum …?"

„Sie hat uns nach Summer House zurückgeschickt", sagte Kane und half mir auf die Füße.

Eine Welle der Kraft erfasste mich, und die Welt verblasste

in verschiedene Grautöne. Die Schatten begannen sich zu bewegen und wurden immer solider, je länger wir dort standen. In der Nähe des Fußes der Eiche erregte eine Bewegung meine Aufmerksamkeit. Der Schatten verwandelte sich in die Silhouette eines Mannes, und als ich ihn betrachtete, wurde sein rundes, pausbackiges Gesicht scharf. Er hob seine Hand, tippte sich an seine Melone und drehte sich um, ging direkt durch den Baumstamm und verschwand dann in der Erde.

„Lass los!", schrie ich Kane an und wich zurück.

Helles Sonnenlicht strömte zurück, und ich stieß einen langen Seufzer der Erleichterung aus. „Heilige Scheiße. Ich glaube, ich habe gerade meinen ersten Eindruck davon bekommen, was es bedeutet, ein Schattenwandler zu sein."

Kanes Gesicht war blass. „Wow."

„Du hast es auch gesehen?"

Er nickte und ging mit ausgestreckter Hand auf mich zu. Doch dann ließ er sie sinken und spannte frustriert den Kiefer an.

Mein Herz zog sich zusammen, und Entsetzen packte mich. Würde das immer passieren, wenn wir uns berührten? Ich schloss meine Augen und atmete tief durch. „Ich bin sicher, wir können lernen, es zu kontrollieren." Ich sagte die Worte, wusste, dass ich sie so meinte, doch alles war zu roh, als dass mein Herz es glauben konnte.

„Ja. Ich bin sicher, das werden wir." Kanes Stimme zitterte.

„Das werdet ihr", versicherte uns Gwen.

Ich warf ihr einen Blick zu, dankbar zu sehen, dass sie nicht annähernd so erschüttert aussah wie Kane. „Bist du okay?"

Sie nickte. „Müde. Aber ich werde es überleben."

Vorsichtig legte ich einen Arm um sie. Die Panik, die mich erfasst hatte, ließ nach, als sich meine Welt nicht veränderte. „Warum haben sie uns hierher geschickt?"

Als wir auf das Haus zugingen, sah ich einen silbernen Prius. „Bea ist hier."

„Sie ist nicht die Einzige." Kane deutete auf eine Reihe von drei bekannten Autos, die weiter unten in der Auffahrt parkten.

„Der Zirkel." Ich sprintete los auf die Rückseite des Hauses zu. Wenn sie einen Zauber wirkten ... dann traf es mich. Zirkelmagie erwachte direkt unter meinem Herzen zum Leben und spornte mich an, schneller zu laufen. Sie schwoll an und schwand wie ein fehlerhafter Stromkreis. Ich musste in diesem Kreis sein, mit ihnen verbunden sein. Was auch immer sie taten, es überforderte ihre Fähigkeiten. Ohne Beas Magie wären sie bereits gescheitert.

Ich rannte um das Haus herum und blieb wie angewurzelt stehen. In der Mitte des Kreises schwebte Camille, gefangen in einem kleineren Kreis. Blaue Kerzen flackerten unter ihr auf. Es war fast genau das gleiche Setup, das Lailah an dem Tag durchgeführt hatte, als wir versucht hatten, Pyper von ihrem schwarzen Schatten zu befreien.

Wann hatten sie sich dazu entschieden? Während wir im Engelsreich waren?

Was war mit Camilles Tochter?

Würde es ihrer Seele helfen, Ruhe zu finden, wenn wir ihr auf der Suche nach dem kleinen Mädchen halfen? Ich hatte keine Zeit, das herauszufinden. Der Zirkel würde das Ritual nicht so plötzlich durchführen, es sei denn, sie hatten das Gefühl, keine andere Wahl zu haben. War Camille aggressiver geworden? Was auch immer passiert war, ich musste ihnen helfen.

Die nachlassende Kraft des Zirkels schwoll wieder an, und einen Moment später sprang ich in den Kreis, entschlossen, meinen Teil dazu beizutragen, Camille wegzuschicken.

Ich ergriff Beas und Rosalees Hände und genoss die Magie,

die in mich und dann durch mich und wieder zurück in Bea strömte. Sie holte erleichtert Luft, nahm meine Anwesenheit aber auf keine andere Weise zur Kenntnis.

Die blauen Kerzen brannten höher und heller und fungierten als Camilles Gefängnis. Der nächste Schritt war, ein Portal zu öffnen und sie in eine andere Dimension zu verbannen. Nur als ich sie ansah, wandte sich mein Blick wieder den grauen Schatten zu.

Mein Herz raste, und ich sah mich nach Kane um. Er war in der Nähe der Hintertür und beobachtete die Szene. Ich holte tief Luft und nahm auf, was um mich herum geschah. Schatten bewegten sich und krochen auf den blauen Kreis zu. Einige wurden zu festen Gestalten und eine griff hungrig nach Camille. Ich unterdrückte ein Schaudern. Was war das? Warum wollten sie sie? Wenn wir sie verbannten, würde sie dann zu einem dieser gesichtslosen Schatten?

War es mir egal? Die Erinnerung an Eis, das meine Glieder emporkroch, als Camille von meinem Körper Besitz ergriffen hatte, und Ians benommenes, lustvolles Gesicht füllte meinen Geist. Nein, war es nicht.

„Göttin des Jenseits", rief Bea in den Wind, „höre unseren Ruf! Der Geist Camille ist nicht für diese Welt. Nimm unser Opfer an, und bring sie, wohin du willst!"

Unter unseren Füßen rumpelte der Boden. Eine schwache Spur von Angst durchzog das Zirkelkollektiv.

„Bleibt standhaft!", rief Bea. „Die Göttin hat geantwortet."

Der Boden rumpelte weiter. Zwei Schatten verwandelten sich in feste Formen, deren Züge mit jedem verstreichenden Moment klarer wurden. Eine war klein, so groß wie ein Kind, ihr Gesicht frisch und voller Leben. Die andere war in Camilles Alter, sein Gesichtsausdruck war wütend. Etwas Bedrohliches strömte von ihm aus, schlang sich um mich und drückte auf meine Haut.

Ich sah mich um. Konnte sie sonst noch jemand sehen? Sie sangen alle zusammen mit Bea, als sich der Boden direkt unter Camille langsam öffnete. Camille starrte mit weit aufgerissenen Augen unter sich, dann sah sie mich verzweifelt an. Die Angst rollte in Wellen von ihr. Tränen liefen über ihr blasses Gesicht, ich spürte ihre Angst und wie ihr Herz brach.

Ein gebrochenes Herz? Angst? Das waren nicht die Emotionen, die ich von einem Geist erwarten würde, der darauf aus war, jemandem Schmerzen zuzufügen. Verzweiflung klammerte sich an mich, das Gefühl war klar, obwohl es nicht mein eigenes war. Ich hob meinen Kopf gen Himmel, erfüllt von Staunen. Der Seelentransfer hatte mir mehr gegeben als eine ganze Seele. Meine Empathengabe war zurückgekehrt.

Ich klammerte mich an mein Staunen und konzentrierte mich. Von Camille kam nichts Unheimliches, nur Verzweiflung und Angst, aber nicht um sich selbst.

Das Kind trat näher, stand direkt neben dem blauen Kerzenkreis und streckte eine Hand nach seiner Mutter aus. Camille unterdrückte einen Schrei und hämmerte gegen die unsichtbare Barriere, um das kleine Mädchen zu erreichen. Beide drückten ihre Hände gegen die Barriere, Handfläche an Handfläche, als ob sie sich berühren würden.

Tränen stiegen in meine Augen, als der Herzschmerz der beiden mich traf. Ihre Trennung spiegelte diejenige wider, die Mom und ich erlitten hatten, als sie im Fegefeuer gefangen gewesen war.

Der Mann packte das Kind um die Mitte und riss es von seiner Mutter weg. Purer Hass und Schadenfreude gingen von ihm aus, als er Camilles Schmerz genoss.

„Nein!", schrie ich. „Halt!"

Der Zirkel verstummte.

Beas Hand schloss sich fester um meine, und ich spürte den

Argwohn, der von ihr ausstrahlte. „Wir können jetzt nicht aufhören, Jade", sagte sie ruhig. „Sobald Camille weg ist, sind wir alle sicherer."

„Du verstehst nicht", zwang ich durch die emotionale Qual heraus. Sie hatte mir bereits gesagt, sie wollte nur ihre Tochter finden. Sie hatte mich nur benutzt, weil sie verzweifelt versucht hatte, sie vor dem Mann zu retten, der irgendwie für ihren Tod verantwortlich war. Sogar im Jenseits hatte er es geschafft, sie voneinander fernzuhalten. Kein Wunder, dass sie vor Leid wahnsinnig geworden war. „Da ist jemand viel Schlimmeres, der für ihr Verhalten verantwortlich ist. Ich kann ihn sehen, spüren. Wir müssen ihr helfen."

„Jade?" Beas Stimme ging im Wind unter, als das Portal zu wachsen begann.

„Lasst sie frei!" Meine Stimme klang tief und befehlend. Trotz all des Schmerzes, den Camille verursacht hatte, konnte ich sie nicht in die Hölle verdammen.

Ein Raunen ging durch den Zirkel. Alle verstummten, und dann rief Bea: „Sei frei!"

Die Kerzen erloschen, und die Barriere löste sich auf. Erleichterung überkam Camille, und sie flog mit wütender Entschlossenheit auf den Mann zu, der ihre Tochter gepackt hatte. Sie rammte ihn, und das kleine Mädchen fiel zu Boden. Seine Lippen verzogen sich zu einem Knurren, als seine Hände emporschossen, sich um Camilles Hals schlangen und versuchten, sie zu erwürgen.

Gut, dass sie nicht atmen musste. Verwirrung machte sich im Zirkel breit, und mir wurde klar, dass sie den Mann nicht sehen konnten, nur Camille. „Sie kämpft gegen den Geist, der ihre Tochter getötet hat. Er ist derjenige, den wir verbannen müssen."

Bea zögerte nicht. Sie begann zu singen. Der Zirkel folgte, und der Boden erwachte zum Leben, das Portal wuchs wieder.

Wie waren der Mann und Camilles Tochter überhaupt in den Kreis gekommen? Ich hatte keine Ahnung, doch jetzt, wo sie da waren, konnten sie nicht gehen, bis wir den Kreis brachen. Leider hatten wir keine Möglichkeit, ihn in das Portal zu zwingen. Camille musste das selbst tun.

Der Mann nahm sie in den Schwitzkasten und zerrte sie zum Portal. Sie wand sich, krallte nach seinen Armen, und ihre Augen traten verzweifelt hervor.

Mein Herz sehnte sich danach, zu ihrer Verteidigung zu eilen, doch ich war durch die Zirkelmagie gezwungen, den Kreis aufrechtzuhalten. Bea leitete als Anführerin des Zirkels die Magie, und ich konnte nichts anderes tun, als ihr meine Kraft zu geben.

Camille stieß ein ersticktes Keuchen aus und biss in seine Hand.

„Verdammtes Weib!", knurrte er, riss seine Hand zurück und hieb nach ihrem Kopf. „Mach das noch einmal, und deine Tochter fährt mit dir zur Hölle."

Camille hörte auf, sich zu wehren, und eine seelenvernichtende Angst überkam mich. „Nicht Lizzie", wimmerte sie besiegt.

Seine Lippen verzogen sich zu einem bösen Grinsen, als er sie vom Boden hob und ihre Füße über dem brennenden Loch baumelten.

„Nein!", schrie das kleine Mädchen und rannte auf das Paar zu, Tränen rannen über ihr gequältes Gesicht. „Mommy!"

Der Klang der Stimme ihrer Tochter löste in Camille eine Reaktion aus, die mich tief in meiner frisch geheilten Seele berührte. Mutterliebe. Liebe von der Art, die eine Mutter dazu bewegte, sich für ihre Tochter zu opfern. Genau wie Mom es getan hatte, als sie ihre Seele angeboten hatte, da sie wusste, dass das das Ende ihres Lebens bedeuten konnte. Meine Augen füllten sich mit Tränen, und ich wünschte, ich könnte etwas tun, irgendetwas, um zu helfen.

Am Rand des Portals trat Camille nach dem Mann und erwischte seine Knie. Als er zu Boden ging, wand sie sich aus seinem Griff. Sie rannte über das Gras und riss ihre Tochter in eine stürmische Umarmung.

„Jetzt!", schrie ich. „Fangt ihn ein, bevor er entkommt."

„Accende!", befahl Bea.

Die blauen Kerzen erwachten um den Mann herum zum Leben und schlossen ihn im Licht ein. Das Portal wuchs unter ihm weiter. Camille brach auf die Knie zusammen, und Angst und Erleichterung wischten ihre letzte Energie weg. Meine Knie gaben unter der Intensität ihrer Emotionen nach, doch ich schaffte es, mich aufrecht zu halten. Ich durfte mich nicht von der Magie trennen, nicht jetzt, da wir so kurz davor waren, den Entführer ihrer Tochter zu verbannen.

Mein Haar wehte mir ins Gesicht und verdeckte teilweise meine Sicht, als Wind im Kreis aufkam. Die Kraft peitschte um den Mann, von dem ich wusste, dass er Camilles Mörder war. Er schwebte über dem Portal, Wut schimmerte in seinen leeren Augen, und seine Flüche drangen durch den Sturm zu mir.

„Nimm unser Opfer. Binde ihn an das feurige Reich. Lass uns nie wieder seine widerliche Seele sehen." Bea ließ meine Hand los und hob ihre Arme gen Himmel, ihr letzter Gruß an die Göttin.

Der Wind fegte in das Portal und saugte den Widerling hinein. Er verschwand, und als sich das Loch verschloss, war der perfekt gepflegte Rasen unversehrt.

Stille legte sich über den Garten, als Camille und ihre Tochter sich aneinander klammerten. Camille hob den Kopf, und ihr Blick begegnete meinem. Dankbarkeit und Bedauern streiften meine Psyche. Danke, murmelte sie, und dann verschwanden sie und ihre Tochter langsam. Nicht eine Spur der Magie war geblieben.

„Wo ist sie hin?" flüsterte Rosalee mir zu. „Camille, meine ich?"

Ich zuckte mit den Schultern. „Ich bin mir nicht sicher. Aber sie hat bekommen, was sie wollte. Ich bin mir ziemlich sicher, dass wir sie nicht wiedersehen werden."

Bea ergriff meine Hand. „Bist du sicher?"

Ohne mich umzudrehen, wusste ich, dass Kane hinter mir war. Ein Lächeln umspielte meine Lippen. So sehr ich es genossen hatte, frei von Empathie zu sein, musste ich zugeben, dass es war, wie nach Hause zu kommen, die Fähigkeit zurückzuhaben. Ich drehte mich zu ihm um und streckte meinen Arm aus. „Lass mich das überprüfen."

Er ergriff meine Hand. Ich kämpfte nur einen Moment gegen die Schattenwelt, um mir zu beweisen, dass ich es konnte, und ließ dann das Grau hereinströmen. Bewegungen tanzten am Rande meines Blickfelds, doch nichts wurde fest, und vor allem spürte ich nichts. Keinen Kummer. Keinen Frust. Und keine eisige Kälte. „Sie ist weg", sagte ich mit Bestimmtheit.

Kane zog mich in eine feste Umarmung. Die Welt war noch grau, doch als ich die Augen schloss, sah ich nur ihn. Und das war alles, was ich brauchte.

KAPITEL ZWEIUNDDREISSIG

*I*ch lag auf dem cremefarbenen Chenille-Sofa in der riesigen Bibliothek von Summer House. Kane saß am Schreibtisch und sortierte Broschüren mit Flitterwochenoptionen. „Wie wäre es mit Hawaii?"

Ich rümpfte die Nase.

Er lachte. „Du hast was gegen das strahlend blaue Wasser und die unberührten Strände?"

„Nein, das klingt schön. Aber mir wäre ein etwas interessanterer Ort lieber."

„Wie zum Beispiel?"

Ich zuckte mit den Schultern. „Italien klingt cool."

„So? Lass mich raten. Es gibt diese Insel nicht weit von Venedig entfernt, die du dir ansehen willst."

Ich konnte mir ein Schmunzeln nicht verkneifen. Er wusste, was ich wollte. „Na ja. Du weißt, ich würde gerne nach Murano gehen."

Er kam um seinen Schreibtisch herum und setzte sich zu mir auf das Sofa, wobei er darauf achtete, mich nicht zu berühren. Stattdessen berührte ich ihn. Wir hatten in den letzten Tagen gelernt, dass ich die Schatten bewusst ausschließen musste, bevor wir uns berührten. Wenn er mich überraschte, war es manchmal zu schwer, sie wegzuschieben. Aus irgendeinem Grund hatte er nicht dasselbe Problem. Ich dachte, es hätte etwas mit seiner Fähigkeit zum Traumwandeln zu tun. Er hatte mehr Kontrolle als ich.

Unsere Finger berührten sich, und der vertraute Funke, den wir teilten, raste durch meinen Arm und ließ mich überall prickeln. Nirgendwo Geister oder Schatten.

„Wir können uns deine niedliche Glasinsel ansehen, wenn du das willst."

Ich kicherte. „Das sind Glasmeister. Ich glaube nicht, dass sie es begrüßen würden, wenn jemand ihre Insel niedlich nennt."

„Sie ist niedlich, wenn du da bist." Er beugte sich vor und strich mit seinen Lippen über meine. Ich öffnete meinen Mund und rieb meine Zunge über seine. Er zog sich zurück. „Ich bin mir nicht sicher, ob es wichtig ist, wo wir unsere Flitterwochen verbringen. Ich habe nicht vor, länger als fünf Minuten unser Hotelzimmer zu verlassen."

„Warum dann überhaupt irgendwohin fahren?", murmelte ich. „Es scheint einfacher, hier zu bleiben, wenn du mich zwei Wochen nackt haben willst."

Er stöhnte und drückte mich zurück in die Kissen. Meine Arme legten sich um ihn, und ich zog ihn näher, drückte meinen Körper gegen seine harte Gestalt. „Das hört sich nach einer guten Idee an"

Meine Brustwarzen wurden zu harten Knospen, als seine Hand über meine Brust strich und er sie durch das dünne Material meines Baumwolltops zwischen Daumen und Zeigefinger rieb. Ich bog mich in die Berührung, und Hitze begann, zwischen meinen Schenkeln zu pulsieren.

Seine Hand schob sich unter meinen Rock und tauchte unter mein Spitzenhöschen, als es an der Tür klingelte.

„Verdammt", murmelte er an meinen Hals. „Und genau darum verreisen wir in die Flitterwochen." Er stand auf und sah auf mich herab, geschmolzenes Verlangen in seinen dunklen Augen.

Mein Atem stockte wie immer, wenn er mich so ansah.

„Gib mir zwei Minuten, sie loszuwerden."

Ich nickte, mein Mund war plötzlich trocken.

Er verschwand, und wenige Augenblicke später drangen Stimmen, die ich kannte, aus dem Flur – Kat und Lucien. Ich sprang vom Sofa auf und strich eilig meine Kleider glatt.

Kane klopfte an die angelehnte Tür und steckte den Kopf herein. „Bist du salonfähig?", fragte er

Ich lachte. „Ja."

Das Paar trat hinter ihm ein. Lucien hielt sich zurück und lehnte sich an das riesige Bücherregal, während Kat mich umarmte.

„Tut mir leid, dass ich so reinplatze", sagte sie. „Hope hat mich gebeten, etwas abzugeben, und ich habe mich gefragt, ob wir uns kurz unterhalten könnten."

„Sicher." Ich sah sie an und bemerkte, dass sie nichts außer ihrer Handtasche bei sich hatte. „Was hast du für mich?"

„Es ist im Auto." Sie setzte sich auf das Sofa, auf dem Kane und ich gerade rumgemacht hatten, und hockte auf der Kante.

„Okay."

Lucien trat von einem Bein aufs andere und starrte zu Boden.

„Was ist los?"

„Genau genommen möchte Lucien mit dir sprechen." Sie winkte ihn heran.

Kopfschüttelnd räusperte er sich. „Hier ist schon okay."

Nervosität ging von ihm aus, und ich hatte das plötzliche

Verlangen, ihm beruhigende Energie zu schicken. Was auch immer es war, er kämpfte damit. Doch angesichts der jüngsten Ereignisse hatte ich beschlossen, meine Energie für mich zu behalten, zumal ich jetzt in die Schatten blicken konnte. Wer konnte wissen, welche Nebenwirkungen meine neue Fähigkeit mit sich bringen würde?

„Was ist?", fragte ich.

Er stieß sich vom Bücherregal ab, jetzt entschlossen. „Ich hätte gerne die Erlaubnis, meine Mitgliedschaft im Zirkel aufzugeben."

Mir blieb der Mund offenstehen. „Wieso?"

Sein Blick wanderte zu Kat. „Du weißt, warum."

Traurigkeit regte sich in meiner Brust. Lucien war ein mächtiger, gewissenhafter Hexenmeister. Und deshalb bot er seinen Rücktritt an. Er würde niemanden wissentlich gefährden. Ich runzelte die Stirn. „Bea ist immer noch die Anführerin des Zirkels. Solltest du dieses Gespräch nicht mit ihr führen?"

Wir hatten beschlossen, die Führung nicht an mich zurückzuübertragen, bis wir sicher waren, dass Camille aus meinem Leben verschwunden war und ich meine neuen Fähigkeiten im Griff hatte. Bisher schien alles normal, doch ich hatte mir vorgenommen, bis nach den Flitterwochen zu warten. Für den nächsten Monat war Bea für den Zirkel verantwortlich.

„Wahrscheinlich schon, aber ich wollte zuerst mit dir darüber reden." Er begegnete meinem Blick. „Wir wissen beide, dass Bea nur deinen Platz für dich warmhält. Da ich dein Stellvertreter war, fühlte es sich richtig an, zuerst mit dir zu sprechen."

Langsam setzte ich mich auf einen der samtbezogenen Sessel dem Sofa gegenüber. „Ich bin nicht glücklich über die Idee, aber ich verstehe es."

„Ich bin mir nicht sicher, ob du das tust." Er warf Kat einen Blick zu. Etwas Schmerzhaftes hing an ihm.

Mein Herz zog sich zusammen. „Ich bin mir ziemlich sicher, dass ich das tue." Dieser Schmerz, der an ihm hing, war qualvolle Liebe. Er war in Kat verliebt, und ich war mir fast sicher, dass sie es nicht wusste.

Sein Kopf schoss hoch, als er zwischen uns hin und her blickte. Dann musste er das Verständnis in meinen Augen gesehen haben, denn er nickte. „Vielleicht tust du das."

Kane bewegte sich hinter mir. Ich spürte ihn, hatte es aber nicht erwartet, als er sich nach unten beugte und eine Hand auf meine Schulter legte.

Der Raum wurde grau, und Luciens Gestalt mir gegenüber war einfarbig schwarz.

„Ich denke, Kat und ich sollten euch beiden etwas Zeit geben", sagte Kane in mein Ohr.

Ich ergriff seine Hand und zwang ihn, mit mir in Verbindung zu bleiben. „Warte!"

Er versteifte sich, bewegte sich aber nicht.

Ich nickte in Luciens Richtung. „Was siehst du?"

Er holte tief Luft. „Dunkelheit."

„Sieht er für dich schwarz aus?"

Kane nickte. „Ja."

„Was?", fragten Kat und Lucien gleichzeitig.

Meine Sicht verschwamm, und ich ließ mich über die Schwärze hinwegsehen. Luciens Gestalt war einfarbig grau umrandet. Es war nicht so, dass er von der Dunkelheit verzehrt wurde; die Dunkelheit klammerte sich an ihn. „Es ist der Fluch."

„Whoa", hauchte Kane.

Ich ließ Kanes Hand los, und die Welt wurde wieder bunt. „Nein."

„Nein?", echote Kat mit hoher Stimme. „Was bedeutet das?"

Ich schüttelte den Kopf. „Ich erlaube nicht, dass Lucien den Zirkel verlässt."

„Aber Jade …", begann Lucien.

„Nein", sagte ich noch einmal. „Du bist verflucht, und der Fluch klebt an deiner Seele. Ich weigere mich, dein Angebot, den Zirkel zu verlassen, anzunehmen. Wir werden einen Weg finden, das zu reparieren. Auf die eine oder andere Weise. Verstehst du?"

Sie schwiegen beide. Kat stand auf und ging zur Tür. „Ich gebe euch eine Minute. Ich muss das Ding sowieso aus meinem Auto holen." Sie verließ leise den Raum.

Kane nickte mir zu und folgte ihr.

Lucien strahlte Müdigkeit aus. „Er klebt an meiner Seele?"

„Und deinem Herz", sagte ich leise.

„Dann ist es ein Liebesfluch." Es war keine Frage, sondern eine Feststellung.

„Ich fürchte ja."

Er ließ den Kopf hängen. „Dann musst du mich gehen lassen."

„Wieso?"

Frustriert seufzend ging er zum Sofa und nahm Kats Platz ein. „Es wird nur auf zwei Arten verschwinden: wenn ich sie nicht mehr liebe oder wenn sie stirbt. Ich glaube nicht, dass ich das erste schaffe und das zweite …" Er fuhr sich frustriert mit der Hand durch sein blondes Haar. „Das werde ich nie zulassen."

„Und was ist, wenn du dich in eine andere Person verliebst? Was wirst du dann tun?"

Er schüttelte den Kopf. „Das werde ich nicht."

„Du kannst die Liebe nicht kontrollieren, Lucien."

„Ich kann und ich werde." Der Schmerz, der von ihm ausging, stach mir ins Herz und war zu viel, um ihn zu ertragen.

Ich streckte die Hand aus und ergriff seine. „So kann man nicht leben. Wenn ich eines über meine Freundin weiß, dann dass sie erbittert um dich kämpfen wird, wenn sie dich liebt. Vertrau mir, wenn ich sage, dass sie nicht aufgeben wird. Glaubst du wirklich, du kannst das einfach so hinter dir lassen?"

„Ich muss." Seine Stimme brach, und er schluckte. „Ich kann nicht zulassen, dass ihr etwas passiert. Ich bin ein Todesurteil."

Ich stand auf. „Nicht, wenn ich dazu etwas zu sagen habe. Ich lehne deine Bitte ab und werde dafür sorgen, dass Bea es auch tut. Verstanden?" Ich war so frustriert, dass ich zitterte. „Gib uns nicht auf. Wir werden dich niemals aufgeben. Wir werden einen Weg finden, den Fluch zu brechen. Verdammt, Lucien, wir haben Bea aus den Klauen schwarzer Magie zurückgebracht. Wie kommst du darauf, dass wir nicht dagegen ankommen können?"

Die Muskeln in seinen Armen spannten sich an, während er um die Kontrolle kämpfte. „Weil ich diesen Fluch recherchiert habe. Niemand überlebt ihn jemals. Nicht ein einziger Mensch. Sie alle sterben."

„Kat nicht", forderte ich heraus. „Wir haben sie zurückgebracht."

„Ja, durch ein Wunder. Ich kann es nicht noch einmal riskieren. Ich werde es nicht."

Ich kniff die Augen zusammen. „Sie ist meine beste Freundin. Ich würde alles für sie tun. Egal was."

„Ich auch."

„Außer zu bleiben und um sie zu kämpfen."

„Verdammt, Jade!" Er schlug mit der Faust auf den Beistelltisch aus dem 16. Jahrhundert. „Ich tue das für sie."

„Nein, tust du nicht." Ich senkte meine Stimme. „Du tust es, weil du Angst hast. Gib mir nur einen Monat. Bea bleibt die nächsten vier Wochen beim Zirkel. Gib uns so lange Zeit, daran zu arbeiten."

Er schloss die Augen.

„Lucien?"

„Ja?"

„Vertrau mir."

Sein zerrissener Blick bohrte sich in meinen. „Wenn ihr etwas passiert …"

Ich nickte verständnisvoll und betete, die richtige Entscheidung getroffen zu haben. Keiner von uns sagte ein weiteres Wort. Ich würde nicht zulassen, dass Kat etwas passierte, und er auch nicht. Lucien starrte mich an, sein Körper war angespannt und von Unbehagen erfüllt. Dann drehte er sich um und ging hinaus. Ich setzte mich hinter den Schreibtisch und atmete zittrig aus.

„Jade?" Kat kam zurück.

Ich zwang mich zu einem Lächeln. „Hey."

„Du hast ihn überredet zu bleiben?"

„Für den Moment."

„Der Göttin sei Dank." Sie ließ sich auf einen Stuhl fallen. „Ich dachte, er wäre bereit, die Stadt zu verlassen, nach dem, was mit mir passiert ist."

Ich nickte. Genau das war sein Plan gewesen.

Sie zog einen Umschlag aus ihrer Handtasche. „Deine Mom hat mir das gegeben, damit ich es dir bringe. Sie sagt, sie hat es nie gelesen und dass ich dir sagen soll, dass es ihr leidtut. Dass sie ihre Gründe hatte."

Ich nahm ihr den zerknitterten Umschlag aus der Hand und strich mit dem Finger über meinen Namen, der in zackiger Schreibschrift geschrieben war.

„Er ist von Marc", sagte sie.

Ich nickte und erkannte den grünen Umschlag aus meiner Erinnerung. „Sie hat gesagt, dass sie nicht weiß, wo er ist."

Kat schenkte mir ein mitfühlendes Lächeln. „Ich bin sicher, das ist schwer für euch beide. Offensichtlich hatte sie vor, es dir zu sagen, sonst hätte sie ihn nicht aus Idaho mitgebracht."

Ich nickte wieder. So musste es sein. Ich hatte keinen Moment geglaubt, dass Gwen mir das verheimlicht hätte.

„Und sie hat mir das gegeben." Kat zog einen kleineren beigefarbenen Umschlag hervor und reichte ihn mir.

Ich erkannte die Handschrift sofort. Es war die von Mom.

Kat stand auf und küsste mich auf die Wange. „Ruf an, wenn du mich brauchst."

Meine Augen verließen den beigefarbenen Umschlag in meiner Hand nicht. „Das werde ich. Und dasselbe gilt für dich auch."

„Immer."

Leise fiel die Tür hinter ihr ins Schloss.

Der Raum war so still, dass ich meinen eigenen Atem hören konnte. Warum hatte Mom mir einen Brief geschickt, anstatt persönlich mit mir zu reden? Wut brodelte in mir. Verdammt nochmal. Ich drehte den Umschlag um und riss ihn auf. Die Karte, die herausfiel, hatte eine dieser dummen Katzen auf der Vorderseite, den Kopf in den Pfoten vergraben. Darunter stand *Ich hab's vermasselt.*

Das war die Untertreibung des Jahrhunderts.

In der Karte hatte sie geschrieben:

Iᴄʜ ʜᴀʙᴇ ᴋᴇɪɴᴇ ᴀɴᴅᴇʀᴇ Eɴᴛꜱᴄʜᴜʟᴅɪɢᴜɴɢ, *als dass ich Angst um dich hatte. Ratsengel neigen dazu, Menschen zu zertrampeln. Ich wollte nicht, dass du das durchmachst. Ich hätte wissen müssen, dass es kein Entkommen gab. Dein richtiger Vater – Marc, der geholfen hat, dich großzuziehen – war immer anderer Meinung als ich. Meine Sturheit hat uns schließlich zerrissen. Ich hoffe, du kannst mir das auch verzeihen. Er ist ein guter Mann. Ich hätte ihn nie von dir fernhalten sollen.*

Mom.

TRÄNEN STIEGEN mir in die Augen. Nach allem, was ich über den Rat erfahren hatte, konnte ich es ihr nicht verübeln, dass sie versucht hatte, mich vor ihnen zu beschützen. Sie waren eigennützig und bar jeder Menschlichkeit. Ich bin mir nicht sicher, ob ich die gleichen Entscheidungen getroffen hätte wie sie, doch ich verstand ihre Motivation. Und sie hatte es aus Liebe getan.

Mit zitternden Händen riss ich vorsichtig das Siegel von Marcs Brief.

MEINE LIEBE JADE,

es ist jetzt zwei Jahre her, seit ich dich das letzte Mal gesehen habe. Ich kann dich immer noch an diesem Bach stehen sehen, ein Gänseblümchen hinter deinem Ohr, während du quietschst und versuchst, einen Köder an den Haken zu fädeln. Solange ich lebe, werde ich nie die Freude vergessen, die ich in deinem Gesicht gesehen habe, als ich dir gesagt habe, dass wir den Tag zusammen verbringen würden. Es ist einer dieser kostbaren Vater-Tochter-Momente, die das Herz prägen.

Ich bin mir sicher, dass deine Mutter dir inzwischen die Wahrheit gesagt hat. Sonst hätte sie dir diesen Brief nicht gegeben. Es stimmt, du bist nicht meine leibliche Tochter, aber du bist in jeder Hinsicht mein. Ich habe dich als Baby gehalten, dir beim Schlafen zugesehen und mir Sorgen gemacht, wenn dein Fieber nicht sinken wollte. Mir tut das Herz weh, wenn ich an all die Stunden denke, die wir verloren haben, und an die Tausende von Stunden, die wir noch verpassen werden, nur weil deine Mutter und ich keinen vernünftigen Kompromiss finden können.

Du wirst nie wissen, wie sehr es mir das Herz bricht, von dir getrennt zu sein. Doch ich konnte auch nicht länger mit einer Lüge leben. Bitte hab Verständnis, ich wäre gerne weiterhin dein einziger Vater gewesen, doch es hat sich von Tag zu Tag mehr gezeigt, dass deine Macht als weiße Hexe gewachsen ist. Du hast dich zu einer wunderbaren Hexe entwickelt. Und das wollte ich fördern. Das bin ich. Mein ganzes Erwachsenenleben habe ich im Hexenrat gesessen. Ich betreue Jugendliche, bringe ihnen bei, ihre Gaben zu verstehen. Ich helfe ihnen, die Welt mit der Macht, die sie besitzen, zu verbessern.

Deine Mutter war mit der Macht, die du offensichtlich besitzt, nie glücklich. Ich konnte ihr Zögern verstehen. Dunkle Mächte folgen den Mächtigsten. Und du, Darling, bist vielleicht die mächtigste Hexe, die mir je begegnet ist. Darum wollte ich dich auf das, was kommen würde, vorbereiten.

Leider hat deine Mutter andere Vorstellungen. Mach ihr keine Vorwürfe deswegen. Es muss für sie furchtbar beängstigend gewesen sein. Dann kam der Tag, an dem sie mir nicht mehr traute, ihr Geheimnis zu bewahren, und das war der Tag, an dem sie mich gebeten hat zu gehen. Ich wollte dich nie verlassen. Niemals.

Da du rechtlich nicht mein bist, hatte ich keine Wahl, doch ich werde immer für dich da sein. Ich bin nur einen Anruf entfernt. Wenn du mich brauchst, bin ich da.

Alles Liebe, Dad.

TRÄNEN LIEFEN mir über die Wangen und fielen auf den Brief, sodass die Tinte verlief. Ich ließ meinen Kopf auf den Schreibtisch sinken und mich von meinen Emotionen mitreißen. Schluchzer beutelten mich, als Freude und

Frustration in meinem Herzen um die Vorherrschaft kämpften.

Weder mein Vater noch meine Mutter hatten mich verlassen wollen, doch beide hatten Entscheidungen getroffen, die uns voneinander getrennt hatten. Ich war mir nicht sicher, ob ich beiden jemals vollständig vergeben könnte. Doch gleichzeitig schien sich der hohle Schmerz in meiner Brust langsam aufzulösen. Mit jeder Träne, die ich vergoss, verschwand dieses tiefsitzende Gefühl des Verlassenseins und wurde durch eine Akzeptanz ersetzt, die ich nie gekannt hatte.

Ich drückte den Brief gegen den Schreibtisch, strich die Falten glatt und wischte mir dann die Tränen aus den Augen. Die Tür ging knarrend auf, und Kane kam herein. Er warf mir einen Blick zu, kam zu mir und bot mir seine Umarmung an.

Ich trat bereitwillig in seine Arme und klammerte mich an ihn.

Er küsste meinen Scheitel und streichelte mit seinen sicheren Händen über meine Schultern und Arme. „Was kann ich für dich tun, Liebes?"

„Du tust es schon", sagte ich an seiner Schulter.

Er schlang seine Arme um mich und zog mich fester an sich. „Willst du darüber reden?"

Ich schüttelte den Kopf. „Nicht viel zu sagen, außer, dass beide Fehler gemacht haben."

„Aber beide lieben dich."

„Ja, das tun sie." Ich zog mich zurück und blickte in sein sanftes Gesicht. „Mein Leben ist ein einziges Chaos."

„Meins auch." Er lachte auf. „Warte, bis du meine Eltern kennenlernst."

„Sie können nicht schlimmer sein als meine", schnaubte ich. „Ich meine, ich habe jetzt drei, zwei Hexen und einen Engel."

„Findest du das schlimm?" Er strich mir eine Haarsträhne aus den Augen. „Ich habe einen desinteressierten

Schürzenjäger von einem Vater und eine wodkatrinkende Mutter, die seine Indiskretionen ignoriert, um die Fassade aufrechtzuerhalten."

„Was?" Ich machte ein angewidertes Gesicht. „Ich dachte, sie wären Abenteurer."

„Oh, das sind sie. Sie sind auch anmaßend, verwöhnt, egoistisch und interessieren sich überhaupt nicht für das Leben ihres Sohnes."

„Kane!" Ich trat zurück. „Warum laden wir sie dann zur Hochzeit ein?"

Er zuckte mit den Schultern. „Es schien dir wichtig." Seine Lippen verzogen sich zu einem verlegenen Grinsen. „Hast du denn immer noch nicht bemerkt, dass ich nur daran interessiert bin, dich glücklich zu machen? Du schienst Familie zu brauchen. Ich war verpflichtet und entschlossen, sie dir zu geben, auch wenn meine ein ziemlicher Alptraum ist."

Ich schüttelte den Kopf. „Ich habe alle Familie, die ich brauche." Ich drückte meinen Finger auf seine Brust. „Hier mit dir."

„Dann kann ich sie ausladen?"

Ich lachte. „Wenn du es willst. Alles, was ich brauche, bist du."

Sein Blick begegnete meinem, intensiv und glühend. „Du hast mich, Liebes. Du hast mich definitiv."

Unsere Lippen trafen sich, zärtlich und voller Liebe. Als sich sein Mund öffnete und von meinem Besitz ergriff, verblasste der Rest der Welt. Er war mein, und ich war sein. Egal, was morgen passieren würde, wir würden es gemeinsam bewältigen.

Er zog sich zurück und streckte seine Hand aus. „Lass uns gehen."

„Wohin?"

„Nach oben. Erinnerst du dich an den Moment, den wir vorhin auf dem Sofa hatten?"

Ich ließ meine Hand in seine gleiten. „Ja."

„Wir werden ihn auf sechs verschiedene Arten nachbilden."

Kichernd ließ ich mich von ihm hinter ihm her ziehen und quietschte, als er mich am Fuß der Treppe hochhob.

Oh ja. Mach Platz, Rhett Butler, Kane Rouquette hat mir gerade das Herz gestohlen … nicht zum ersten Mal.

ÜBER DIE AUTORIN

Die New York Times und USA Today Bestsellerautorin Deanna Chase ist gebürtige Kalifornierin, die in den langsameren Lebensstil des südöstlichen Louisiana gezogen ist. Wenn sie nicht gerade schreibt, hat sie mit ihrem Mann in New Orleans Spaß oder spielt mit ihren zwei Shih-Tzus. Weitere Informationen und Updates zu Neuerscheinungen finden Sie auf ihrer Website unter deannachase.com.